Feridun Zaimoglu

Liebesbrand

Roman

Kiepenheuer & Witsch

6. Auflage 2008

Umschlaggestaltung: Barbara Thoben, Köln
Umschlagmotiv: © Fotolia/Georg Preissl
Autorenfoto: © Britta Rating
Gesetzt aus der Baskerville Classico
Satz: Pinkuin Satz und Datentechnik, Berlin
Druck und Bindearbeiten: GGP Media GmbH, Pößneck
ISBN 978-3-462-03969-6

vom Wrack weggeschleift, jemand schob mir ein zusammengeknülltes Hemd in den Nacken, und dann lag ich unter dem freien Himmel im Niemandsland, das war ein Platz, an den sich die blinden Hunde zum Sterben zurückzogen, so sagten es die Einheimischen, sie scharten sich zusammen auf dem kahlen Streifen Land neben der Leitplanke, in der Ferne aus dem Dunkel ragten laubnackte Bäume. Ich fror, ich hatte Schmerzen, ich fürchtete mich vor dem Dunkel, ich weinte leise.

Su! Su! rief jemand aus der Nähe, und ich öffnete wieder die Augen und sah in ein Gesicht, in das Gesicht einer Frau, in das Gesicht einer Ausländerin, sie sprach das türkische Wort für Wasser mit einem starken deutschen Akzent aus. Was wollen Sie von mir? sagte ich leise und dann etwas lauter: Ich habe Ihnen nichts getan, lassen Sie mich in Ruhe, bitte. Ich hielt sie für eine Plünderin, die den Unglücksort aufsuchte, um den Verletzten die Armbanduhren und Brieftaschen zu rauben, ich konnte mich gegen sie nicht zur Wehr setzen, sie mußte doch ein Einsehen haben. Sie aber wühlte nicht in meinen Hosentaschen, sie setzte vorsichtig die Öffnung einer Plastikflasche an meine Unterlippe, erst rann das Wasser an meinen Mundwinkeln herunter in den Nacken, dann trank ich es Schluck für Schluck, und während ich trank, heftete ich meinen Blick auf den silbernen Ring, den sie an ihrem langen rechten Zeigefinger trug: Auf dem Ringkopf lag ein hellblaues Emaillemedaillon, die Ringschultern zierten bunte Glassteine in gezahnten Fassungen.

Ich mußte in einen Sekundenschlaf gefallen sein, ich wurde von ihrem Rütteln wach, Beine mit Soldatenstiefeln zogen an mir vorbei, dann Beine mit Straßenschuhen, blaue Lichter gingen an und aus, ich sah flappende weiße Kittelschöße, und ein Arzt fragte mich, ob ich ihn hören und verstehen könne, ich wollte nicken, ich konnte nicht. Ja, sagte ich, wo ist die Frau, die mich Wasser trinken ließ? Hier, sagte sie, der Arzt kann Sie nicht verstehen, er spricht kein Deutsch. In meiner Jackentasche ist ein Tuch, sagte ich, können Sie mir den Schweiß vom Gesicht wischen?

Das ist kein Schweiß, das ist Blut, sagte sie und schlug sich auf den Mund, der Ring klackte gegen ihre Zähne, sie stieß einen kurzen Schmerzenslaut aus, ihr Lippenstift hatte auf ihren Schneidezahn abgefärbt. Sie tränkte das Taschentuch mit Wasser und wischte mir in sanften Strichen das Blut aus der Stirn, aus den Augenbrauen, von den Wangen, und während sie mich versorgte, musterte ich sie. Sie steckte in einem konservativen Kostüm, die Haarspange hatte sich gelöst und hing an einer blonden Strähne, sie kümmerte sich nicht darum, auch nicht um die im Brandqualm stehenden Schaulustigen, ich hob das Kinn, um besser sehen zu können, der Verkehr war auf der dreispurigen Autobahn zum Erliegen gekommen, auch auf der Gegenfahrbahn hielten die Fahrer an, stiegen aus ihren Wagen und rannten mit Handfeuerlöschern herbei.

Sie sind unterwegs zu einer Feier, sagte ich, Sie sind festlich angezogen. Und Sie delirieren im Fieber, sagte sie ungehalten, im Schein des rotierenden Blaulichts konnte ich erkennen, daß sie gegen ihre aufkommende Wut ankämpfte, sie blickte in Richtung von Menschen, die von einer Unruhe erfaßt wurden, ein spitzer Schrei ließ mich zusammenzucken, eine Tochter beweinte ihre Mutter, deren lebloser Körper auf einer Trage weggebracht wurde, und im Nu war die junge Frau von Frauen umgeben, sie strichen ihr übers Haar und sprachen ihr Trost zu, eine Schaulustige gab ihr seltsamerweise den Rat, sich in die Hinterbacke zu kneifen, sie würde schlagartig nüchtern werden.

Ihr Hemd ist völlig zerfetzt, sagte die Deutsche, Sie

haben einige kleine Wunden, aber machen Sie sich keine Sorgen, Sie haben es überlebt.

Wieso sind Sie hier? sagte ich, sind Sie auf der Durchreise?

So kann man es nennen, sagte sie und richtete sich wieder auf, ich muß jetzt weiter, und ohne ein Wort verließ sie mich, ich stützte mich auf, griff nach der Haarspange, die dann doch abgefallen war, ich sah ihr nach, sie hatte Erste Hilfe geleistet, ich hatte aus ihrer Wasserflasche getrunken, und was gab es für sie noch an dem Unfallort zu tun, die Toten waren tot und wurden geborgen, um die Verletzten kümmerten sich die Ärzte, ich sah ihr nach, bis sie an einem Kombiwagen stehenblieb, den sie auf dem Seitenstreifen abgestellt hatte, sie stieg kurzerhand ein, und bevor sie aus meinem Blickfeld verschwand, konnte ich gerade noch die ersten Ziffern des Kennzeichens lesen – NI, ich sagte die Buchstaben laut auf, immer wieder, vielleicht hoffte ich, daß sie wie eine Zauberformel wirkten und das Dröhnen in meinen Ohren verklang.

Jetzt lag ich allein auf dem Boden, ich stand langsam auf, für den ersten Bericht waren die Reporter zur Stelle, und sie schossen ein Foto nach dem anderen, meine Beine gaben nach, doch bevor ich zu Boden ging, hielt mich ein Gendarm fest, er legte meinen linken Arm um seine Schultern, fast wäre ihm der Helm vom Kopf gefallen.

Ruhig, Bruder, sagte er, ich bringe dich zum Doktor, und er wird dich heilmachen, ich blieb stumm, er glaubte, er müßte mich wachhalten, also erzählte er mir von seiner nichtsnutzigen Schwester, die trotz der Ermahnungen ihrer drei Geschwister, ihrer Eltern und überhaupt fast der ganzen Verwandtschaft in die große Stadt gezogen sei, was hätte er ihr nicht ins Gewissen geredet, die Wölfe streifen am hellichten Tag dort herum, hätte er gesagt, und junge Mädchen aus dem Dorf würden sich, ob sie es wollten oder nicht, geradezu als Aas anbieten, er würde nicht an der moralischen Standfestigkeit seiner Schwester zweifeln ... ich humpelte neben dem Gendarmen her und wunderte mich, was ihn die Anstandsregeln vergessen ließ, da sprach er mir, einem fremden Mann, von seiner Schwester, die er aufgegeben zu haben schien. Es muß schlimm um mich stehen, dachte ich, wahrscheinlich glaubt er an meinen schnellen Tod, wahrscheinlich findet er nichts dabei, daß ich dieses kleine Geheimnis mit ins Grab nehme. Ich stolperte über ein Wrackteil, von dem sich Rauch kräuselte, der Gendarm hievte mich hoch und ließ mich auf das Trittbrett eines Krankenwagens setzen, eine Ärztin kletterte heraus, bat mich, beide Arme zur Seite auszustrecken, dann schnitten sie mir mit einer großen Schere das zerfetzte Hemd vom Leib. Während sie sich um meine Wunden kümmerte, starrte ich auf die Spange in meiner Hand, ein Schildpattplättchen war abgefallen, an der Klebstoffkruste hatten sich Erdkrümel verfangen. Ich rieb die Hornspange sauber, starrte auf meine Hände, die einem anderen Willen gehorchten, und als ich den Blick über die Unfallstelle schweifen ließ, sah ich Menschen im Morgendunst, Männer und Frauen mit wenig oder schwindender Hoffnung, sie lagen auf dem kalten Boden, und das Blut sickerte oder quoll aus ihnen heraus, sie standen reglos neben den Ärzten und Gendarmen, und sie waren unempfänglich für jede Frage und jeden Trost.

Ein Offizier bellte einen Befehl, und wenig später waren fünf Körper mit Jacken und Plastikplanen zugedeckt. Eine Schande, schrie ein alter Mann, der ein Stück Stoff auf seine Platzwunde an der Schläfe drückte, wo ist der gottverfluchte Fahrer, ich bring' ihn um, ich zünde seine Haare an ... Einige Überlebende gesellten sich zu ihm und schrien sich heiser, gebt uns den Schweinehund, riefen sie, wir sind in der richtigen Stimmung, um den Blutsäufer abzustechen. Dann zeigte der junge Mann, den ich gerettet hatte, der mich gerettet hatte, auf eine Gestalt im Dunkeln, und die Männer setzten sich in Bewegung, doch ehe sie dazu kamen, den Fahrer einzukreisen, stellten sich ihnen die Gendarmen in den Weg. Die Wut der Überlebenden war unermeßlich, sie überrannten die Menschensperre, sie brüllten obszöne Parolen, sie warfen sich auf den Fahrer, dem es nicht gelang, in die Dunkelheit zu flüchten. Auf einen erneuten Befehl hin gaben die Gendarmen Warnschüsse ab, und mir war, als hätte man mir Stacheln ins Ohr getrieben, ich zog den Kopf ein und fiel einfach vom Trittbrett herunter, ich verstand nicht, wieso zwei Männer aus dem Buswrack herausrannten. Es waren Plünderer, sie hatten geglaubt, daß die Schüsse ihnen gegolten hatten, ihre Flucht wurde vereitelt, ein Mann bekam einen harten Gewehrkolbenhieb in die Hüfte, den anderen nahm sich der Offizier höchstpersönlich vor, er schlug ihm mit der Kante seines Spiralblocks ins Gesicht, legte ihm Handschellen an und ließ ihn abführen. Die beiden Kerle sind Blutsäufer, rief er den wütenden Überlebenden zu, denen der Schreck in die Glieder gefahren war und die, weil man ihnen den Busfahrer aus den Fängen gerissen hatte, anfingen, über die falsche Ordnung in diesem Staat zu schimpfen. Die Ärztin half mir auf und legte eine Wolldecke um meine Schultern. Sie haben den schweren Unfall überlebt, sagte sie, es wäre wirklich schade, wenn Sie sich eine Bronchitis zuziehen würden.

Was ist hier überhaupt passiert?

Sie schien eine Weile über meine Frage nachzudenken, sie sah mir in die Augen und machte einen halbherzigen Versuch, sich ahnungslos zu stellen, doch dann zog sie die Luft ein und erzählte, daß der Fahrer am Steuer eingeschlafen und einem Überlandlaster hinten aufgefahren wäre, das müßte man sich einmal vorstellen, der Kerl hätte auf diesem Abschnitt der Autobahn nur hundert fahren dürfen, er wäre aber mindestens hundertdreißig gefahren, um dann, nach der Kollision, das Steuer erst nach links und dann nach rechts herumzureißen, der Bus wäre gegen die Mittel- und die Seitenleitplanken gekracht, dem Fahrer ginge es übrigens recht gut.

Er ist im entscheidenden Moment abgesprungen, sagte sie, der herrenlose Bus ist umgekippt, und die Menschen da drin waren der Hölle überantwortet.

Mein Koffer, sagte ich.

Seien Sie froh, daß Ihr Koffer verbrannt ist und nicht Sie, sagte sie, es gibt jetzt schon böse Gerüchte über viele verkohlte Leichen, Ihr Name steht nicht auf der Todesliste.

Es hat also einige von uns erwischt, stellte ich fest.

Gut ein Dutzend, das hat mir der Herr Offizier verraten, sagte sie, aber wehe, Sie berufen sich auf mich. Tun Sie es doch, wird niemand Ihnen Glauben schenken, Sie stehen unter Schock, und später werden Sie sich an mich nicht erinnern können, das müssen Sie sich vornehmen.

Ich ging auf ihre Drohung nicht ein, mir tat das Fleisch weh, mir schmerzten die Knochen, es hätte mir nichts eingebracht, wenn ich ihr verraten hätte, daß ich kein Gesicht vergaß, in das ich geschaut hatte, manchmal war es ein Fluch, denn in meinen Alpträumen blickte ich in blutlose Gesichter und in Augen mit großen Pupillen. Die Ärztin forderte mich auf, in den Krankenwagen zu steigen, ich stahl mich mit eingezogenem Kopf hinein, klappte einen schmalen Sitz herunter, und als ich sicher saß und die Schiebetür zugezogen wurde, fielen mir die beiden Frauen und der Mann auf, die vor sich hin stierten, sie hatten sich, genauso wie ich, leichte Verletzungen zugezogen, viele kleine Wunden, die schon verheilen würden. Ich wünschte ihnen aus einem Impuls heraus eine gute Fahrt, und sie schauten mich böse an – glaubten sie wirklich, ich wäre, kurz nach dem Unfall, zum Scherzen aufgelegt? Es machte mir nichts aus, daß ich mich im Seitenfenster spiegelte, ich starrte hinaus auf die vorbeiziehende Landschaft, ödes Brachland, unterbrochen von Fabriken, aus deren Schloten schwarzgrauer Rauch herausquoll, ich sah zwei Bauern am Straßenrand hocken, sie hatten ihre Schiebermützen nach der guten Sitte in den Nacken geschoben, ihre Strickwesten zugeknöpft, es waren Tagelöhner kurz vor dem Antritt der Knochenarbeit. In der Ferne konnte ich die Vororte der Großstadt ausmachen, von deren Bürgermeister es hieß, daß er einem ungeratenen Kind glich, das unter dem Eßtisch an den Zehen der Gäste zieht, er strafte die Bürger dafür, daß sie ihn mit überwältigender Mehrheit gewählt hatten. Ich dachte an das Abenteuerbuch in meinem Koffer, ich dachte an meinen Ausweis und meine Kreditkarten in meiner Börse, ich dachte daran, daß man mich seltsamerweise nicht gefragt hatte, ob man meine Verwandten benachrichtigen sollte. Ich hatte keine Frau und keine Kinder – sah man es mir an?

Aus dem Augenwinkel bekam ich mit, wie mich die ältere der beiden Frauen musterte, ihre linke Gesichtshälfte war von einem Stoß oder Schlag geschwollen, sie funkelte mich mit ihrem gesunden rechten Auge an.

Wo haben Sie gesessen? sagte sie und sorgte mit einem Blick in die Runde für Aufmerksamkeit.

In der Mitte, sagte ich, ich hatte den Platz am Gang, gleich gegenüber dem Einstiegstrittbrett.

Der Fensterplatz war also frei, rief die Frau triumphierend aus, wußte ich's doch!

Was wußten Sie?

Sie gehören zu der Sorte Mensch, die zwei Sitzplätze bucht, sagte sie, damit stellen Sie sicher, daß Ihnen kein Nebenmann die Luft zum Atmen nimmt.

Wäre ich reich, würde ich trotzdem nur einen Sitzplatz reservieren, sagte ich.

Das sagt ausgerechnet der Erste-Klasse-Mann, schrie die Frau, und auch wenn ihre Tochter sie bat, Ruhe zu geben und mich in Ruhe zu lassen, war die Frau nicht zu besänftigen, sie warf mir vor, jenen Platz blockiert zu haben, auf den sie sich vielleicht hätte setzen können, es wäre ganz sicher nicht zu spät, um mir wegen meines schlechten Charakters Vorhaltungen zu machen, ich könnte ja vor allen Leuten nicht zugeben, daß ich böse gehandelt hätte. Erst als die Ärztin mit den Worten intervenierte, eine große Beruhigungsspritze läge bereit, sie würden jeden und jede damit zur Besinnung bringen, da verstummte die Frau und ließ sich von ihrer vor Scham angelaufenen Tochter die Oberarme massieren. Jetzt ein zweiter Unfall, und die Sache ist erledigt, dachte ich und zog die Decke fester um meinen Oberkörper, ich hatte genug erlebt und gesehen, ich war ein mit dem Vorgang Vertrauter, so hätte es ein Freund ausgedrückt, doch er war weit weg in Deutschland ... ich faßte an die Hosentasche und befühlte die Ausbeulung, Gott sei Dank, mein Handy war nicht verlorengegangen. Eine Weile spielte ich mit dem Gedanken, den Freund anzurufen, aber nein, ich hätte mit ihm Deutsch gesprochen, ich empfand nicht die geringste Lust auf eine weitere Komplikation, solange ich mich in Gegenwart der ungehaltenen Frau aufhielt, war ich ungeschützt. Unsere Fahrt zum Staatskrankenhaus dauerte schon viel zu lange, wir fuhren durch menschenleere Straßen, an den meisten Kreuzungen waren die Ampeln ausgeschaltet, in der einen oder anderen Wohnung brannte Licht, und einige Bauchladenverkäufer zogen ihre schwerbeladenen Karren hinter sich her. Es hatte uns fast genau auf halber Strecke erwischt, das war mein letzter Gedanke, bevor ich einnickte.

Ich wachte auf, als der Krankenwagen mit einem harten Ruck zum Stehen kam. Die Ärztin zog die Schiebetür auf, wir stiegen, einer nach dem anderen, aus und blieben erst einmal stehen, ich hatte mich schon an Zurufe und Orders gewöhnt und traute mich nicht, ohne Anweisung einen Schritt zu machen. Auf dem Vorhof der Notfallstation gingen unrasierte Männer im Pyjama und Morgenmantel herum, sie bildeten eine kleine Schlange vor dem Kiosk, saßen auf den Parkbänken oder unterhielten sich mit ihren gesunden Verwandten. Ich sah zwei Wachbeamte, die uns einer flüchtigen Blickkontrolle unterzogen, auf ein Wort der Ärztin riefen sie Krankenwärter herbei, die uns in die Notaufnahme führten, und weil ich mir dumm vorkam, versuchte ich den mir zugewiesenen Pfleger abzuschütteln, doch er klammerte sich um so fester an mich und bat um Geduld. Wieso soll ich Geduld aufbringen? dachte ich, ich blute aus leichten Wunden, mein Gesicht sieht aus, als wäre ich von wilden Hunden angefallen worden, und ihr alle glaubt, der Unfall hätte aus mir einen Idioten gemacht. Der Pfleger brachte mich in einen kleinen Raum, und kaum war ich eingetreten, blickte der Polizist von den Akten auf, die er grob zur Seite wischte, man hatte ihn an einen Zwergenschreibtisch gesetzt, und vielleicht versetzte es ihn in Wut, daß er mitten in der Nacht den Befehl entgegennehmen mußte, unverzüglich zur Notfallstation zu eilen und die Aussagen der Leichtverletzten aufzunehmen.

Können Sie stehen, oder müssen Sie sich hinsetzen? sagte er.

Bin ich festgenommen?

Reden Sie keinen Blödsinn, sagte er, aber als er entdeckte, daß der Pfleger mich mit beiden Händen festhielt, wies er ihn forsch an, mich auf der Stelle loszulassen und zwei Tulpengläser Tee zu bringen, er schaute dem davonstürmenden Pfleger hinterher, er schaute sich kopfschüttelnd im Zimmer um, er schaute mir in die Augen.

Was genau ist passiert? sagte er, die Einzelheiten sind wichtig.

Ich habe geschlafen, sagte ich, ich glaube, ich bin ein unbrauchbarer Zeuge.

Das steht nicht zur Debatte, sagte er seltsamerweise, Sie sollen mir nur erklären, wie sich ein nagelneuer Bus in eine große verschmorte Ziehharmonika verwandeln konnte.

Man muß mich doch erst einmal untersuchen, oder liege ich falsch?

Sie sind an Ort und Stelle notärztlich behandelt worden, sagte der Polizist, wir müssen uns also keine Sorgen machen, daß Sie mir in meinem Büro wegsterben ... Die Fahrgäste auf den vorderen Sitzplätzen behaupten, der Fahrer wäre auf das Steuer gesackt, und sie schwören, daß er einen Herzinfarkt erlitten hat.

Der Fahrer lebt doch noch, sagte ich, er hätte sich von einen Herzanfall nicht so leicht erholen können ...

Herzinfarkt, verbesserte er mich, und tatsächlich schließe ich einen Infarkt aus. Also, was ist bei Ihnen im Bus passiert?

Die Hölle ist ausgebrochen, sagte ich, ich fand mich auf dem Mittelgang wieder, und wenige Sekunden später bin ich durch ein Loch im Fenster geschlüpft ... dann kam eine Ausländerin und gab mir Wasser.

Eine ausländische Passagierin? rief der Polizist.

Nein, sie eilte mir zu Hilfe. Sie ist dann auch schnell in ihr Auto gestiegen und weggefahren. Ich halte sie nicht für eine Terroristin.

Nehmen Sie nicht so sorglos dieses Wort in den Mund, sagte er, das hat sonst unangenehme Konsequenzen für Sie. Sie wissen, daß die Irreführung der Ermittlungsbehörden einen Straftatbestand darstellt?

Ich wußte nicht, daß ermittelt wird, gab ich zu, ich entschuldigte mich bei dem Polizisten für meinen sorglosen Umgang mit der türkischen Sprache, ich erklärte ihm, daß ich fast mein ganzes Leben im Ausland verbracht hätte, und je mehr ich redete, desto gebrochener sprach ich, die Worte sprangen wie torkelnde Narren aus meinem Mund und fielen mir vor die Füße, der Polizist aber nahm mir meine Laschheit gegenüber seiner Muttersprache nicht übel, er ließ mir vom Pfleger das Teeglas reichen, schickte ihn weg, ich nahm einen Schluck und einen zweiten und einen dritten, die schwere Wolldecke verhüllte nur knapp meinen Oberkörper – ich sah aus wie ein Opfer, und ich schämte mich dafür. Schließlich entließ mich der Polizist, nicht ohne vorher meine Personalien aufgenommen zu haben, ich schlurfte dem Pfleger hinterher, eine Putzfrau war dabei, den Linoleumboden im Flur zu wischen, sie erstarrte in ihrer Bewegung, als wir auf gleicher Höhe waren, und ich umschritt den nassen Feudel, bog in den Hauptgang ab und fiel dem Pfleger nicht ins Wort, als er dem diensthabenden Arzt langatmig erklärte, daß er ›den Überlebenden Nummer zwei‹ dem Herrn Doktor übergab. Dann ging er davon.

Sie müssen den Mann entschuldigen, sagte der Arzt, er ist etwas wunderlich, aber er tut seine Arbeit, er wird schlecht dafür bezahlt ... wie wir alle hier, die wir unsere verdammte Arbeit tun.

Ohne eine Antwort abzuwarten, nahm er mir die Decke ab, beschaute meine Wunden und die Schnittverletzungen im Gesicht, und als er mir an die rechte Seite griff, stöhnte ich auf. Drei bis vier gesplitterte oder gebrochene Rippen, sagte er, wir werden Sie röntgen, die Fleischwunde am Rücken sieht übel aus, ich nähe sie am besten. Ich saß auf der Pritsche, und trotz der örtlichen Betäubung fühlte ich jeden Nadelstich ins Fleisch, gelobt sei, was hart macht, rief der Arzt lachend aus, was hätte es ihm auch eingebracht, wenn er Mitleid bezeugt hätte, er reparierte den Schaden, und mich verließen langsam die Kräfte.

Der Pfleger nahm mich wieder in Empfang, ich ließ mich von ihm führen, ich ließ mich röntgen, ich ließ mir eine Tetanusspritze geben, und als ich im Flur neben ihm herging, sagte ich zu ihm: Ich brauche ein Hemd und eine Jacke, du siehst mir so aus, als würdest du wissen, wie man für Überfluß sorgt, wenn Knappheit herrscht. Ich klaubte einen Geldschein aus der Hosentasche und steckte ihn dem Pfleger zu, der keine Anstalten machte, seine Unbestechlichkeit zu demonstrieren. Er musterte mich kurz vom Scheitel bis zur Sohle, wahrscheinlich schätzte er meine Konfektionsgröße.

In einer Stunde, sagte er, grundsätzlich gilt: Ich erfülle jeden Wunsch, aber nichts Ungesetzliches und nichts Unmoralisches.

Sei unbesorgt, sagte ich, wir sind außerdem nicht im Gefängnis.

Er mußte darüber lange und laut lachen, am liebsten hätte ich ihn gegen die Wand gestoßen, doch ich hatte wahrscheinlich drei oder vier gebrochene Rippen, das Atmen fiel mir schwer, ich war hier auf mich allein gestellt und brauchte diesen dienstbaren Geist. Er stieß eine Tür auf, sie öffnete sich auf einen großen Saal mit Betten, in denen Männer oder Frauen lagen, mein Blick fiel auf eine schamhafte Frau, sie hatte die Hände hinter dem Kopf verschränkt und ihre Achselhöhlen mit weinroten Papierservietten bedeckt. Der Pfleger wies mir das freie Bett links neben der Tür zu und bat mich, einfach zu liegen und zu warten: auf ihn, auf das Essen, auf die Visite des Chefs der Station, auf meinen Schutzengel, der sich die zerrupften Flügel richten und putzen müßte, und erst dann würde er sich wieder auf meiner rechten unverletzten Schulter niederlassen. Was ist mit der linken Schulter? rief die schamhafte Frau ihm nach, ist die Stelle auch unbesetzt, oder hat der persönliche Teufel, der für die Schäden im Leben zuständig ist, zur Belohnung frei? Einige Männer im Saal lachten auf, die Frauen blieben still, sie waren damit beschäftigt, zu prüfen, ob sich ihr Körper unter der Decke auf eine unziemliche Weise abzeichnete. Ich entrichtete meinen Gruß, die Männer grüßten zurück, und ich schlüpfte schnell unter die Bettdecke und zog sie bis zur Nase hoch, mir war kalt, ich fror am ganzen Körper. Im benachbarten Bett hockte ein Mann mit angezogenen Beinen, er hatte sich nicht die Mühe gemacht, die Pantoffeln abzustreifen, er harrte in dieser Haltung aus wie erstarrt, um sich mir leicht zuzuwenden, Friede den Kommenden, Freude den Bleibenden und Segen den Scheidenden, sagte er, willst du eine kostenlose Führung durch das Krankenhaus, willst du deine Ruhe, oder willst du, da du errettet bist, unter der Decke eine Zwiesprache mit deinem Herrgott halten?

Das Zweite, sagte ich.

Eine ökonomische Antwort, stellte er fest, ich bin Herr Leber.

Wie bitte?

So ist es hier unter uns eingerichtet, wer kann sich schon an all die vielen Namen erinnern? Ich bin ein Trinker, ich habe es mit der Leber, also heiße ich Herr

Leber. Dann gibt es noch einen, den haben sie mit einem doppelten Fußknöchelbruch eingeliefert, der heißt Herr Knöchel ... was ist mit dir?

Eine tiefe Wunde am Rücken, ein paar gebrochene Rippen, sagte ich.

Du wirst einige Tage hierbleiben. Such dir lieber selber einen Namen aus, dann wird man es mit dir gut meinen.

Rippe, sagte ich.

Rippe paßt, sagte er, und jetzt einen schönen Schlaf.

Ich konnte mich betten, wie ich wollte, ein Spieß steckte in meiner Flanke und ließ mich bei jeder Bewegung jäh innehalten, ich zog die Decke über meinen Kopf, ertrug aber die Dunkelheit nicht, irgendein Greis sprach zischend und tuschelnd ein Gebet und bat den gerechten Gott um ein klein bißchen Gesundheit für seinen Sohn, den es unverschuldet getroffen hatte ... Schöne Worte, dachte ich, wir Siechen und Versehrten sind in diesem Krankensaal, weil die Vorsehung oder der Teufel uns mit der großen Kelle aus dem Kessel geschöpft hat, wir bedauern doch nur, daß wir nicht daran glauben mögen, daß Fehlschläge uns befeuern. Doch wer war ich schon, ich durfte an der Wirkung der Gebete frommer alter Männer zweifeln, ich konnte mich dagegen sperren, eine Gefälligkeit vom Himmel einzufordern – im Grunde meines Herzens wußte ich es besser. Kein Mensch stand an meinem Bett und hielt mir die Hand. Verdammt sollte ich sein, der Anfall von Selbstmitleid beschämte mich, ich hatte diese Busfahrt angetreten, um einen Familienstreit zu schlichten, meine Tante hatte, ganz gegen ihre Gepflogenheiten, eine schlichte Bitte geäußert, die Bitte, ihren wildgewordenen Stiefsohn zur Vernunft zu bringen, der wenige Monate nach dem Tod seines Vaters gegen die Tür meiner

Tante gehämmert hatte und schließlich von ihr eingelassen worden war. Er kam gleich zur Sache, forderte seinen Anteil an der Wohnung, denn er, der Sohn aus erster Ehe, halte zwei Fünftel der Räume, in denen sie, seine angenommene und nicht leibliche Mutter, weiter zu leben gedachte. Er berief sich auf die Gesetze der Logik, einer alleinstehenden Frau stünde so viel Wohnfläche einfach nicht zu, und deshalb wäre es keinesfalls herzlos von ihm, ihren Auszug aus der Wohnung und den unverzüglichen Verkauf zu fordern, er hätte Schulden und könne die Eintreiber nicht auf bessere Tage vertrösten ...

Eine hanebüchene Geschichte. Es war mir bekannt, daß dieser Mensch wegen eines Drogendelikts im Gefängnis gesessen hatte, daß er auf die Kraft baute, die sich vom Vater auf den Sohn übertrug, sein Vater hatte sich mit Gott und seinen Freunden, Bekannten und Verwandten angelegt und war dann doch davongekommen. Er hatte nicht gesiegt, der Sohn aber glaubte es und sagte mir ins Gesicht, daß nichts und keine Kraft der Welt ihn dazu brächte, feige schlappzumachen. Was soll das heißen? sagte ich ihm, die Frau deines verstorbenen Vaters hat fast mit ihrem Leben abgeschlossen, sie rechnet fest damit, daß man sie im Altersheim unterbringt. Ich hasse diese Melodramatik, sagte er, sie wohnt im sechsten Stock, und wenn sie zum Blumengießen auf den Balkon tritt, starrt sie auf das Altersheim auf der anderen Straßenseite, sie sieht die Alten am Fenster sitzen und ihr zuwinken, und es ist kein einziges Mal vorgekommen, daß sie zurückgewinkt hat. Mein Vater hat mir davon erzählt. Jetzt ist er tot, ich lebe und habe Schulden, meine Tante schickt dich vor, um mich umzustimmen, ich kenne dich gar nicht, wir sind uns in der Vergangenheit vielleicht zweimal begegnet, und du hast es nie für nötig befunden, mich nach meinem Leben und meiner Lebensphilosophie zu fragen ... Ich war angewidert von diesem aufgeklärten Idioten, der Blut, Familie, Ehre, Gefühle und Heimatliebe für Mißtöne im orchestrierten orientalischen Krach hielt, er war sich seiner sehr sicher, aber ihm mißlang fast alles. Ein linker Geschäftsmann, nun ja, diese Menschen gab es nicht selten, sie hatten sich früher in kleine schmerzhafte Scharmützel mit ›dem Staat‹ verwickelt, vielleicht hatten sie auch nur Aufrufe und Flugblätter verfaßt, und weil sie Verkommenheit voraussetzten, fingen sie an, sich gegenseitig zu bekämpfen. Im Verlauf des Gesprächs gerieten der Idiot der Familie und ich aneinander, es kam, wie es kommen mußte, er warf mir eine ultrakonservative Gesinnung vor, ich war ihm in die Falle gegangen und hatte mich auf ein politisches Streitgespräch eingelassen, trotzdem nannte ich ihn einen linken Versager, und es traf ihn hart. Er nannte mir eine Frist, er nannte mir eine Summe, die man ihm auf sein Konto zu überweisen hätte, und er drückte mir einen Zettel in die Hand, auf dem er seine Bankverbindung aufgeschrieben hatte. Wer war also der Versager? Wieder zurück bei meiner Tante verschwieg ich den Streit und erzählte ihr das Märchen von den zwei entfernt verwandten Männern, die es nicht zum Konflikt kommen lassen, sondern die Angelegenheit auf eine sehr zivilisierte Weise lösen. Dann rief ich bei meiner Bank in Deutschland an, bat darum, einen nicht unbeträchtlichen Teil meines über viele Jahre angesparten Geldes noch am selben Tag ins Ausland zu transferieren, die Auslandsüberweisung machte den Bankangestellten mißtrauisch, er kannte mich persönlich und wußte um meinen gelegentlichen Leichtsinn. Er nahm dann doch schweren Herzens ›die Transaktion‹ vor. Hatte ich den Familienstreit geschlichtet? Nein, ich war nach einigen Tagen Aufenthalt in

Ankara völlig entkräftet und wütend in den Nachtbus gestiegen, mein Plan sah vor, an der Ägäis eine Woche Urlaub zu machen und darüber nachzudenken, wie ich wieder zu mehr Geld kommen konnte. Meine Tante war glücklich, der linke Geschäftsmann war zufrieden, ich war am Ende.

Entweder hast du einen Alptraum, oder du kannst ums Verrecken nicht schlafen.

Das Zweite, sagte ich.

Der Chef läßt sich Zeit mit der Visite, sagte der Trinker, er schwang sich auf die Bettkante, blieb sitzen und ließ den Blick schweifen. Ehe er dazu kam, eine launige Bemerkung über die Menschen im Krankensaal zu machen, stürmte der Pfleger herein, er hielt ein Hemd, eine Weste, ein Wintersakko und eine Hose an Drahtbügeln hoch und drehte sich, wie um Applaus bedacht, um seine Achse.

Du hast die Ärzte beklaut, sagte der Trinker.

Ich schwöre auf das Kantinenessen, daß es nicht wahr ist, rief der Pfleger.

Ein sehr seltsamer Schwur, stellte der Trinker fest, Rippe, los, zieh' die Sachen an, Frau Leistenbruch ergötzt sich schon die ganze Zeit an deinem Anblick, mach' sie glücklich und zieh' dich vor ihren Augen an.

Die schamhafte Frau richtete sich im Bett auf, die Papierservietten segelten zu Boden, und während sie den Trinker mit Flüchen bedachte, stand ich auf, bat den Pfleger, mir die Decke vorzuhalten; dann zog ich mich in Zeitlupe um, die Hose spannte am Bauch, ich konnte den Reißverschluß nur zur Hälfte hochziehen, aber wenn ich das Hemd nicht in die Hose stopfte, würde ich kein öffentliches Ärgernis darstellen.

Sie sehen wie ein Kavalier aus, Herr Rippe, sagte der Pfleger.

Lüg' nicht, sagte die schamhafte Frau, er sieht aus wie ein herausgeputzter Bauer auf dem Dorffest.

Ein wahrer Mann schmückt sich nicht, er zieht sich einfach nur an, sagte der Trinker, Rippe, du mußt dir den obersten Hemdknopf zuknöpfen, das ist bei uns Männern hier so üblich, sonst denkt man, du wärst ein Schlagersänger oder hättest die Absicht, dir einen Mann anzulachen.

Mir war es egal, was man von mir hielt, aber ich fügte mich, wahrscheinlich hatte der Pfleger die Kleider einem Losverkäufer abgeschwatzt, der in einer Ruine hauste, oder er hatte in eine Altkleidertüte des Roten Halbmonds gegriffen und die besten Stücke ausgesucht. Ich stolperte dem Trinker hinterher, ich entzog mich dem Griff des Pflegers und trat auf den Vorplatz, auf dem Männer in Pyjama und Strickjacke in Gruppen zusammenstanden oder hin und her schlurften, manch einer schob einen Tropf am Ständer neben sich her, ich sah einen Mann gedankenverloren mit einem Plastikstäbchen im Kaffee rühren, mit wenigen Schritten war der Trinker bei ihm, er winkte mich herbei und drückte den Mann herunter, als er Anstalten machte, aufzustehen.

Herr Bluterguß, das ist unser Neuzugang, Herr Rippe. Er hat sich tapfer geschlagen und nur ein paar Kratzer davongetragen.

Hocherfreut, sagte Herr Bluterguß und klopfte auf den freien Platz neben sich auf der Parkbank, der Trinker und ich setzten uns, und weil ich aufgefordert wurde, von dem Unfall zu erzählen und kein mir bekanntes Detail auszulassen, schilderte ich die Einzelheiten, bald fing mein Gesicht vor Anstrengung an zu brennen, da ich aber meine neuen seltsamen Freunde nicht enttäuschen wollte, sprach und sprach ich, bis es tatsächlich nichts mehr zu erzählen gab.

Rippe hat jetzt einen Kaffee verdient, sagte Bluterguß,

es fiel mir auf, daß er nur eine Mundhälfte bewegte, der Trinker sprang auf, eilte zum Kiosk, brachte drei Tassen brühheißen Kaffee in Plastikbechern, und wir verbrachten die nächsten Minuten damit, im Kaffee zu rühren.

Du wirst bestimmt in ein paar Tagen entlassen, sagte Bluterguß, was kommt dann? Wirst du nach Deutschland zurückkehren?

Ja, sagte ich.

Erwartet dich dort eine Frau? sagte Leber.

Nein, sagte ich.

Du siehst doch, daß er keinen Ehering trägt, sagte Bluterguß, er ist nicht verheiratet, und so wie es aussieht, hat er keine Freundin.

Frauen, rief Leber, Frauen, Frauen, Frauen.

Mir blieb nichts weiter zu tun, als ihnen zuzuhören, denn sie schienen sich über ihr Lieblingsthema zu unterhalten, sie lebten im ersten Jahrzehnt nach ihrer Scheidung, und von ihren ehemaligen Ehefrauen wußten sie wenig zu berichten, der Trinker warf der Davongelaufenen vor, sein Alkoholproblem übermäßig negativ bewertet zu haben ... Übermäßig negativ, dachte ich, habe auch ich etwa den prächtig aufgeklärten Stiefsohn meiner Tante mißverstanden? Bluterguß zupfte mich am Ärmel, er wollte von mir wissen, wieso ein erwachsener Mann in der Liebe zum Kind werde, ich setzte schon zu einer Antwort an, da gebot mir der Trinker mit einem Zungenschnalzer Einhalt.

Kannst du dir hinters Ohr schauen? sagte er zu Bluterguß.

Nein.

Eben, fuhr der Trinker fort, ich kannte einen, der konnte sein Ohr umknicken, die reinste Zirkusattraktion. Aber sich hinters Ohr sehen konnte er nicht. Das eine hat mit dem anderen nichts zu tun, sagte Bluterguß, ich lernte meine Frau kennen, da war sie noch eine Lilie der Reinheit, die Katzen des Viertels liefen ihr zu, und ich wußte, sie wird vielleicht nicht die Mutter meiner Kinder, aber sie wird auf jeden Fall meine Frau. Ich hegte keine Zweifel. Ein ganzes Jahr hat sie mich hingehalten, rosenwasserbesprengte Briefe, kleine und große Geschenke, Seidenhalstücher, Handschuhe, Nylonstrumpfhosen ... und dann, ein Jahr lang hatte ich geschuftet, durfte ich sie auf den Mundwinkel küssen ... Das ist ein geringes Entgelt ...

Ich drehte mich um, vor mir stand ein Unrasierter, ein junger Mann, der sich einen Protestbartschatten hatte wachsen lassen, und wie um seine Unnachgiebigkeit zu untermalen, knackte er Kürbiskerne und spuckte die Schalen nicht etwa aus, sondern schob sie mit der Zungenspitze auf die Unterlippe, von der sie einfach herunterfielen. Von diesem Mann ging eindeutig Gefahr aus, ich mußte an meinen Vater denken, vielmehr an den Merksatz, den er mir immer wieder eingebleut hatte: Kontakte zu einfachen Bürgern in der Dämmerung und im Morgengrauen bergen ein hohes Risiko. Leber stellte mich vor, Herr Rippe, Herr Messer, natürlich, der Name lag nahe, wahrscheinlich ging Messer keinem Streit aus dem Weg und hatte vielleicht diesmal seinen Meister gefunden.

Du hättest dich doch damals für sie in Stücke hacken lassen, sprach dieser Messer zu Bluterguß, und ich sage dir: Hättest du sie um ein Leumundszeugnis gebeten, sie hätte es dir nicht ausgestellt.

Woher willst du das wissen? sagte Bluterguß.

Wir beugen das Haupt und spucken dem Herrscher auf den Stiefelspann.

Und das heißt was?

Das heißt, daß wir die Frauen nicht beherrschen können, sagte Messer, sie lieben in alle Richtungen, und wenn wir zufällig in der Richtung anzutreffen sind, in die sie sich bewegen, werden wir ein wenig glücklich. Sie befassen sich mit uns, wir nennen es Liebe, und dann schlagen sie eine andere Richtung ein, und wir reiben uns die verweinten Äuglein.

Du bist ja in der Liebe ein Alleswisser, sagte Leber, und da mich der Gesprächsgegenstand zermürbte, blickte ich mich um, der Vorplatz der Notaufnahme wurde begrenzt von einem hohen, an manchen Stellen durchbrochenen und notdürftig geflickten Zaun, es schloß sich ein großes Baugelände an, auf dem die ersten vier Stockwerke eines Hochhauses hochgezogen waren. Der umgekippte Betonmischer versank im Matsch, ein Gartenschlauch war wie eine Geschenkschleife um den verschlammten Kessel herumgewickelt, auf dem Schutthaufen daneben entdeckte ich den Abfall aus den Haushalten der Bürger, Toilettenschüsseln, Wäschespinnen, aufgeschlitzte Sofapolster. Die Insekten des Spätsommers schwirrten über dem Müll, es war eigenartig, daß der Blick über den Zaun meine Angst aufflammen ließ. Sonderbar waren meine neuen Bekanntschaften, sie fragten nicht nach Name und Beruf, es zählte allein das wunde Organ, der geprellte Knochen oder das Mordinstrument, das glücklicherweise nicht getötet, aber verwundet hatte. Was mache ich hier? dachte ich, dies war kein Ort der Bedrohung, doch ich hatte noch immer diese Kopfschmerzen, und in meinem Kopf überschlugen sich die Gedanken, ist das Schicksal ein Kinderfinger, der ins heiße Kerzenwachs fährt und Löcher hineinsticht? bin ich dumm, weil ich in meinem blinden Eifer, am Leben bleiben zu wollen um jeden Preis, wichtige Dinge übersehe? Vielleicht sollte ich meinen guten Willen zeigen und den Männern lauschen, vielleicht verbarg sich in ihren Worten eine Wahrheit, an die ich mich nur zu halten brauchte, denn die Wahrheit ist, daß man ahnen kann, woran man bereit ist, sein Herz zu hängen. Und ich dachte, mein Gott, jetzt spürst du die Spätfolgen des Unfalls, jetzt kommt der Schock, es wird eine kleine Ader platzen, und du wirst gleich an Hirnblutung sterben ...

Unser neuer Freund ist wohl ein unerbittlicher Denker, sagte Messer, er weilt nicht wirklich unter uns.

Doch, sagte ich, ich weiß nur nicht, wie es weitergehen soll.

Willkommen in unserer Gemeinschaft, sagte Bluterguß, nimm einfach das erstbeste Angebot an, versuch' nicht den Preis herunterzuhandeln, sei zufrieden und troll dich.

Er meint den Ablauf auf der Station, sagte Leber.

Wir gehen lieber mal wieder rein, sagte Messer, die schöne Ärztin möchte sich bestimmt ein Bild machen. Ich sage dir, Rippe, sie mag dir die Vene zerstechen, wenn sie dir eine Kanüle legt, doch glaube mir, du bettelst bei ihrem Anblick darum, daß sie dir weiter weh tut. Ich kenne nur eine Lilie der Reinheit, und das ist die herrlich schöne Frau Ärztin.

Ich schlurfte ihnen hinterher, und tatsächlich, wir kamen gerade rechtzeitig, der ›Chef‹ war eine Ärztin und machte ihre Visite im Krankensaal, sie nahm unsere Anwesenheit stirnrunzelnd zur Kenntnis, sie stand am Bett der schamhaften Frau und hielt ein Röntgenbild hoch, sie sprach mit einem Arzt zu ihrer Rechten, der sich emsig Notizen machte und zwischendurch Anweisungen gab, eine Krankenschwester eilte davon, die Ärztin rief ihr zu, sie sollte nicht wie in Panik losstürmen, sonst kämen die Patienten noch auf falsche Gedanken. Nun ja, dachte ich, diese Frau ist erstens dank ihrer Stellung in der Hierarchie eine Respektsperson, und zweitens hat sie mit leichtem Rougeauftrag ihre hohen Jochbögen akzentuiert, und drittens sollte Messer alle Hoffnung fahren lassen, die Chefärztin trägt einen Ehering, sie wird auf die Liebesschwüre eines Mannes nicht eingehen, der jeden Nebenbuhler niederschießt. Eine zweite Krankenschwester scheuchte eben diesen Messer nach hinten in den Saal, es sei unfein, sagte sie, die Krankengeschichten anderer Menschen zu belauschen, Messer bedachte sie mit einem finsteren Blick, schlenderte zum Saalende und zog, an seinem Bett angekommen, den Trennvorhang zu. Ich setzte mich auf die Bettkante, und da ich nicht Leber gegenübersitzen wollte, schüttelte ich das Kissen auf und streckte mich auf dem Bett aus. Es dauerte keine fünf Minuten, bis die Ärztin an meinem Bett stand, ich wollte mich aufrichten, doch sie befahl mir, die entspannte Haltung nicht aufzugeben, das waren ihre Worte: Ich befehle Ihnen, Ihre entspannte Haltung nicht aufzugeben. Sie hielt mein Röntgenbild gegen das Licht, schaute mich ernst an, und weil ich keinen Sinn darin sehe, fremde Frauen anzulächeln, blickte auch ich ernst zurück.

Sie haben Glück im Unglück gehabt, sagte sie, Ihre Rippen sind nicht gebrochen, wir werden Sie noch weitere zwei Tage hierbehalten. Haben Sie besondere Wünsche, die wir berücksichtigen sollen?

Nein, danke, sagte ich, wie viele Menschen sind bei dem Unfall gestorben?

Die genaue Zahl liegt mir nicht vor, sagte sie, und auch wenn ich sie wüßte, Sie würden es von mir nicht erfahren.

Ärztliche Schweigepflicht, sagte ich dumm.

Nein, sagte sie, Pietät.

Und wie ist es mit der Zahl der Schwerverletzten?

Kein Kommentar, sagte sie, vergessen Sie nicht: Zu viel Neugier ist tödlich. Und dann lachte sie, vielmehr entgleisten ihre Gesichtszüge, und sie ließ ein seltsames Kleinmädchenkichern vernehmen, ihr Lachen verebbte mit einem hellen Zimbelton, und ich bemerkte aus dem Augenwinkel, wie Messer den Trennvorhang hastig aufzog, und als ich ihm den Blick zuwandte, sah ich ihn in meine Richtung starren.

Ich mußte natürlich mit ihm reden, ich mußte ihm glaubwürdig auseinandersetzen, daß ich keinerlei Ambitionen hegte, daß es mir in den kommenden zwei Tagen darum ginge, zu genesen und wieder richtig zu atmen, denn dann würde ich ihm, Leber und Bluterguß Lebewohl sagen, er mußte mich nicht verwünschen, er mußte mir den Himmel nicht auf meinen Kopf fallen lassen, ich würde ihm, falls er darauf bestünde, in die Hand versprechen, von allen Frauen die Finger zu lassen, ich würde ihm sagen, daß ich die Liebe geringer schätzte als ein leeres Zündholzheftchen, ich würde meinetwegen sogar die Armeleutepsychologie ins Spiel bringen und die These vertreten, daß ich zu den Egoisten gehörte, die einer Frau verfallen, weil ich das Gefühl liebte, das sie in mir auslöste, denn es, das Liebesding, machte mich selbstvergessen; ich würde diese oder eine andere gegenteilige These vertreten, es ging schließlich darum, komplizierte Menschen zu meiden und Komplikationen zu vermeiden, was wollte ich schon es, das Liebesding, an mich heranlassen, viel schöner fände ich es, in meiner Küche zu sitzen und mich zu vergewissern, daß das Geschirrtuch ordentlich am Griff der Backofentür hing, eine Orangenhälfte auf den Elektro-Entsafter zu drücken und über den aus der Tülle herausrinnenden Saft glücklich zu werden, und falls ich dann im Schlitz eines Münzfernsprechers ein Fünfzigcentstück fand, das sich mit dem Fingernagel herausziehen ließ, war ich an jenem Tag ein wirklich glücklicher Mann. Ich würde Messer fragen, ob er je in seinem Leben Ingwer an Hühnerschlegel in Alufolie im Ofen gegessen hätte, oder, noch besser, in Knoblauch eingelegte Kolibrizungen, ich würde ihm verraten, daß ich vom erstgenannten Gericht probiert und vom zweitgenannten nur gelesen hätte, Messer und ich würden, könnten und mußten eine für beide Seiten gesichtswahrende Lösung finden, das stand außer Frage, ich kannte Feuerzeugfunken, aber keinen Liebesbrand im Herzen, ich war im Westen verdorben, ich war ein durch und durch degenerierter Mann des Abendlandes, und von der Tradition der orientalischen Frauenanbetung hatte ich keine Ahnung, Messer, würde ich sagen, ich bin ein kampfmüder Soldat auf dem Feld nach der Schlacht, ich habe meine Munition verschossen, und das einzige, was ich möchte, ist, aus diesem verdammten Krankenhaus einigermaßen heil wieder herauszukommen, also, die Ärztin gehört dir, deine Ärztin hat einen wirklich lahmen Witz gemacht, und da sie zu den Menschen gehört, die über ihre eigenen Witze am lautesten lachen, hat sie eben gelacht, ich aber blieb ernst, das sollte dir zu denken geben, Liebe und anderer Blödsinn hat damit nicht das mindeste zu tun. Und ich würde meine Brandrede mit den Worten beenden, daß er, Messer, und sie, die Ärztin, kein gutes Paar abgaben, sie war eine Studierte, eine Kultivierte, eine Lilie der Reinheit, er aber war eine große unrasierte Null, eine recht einfältige Kreatur in der Peripherie des Lebens und der Liebe, was könnte sie schon dazu bewegen, Messer in ihre Welt einzuladen, er war so blöd, daß er sich das Alphabet ins Gedächtnis rufen mußte, bevor er einen vernünftigen Satz sprach. Nein, mein Junge, sie möchte sich ihre Gesellschaft aussuchen können, und du bist ein summendes schwirrendes Spätsommerinsekt. Verdammt noch mal.

Die Ärztin war mit ihren Hofgünstlingen weitergezogen, das hielt Messer nicht davon ab, von ganz hinten in meine Richtung zu stieren, ich stand auf, zeigte mit dem Finger auf mich, dann auf ihn und endlich auf die Tür, er setzte sich in Bewegung, und ich wartete, bis wir auf gleicher Höhe waren, ich ließ ihm den Vortritt, folgte ihm auf den Vorplatz.

Was ist los? sagte ich.

Frau Nebel, sagte Messer.

Wer?

Die Frau im Bett dir schräg gegenüber, sagte Messer.

Ja und?

Bist du an ihr interessiert?

Kein Interesse, sagte ich.

Gut, sagte Messer, und die Ärztin?

Kein Interesse, wiederholte ich.

Dann ist alles gut, und wir brauchen uns nicht um die Beute zu balgen.

Wieso Nebel?

Sie ist schon richtig im Kopf, sagte Messer, aber manchmal wirkt sie benebelt. Ich kenne ihre Geschichte, willst du sie hören?

Nein.

Eine gute Einstellung, sagte Messer, worüber hat sich die Frau Chefin denn amüsiert?

Hab' ich vergessen, sagte ich und ging an ihm vorbei und wieder zurück in den Krankensaal, die schamhafte Frau Nebel hatte ihre Blößen bedeckt, die Ärztin war zu anderen Kranken weitergezogen, Leber blätterte in einer Sportzeitung, und als Messer Frau Nebel einen wunderschönen Resttag wünschte, stellte sie trocken fest, daß sie sich geschmeichelt fühlte, die Schicklichkeit aber einen weiteren Aufenthalt seinerseits an ihrem Bett strikt verböte, er sollte sie bitte nicht länger in Anspruch nehmen. Ich sann wieder einmal darüber nach, ob ich in diesem Land böse Blicke auf mich zog, denn jedesmal, wenn ich hierherkam, schienen Flüche ihre volle Wirkkraft zu entfalten, ich brach mir den Fuß, bekam eine Mittelohrentzündung, litt an beiden Handgelenken an Sehnenscheidenentzündung oder überlebte nur knapp einen schweren Verkehrsunfall. War ich in Deutschland geschützt? Ich wußte es nicht, diese Gedanken brachten mich nicht weiter, und mir ging auf die Nerven, daß Frau Scham und Nebel mir schmachtende Blicke zuwarf; sie bot mir sogar süßes Gebäck an, ich lehnte dankend ab, sie zeigte mir die in Öl eingelegten, mit Hackfleisch gefüllten Paprikaschoten, ihre charakterlahme Schwägerin hätte sie bei ihrem letzten Besuch vorbeigebracht, und ich könnte doch, wenn ich schon nicht davon probieren wollte, Brot ins Öl tunken. Ich lehnte dankend ab. Und schlief ein, ich schlief tief und fest, ich hatte keine Alpträume, ich wachte nicht schreiend auf, sondern wurde von Leber wachgeschüttelt, er sagte, ich hätte mit meinen schnarrenden und pfeifenden Nasenlauten fast den ganzen Saal unterhalten, fünf Stunden Schlaf wären genug. Am kleinen Waschbecken rechts neben der Tür wusch ich mein Gesicht, es gab keinen Spiegel, in den ich hätte schauen können, vielleicht war es besser so, ich schlüpfte in den buntgestreiften Reservemorgenmantel, den mir Leber aufdrängte, ein Mann im Morgenmantel machte, wie er laut verkündete, viel mehr her als ein Mann in einer lausigen Jacke. Wir gingen los, Messer und Bluterguß hatten sich uns angeschlossen, wir alle steckten in Morgenmänteln und Straßenschuhen, ein unbeteiligter Beobachter hätte uns für eine Kampftruppe von Irren halten können. Leber übernahm die Führung, und während wir um Ecken bogen, Treppen hoch- und runterstiegen, lange und kurze Flure entlangschritten, sprach er davon, daß dieses Staatskrankenhaus ein Reich der Trennvorhänge und kleinen Kammern wäre, man würde die besondere Affinität der Krankenschwestern zu gutaussehenden Ärzten aus den Groschenheften kennen, hier aber herrschten die Gesetze der Realität, hier würden dicke, mit Keulenwaden watschelnde Krankenschwestern buckligen und verwarzten Ärzten verfallen, man sollte die schöne Frau Ärztin bitteschön als Ausnahme von der Regel begreifen. Messer blieb ruhig. Von einem Kuß wird man nicht schwanger, fuhr Leber fort, und auffallend ist, daß die Schwangerschaftsrate null Prozent beträgt, also pflegt das Personal bei seinen heimlichen Praktiken höllisch aufzupassen. Aber gut, diesen schnellen Schüssen und dem Dunkelkammerbeischlaf haben wir es zu verdanken, daß man uns Kranken mit einiger Nachsicht begegnet, man stelle sich mal die Seelenlage der Ärztinnen und Ärzte vor, wenn ... Messer blieb ruhig, und ich war damit beschäftigt, den mir entgegenkommenden, bandagiert flanierenden Männern und Frauen auszuweichen, die Langeweile hatte sie, genauso wie uns, aus den Betten gescheucht, die Siechen, Lahmen und Einäugigen trotteten durch die Flure der Stationen, gelegentlich stürzte eine Schwester zu einem Kranken und trieb ihn wieder zurück.

Dies ist kein Ort der Bedrohung, stellte ich fest, ich hatte längst die Orientierung verloren, ich glaubte nur, daß wir uns zum rückwärtigen Teil des Krankenhauskomplexes vorarbeiteten, und tatsächlich glichen die Krankenschwestern nicht den jungen Elfen in Weiß, die man in den Vorabendserien bewundern konnte, die Kittel spannten um die Hüften, und ich sah Schminkkästen aus ihren Taschen hervorlugen.

Schließlich fanden wir uns in der Kantine ein, ich schaute mich fragend nach Leber um, wir werden am Bett bedient, sagte er, aber wer den üblen Fraß ißt, ist selber schuld, Messer drängte an der langen Schlange vorbei, wobei er hier und da Ellenbogenstöße verteilte, und als er vor dem Essensausteiler stand, umfaßte er mit beiden Händen seinen Kopf, zog ihn sanft heran und flüsterte ihm etwas ins Ohr. Der Mann schien über die Verletzung seiner persönlichen Unantastbarkeit keineswegs empört, er nickte, tauchte die Schöpfkelle in den Aluminiumbottich, und während er die Hackfleischkloßsuppe ausgab, bellte er seinen zweiten Kantinenoffizier an. Messers Anweisung wurde wohl über die Befehlskette bis zu den Köchen durchgegeben, Messer war es zufrieden, und er führte uns an einen freien Tisch, wir schlüpften aus unseren Morgenmänteln, hängten sie über die Stuhllehnen und setzten uns hin. Wenig später löffelten wir unsere Suppe, die Schärfe trieb mir die Tränen in die Augen, ich blieb ruhig.

Du kennst den richtigen Mann am richtigen Ort, sagte ich.

Er ist mein Bruder, sagte Messer.

Was? Dein Bruder arbeitet in der Kantine, dann ist ja alles klar.

Messer schaute mich nur an, und ich verstand, daß er enttäuscht war, daß ich nicht wirklich verstand, und endlich ging mir ein Licht auf, der Essensausteiler war deshalb Bruder, weil er Messers Wünsche respektierte. Bluterguß wischte seinen Teller mit einem Brotstück blitzblank und lehnte sich zurück.

Die Suppe ist der wahre Höhepunkt eines Tages, stellte er fest.

Da kann ich mir aber ganz andere Dinge vorstellen, sagte Leber, schade, daß sich nur in Filmen eine Krankenschwester in einen Patienten verliebt. Und schade, daß die hiesigen Schwestern, wie gesagt, nicht mit übermäßiger Schönheit gesegnet sind.

Wir wollen die Schwester aus der Intensivstation nicht übergehen, sagte Bluterguß.

Ich habe sie in die Konditorei zwei Straßen von hier entfernt eingeladen, sagte Messer, ich habe mich wie ein Kavalier alter Schule verhalten. Und trotzdem hat sie mich abgewiesen. Sie ist nicht einmal verlobt, und meines Wissens hat sie sich auch auf keine Trennvorhang-Liaison eingelassen.

Ich kann dir den Grund nennen, sagte Bluterguß, vielleicht sogar zwei Gründe. Erstens, du bist unrasiert.

Das sehe ich ein.

Zweitens, du bist ein Patient und damit die Horizontale, weil du per Definition zu den Liegenden gehörst. Eine Schwester ist die Vertikale, sie macht dein Bett, bringt dir das Essen ans Bett und wechselt deinen Tropf oder gibt dir eine Spritze. Sie steht, du liegst, die Waagrechte kann sich schlecht zur Senkrechten ins Verhältnis setzen.

Als ich sie zum Tee und Gebäck einlud, stand ich vor ihr, sagte Messer, deine Theorie bleibt eine Theorie.

Bedenke, daß die besagte junge Frau von oben empfängt und nach unten reicht, sagte Leber, dies ist ein Haus für Kranke und Verletzte, du bist verletzt, sie ist gesund, sie steht an deinem Bett hinter dem Vorhang und schaut auf dich herunter. Gleich zu gleich gesellt sich gern, also muß einer von euch beiden fallen, und das kann nur die Schwester sein.

Die zweideutige Bemerkung schien Messer kurz aufzuwühlen, doch weil er schlecht aus seiner Rolle des Gastgebers fallen konnte, drückte er sein Mißfallen mit einem Zischlaut aus und ließ den ungerührt löffelnden Leber in Ruhe. Er verließ die Runde, um kurz danach mit einem Tablett voller Kompottschüsseln zurückzukehren, wir putzten den Nachtisch weg und machten uns für den Verdauungskaffee auf den Weg zum Kiosk. Man mußte sich also nur fügen und treiben lassen, diese Männer im Morgenmantel hatten sich meiner angenommen, sie hatten mir sogar einen Morgenmantel geliehen, eine mittelalte Dame schmachtete mich an, diese Liebe konnte ich zwar aus vielen Gründen nicht erwidern, aber Zuneigung blieb Zuneigung, und ich mußte dankbar sein. Ich war eher verwirrt.

Draußen trieben sich die üblichen Verdächtigen herum, ruhelose Geister und professionelle Schaulustige, einige wenige Frauen, die Kürbiskerne knackend miteinander schnatterten. Die Parkbänke waren besetzt, wir bezogen vor dem Kiosk Stellung, der Polizist, den wir nur hinter seinem Rücken Blutnase zu nennen wagten, war in Bombenstimmung und genehmigte sich aus dem Kaffeeplastikbecher ein paar Schlucke Bier. Die Abenddämmerung verwischte die Farben und Umrisse, die Neonlampen gingen flackernd an, und die Tauben beäugten von den unteren Ästen der wilden Birke auf dem Nachbargrundstück aus die Brotkästen, die der Pfleger aufeinanderstapelte. Zweimal fuhr ein Krankenwagen vor, die Heckklappen wurden aufgerissen, die Krankenbahre wurde ausgefahren, und ich sah beide Male wimmernde Männer darauf, die den Himmel um Beistand anflehten. Jedesmal stimmten wir ein Amen an und legten eine Minute Gesprächspause ein. Dann sprachen wir weiter, über Gott und die Politik, über kratzende Herrenunterwäsche, über Frauen, über die Techniken der Nasenhaarentfernung, über ein neues deutsches Wunderprodukt, den Gartenschlauch mit Nachtropfstopp, über Frauen, über Einwegrasierer, die schon nach dem zweiten Gebrauch stumpf werden und mit denen man sich fast verstümmelt, über die Abdrükke im Teppich, die Kommodenbeine hinterlassen und deretwegen der Mann von seiner Ehefrau beschimpft wird (der Polizist), über die verdammten Meteorologen, die eine Schlechtwetterfront vorhersagen, und die Wahlprognoseinstitute, die fast immer die Opposition zum Wahlsieger erklären, über das gute Wetter und die siegreiche Regierungspartei. Und über die Frauen. Ein häßlicher Zwischenfall im Tagesablauf eines jeden von uns, mit Ausnahme des Polizisten, der seiner Arbeit nachging, hatte uns zusammengeführt, und wenn wir ehrlich sein wollten, waren der Unfall, der Zusammenbruch, die Messerstecherei, die plötzlich ausbrechende Krankheit willkommene Anlässe, den Trott zum Teufel zu schicken, der Lebensüberdruß jagte uns Männer im Morgenmantel einen Heidenschreck ein. Die Verkommenen wollten sich an uns schmiegen, und wir hatten es satt, den Verkommenen Wärme zu spenden. Natürlich bildete ich mir das Gemeinschaftsgefühl nur ein, ich sah ein gemeinsames Band, eine kleine Verschwörung auf dem Vorplatz der Notfallambulanz, ich sah uns, die wir in Plastikkaffeebechern rührten, ein perfides Bubenstück planen, dabei hatte der Polizist, nach einer Wutpredigt wider das üble Eheweib, unsere Losung ausgesprochen: Angeschossen ist nicht tot. Wen wollten wir damit beeindrucken? Die Tauben, den sprechbehinderten Kioskbesitzer, der die Tauben die Krümel aus den Brotkästen picken ließ? Oder den Pfleger? Leber hatte keine hohe Meinung von ihm, er hatte mir im Vertrauen verraten, daß er ihn für einen Minderbegabten hielt, und jeder Minderbegabte hätte das Zeug zum Kollaborateur, dem verlausten Pfleger fehlte es allein an Courage, an den richtigen Feind heranzutreten und ihm seine Dienste anzubieten, die Lümmel und Verbrecher warteten nur auf die passende Gelegenheit. Wenn nicht bei dem Pfleger, dem Kioskmännchen und den Tauben – bei wem also wollten wir Eindruck schinden? Nichts ist erbärmlicher, als vor einem Losverkaufsstand auf dem Jahrmarkt zu stehen, dachte ich, und mit der Schuhspitze die Lottonieten in den Boden zu treten, man kommt gegen den Drang, sein Glück trotzdem zu versuchen, nicht an.

Unser Denker hat seine Stirn gefurcht, sagte Bluterguß, wahrscheinlich fördert er jetzt eine fürchterliche Wahrheit zutage.

Müßt ihr noch lange hierbleiben? sagte ich.

Länger als du, aber kürzer als die Todgeweihten, sagte Messer, Rippe, sei unbesorgt, wenn du an meine Tür klopfst, werde ich aus dem Fenster spähen und nur kurz darüber grübeln, ob ich dich hereinlasse.

Ihr seid mir auch willkommen, sagte ich.

Ich weiß ja nicht, sagte Leber, lohnt sich der lange Weg nach Deutschland?

Du bist ein unsensibles Rind, sagte der Polizist, Rippe kämpft mit den Tränen, er hat uns in sein kaltes Herz geschlossen, und du sagst ihm ins Gesicht, daß du frierst.

Ich brauche Rat, sagte Messer.

Es geht selbstverständlich um eine Frau, stellte Leber fest.

Die Frau, um die es tatsächlich geht, ist sehr vergeßlich, deshalb schreibt sie Merkworte auf den unteren Teil ihrer Handflächen. Ich habe Verständnis dafür. Sie unterstreicht die Merkworte und versieht sie mit mehreren Ausrufezeichen, ich meine, sie hat es sich in der Grundschule angewöhnt, sie nennt es das Prinzip der Spickhand ...

Aha, rief Bluterguß aus, du hast dich mit ihr unterhalten.

Wir kennen uns, ja.

Kommt sie aus einer guten Familie? sagte der Polizist.

Das ist wohl zweitrangig, sagte Messer, viel wichtiger ist doch die Frage, ob sie ... na gut, ich gebe meine Geschichte in groben Zügen wieder. Eines Tages, ich gehe friedlich herum ...

Schwer vorstellbar, unterbrach ihn der Polizist.

Ich gehe also durch die Straßen dieser Stadt, und da kommt sie mir entgegen, sie ist völlig damit beschäftigt, ihre Schrift auf der Handinnenfläche zu entziffern, und schaut nicht nach rechts und links und nicht geradeaus, es gibt zwar genug Platz auf dem Bürgersteig, ich denke aber kurz darüber nach, ob es eine gute Idee wäre, ihr eben nicht auszuweichen ...

Messer nahm einen großen Schluck Kaffee und trat nach den Tauben in der Nähe, doch sie umtippelten gurrend seinen Fuß.

Und? sagte Leber.

Es ist eine gute Idee, ihr nicht auszuweichen, wir stoßen also zusammen. Sie ist völlig aufgelöst, ich entschuldige mich bei ihr, da stellt sich eine blöde Göre dazu und sagt zu ihr, daß es volle Absicht gewesen sei, er habe mich dabei beobachtet, wie ich Anlauf genommen hätte, sie solle auf meine Kollisionsmasche bloß nicht hereinfallen ...

Der miese kleine Teichmolch! sagte der Polizist.

Und? sagte Leber.

Ich habe der Göre einen Klaps gegeben, wohlgemerkt, keinen Fausthieb, keine Ohrfeige, keine Kopfnuß, nur einen Klaps, und das bringt die Zerstreute dermaßen aus der Fassung, daß sie sich schützend vor die Göre stellt und mit mir schimpft, ich muß zugeben, ich bin verblüfft, sie hat wirklich ordentlich geflucht, ich möchte das hier alles nicht wiedergeben ...

Jetzt bloß keine falsche Scham, sagte Bluterguß.

Dann drückt sie der Göre einen Schein in die Hand, wirft mir einen vernichtenden Blick zu und eilt weiter. Ich natürlich hinterher. Ich entschuldige mich ein zweites Mal, ich sage ihr, daß ich von dem Zusammenstoß noch ganz benommen gewesen sei, vorhin, sonst sei es nicht meine Angewohnheit, fremden Kindern Klapse zu verpassen, außerdem, sage ich, habe mich ihr Anblick derart überwältigt, erschüttert und bezaubert, daß ich nicht wußte, was ich tat.

Die alte Kavaliersschule, stellte der Polizist fest.

Ich konnte sie schließlich überzeugen, und da sie sich nicht darauf einlassen wollte, mit mir in einer Konditorei zu sitzen, habe ich sie auf ihrem fast zweistündigen Spaziergang begleitet. Ich hasse es zwar, sinnlos herumzulaufen, aber ich paßte mich an. Sie läßt mich erzählen, dann und wann bringt sie einen langen Kommentar unter, dem ich nicht folgen kann, und plötzlich sagt sie: Eine letzte oder vorletzte Frage – Woher du kommst, ist mir egal, was du machst ist mir egal, aber wieso mußt du bei mir sein?

Eine harte Braut, sagte Leber, und?

Es geht dann alles Schlag auf Schlag, fuhr Messer fort, ich packte ihre Hand und schrieb mit dem schon gezückten Kugelschreiber meine Handynummer auf ihre Hand, sie reißt sich los, und seitdem warte ich auf ihren Anruf.

Donnerwetter! rief der Polizist aus, das nenn' ich Courage.

Ich bestellte eine neue Runde Kaffee und bewunderte Messer im stillen für seinen Mut, mit wildfremden Frauen zusammenzustoßen. Mir fielen zwar jede Menge Verzweiflungstaten ein, es reichte aber selten für einen ersten Schritt der Annäherung, ich hielt es in den meisten Fällen sogar für unanständig, meine Begierde vor mir zuzugeben. Messer war anders, Messer blieb ruhig. Sie ringt mit sich, sagte Bluterguß, das ist doch wohl sonnenklar. Eine Frau wie sie hat ihren Stolz, also wird sie dich mindestens eine Woche und höchstens zehn Tage zappeln lassen. Du gehst aus dieser Geschichte als Sieger hervor.

Andererseits könnte sich auch eine Komplikation einstellen, ließ sich Leber vernehmen. Bei diesem Wort zuckten wir Männer im Morgenmantel zusammen, Leber schien seine Ansage schon zu bereuen.

Du hast recht, sagte Messer überraschenderweise, wir dürfen die Wirklichkeit nicht nach unserem Wunschtraum formen.

Also, ich möchte dir ja nicht zu nahetreten, sagte ich, aber ...

Ich weiß, sagte Messer, Frau Nebel und die schöne Frau Ärztin sind nur Zeitvertreib, ich überbrücke die Wartezeit.

Ich wußte um sein Geheimnis, ich wußte aber nicht, daß es ein offenes Geheimnis war, denn keiner der Anwesenden schien von dieser Enthüllung überrascht zu werden, sie nickten nur verständnisvoll, und ich stampfte mit den Füßen auf der Stelle, um die Kälte aus den Gliedern zu vertreiben.

Abwarten und liegen, sagte Bluterguß, er hatte den Schiedsspruch ausgesprochen, und wir warfen die Plastikbecher in den Mülleimer und gingen wieder hinein, der Polizist bog auf halbem Wege zum Saal nach rechts ab, er würde in der Sportzeitung blättern, die ihm Leber freundlicherweise nach der Lektüre geschenkt hatte. Es gab für mich nichts Wichtiges zu tun, ich legte mich hin, versuchte trotz des Lärms der Besucher einzuschlafen, ich stand nach einer halben Stunde mit zerwühltem Haar auf, drehte ein paar Runden, verirrte mich, fragte mich wieder zurück und lieh mir von einer Schwester ein Groschenheft aus, das ich in einem Atemzug durchlas. Es ging um ein Waisenkind, das jeden Tag in die noblen Viertel zog, um Pfandflaschen und kleinen Schrott zu sammeln und am Ende des Tages den halbvollen Sack vor die Füße des Großschrotthändlers zu leeren. Jahre vergehen, das Kind wird zum jungen Mann, der Händler hat sich seiner angenommen und läßt ihn studieren, der junge Mann wird Arzt, findet die Liebe seines Lebens und kommt zu einigem Wohlstand. Kaum hatte ich die letzte Zeile ausgelesen, zog ich die muffige Dekke über den Kopf und schlief glücklich ein.

Seele? Seele sind meine Nägel, sind meine Zähne, sind meine Haare. Ich bin Stoff, und der Stoff verdirbt. Dann bin ich tot, vergangen, ein für allemal, dann kommt nichts ...

Es war kurz nach Mitternacht, Leber, Messer, Bluterguß und ich, Rippe, hatten das Krankenhaus ohne offizielle Erlaubnis verlassen, der Polizist hatte in dem Moment, da wir durch den Ausgang hinausgehuscht waren, einfach weggeschaut, und nun streiften wir durch die Gassen, ich hatte den Leihmorgenmantel gegen einen Leihmantel getauscht, mal drangen Wortfetzen zu mir durch, mal blickte ich gedankenverloren in die Schaufenster. In dieser Prachtallee wimmelte es tagsüber von kaufschwachen Kunden, und meist las man in der Zeitung von dem großen Glück eines Mannes, der hier in einem Luxusgeschäft ein Collier für seine Frau gekauft und die Zeit gefunden hatte, sich grinsend fotografieren zu lassen.

Seele? rief Bluterguß wieder aus, das ist meine Milz und meine Herzklappe, Seele ist meine Zunge, die abfault, sobald man mich in einem Erdloch verscharrt hat ...

Wir gingen an einem Gotteshaus vorbei, das überirdisch schön erleuchtet war, und ich lauschte einem seltsamen Geräusch, es hörte sich an wie Regenwasser, das sich in der Dachrinne sammelt und das Fallrohr herunterströmt, wie gerne wäre ich dem Geheimnis auf die Spur gekommen, doch ich konnte in dieser Dunkelheit nicht eigene Wege gehen, nach dem Unfall war es mir unmöglich. Plötzlich verspürte ich eine große Sehnsucht, ich sehnte mich nach etwas, das mich größer und glücklicher machen sollte – lass das sein, dachte ich, davon wird ein Mann nur krank. Ich sah in den Schaufenstern nackte und angezogene Puppen, ein Ladenbesitzer hatte es für eine gute Idee gehalten, die abmontierten Glieder auf dem Boden hinter dem Schaufenster zu arrangieren, und die Hartplastikrümpfe, mit dunkelvioletten Spiralen bemalt, standen auf Holzkrücken ...

Seele ist mein verlängerter Rücken, der mir abfällt, wenn ich tot bin – geht das endlich in deinen Kopf hinein?! Bluterguß blieb abrupt stehen und funkelte Messer böse an, Messer klopfte ihm seelenruhig auf die Schultern, nichts davon ist wahr, sagte er, du bist aufgewühlt, weil in dieser schönen Nacht keine Frauenhand deine Wangen tätschelt, und wie bestellt drangen aus einem offenen Fenster die Klänge eines Klagegesangs, ich hob den Kopf und erstarrte wie ein Jagdhund – sah ich, was ich sehen wollte, oder sah ich den Schatten dessen, das sich stets entzieht und verbirgt?

Schon wieder ein komischer Gedanke, schon wieder diese schöne Trübung in meinem Herzen. Wir gingen eine abschüssige Straße hinunter, das Pflaster war an einigen Stellen aufgerissen, und in eine Grube hatte man Schuhe ohne Schnürsenkel geworfen, die einstöckigen Häuser sahen aus wie türkisgrün bemalte Zündholzschachteln, laut Leber wohnten darin abtrünnige Zigeunerfürsten, von der Großfamilie verstoßene Räuberherren, die ihre Kinder zum Betteln und Klauen losschicken, aber bescheidene Verhältnisse vortäuschen. Eine Frau klopfte um diese Zeit einen Teppich, der schwer über einer Wäscheleine aus aneinandergeknoteten Strumpfhosen hing, und als wir an ihrem Balkon vorbeizogen, machte sie eine drohende Geste mit ihrem Teppichklopfer. Messer blieb stehen und fragte sie, weshalb sie freie Männer in einem freien Land belästigte, doch statt einer Antwort riß die Frau ihr Tuch vom Kopf, ließ es herunterflattern, und dann fing sie an, wie am Spieß zu schreien. Sofort trat ein Mann im Unterhemd heraus, er war unrasiert, er konnte es mit Messer aufnehmen.

Du hast meine Frau beleidigt, rief er, du Vorderhuf eines Packesels hast meine Frau verspottet.

Sie hat uns bedroht, rief Messer zurück, wir machen einen Spaziergang. Wenn du, Topflappen, nicht schlafen kannst, kannst du herunterkommen und zweimal gegen meine Faust rennen.

Lauf' bloß nicht weg, sagte der Mann, ich bin gleich da.

Messer knöpfte seine Jacke auf und wandte sich uns zu, er lächelte über das ganze Gesicht, bald würde das große Ereignis eintreten, auf das er bestimmt den ganzen Tag gewartet hatte, ich aber empfand nicht die geringste Lust, wieder einmal in eine häßliche Sache hineingezogen zu werden, über Messers Schulter sah ich den Mann im Unterhemd langsam an uns herantreten. Er blickte mich an, und sein Hohngrinsen verschwand auf der Stelle.

Was ist mit deinem Freund passiert? sagte er zu Messer, der sich umdrehte und kurz zum Balkon aufsah, die Frau war verschwunden.

Man wollte ihm weh tun, aber er hat es überlebt.

Und der andere? sagte der Mann.

Du meinst wohl, die anderen, sagte Messer, es gab viele Tote und Verletzte.

Natürlich glaube ich dir nicht, sagte der Mann.

Der Busunfall, ließ sich Leber vernehmen.

Du hast in dem Bus gesessen? sagte der Mann.

Ja, sagte ich, Sitz neunundzwanzig.

Ich fasse es nicht, rief der Mann aus, ich war auf der Gegenfahrbahn, ich habe angehalten und bin mit dem Feuerlöscher zu Hilfe geeilt.

Danke, sagte ich und streckte ihm die Hand hin, er

schlug sofort ein und zog mich zu sich und legte mir einen Arm um die Schultern, wenig später saßen wir bei ihm im Wohnzimmer auf dem Boden und löffelten die hausgemachte Kuttelsuppe, Messer nannte ihn die ganze Zeit Bruder, sie schienen ausgezeichnet miteinander auszukommen, und seine Frau verriet Bluterguß das Suppenrezept. Leber aß mit großem Appetit seinen dritten Teller leer, und ich dachte, was will ich mich wundern, was habe ich schon daran auszusetzen, daß mich ein netter und zuweilen zu Wutanfällen neigender Zigeunerfürst behandelt wie einen heimgekehrten Cousin zweiten Grades, und unterstehe dich zu fragen, was es mit dem Putzkübel für eine Bewandtnis hat, dem Kübel, in den der Rost schartige Löcher hineingefressen hatte, dem Kübel, der neben dem Garderobenständer stand, und als ich länger darüber nachdachte, fand ich dann doch die Lösung: Der Putzkübel diente als Ständer für Regenschirme und befand sich deshalb neben dem Garderobenständer.

Denkst du über den Tod nach? sagte der Mann.

Nein, sagte ich, die Suppe hat sehr gut geschmeckt.

Ich habe damit nichts zu tun.

Die Suppe hat sehr gut geschmeckt, sagte ich zu seiner Frau.

Komplimente beschämen mich, sagte sie und floh in die Küche, schloß die Tür hinter sich und drehte den Schlüssel zweimal um.

Ich wollte sie nicht beleidigen, sagte ich.

Sie ist etwas seltsam, stellte der Mann fest, man hat unsere Ehe arrangiert, als wir noch keine fünf Jahre alt waren, wir sind gleichaltrig, ich halte nicht viel von einem großen Altersunterschied zwischen Mann und Frau, na jedenfalls sind wir nunmehr vierundzwanzig Jahre, acht Monate und vierzehn Tage verheiratet, sie kennt mich in- und auswendig, ich kann aber nicht sagen, daß ich sie kenne. Die Frau ist eben die Richtung, in die der Mann gerade nicht hinsieht.

Wir dachten über seine Worte nach, ich war skeptisch gegenüber allen Lebensweisheiten, nicht etwa, weil sie der Wahrheit entbehrten, sondern weil ich sofort aus dem Tritt kam, wenn ich versuchte, sie mir als große Wahrheiten zu merken. Leber unterdrückte geräuschvoll ein Bäuerchen, legte den Löffel weg und sagte, der Gastgeber hätte bei uns Männern eine Wunde aufgerissen, besonders der Jüngste in der Runde, Rippe, also jener, der dem Tod ins Angesicht geblickt hätte und noch einmal davongekommen wäre, würde ihm, und nicht nur ihm, ein Rätsel aufgeben, ein Mann im Ausland hätte ganz andere Möglichkeiten, ein Mann im deutschen Ausland könnte sich bei jeder dritten Frau, so er denn ihr Herz eroberte, unterhaken, Rippe aber reiste allein, lebte allein – und liebte nicht. Unser Gastgeber starrte mich an, ich sagte: Ich liebe Frauen – er entspannte sich.

Ist es schlimm? sagte er.

Nein, sagte ich, es geht schon.

Mit den vielen Kratzern in deinem Gesicht darfst du dir keine großen Chancen ausrechnen, sagte er, aber in ein paar Wochen kannst du wieder eine Frau ansprechen, ohne daß sie erschrickt. Hast du große Pläne?

Ich bin ein Mann der kleinen Sprünge.

Rippe ist unverheiratet, stellte Messer fest, und weil ihm die Rippen schmerzen, achtet er darauf, keine hastigen Bewegungen zu machen.

Ich ließ den Moment, da man von mir erwartete, Rechenschaft abzulegen, verstreichen, ich blickte zur Seite und sann über den rostigen Kübel nach. Unser Gastgeber kam auf die Perversionen unserer Zeit zu sprechen, erst letzte Woche hätte die Polizei einen Dieb gefaßt, der in fremde Wohnungen einstieg, sich aller Kleidungsstücke entledigte und hiernach die Wertgegenstände in seinen Sack stopfte. Bei seinem letzten Einbruch wären die Hausherren aufgewacht, sie hätten den nackten Einbrecher windelweich geprügelt, um anschließend den geknebelten Kriminellen der Polizei zu überantworten. Messer klatschte demonstrativ Beifall, und auch wenn ich glaubte, daß er unkoscheren Geschäften nachging, wußte ich, daß er sich an die ungeschriebenen Gesetze seines Handwerks hielt. Ein Einbrecher hatte sich nicht nackt in fremden Wohnungen herumzutreiben, genauso wie es verwerflich war, alten Frauen die Handtasche zu entreißen. Doch die neue Generation der Schurken hielt die Polizei auf Trab, unser Gastgeber hatte sogar Mitleid mit den Streifenpolizisten, die hierhin und dorthin rannten und den Passanten zubrüllten, sie möchten doch dem flüchtenden Taschendieb ein Bein stellen. Messer wollte eine spontane Zusammenarbeit mit der Polizei nicht grundsätzlich ausschließen, ihr aber auch nicht die Arbeit abnehmen. Ein Topf fiel in der Küche scheppernd zu Boden, für Leber war es das Zeichen zum Aufbruch, zum Abschied gab unser Gastgeber Regeln der Liebe ohne Kopfschmerzen zum besten. Ich bedankte mich, Leber, Bluterguß und Messer bedankten sich, wir stiegen die Treppen hinunter, schauten hoch, aber der Mann ließ sich nicht auf dem Balkon sehen, statt dessen blickte die Frau heimlich durch ein Loch im Gardinentüll herunter. Ich war müde, und hätte ich mich vor den anderen nicht geschämt, wäre ich in ein Taxi gestiegen. Wir traten den Rückweg an, jeder war allein mit seinen Gedanken. Es herrschte im Krankensaal rund um die Uhr ein Kommen und Gehen, vielleicht konnte ich trotzdem einige wenige Stunden schlafen. Als Kind streute ich Pfeffer ins Kerzenlicht, kleine Glühwürmchen umschwirrten einen

Wimpernschlag lang das Feuer, und es machte mich glücklich. Ich nahm mir vor, beim Einschlafen daran zu denken.

Ich schätzte Ordnung. Ordentliche Menschen suchten die Wildnis nicht auf, dort gab es nichts, was sie in ihrer Gelassenheit bestärkte – sie blickten in erdfarbenbemalte Holzfratzen, sie schauten den Eingeborenen bei Hüpfprozessionen zu, um am Ende des Tages in ihrem Hotelzimmer zu liegen und auf einen glücklichen Ausgang ihres Abenteuerurlaubs zu hoffen. Der Menschenfreund neigte zum Leichtsinn in der Wildnis, und die Wildnis fraß ihn auf. Hier, in diesem Land und in diesem Krankenhaus, flehten die Menschen geradezu darum, übertölpelt zu werden, und sie mußten nicht lange bitten, ihr größter Wunsch wurde wahr: Man gab ihnen die Spritze, und man nahm ihnen das Geld, und die Seele, da hatte Bluterguß unrecht, war mehr als nur der faule Zahn, der gezogen wird, und mehr als die spröden Lippen, die aufplatzten, wenn man zu oft und zu heftig küßte.

Ich schaute den dicken Putzfrauen zu, wie sie die nassen Feudel auswrangen und vom gestauchten Lappen Haarknäuel zupften – sie ließen sich Zeit und sahen sich heimlich nach dem Pfleger um, der mit seiner halben Seele und seinem viertel Hirn Karriere gemacht hatte – mehr wollte er nicht erwarten. Er war ledig, er konnte das Geld für den Freikauf einer Tochter von ihrem Vater nicht aufbringen, er war nicht unglücklich, er betrieb kleine schäbige Geschäfte, und zwischendurch stellte er seinen mitgebrachten Schemel an die Wand im Heizkeller, das Kinn fiel ihm auf die Brust, und er schlief den Schlaf des Tölpels, das Herz wurde ihm leicht, und er träumte vielleicht von drei Schüsseln Pflaumenkompott, die er ungestört auslöffelte. Die Putzfrauen waren von ihren Männern betrogen, verlassen oder vom Hof gejagt worden, und nun suchten sie nach einem Mann, der das passende Sternzeichen hatte. Sie beide waren im September geboren, der Pfleger im Dezember, Jungfrau und Schütze paßten gut zusammen, sie hatten eine befreundete Hobbyastrologin befragt, die ihnen riet, keine Zeit mit Zermürbungskriegen zu vergeuden. Was taten sie? Sie befolgten ihren Rat, gingen schnurstracks zum Pfleger, eröffneten ihm, er könnte seine Hand mal auf jene Brust, mal auf jenen Hintern legen und ruhig die Grenzen des Anstands überschreiten, die es für sie, die liebeshungrigen Hygieneangestellten, nicht mehr gab – im Gegenzug sollte er sie mit netten Komplimenten überhäufen. Was tat der Pfleger? Er legte seine Hand mal auf jenen Hintern, mal auf diese Brust und nannte sie ›meine süßen Wollmäuse‹. In der Wildnis kommen also Mann und Frauen zusammen, dachte ich, der talentierte Studienabbrecher aus dem Herzen Europas lebe in den Tag hinein und liebe nicht.

Der Polizist hatte mich über ›die Verbandelungen im Hintergrund‹ aufgeklärt, er starrte zuweilen auf die monströsen Hinterbacken der Putzfrauen, wenn sie auf allen vieren den Linolboden der Flure schrubbten. Die Vorstellung, daß sich zwei Frauen einen Mann teilen und daß es diesen Mann keine Anstrengung gekostet hat, Liebe zu geben und Liebe zu empfangen ... die Vorstellung ließ den Schädel des Polizisten fast platzen. Was hat dieser Depp, was ich nicht habe? rief er in seinem Büro aus, und fast hätte er die Unterlagen von seinem Schreibtisch gefegt, er hielt aber mitten in der Bewegung inne. Es ist zur Umkehr zu spät, sagte er mit fester Stimme, ich kann meine Seele nicht aufbürsten. Da, schon wieder, die Seele, darauf beriefen sie sich hier alle, in diesem Land und in diesem Krankenhaus, und es sprach irgend etwas in mir an, weil ich nicht wußte, was sich in meinem Kopf, in meinem Herzen oder meinetwegen in meiner Seele regte, wurde ich aus dem Stand wütend, ich glaubte schon an eine Persönlichkeitsstörung als Folge des Busunfalls. Der Polizist und ich streuten draußen Brotkrümel vor die Schnäbel der Tauben, ich sollte vorzeitig aus dem Krankenhaus entlassen werden, meine neuen Freunde hatten diese Nachricht mit einem Achselzucken zur Kenntnis genommen. Natürlich konnte ich dem Polizisten nicht sagen, daß ihm die Verzweiflung ins Gesicht geschrieben stand, und er glaubte, als Beamter des Staates ein gutes Beispiel abgeben zu müssen. Er galt in den Augen der Frauen nicht als gute Partie (die Putzfrauen wußten, daß er ihnen auf den Hintern starrte, sie lachten darüber).

Du verläßt uns also heute, sagte der Polizist, und, wohin geht die Reise?

Ich habe noch keinen Plan, sagte ich, ich werde jedenfalls nie wieder in meinem Leben in einen Nachtbus einsteigen.

Es ist so eine Sache mit den Vorsätzen, sagte er. Ein fliegender Eisenwarenhändler rief seine Ware aus, und da trotz seines Geschreis niemand interessiert war, zog er weiter. Ich mümmelte mich in meinen neuen Mantel, der mir bis an die Knöchel reichte, ich hatte mit dem Pfleger gefeilscht, er hatte seinen Willen bekommen. Der Herbst war nicht aufzuhalten, die Wettervorhersage hatte diesmal ausnahmsweise recht.

Schreib' mir eine Postkarte, sagte der Polizist, egal woher. Und versprich' es nur, wenn du es auch einhalten kannst. Sonst warte und warte ich und werde sehr sauer.

Ich schicke dir eine Postkarte aus Deutschland, sagte ich.

Kein obszönes Motiv, sagte er, sonst steckt es der verdammte Postbote ein. Du kannst wählen zwischen einer Bergansicht und einer Karte der Stadt, aus der du kommst.

Ich lebe im Norden, dort gibt es das rauhe Meer.

Meer haben wir hier auch, sagte er, das will ich nicht. Berge sind gut. Letztes Jahr wurde hier ein Mann eingeliefert, er ist wieder genesen. Er arbeitet in England als Gastwirt, er hat mir eine blöde Postkarte geschickt, darauf war ein dicker Mann mit einer Krähe auf der Schulter zu sehen. Ich habe die Karte vor Wut ungelesen zerrissen.

Willst du den Pfleger tatsächlich verprügeln? sagte ich.

Er regt mich auf, und ich täte nichts lieber, als ihm die Ohren abzuhacken ... Aber ich werde mich beherrschen.

Wir blieben eine Weile still, ich sah hinab auf die große weiße Plastiktüte zu meinen Füßen, darin hatte ich das wenige verstaut, das sich in den beiden Tagen angesammelt hatte, meine Taschen waren verbrannt, und ich wollte weder eine Schadensersatzklage gegen die Busfahrgesellschaft anstrengen noch Anzeige gegen den Fahrer erstatten, er war mir egal, meine Taschen waren mir egal. Man hatte mir so viele Geschichten über das Himmelreich erzählt, daß ich den Glauben daran fast verloren hatte, aber auch nur fast – ich freute mich in diesem Fall über den Verlust meines bißchen Besitzes, ich freute mich, daß ich nicht schwer an Taschen tragen mußte. Leber schlurfte mißmutig heran, er hatte sich mit einer Schwester wegen eines Zusatzkissens gestritten, läppisch, sagte er, das Läppische wird uns allen zum Verhängnis, ich werde irgendwann auf einer Murmel ausrutschen, mit dem Kopf unglücklich aufschlagen und sofort sterben, meine Blutlache wird die Pfütze sein, in der die verdammten Tauben baden werden.

Der Neue verläßt uns, sagte der Polizist.

Es hat sich schon herumgesprochen, sagte Leber, was soll ich dir wünschen?

Ich weiß nicht.

Das ist keine Antwort, sagte er.

Gesundheit.

Die hast du schon.

Wünsch' ihm baldige Rippenheilung, sagte der Polizist.

Dann wünsch' ich dir, daß du dich bald ohne Schmerzen balgen kannst, sagte Leber, mit wem auch immer.

Danke.

Und ich wünsche dir, daß die vielen Kratzer in deinem Gesicht schleunigst verschwinden. Man mag dich gar nicht ansehen.

Nochmals danke.

Bluterguß hatte sich in der Kantine von mir verabschiedet, ihn plagte die Unlust, und er haßte große Abschiedsszenen, ich mußte ihm nichts versprechen. Ich schüttelte Hände, steckte dem Pfleger noch einen Schein zu und stieg ins Taxi.

Wohin jetzt? dachte ich, ich habe meine Morgenmantelfreunde angelogen, es wartete eine abbruchreife Beziehung auf mich, sie war schön, sie war gut, und sie war mir fremd, in den letzten Monaten hatten wir einander belauert, um beim kleinsten Anlaß Streit anzufangen, die banalste Banalität, daß Liebende sich auf dem Schauplatz ihrer erloschenen Liebe mit Kriegsspielen die Zeit vertreiben. Wohin? sagte der Taxifahrer, und ich wich seinem Blick im Rückspiegel aus, sagte, er sollte zum Flughafen fahren, ich kurbelte das Seitenfenster herunter, der Fahrtwind wehte mich an und zauste mir die Haare. Es half kein Zauber, der unverwundbar machte, es halfen keine Schwüre und keine kleinen Geschenke auf dem Kopfkissen.

Ich entdeckte eines Nachts, daß sie sich an das äußerste Bettende legte, sie schwieg gerade mal so lange, wie es für mich erträglich war, und dann löschte sie das Licht der Nachttischlampe, und auch ich löschte das Licht auf meiner Seite, ich wußte, sie wollte im Dunkeln reden, die Dunkelheit besänftigte sie. Sie sagte nicht: Es ist aus. Sie sagte nicht: Wir hatten eine schöne Zeit. Sie sagte nicht: Ich kann nicht mehr. Sie war schon längst dazu übergegangen, statt des Hasses in der Liebe Fürsorge in der Freundschaft zu empfinden, sie schlug einen unerträglich versöhnlichen Ton ein. Ich war besiegt, ich war überwunden. Sie sprach davon, daß wir eine Pause benötigten, und ihre Worte trieben mir die Zornesröte ins Gesicht, verdammt, schrie ich, was bist du doch für eine feige Frau, sag' es doch, du hast den ganzen Tag darüber nachgedacht und dir einen Plan zurechtgelegt, und jetzt finde ich mich in deiner Szene wieder, ich liege wie ein entmannter Romantiker in deinem Bett, du bist angezogen, ich bin, wie immer und wie üblich zwischen uns, nackt ins Bett geschlüpft, in der Hoffnung ... lassen wir das, es ist dein Bett in deiner Wohnung, und es ist deine Szene, wahrscheinlich hast du meinen Wutausbruch vorausgesehen, und gleich wirst du feige schluchzen, so wie du feige geschwiegen hast, du hast feige das Licht gelöscht, es ist dir unerträglich, mich anzusehen, was glaubst du, was ich tun werde?! ...

Ich schlüpfte aus dem Bett, zog mich an und stürzte aus ihrem Schlafzimmer, und dann fiel mir ein, daß ich die wenigen Sachen, die ein Mann in der Wohnung seiner Freundin verstreut, unbedingt wiederhaben wollte. Diesmal sollte es vernünftiger ablaufen, meine Tasse, mein Wasserglas, meine Strickjacke, meine vier Sätze Unterwäsche, meine Strümpfe, meine Cordhose, meine Bildbände, ich wollte sie nicht als Schutt einer Möglichkeit der Liebe hinter mir lassen, sie würde einen Teil meiner Spuren verwischen, und ich stellte mir vor, wie sie sehr bald, schon morgen, ihrer besten Freundin sagen würde: Er hat nicht einmal hinter sich aufgeräumt, ich werfe seinen Müll weg! Ich stand in ihrer Küche und dachte über meine Kleinigkeiten nach, ich riß einen Zettel aus meinem Notizheft, schrieb ... gar nichts. Ich warf die Wohnungstür hinter mir zu, und dann mußte ich klingeln, und als sie mir aufschloß, sagte ich: Schade, meine Schöne, ich konnte es nicht verhindern, und sie nickte nur traurig und ließ es zu, daß ich ihre Wange flüchtig mit dem Handrücken berührte, mein Zorn war verflogen, ich war nur ein Mann im Treppenhaus, wieder ein Ende, wieder warten auf einen Anfang, um wieder ans Ende einer Möglichkeit der Liebe zu gelangen. Draußen hatte ich zu ihrem Schlafzimmerfenster hochgesehen, dann hatte ich ein Taxi bestellt, dann in einem Hotel die Restnacht verbracht, dann war ich in meine Stadt gefahren, dann hatte ich in meiner Wohnung Kaffee getrunken und mich über meine Freiheit gefreut. Ich war frei. Weshalb nur?

2

Der Herbst – war ich froh, durch entlaubte Bäume zu spähen? Ich stand am Fenster im zweiten Stock, mal schaute ich hinab auf die herabgewehten Zweige auf der Straße, mal drehte ich mich um und ließ den Blick ruhen auf dem verdreckten Teppichboden, der Teleskoplampe mit den verbogenen Blechbeinen, den ordentlich gestapelten Pullovern in der großen durchsichtigen Stofftasche und dem Haufen von Turnschuhen in einer Ecke des Raumes, in der ich mich höchstens eine Viertelstunde aufhielt, immer dann, wenn ich hinuntersah: auf den Mann, der umständlich herausstieg aus seinem Alfa Romeo und sein Auto mit einer Lenkradkralle sicherte, die Passanten musterte, weil er ihnen nicht traute, und sein Mißtrauen brachte ihn manchmal dazu, in der Bäckerei schräg gegenüber Kaffee zu trinken, um endlich den Mann zu fassen, der es auf seinen teuren Wagen abgesehen hatte. Jetzt aber wich er von seiner Gewohnheit ab, er ging schnellen Schrittes und mit gezücktem Schlüssel zur Haustür, seine Frau im vierten Stock hatte bestimmt auf Vorrat einen Schluck aus der Wodkaflasche im Kühlschrank getrunken, und ich hörte ihren Mann langsam die Treppen hochkommen.

Ich war also wieder zurück. War ich froh über den Unrat, der mich umgab? Ich kam mir vor wie ein Hund, der an den Rockschößen fremder Menschen schnüffelt, auch mein Schlafzimmer war nichts weiter als ein Aufenthaltsort für die Stunden des Schlafes, die japanische Matratze lehnte eingerollt an der Wand, auf den Fernseher und die niedrigen Bücherregale hatte sich dicker Staub gelegt. Ich berührte die Buchrücken, ich berührte das kalte Glas der Lavalampe, in die sie, meine gewesene Freundin, immerzu starren mußte, ich glaubte an eine Art Schweigemeditation, doch sie zog sich, wie sie sagte, nur in den Schutz des Schattens zurück, den sie herbeibeschwor mit blicklosen Augen. Es war alles ganz einfach, es hatte alles einen Grund, es ging alles schneller, als ich dachte. Das Telefonbuch vom Vorjahr lag aufgeschlagen neben dem Telefon, und auch wenn ich die Namen auf beiden Seiten durchging, ich stieß auf keine vertraute Telefonnummer, oben rechts hatte ich Spiralen gezeichnet, wahrscheinlich während eines Gesprächs mit der Frau, die mir nicht länger vorhalten würde, daß ich sie in meine großen Pläne nicht einweihte. Genau. Was für Pläne? dachte ich, schön wär's, ich konnte nur das wissen, woran ich mich erinnerte, und wenn ich über die nächste Zeit sprach, sagte ich: Ich ahne, ich glaube, ich sehe vage etwas auf mich zukommen. Keine stabile Grundlage, hatte sie im Zorn ausgerufen, und ich hatte sofort an Architektur denken müssen. Vorbei war vorbei. Ich ging in die Küche und spülte die Kaffeetassen mit kaltem Wasser ab, der Siphon war verstopft, das Wasser sammelte sich im Bekken und lief nur langsam ab. Auch hier in der Küche hatte sich der Teppichboden von der Sockelleiste gelöst, ich versuchte, mit dem Fuß die Wellen herauszustreichen, sie bewegten sich wie Luftblasen von einer Leiste zur anderen und wieder zurück. Ich wurde wütend und hebelte in der nächsten halben Stunde die Leisten mit der Hammerklaue weg, dann trug ich Tisch und Stühle in den Flur und zog wütend den Teppichboden ab, es kamen morsche Dielenbretter zum Vorschein, in den Spalten hatten sich Krümel angesammelt. Nach einer weiteren Stunde gab ich mich geschlagen, mein Eifer, gleich mit meinem alten Bestand aufzuräumen, hatte zu neuer Unordnung geführt. Ich trank meinen Kaffee, und in dem Moment, da mir die Lider schwer wurden, klingelte es an meiner Tür, ich schloß ihr auf, natürlich mußte es dazu kommen, natürlich brauchte es einen zugangsberechtigten Schaulustigen, der mein Elend besah, aber nicht bestaunte. Ich stand schweigend in der Tür, und sie stahl sich eng an mir vorbei, ich roch ihren neuen Duft – Lavendel? Zimt? Morgenfrische? – und wagte aber nicht, ihr ein Kompliment zu machen, was hätte es schon bewirkt, sie war mir immer noch ein gebetener Gast.

Ich habe wieder und wieder bei dir geklingelt, sagte sie, und sie sagte es in diesem Ton, der mich früher sofort besänftigt hätte, früher hätte ich nach ihrem Eröffnungssatz umstandslos die kurze Distanz zwischen uns überbrückt, und sie hätte mir einen langen Kuß erlaubt. Kein Kuß. Keine Berührung.

Ich war weg, sagte ich, ich kann dir leider nur Pulverkaffee anbieten.

Sie gab keine Antwort, schüttelte nur lächelnd den Kopf, selbstverständlich wollte sie nicht zwischen der hochkant gestellten Teppichbodenrolle und der Arbeitsfläche sitzen, auf der die Tassen trockneten. Ich folgte ihr in mein offizielles Wohnzimmer, sie nahm auf dem Sofa Platz und drückte das große Kissen auf der Seitenlehne platt. Jetzt durfte ich mich nicht ans Fenster stellen und hinausstarren, jetzt mußte ich einfach warten.

Du siehst schlecht aus, sagte sie.

Dort, wo ich war, ist Spätsommer, sagte ich, hier ist Herbst.

Nein, wir haben schon Winter.

Wieso? sagte ich unnötigerweise, und sie zählte, wie so oft, die Jahreszeiten auf, Frühling, Sommer, Herbst,

Winter, ich vertat mich in der Reihenfolge, einer meiner Fehler, die sie mir verzieh, ich konnte, da sie sprach, nicht den Blick abwenden, und mir fiel auf, daß sie sich geschminkt hatte, wie albern, zu hoffen, wie schlecht, zu glauben, es könnte mit ihrem Besuch bei mir zusammenhängen.

Es ist gut, daß du danach abgereist bist.

Wonach?

Fragst du, um Zeit zu gewinnen? sagte sie und lehnte sich vor.

Nein.

Wir haben uns gestritten.

Ich finde es nett, daß du mich besuchst, sagte ich, aber ...

Ich kann auch gleich gehen, sagte sie, und da sie Anstalten machte, aufzustehen, bat ich sie, zu bleiben, bleib' doch bitte sitzen, sagte ich, ich bin ein schlechter Heimwerker, gab ich zu, und ich beteuerte ihr meine Unlust, den Unrat in Müllsäcke zu stopfen, nicht heute abend und nicht vor morgen mittag, ich haßte mich für meine Worte, immerzu äußerte ich eine vertretbare Meinung, man konnte fast immer davon ausgehen, daß ich kein Flegel war, der einen Hustenbonbon im Mund in Gegenwart einer Frau laut zermalmt. Sie griff in ihre Tasche und zog vor meinen Augen ihre Lippenkontur nach, dabei blickte sie sehr konzentriert in ihren Handspiegel. Ich dachte, daß ich zu den Männern gehörte, die nach jedem Gang zur Toilette ihre Schuhspitzen auf verdächtige Tropfen prüfen, die Details verrieten den Mann, doch ich stand vor ihr in diesem weißen Bräutigamhemd ohne Manschettenknöpfe, in dieser Hose ohne Gürtel, und bestimmt war ihr mein Kragenschmutz aufgefallen, bestimmt hatte sie nach einem kurzen flüchtigen Blick festgestellt, daß die dünnen Strümpfe nicht zur Jahreszeit paßten und daß ich also viel zu dünn gekleidet war und mir morgen oder übermorgen die Nase laufen würde, auf die Details achten die Frauen, und wenn sie, die jetzt Lippenkonturstift und Handspiegel in ihrer Tasche verstaute, alle Details zusammennahm, entstand das Bild eines hoffnungslosen Mannes.

Es ist deine Wohnung, sagte sie, aber willst du dich nicht setzen? Oder stehst du, weil ich dir deine Zeit stehle?

Nein, gut, sagte ich und ließ mich sofort auf dem Boden nieder.

Wir haben uns also getrennt, sagte sie.

Das ist wahr.

Sie bat um ein Glas Wasser, und als ich zurückkam und ihr das Glas reichte, nahm sie es mit der einen Hand entgegen, mit der anderen Hand zog sie mich sanft auf den Platz neben ihr, ich ließ mich aufs Sofa fallen, ich ließ es zu, daß sie mir ihre Hand auf die Wange legte, ich konnte sie aber unmöglich küssen, ich konnte sie unmöglich berühren.

Du warst weg, und ich war frei, sagte sie, ich habe es genossen.

Das glaube ich dir.

Sei mir nicht böse, fuhr sie fort, wir kommen nicht mehr miteinander aus, ich rege dich zu sehr auf.

Und du ärgerst dich über mich, sagte ich.

Hast du eine neue Freundin?

Das dauert doch immer seine Zeit, sagte ich.

Bei uns beiden hat es ein Dreivierteljahr gedauert, sagte sie, du hast mich dann sehr schnell eingesponnen.

So kannte ich sie, sie sprach die Dinge aus, was wollte sie sich auch aufhalten auf Nebenstrecken, sie nahm die Hauptstraße und preschte vor. Tatsächlich hatte es mir große Mühe bereitet, sie davon zu überzeugen, daß ihr kein Unglück widerfuhr, wenn sie in meinen Armen lag, an ihre Röte im Dekolleté nach dem ersten Kuß konnte ich mich erinnern. Ich drückte mich hoch, und weil sie darum bat, nahm ich ihr das leere Glas ab, füllte es bis zum Rand mit Wasser und trank, ohne die Lippen aufzusetzen, ein paar Schlucke. Sie war mir gefolgt und hatte mich dabei ertappt, ich füllte ein neues Glas und reichte es ihr.

Ich bin hier, sagte sie, weil ich dich fragen will, ob wir es dabei belassen. Wir sind zwar kein Paar mehr, aber wir können trotzdem miteinander schlafen.

Ich nahm sie sofort bei der Hand, sie war gekommen, um mir eine schöne Nacht zu schenken, vielleicht die allerletzte Nacht, ein sanfter Ausstieg, eine warme Entwöhnung, und während sie sich von mir küssen ließ, vergaß ich den Dielenritzenschmutz und die vielen Tage, die ich brauchte, um die Tapeten abzureißen, ich würde mich neu einrichten und für Ordnung sorgen, jetzt küßte sie zurück, wir würden uns bald lieben, ein vorvorletztes Mal, wenn ich Glück hatte. Sie war keine Frau der harten Brüche, sie wollte, vor dem wirklichen Ende, sich erhitzen, schreien und einschlafen, sie wollte, vor ihrem nächsten Anfang, ihren Körper an den meinen schmiegen, und mein Blick fiel während ihres langen Kusses auf den Riemen ihrer Handtasche, der sich am Stuhlbein verfangen hatte, sie und ich standen im Flur, sie und ich sahen in den Spiegelquadraten an den Wänden Ausschnitte unserer Umarmung, und ich bemerkte, daß sie sich auf die Rückenlehnenkante gesetzt hatte, dann riß sie sich von mir los, fuhr heftig herum, griff nach ihrer Handtasche. Der Stuhl fiel um, ich schloß die Augen.

Das war dumm von mir, flüsterte sie, entschuldige, aber ich kann nicht.

Kaum fiel die Tür ins Schloß, war ich beruhigt – sie

war nicht einmal aus Kummer dazu fähig, einen gelegentlichen Liebhaber aus mir zu machen, Papierliebe widerte sie an, die Luft zwischen uns war verbraucht, und sie ging, wie es schöne Frauen tun, wenn es ihnen das Herz zerreißt.

Ich schaute auf die verhängten Fenster des Hauses auf der gegenüberliegenden Straßenseite, in fast allen Stockwerken wohnten Frauen, und sie hatten aus Angst vor Zaungästen nicht nur schwere Vorhänge angeschafft und dicke Decken an die Fensterrahmen genagelt; sie machten auch nur im Flur das Licht an und saßen im straßenzugewandten Zimmer im Dunkeln, für die Studentinnen unter ihnen mußte die Leselampe als Lichtquelle herhalten. Es hieß, fremde Männer strichen durch das Viertel, und tatsächlich wurden die Briefkastenklappen aufgebogen, einige Straßen weiter lebten in einem Gemeinschaftshaus schwererziehbare und schwer heilbare Menschen, und die freigängigen Irren plünderten die Briefkästen, in der Hoffnung, auf einen Benachrichtigungsschein des Paketzustelldienstes zu stoßen – sie hielten den Strichcode vor den Scanner des Lesegerätes und suchten mit dem Paket das Weite. Ich war nach meiner Ankunft in den Keller gestiegen, um festzustellen, daß man alle Kartons umgestoßen hatte, auf dem Boden der Kellerzelle lagen Bücher und Winterkleider, und der Einbrecher hatte sie besudelt. Waren das Zeichen, und ich konnte sie nicht deuten? Das Telefon klingelte, und ich nahm erst nach dem vierten Klingeln ab.

Du hast mir die Hand gegeben, sagte sie, vorhin, als ich bei dir war, hast du es getan. Du hättest es in dem Augenblick bei einem freundlichen Nicken belassen können. Meine Hand riecht jetzt nach Aftershave.

Ich benutze kein Aftershave, sagte ich.

Was? So entstehen Gerüchte. Dann muß es ein anderer Mann gewesen sein.

Ganz bestimmt bin ich es nicht gewesen, sagte ich, ich benutze keinen Männerduft.

Was machst du gerade?

Ich wollte sie mit einer Lüge beeindrucken, ich wollte ihr erzählen, daß meine Tatkraft ungebrochen war und daß ich große Dinge vorhatte, aber ich ließ es bleiben, sie hatte mir bislang jede Lüge angesehen, und sie würde es jetzt meiner Stimme anmerken, wenn ich davon sprach, einem guten Plan zu folgen.

Nichts, sagte ich, ich muß mich ja erst einmal einleben.

Du sahst fürchterlich aus.

Ja, sagte ich und wollte schon fortfahren, da fiel sie mir plötzlich ein, die Frau mit dem Emaillering und der Wasserflasche, und ich erinnerte mich auch an die ersten Ziffern des Autokennzeichens, NI, NI wie was, dachte ich, woher kommt sie? und ich klemmte das Telefon zwischen Ohr und Schulter und rannte zum Bücherregal, ich las mit schräggestelltem Kopf die Titel auf den Buchrücken, ich sagte, nein, ich möchte nicht auflegen, ich streiche beim Telefonieren nur durch die Räume, und sie sprach von ihrem morgigen Treffen mit ihrer Mutter, die aus Süddeutschland anreiste und sich im zweitteuersten Hotel einquartierte, um ihrer Tochter vor Ort Geschenke zu machen, Mutter und Tochter würden das Geld des haßgeliebten Vaters ausgeben, sie hätte eine Liste erstellt, eine schöne große Lavalampe, eine schöne nette Markenbluse, einen passenden Rock und, wenn sie Glück hatte, zwei Paar Schuhe. Ich rannte zum nächsten Regal, und weil ich an die oberen Regalbretter nicht herankam, stellte ich die Leiter auf und stieg hoch und stand auf dem obersten Trittbrett und überflog die Titel der Bücher, nichts, Fehlanzeige, hörst du mir überhaupt zu? sagte sie, wieso atmest du so heftig?

Ich bin auf eine Leiter gestiegen, sagte ich, und sehe mir die Stockflecken an der Decke an, ich glaube, ich muß mir einen Tapetenablösebügel besorgen, und dann werde ich die Tapete mit einem Spachtel abkratzen, doch sie unterbrach mich und erzählte, daß ihr Nazivater nie etwas von mir gehalten hätte, er wäre von Anfang an gegen die Verbindung gewesen. Komisch, dachte ich, das stimmt doch alles nicht, ihr Vater ist alles andere als ein Nazi, er hat nur keine Lust, alle zwei Jahre dem neuen Freund seiner Tochter die Willkommenshand hinzustrecken. Ich erinnerte mich an das Gespräch zwischen Mann und Mann, es war mein zweiter Besuch bei ihren Eltern in Süddeutschland gewesen, und sie wollte ihnen auseinandersetzen, daß ihre Liebe zu mir eine ernstzunehmende Sache war, sie ging wieder einmal mit ihrer Mutter in der Stadt einkaufen, und ich saß dem Hausherrn gegenüber: Er schenkte mir Schlehenlikör ein. Er war nett. Er war kein Nazi, nicht einmal konservativ, er trug aus politischen Gründen keine Pantoffeln.

Bist du noch dran? sagte sie, und ich stellte erst die Leiter vor das letzte Regal und sagte dann: Ich bin ganz Ohr. NI wie was? Woher kommt sie? Endlich fand ich das Lexikon der Autokennzeichen, schlug unter dem Buchstaben N nach, und da: NI wie Nienburg – sie kommt aus Nienburg, wo, in Gottes Namen, ist Nienburg?

Haßt du mich? sagte sie, ich stand neben der Leiter, starrte auf die aufgeschlagene Seite, dann setzte ich mich auf die unterste Trittstufe und nahm den Hörer in die Hand, danke für die Zeit, die du mir geschenkt hast, sagte ich und kam mir kein bißchen wie ein Friedensstifter vor. Für einige Sekunden hörte ich nur ein Rauschen in der Leitung, dann ein schabendes Geräusch, richtig, wenn sie verlegen war, kratzte sie mit dem Fingernagel über die Sprechmuschel, sie schwieg gerne, aber die Stille ertrug sie schlecht.

Du wirst also den Kontakt nicht kappen? sagte sie.

Wenn wir uns auf der Straße zufällig begegnen, werde ich nicht so tun, als kennte ich dich nicht. Es sei denn ...

Ja, was? hakte sie nach.

Es sei denn, dein neuer Fremd steht neben dir.

Natürlich, flüsterte sie und legte auf.

Ich war in der Stimmung, an diesem Herbst- oder meinetwegen Winterabend eine Arbeit anzugehen, draußen pfiff der Wind eine Gespenstersonate, ich zog die eingerollte Bodenmatratze zur Seite und hängte die blauen Steine gegen den bösen Blick ab, im Laufe der Jahre hatte ich sie gekauft und gesammelt und dann angefangen, sie an die Wand am Kopfende des Bettes zu hängen. Es war nicht schön, von über zweihundert blaugefaßten Augen angestarrt zu werden, ich zweifelte daran, daß sie irgendeinen Schaden abwenden konnten. Ich füllte zwei Plastikwannen mit den Steinen, zog die Nägel aus der Wand, sie ließen sich leicht entfernen. Dann trug ich auf all die kleinen Löcher Füllmasse aus der Tube auf und fuhr mit dem Spachtel darüber. Wie jeder schlechte Heimwerker hatte ich Sonderangebote aus dem Hobbymarkt gehortet. Was tat ich, was hatte es für einen Sinn, um halb drei Uhr morgens Löcher zu verspachteln? Ich war frei, ich war mir selber überlassen, und ich kam mir klein vor, ich war kleingemacht worden, und da ich mich über meinen Anfall von Selbstmitleid ärgerte, schlug ich mit der Faust gegen die Wand, immer wieder, bis die Nachbarin über mir zurückklopfte, wenn ich nicht aufhörte, würde sie ihren Freund vorbeischicken, kein mächtiger Gegner, nur ein Mann, der Drohungen ausstieß, die ich nicht ernst nahm. Er hatte mir gedroht, er würde mir die Ohren abreißen, wenn ich weiterhin Altglas in den Container für den herkömmlichen Müll warf. Er hatte mich aufgefordert, meinen Abschnitt des Treppenhauses, zwei halbe Treppen, zu putzen und zu bohnern, sonst würde er mir ein Büschel Haare ausreißen. Bislang hatte er keine seiner Drohungen wahr gemacht, aber man konnte nie wissen. Ich bin zurück, dachte ich, und ich fühle nichts. Sie kommt also aus Nienburg, wo, in Gottes Namen, ist Nienburg? Ich blätterte in einem Deutschlandatlas, dann griff ich zum Kartenset Deutschland, faltete den Pocketatlas für den deutschen Norden auseinander und fand endlich, nach langem Suchen, die Stadt Nienburg, am Fluß Weser gelegen, ich las die Namen der benachbarten Städtchen laut vor, Verden an der Aller, Neustadt am Rübenberge, die Namen sagten mir nichts, ich starrte auf die Karte, in der unsinnigen Hoffnung, irgendwelche Zeichen zu finden. Es klingelte an der Tür, und natürlich, es war der nicht ernstzunehmende Gegner.

Wenn das nicht sofort aufhört, breche ich dir die Knochen, sagte er.

Wenn was nicht aufhört?

Der verdammte Krach. Als du weg warst, hatten wir unsere Ruhe. Kaum bist du da, störst du unsere Nachtruhe.

Ruf die Polizei an, sagte ich, und sag' ihnen gleich, daß du nebenbei mit Hasch handelst.

Paß bloß auf, sagte er und ging mit dem Zeigefinger über den Hals, ich hatte es satt, daß die Idioten dieser Zeit sich verhielten wie Halbwüchsige, ich schloß einfach wieder die Tür zu und ging ins Bett. Aus alter Gewohnheit stellte ich den Wecker auf zehn Uhr morgens.

Ich träumte ein Märchen: Es lebte vor langer Zeit eine Frau, die sich weigerte, ihr Gesicht zu waschen, denn die Männer wandten sich ab, wenn sie sie ansprach. Sie legten höchsten Wert darauf, einen Abstand von einem großen Schritt einzulegen, sollte es unvermeidbar sein, mit ihr Geschäfte zu machen. Sie handelte mit Halsketten, Ohrringen und Armreifen, sie war nach dem Tod ihres Mannes vor acht Jahren melancholisch geworden, sie sagte ihrer Nachbarin, sie wäre ein erloschener Stern, und mit diesem ihrem Gesicht würde sie nicht einmal Gedichte schreiben können. Also verlegte sie sich auf die Schönheit des Schmucks, die Frauen faßten schnell Vertrauen zu ihr, sie mußten ja nicht befürchten, daß sie ihre Männer betörte. Sie, die Ehemänner, klopften an ihre Tür, traten nicht über die Schwelle des Hauses, nahmen das Schmuckstück in Empfang und gaben ihr das Geld. Eines Nachts erschien der Frau ihr Mann oder vielmehr seine Seele im Traum, und die Seele verriet ihr ein Geheimnis: Sie sollte sieben weiße Rosen mit ihrem eigenen Blut tränken und die Rosenblätter auf ihre Schwelle legen. Am nächsten Morgen besorgte sie sich sieben weiße Rosen, schnitt sich in den Handballen und ließ ihr Blut auf die Rosenblätter tropfen. Ein Spiegel hing in der Nähe, und so konnte sie die Verwandlung erleben, sie war starr vor Angst, blickte aber in den Spiegel, in dem ihr Gesicht aufquoll, um in sich zusammenzufallen, ihre spitze Nase mit den dauergeblähten Nüstern brach in der Mitte ab, und das nunmehr nutzlose Stück fiel zu Boden und zersprang wie Glas in tausend Splitter. Und es wuchsen ihr endlich die langen Wimpern, die sie sich immer gewünscht hatte, die Schatten in ihrem Gesicht verschwanden, sie konnte die Augen schließen, ohne daß sie in den dunklen Teich abtauchte und auf Grund stieß. Sie schaute ihrer Verwandlung zu, und sie wunderte sich, daß sie nicht darüber verrückt wurde, sie verlor nur für einige Sekunden die Beherrschung und zerkratzte sich mit den langen

Fingernägeln das Gesicht, das jetzt viele kleine Schnitte aufwies, aus denen nicht Blut, aber Wasser sickerte. Sie blieb reglos sitzen, sie erholte sich von dem Traum, den die Seele ihres Mannes hatte wahr werden lassen, und der Traum schloß sie ein, bis es an der Tür klopfte und sie den Mann hereinbat. Es verstrichen Minuten, in denen er sie musterte, sie war es, sie war es nicht, doch dann faßte er Mut und kam näher, das erste Mal seit dem Tod ihres Mannes, daß ein Mann die unsichtbare Sperre durchbrach. Was ist mit dir geschehen? sagte er leise, und sie ließ es zu, daß er ihr neues schönes Gesicht mit seinen verschwielten Händen umschloß, welcher Zauber hat da gewirkt? Sie drückte ihn weg und genoß es, hätte sie es gewollt, hätte dieser Mann sich vergessen, sie wußte um ihre Wirkung. Hier ist die Halskette deiner Frau, sagte sie, ich muß einen Aufpreis verlangen, weil die Steine teurer sind als vermutet, und der Mann murrte und feilschte nicht, er griff in die Hosentasche und streckte ihr sein ganzes Geld hin. Sie nahm alles, darin bestand ihr Zauber, sie lehnte das Viertel oder die Hälfte ab, man gab ihr alles. Den ganzen Tag kamen und gingen Männer, es hatte sich mittlerweile herumgesprochen, daß ein Wunder das Schmuckweib verwandelt hätte – hier ein Läppchen, da ein Läppchen, gibt zuletzt ein Kinderkäppchen, spotteten die Ungläubigen, und sie kamen vor dem Haus der Schönverwandelten zusammen und sangen das Spottlied. Sie aber trat vor die Tür, und den Männern verging das Singen, sie hatten das Verlangen, ihre Nähe aufzusuchen, ihr neues, wie von Katzenkrallen zerkratztes Gesicht zu berühren. Ihre Schönheit fiel aber auch den Frauen auf, sie fragten ihre Ehemänner nachts im Schlafzimmer aus, und früher oder später stellten sie die entscheidende Frage: Bist du von dem Schmuckweib verzaubert? Die Männer, müde von der harten Tagesarbeit, gaben sich unbeeindruckt, sie schrien die Frauen an, denn sie hatten sie ja damit beeindruckt, den Schmuck abzuholen. Die Verwandelte konnte ab diesem Tage keine Armreife, Ohrringe oder Halsketten verkaufen, und da erschien wieder ihr Mann oder die Seele ihres Mannes im Traum und sprach, sie sollte jeden Morgen mit dem Kamm, den er ihr geschenkt hatte, durch das Haar fahren, und es würden Goldmünzen herauspurzeln. Sie tat wie ihr geraten, und tatsächlich fielen ihr Goldmünzen vor die Füße, und mit dem Gold bestach sie die Bäuerinnen, die Mägde und alle Frauen in niederen Berufen, und sie bestach auch ihre Verlobten und Geliebten. Irgendwann saß sie in einer Kutsche und fuhr übers Land, und als sie den Kopf hinausstreckte, stürzte der Himmel ein, das Oberste wurde zuunterst gekehrt, und ein drittes und letztes Mal erschien die Seele und strich über das zerschmetterte Gesicht der Verwandelten, und ...

Ich setzte mich mit einem Ruck auf und sank wieder aufs Kissen zurück, die Decke kam mir entgegen, und im nächsten Moment fiel ich aus dem Bett und landete auf der Seite, ausgerechnet auf meinen geprellten Rippen. Ich versuchte aufzustehen, ich zog mich an der Bettkante ganz langsam hoch, und fast wäre ich wieder zu Boden gegangen. Mein Kopf zersprang vor Schmerzen, ich hatte hohes Fieber. Die Bettdecke lag zerknüllt in einer Ecke, ich tastete mich langsam vor, stützte mich auf die Stühle und den Tisch im Flur, und dann fiel mein Blick auf die Küchenuhr, es war später Vormittag, nein, es war Mittag, ich hatte zehn Stunden durchgeschlafen. Ich trank zwei Gläser Wasser und schaute mich benommen um. Ich hatte das Märchen geträumt, das mir meine Freundin, meine ehemalige Freundin, am Anfang unserer Liebe erzählt hatte, und je mehr ich darüber nachdachte, je mehr ich versuchte, mich an Einzelheiten zu erinnern, desto lächerlicher kam mir meine eigene Geschichte vor, dem Tode entronnen und dem Märchen anheimgegeben, die Geschichte eines altmodischen Mannes, der bei einem Unfall nicht umkommt, weil es nicht vorgesehen ist; der seine Frau verliert, aus besseren Gründen, die ihm nicht einsichtig sind. Ich zog mich langsam an, jede schnelle Bewegung verursachte Schmerzen und Übelkeit, ich hatte keine Eile, ich konnte mir Zeit lassen. Mist und Jauche, dachte ich, als ich die Treppen hinunterging, und ich setzte mich vor der Bäckerei auf den freien Stuhl, vielleicht würden Freunde zufällig vorbeilaufen, vielleicht würden sie mich in Gespräche über ausgeraubte Tankstellen oder Wetterkatastrophen verwickeln.

Eine Weile starrte ich auf die Kreuzung, immer wieder legte sich ein Märchentraumbild auf die Alltagsszenen, dort gegenüber Menschen an der Bushaltestelle, hier im Schaufenster der Bäckerei welke Ahornblätter im Dessertglas, das die jüngste Auszubildende zwischen die Angebotsschilder gestellt hatte. Die Gesichter. Die Gesichter der Frauen, die an der Linde haltmachten, sie stellten die schweren Einkaufstüten ab, holten tief Luft, blickten auf mich, der ich starrte, glaubten, ich könnte ihnen gefährlich werden, und wurden feindselig. Es kümmerte mich nicht. Eine Bekannte lächelte im Vorbeigehen vielsagend, sie und meine Freundin, meine Ex-Freundin, kannten sich, und vielleicht hatte sie von der Trennung Wind bekommen, vielleicht dachte sie, ich wollte sie nur deshalb freundlich herbeiwinken und auf einen Kaffee einladen, weil ich dringenden Ersatz suchte. Ihr Gesicht. Die Gesichter. Der kalte Wind fuhr in die Baumkrone der Linde und in meine Kleider, ich blieb sitzen, zu Hause erwartete mich nur eine kalte Wohnung in Unordnung. Mein bester Freund hatte sich für Wochen abgesetzt, so schrieb er in einer knappen Mitteilung, er werde weit weg eine strenge Diät einhalten, ein bißchen melancholisch werden, es wäre nutzlos, ihn über das Mobiltelefon erreichen zu wollen, er hätte es zu Hause gelassen. Ich kannte fast nur seltsame Menschen.

In dem Moment, da mir mein Starren peinlich wurde, kam der Friedhofswärter im grünen Monteuranzug, seinen Namen hatte er mir nicht verraten, und ich hatte auch nie nachgefragt. Hier, sagte er, streckte mir eine Postkarte hin und eilte ohne weitere Worte in die Bäkkerei. Bei dem Kartenmotiv handelte es sich um eine bizarre orientalische Miniatur aus einem vergangenen Jahrhundert, die Personen waren in einer fast geometrischen Anordnung von oben nach unten gestaffelt, die Illusion von Perspektive wurde über harte Farbbrüche gestiftet. Im oberen Drittel saßen vier junge Frauen mit tiefem Ausschnitt im Schneidersitz, eine fünfte ältere Frau, das Haar züchtig bedeckt, drückte die Hände auf die Ohren, tiefe Magenfalten durchschnitten ihre Mundwinkel. Sie war entsetzt. Die Mädchen waren zwar in Verwunderungsgesten eingefroren, doch wenn man ihre Gesichter musterte, konnte man feststellen, daß sie den großen Jammer nur vortäuschten. Sie alle versuchten, den Blick von der Szene in der unteren Bildhälfte abzuwenden, doch halb schauten sie weg, halb starrten sie hin: Ein Mann und eine Frau mit entblößten Unterleibern stoben auseinander, der Mann im Kaftan hatte vor Schreck die Augen weit aufgerissen. Ein behörntes Tier streckte rechts in der Mitte die Vorderläufe aus, er wurde von einer hohen Wand halb verdeckt. Ich drehte die Karte um und las den Titel der Miniatur: Der Widder belästigt ein Liebespaar. Ehe ich dazu kam, die Zeilen zu entziffern, die zweifellos eine Frau geschrieben hatte, wurde sie mir aus der Hand gerissen.

Wer fremde Post liest, hat einen Charakterfehler, sagte der Friedhofswärter, er stellte einen Chromstuhl neben den Tisch, ging hinein und kam mit einer Tasse Kaffee und einem Teller heraus, auf dem zwei gebakkene Käsekuchen lagen. Er würde sie in den nächsten zehn Minuten essen, er bot nichts an.

Was hältst du davon?

Lustig, sagte ich.

Du siehst wirklich schlimm aus, sagte er, du hast dich nicht etwa geprügelt?

Ich kann mich nicht schlagen, sagte ich, ich ziehe dabei immer den kürzeren.

Was hältst du wirklich von ... dieser Karte?

Kein konventionelles Motiv, sagte ich.

Ach wirklich? sagte er und klaubte ungelenk eine Zigarette aus der Schachtel, er gehörte zu den Männern, die mindestens dreimal am Rädchen drehen müssen, bis der Funke springt, er inhalierte tief und hielt den Rauch lange in der Lunge, als er sprach, quoll der Rauch aus seinen Nasenlöchern.

Es sieht folgendermaßen aus: Ich weiß ja nicht, wie es dir geht, aber ich bekomme nicht alle Tage solche Post. Ehrlich gesagt, es ist das erste Mal. Also nein, das zweite Mal. Diese Karte ist durch viele Hände gegangen, bis man sie in meinen Briefkasten gesteckt hat.

Mach' dir keine Sorgen, sagte ich.

Ich brauche keinen Psychiater, fuhr er mich wütend an, er steckte seine Hand in die Brusttasche seines Überziehanzugs und förderte nach kurzem Zögern eine Postkarte zutage, und da er mich von der Seite böse ansah, tat ich so, als interessierte ich mich nur für den Bus, der gerade die Haltestelle anfuhr. In meinen Lungen brannte ein kleines Feuer, die Kopfschmerzen brachten mich um, ich nahm eine gerade Sitzhaltung ein, und plötzlich blitzte es vor meinen Augen auf, die Schreie, das Feuer, die knappe Rettung, die Gesichter, ich hatte in das Gesicht eines Toten und eines Schwerverletzten geschaut, zwei verbotene Blicke, das Blut, das aus den seelenlosen Körpern quillt, der Rauch, die Nacht ...

Hier, rief der Friedhofsgärtner, damit hat es angefangen.

Ich folgte seiner Bitte, die Karte diskret unter der Tischplatte zu betrachten, diesmal las ich zuerst den Titel der Miniatur: ›Eine Frau, die dem Richter ein handgefertigtes Ersatzglied zeigt, um von ihrem impotenten Mann geschieden zu werden.‹ Der Richter saß auf einem teppichbezogenen Podest an einem Lacktisch, er hielt das Beweisstück in der Hand, musterte es mit hochgezogenen Augenbrauen, es war ersichtlich, daß ihm die ganze Angelegenheit lästig war, aber die Klägerin war mit Zeugen erschienen, Vater und Mutter standen hinter ihr und hielten sich vornehm zurück – bei dem dritten Zeugen stutzte ich, es konnte sich um den Bruder oder aber auch um den Nebenbuhler handeln. Doch ich verdrängte sofort diesen abwegigen Gedanken, die Ehefrau hätte sich damit nur in eine schwächere Verhandlungsposition begeben. Der Ehemann stand mit fromm geschürzten Händen allein in seiner Ecke, und obwohl in der Szene seine Frau ihm alle Schuld zuwies, schien es so, als befände er sich in einem Zustand der Versenkung. Er hatte sich abgefunden mit dem Schiedsspruch, den der Richter am Ende der Sitzung verkünden würde.

Würdest du eine Frau ... eine Person, die solche Karten verschickt, als unbedenklich einstufen?

Jetzt fiel es mir wieder ein, der Friedhofsgärtner war ein abtrainierter Linkshänder und ein abgebrochener Student, ich wußte nicht, welches Fach er wie viele Semester studiert hatte, jedenfalls hatte er die Fähigkeit erworben, keine Formulierungsschwäche zu zeigen.

Wenn man Hufgetrappel vorm Fenster hört, dann ist es eher ein Pferd als ein Zebra, sagte ich.

Gut, weiter, sagte er.

In beiden Miniaturen sehen wir, daß der Beischlaf unmöglich geworden ist. Ob Impotenz oder der wildgewordene Widder, es kommt nicht oder nicht mehr zu einer Vereinigung.

Sex? hakte er nach.

Mehr als das, sagte ich, mehr als nur zwei miteinander verschränkte Körper.

Du bist der Orientale, sagte er, du mußt es wissen.

Ich habe keine Ahnung ... Ich betrachte diese pornographischen Bilder und deute sie.

Es geht doch um Sex, beharrte er, und es quält mich.

Was denn? sagte ich.

Er trank schweigend seinen Kaffee aus, steckte sich die nächste Zigarette an – wenn du wüßtest, welche Phantasie hinter diesen Aquarellbildchen steckt, dachte ich, wenn ich dir verriete, daß diese Miniaturen viele andere Geheimnisse preisgeben, dann würdest du nicht mehr in Ruhe deiner Arbeit nachgehen können, du wärest gezeichnet, du hättest die messerscharfe Grenzlinie überschritten und gehörtest nicht länger zu den Männern, denen es genügt, von den einfachen Geboten und Verboten zu wissen; du würdest dann auch von den feindseligen Blicken der Frauen nicht länger verstört sein.

Es bleibt unter uns? sagte er.

Natürlich.

Es ist meine Cousine, die mir diese beiden Karten geschickt hat. Sie war immer etwas verrückt, und manchmal sogar überverrückt ...

Überverrückt?

Genau, sagte er, sie machte dann keinen Lärm, sie schrie nicht oder ging auf die Leute los. Sie blieb ruhig, sprach leise ein paar Sätze, und alle liefen knallrot an und ergriffen die Flucht. Ihre Mutter hat es mit gelegentlichen Ohrfeigen versucht, aber es half nicht, ihr die Unanständigkeit auszutreiben. Sie erzählte mir, daß sie mit vierzehn Jahren ihre Jungfräulichkeit verloren hat, sie erzählte es mir in allen Details ... Ich meine, was geht es mich an?

Gute Einstellung, sagte ich.

Was?

Du hast eine Vorstellung davon, was deine Cousine für sich behalten sollte und was nicht ... Was redete ich da, wie konnte ich nur solche Lehrsätze von mir geben, aber der Friedhofsgärtner achtete nicht weiter auf mich, er hatte in mir endlich einen Zuhörer gefunden, und er würde vielleicht später, wenn er mit der Spitzhacke die frostharte Erde aufbrach und das zähe Kraut zu Füßen der Grabsteine rupfte, plötzlich innehalten, er würde sich an meine Worte erinnern und den Kopf schütteln. Aber nein, er schüttelte jetzt den Kopf.

Sie hat mir sogar kleine harmlose Doktorspiele angeboten, ich lehnte natürlich ab, nicht weil ich ein hochanständiger Kerl bin. Ich hatte schlichtweg Angst. Man konnte bei ihr ja nie wissen. Ich stellte mir vor, wie ich Weihnachten mit meinen Onkeln und Tanten und Eltern am Tisch sitze und sie mitten in der harmlosen Unterhaltung sagt: Übrigens, mein Cousin ist mir an die Wäsche gegangen. Sie hat es immer verstanden, zur richtigen Unzeit die Bombe platzen zu lassen.

Ich verstehe, sagte ich.

Ach, wirklich?

Ehrlich gesagt, nein.

Es hätte mich auch gewundert, sagte er, es stimmt schon, sie ist ein verwöhntes Kind, aber im Gegensatz zu allen anderen Heuchlern in meiner Familie hat sie immer die Wahrheit gesagt.

Die Wahrheit? sagte ich aufgebracht, was meinst du eigentlich mit der verdammten Wahrheit? Sie schickt dir diese läppischen Karten, vielleicht macht sie sich über dich lustig, vielleicht sagt sie dir durch die Blume, daß du impotent bist. Sagt sie die Wahrheit?

Ich wußte, ich war zu weit gegangen. Nur, ich konnte es nicht mehr ertragen, daß man Männer und Frauen, die sich zusammenrissen und ihre Magendarmprobleme nicht öffentlich debattierten, als Sexreaktionäre beschimpfte, die Gebärmutter war nicht einfach nur ein Gegenstand des öffentlichen Interesses, und das männliche Genital sollte der Mann doch bitteschön vor allen unbefugten Blicken verbergen, die Schwulen hatten damit angefangen, die Schwulen hatten die Entblößung zur Kulturleistung erhoben, ach Blödsinn, dachte ich, die Schwulen waren eben nicht die Vorreiter der Entmannung, als die sie heimlich von Familienvätern angesehen und bewundert wurden, sie zogen nur leider nach, sie fanden nichts mehr dabei, sich einzugliedern. Wahrscheinlich lag es an meinem hohen Fieber, daß mich meine Gedanken zum Idioten degradierten.

Ich habe dich etwas gefragt! rief der Friedhofsgärtner.

Entschuldige, sagte ich und meinte meine wütenden Worte.

Gut, sagte er, du hast recht, sie ist eine unverschämte Person, meinetwegen. Aber ...

Sie neckt dich, sie lädt dich nicht ein.

Wirklich?

Sie hat mit deiner Reaktion gerechnet. Sie überrumpelt dich mit den Postkarten. Sie weiß, daß du dir dann über ihre Absichten den Kopf zerbrichst. Und siehe da, es trifft das ein, was sie sich erhofft hat.

Richtig, sagte er.

Willst du dich auf ihr Spiel einlassen, so mußt du ihr

auch absurde oder perverse Karten schicken. Nur, sie wird es, so wie du sie mir schilderst, herumzeigen, und du wirst dich bei deinem nächsten Besuch vor deinen Onkeln und Tanten und deinen Eltern rechtfertigen müssen.

Sie plant weit voraus, stellte er fest.

Eine kluge Frau, deine Ex-Freundin, sagte ich, stand auf und lief die Straße herunter, ich fror, ich mußte aber noch den Wochenendeinkauf hinter mich bringen, der Friedhofsgärtner rief mir etwas hinterher, es war mir egal, ich hatte sein Versteckspiel satt. Zufällig hatte sich seine ehemalige Freundin mit meinem ehemaligen Geschäftspartner zusammengetan, und ich hatte mich breitschlagen lassen, sie in ihrer gemeinsamen Wohnung zu besuchen, das junge Glück war perfekt, in der Küche hingen Reproduktionen der Meisterwerke orientalischer erotischer Kunst, und ich saß am Tisch und lief schamesrot an.

Natürlich hatte meine Reaktion die neue Freundin meines damaligen Geschäftspartners belustigt, und natürlich versuchte ich nach Kräften, auf ihre kleinen Provokationen nicht einzugehen. Als ich glaubte, es nicht mehr aushalten zu können, täuschte ich Müdigkeit vor und verabschiedete mich nur von ihm. Sie hatte die Tür hinter mir geschlossen und angefangen zu lachen, ich hatte ihr höhnisches Gelächter noch im Ohr.

Im Supermarkt ging ich an den Konservendosenregalen vorbei, ich konnte nicht kochen, ich aß meist draußen, in den Monaten vor meiner Abreise hatte ich von den Gerüchten gehört, ich wäre ein gemachter Mann, denn ich würde das Mittag- und Abendessen in teuren Restaurants einnehmen, und wenn man ein Essen mit fünfzehn Euro veranschlagte, käme man auf neunhundert Euro im Monat. Ich war mir sicher, der

Klatsch wurde vom Küchenpersonal weitergetragen, und ich hatte die Personalchefin im Verdacht, daß sie mir nicht die Erbse gönnte, die ich mit dem Gabelzinken aufspießte. Also ließ ich mich nicht mehr in der Öffentlichkeit blicken, es waren sowieso seltsame Zeiten, in denen alleinstehenden Männern Gerüchte zum Verhängnis wurden. Ich füllte meinen Warenkorb mit Brot und Aufschnitt, mit Waffeln und acht Flaschen Karottensaft. An den Kassen bot sich mir ein vertrautes Bild, Ehefrauen und Ehemänner über sechzig trennten sich und stellten sich in zwei verschiedene Schlangen, sie waren wegen des Unisex-Kurzhaarschnitts kaum auseinanderzuhalten, und sie liebten es, schlau zu sein und eine halbe Minute weniger anstehen zu müssen. Meist winkte die Ehefrau den Mann herbei, er löste sich umständlich aus seiner Schlange und schob den vollen Einkaufswagen zur anderen Kasse. Ich wünschte mich weit weg, dieses Leben, das ich mit solchen Menschen teilte, und das sie gezwungen waren, mit mir zu teilen, war kein Leben. Ich zuckte zusammen, als ich eine Hand auf meiner Schulter spürte, es war Malwin, der Betreiber eines Kaffeehauses in meiner Nachbarschaft. Wenn er Männer ansprach, hörte es sich für Außenstehende an wie die Vernehmung eines gefangengenommenen Feindes, ansonsten wußte ich nicht viel von ihm, er hatte einen Vater, der die Kuchen backte, die Malwin ab einundzwanzig Uhr mittwochs und donnerstags für die Hälfte des regulären Preises anbot. Er sprach von der Sitzparty am heutigen Abend, und ich erzählte ihm eine Lügengeschichte, als er wissen wollte, wie ich zu all diesen vielen Schnitten im Gesicht gekommen wäre. Hatte er mich nicht öfter als nötig belogen? Und hatte er mich nicht aufgefordert, kein Aufhebens zu machen, als ich ihn auf seine harmlosen Lügen ansprach?

Zu Hause räumte ich meine Einkäufe in den Kühlschrank, dann räumte ich den Flur frei und schrieb einen kurzen Brief an den Polizisten. Ich versicherte ihm, daß es mir gutginge und daß ich ihm das nächste Mal mehrere Bergansichtskarten schicken wollte. Die Kälte nistete sich in meinen Gliedern, die Rippenschmerzen ließen langsam nach. Wo bist du, Nienburgerin? dachte ich, wo bist du in genau diesem Augenblick, ich habe angefangen, mich nach dir zu sehnen, ich weiß, es ist dumm, aber deine Hände. Aber dein besonderer Ring. Aber deine Stimme. Dein Geschäftsfrauenkostüm. Du hast mich vielleicht längst aus deinem Gedächtnis verbannt, und wenn ich vor dir stünde und dir sagte, Gott hat an meiner Schulter gerüttelt, würdest du mich für verrückt halten? Wäre ich in deinen Augen zu einem impertinenten Fremden herabgesunken? Ich würde sehr gerne maßlos sein. Ich würde mit dir durch stille Gassen streifen und zum Himmel deiner Stadt aufschauen, falls nötig auch an einem Sonntag, dem Tag, der mich fast umbringt, an dem ich zum Himmel aufblicke und denke: Da ist nichts, was mir gehört, sogar an diesem Ruhetag würde ich das Unannehmbare tun und mit dir durch eine kleinstädtische Flaniermeile der Bürger gehen, ich würde so laut sprechen wie die am Ruhetag rastlosen Angestelltenmänner, die sich am Kuchen ihrer Frauen und Kinder vergreifen, die ihre karierten Hemden über den Bauch immer wieder bauschen, damit die Längsfalten den Bauch kaschieren. Aber karierte Hemden stehen mir nicht. Wo bist du nur? Ich würde dir zuliebe an einem Sonntag sogar in ein Naturkundemuseum gehen, ein Alptraum, ich würde mich der Prozession der Großmütter und ihrer Enkelkinder, der Väter mit eingeschränktem Besuchsrecht, ihrer fünf- bis achtjährigen Töchter mit pastellbonbonfarbenen Mützen, der gehetzten schönen Mütter, der alten Männer ohne festes Programm ... dieser Prozession würde ich mich anschließen, und wenn du nach Luft schnapptest ob des Anblicks dieser kleinen Herde, würde ich dich schnell nach draußen begleiten, denn die Museen sind Totenkammern, und ich würde auf unserer Flucht vor der Herde eine Brandrede halten ... Wieso hatte ich angefangen, mich zu sehnen?

Ich knackte eine ganze Tüte Pistazien und trank Karottensaft, dann stand ich auf, suchte nach der Zigarettenschachtel und steckte mir eine Zigarette an, zum Teufel mit meiner Gesundheit, ich hatte es tagelang ohne Tabak ausgehalten, jetzt wurde es Zeit, zum alten öden Leben zurückzufinden.

Wenig später betrat ich das Kaffeehaus, und ich hatte gleich ein gutes Gefühl, die Musik lief leise, Malwin, der Wirt, arbeitete allein, und fast alle Tische waren besetzt. Am Panoramafenster saß die Reiseagenturchefin, sie bat mich an ihren Tisch, ihr Mann war sichtlich unangenehm berührt, als er von der Toilette zurückkam und mich auf seinem Stuhl sitzen sah, er schob einen Stuhl neben seine Frau und blinzelte mich an. Offensichtlich erwartete er, daß ich ein Gesprächsthema vorgab.

Papageien können steinalt werden, sagte ich, ich habe gehört oder gelesen, daß der Papagei von Churchill noch lebt.

Kann sein, sagte er und drehte sich nach seiner Frau um, er sah sie fragend an. Sie konnte sich keine Reaktion erlauben, ich war schließlich ein Stammkunde. Ich begab mich zum Tresen, um die Bestellung aufzugeben, ein großes Glas Mineralwasser, sagte ich, und als Malwin die rechte Braue hob, sprach ich von dem zähen Grippevirus und davon, daß ich mich wenigstens an den Abenden schonen wollte. Ich kehrte zurück, die beiden hatten in der Zwischenzeit ein paar hastige Worte gewechselt, und wahrscheinlich würden sie anstandshalber eine halbe Stunde sitzenbleiben, um danach ein anderes Café aufzusuchen.

Ich störe euch, sagte ich.

Nur ein bißchen, sagte der Mann und wurde mir schlagartig sympathisch, ich an seiner Stelle hätte jeden Ruhestörer abgewiesen.

Wir haben darüber gestritten, ob es wirklich eine so gute Idee ist, beim Griechen zu essen.

Ich habe reserviert, sagte ihr Mann bestimmt, ich kann aber anrufen und die Reservierung stornieren.

Die einen behaupten, die griechische Küche sei die schlechteste der Welt, sagte ich, andererseits schwört ein Freund von mir auf Lammbraten mit Metaxasoße.

Und es ging hin und her, der Mann erzählte, er hätte im griechischen Viertel in Chicago gegessen, und der Sohn des Chefs hätte ihm einen Verdauungsschnaps spendiert und sich dazugesetzt, und mitten in der Unterhaltung eine gefärbte, in der Mitte gekerbte Tablette geschluckt.

Natürlich habe ich ihn danach gefragt, sagte der Mann, der Junge, er war vielleicht knapp Mitte zwanzig, gab zu, einen blauen Marquis eingeworfen zu haben.

Einen was? sagte ich.

Eine Viagrapille. Davor hatte er Koks geschnupft. Er wollte zu seiner Freundin, um, na ja, um länger als natürlich möglich durchzuhalten.

Das ist doch eine kaputte Geschichte, sagte seine Frau, sie war tatsächlich angewidert und schüttelte den Kopf. Ich konnte sie verstehen, wir alle hier in diesem Raum befanden uns nicht in natürlicher Umgebung, wir waren verlegene Zivilisten, die sich Uhren um das Handgelenk banden und erst nach einer langen Übungszeit gelernt hatten, einander anzusehen beim Reden.

Wie war dein Urlaub? sagte sie.

Gut, sagte ich, ich halte mir gerne in der Freizeit jede Aufregung vom Leib.

So ist es richtig, stellte er fest.

Wenn ich wieder eine Reise für dich buchen soll, rufst du mich einfach an.

Danke, der nächste Urlaub kommt bestimmt.

Der Mann schaute plötzlich auf etwas hinter mir, dann legte sich ein Arm um meinen Hals, und im nächsten Moment wurde ich vom Stuhl gerissen, ich fiel hart auf den Steinboden, die Armklammer grub sich tiefer und drückte mir auf den Adamsapfel, der Griff lockerte sich kurz, und ich schnappte gierig nach Luft, da bekam ich einen Schlag auf den Mund und einen Schlag ans Kinn, ich versuchte mich wegzudrehen, der nächste Faustschlag traf mich an der Schläfe, dann fühlte ich nicht mehr das schwere Gewicht auf mir und richtete mich im Sitzen auf, ich sah den Mann der Reiseagentin einen Mann an den Haaren zum Ausgang zerren, er strampelte mit den Füßen, klammerte sich an einem Tischbein fest, doch der Tisch kippte um, und jetzt war Malwin zur Stelle und fing an, den am Boden Liegenden mit leichten Fußtritten zu traktieren, er schrie, jemand sollte sofort die Polizei benachrichtigen, und der Mann der Reiseagentin schleifte den Irren durch die offene Tür und über zwei Stufen auf den Bürgersteig, zwei Männer waren ihm und Malwin gefolgt, und schließlich konnten sie mit vereinter Kraft den Irren bändigen, er schrie obszöne Flüche in Richtung der Schaulustigen auf der anderen Straßenseite, es schien, als hätte er mich völlig vergessen.

Hier, trink, sagte eine Frau und reichte mir ein volles Wasserglas, schon wieder, dachte ich, wie oft denn noch wollen mir Frauen helfen, ich trank und rieb mir gleichzeitig den Hals, ich wurde schlagartig wütend, es war widerlich, ich war doch tatsächlich von einem Irren, von einem Schwein, von einem Kerl angefallen worden, den ich nicht kannte, ich hatte mich nicht wehren können, und ich wollte schon hinausrennen, um es dem Schwein mit gleicher Münze heimzuzahlen, doch einige Cafégäste halfen mir auf, und ich setzte mich auf einen Stuhl, ich fing an, am ganzen Körper zu zittern, dieser widerliche Irre hatte mich zu seinem Opfer gemacht. Als ich mich einigermaßen gefaßt hatte, sah ich hinaus, der Verrückte löste sich mit einem heftigen Ruck aus der Umklammerung und rannte in die Nacht davon, die Schaulustigen stoben auseinander, die Männer kamen wieder herein. Wann kommt endlich die Polizei? rief Malwin, doch keiner hatte zum Telefon gegriffen, und es blieb mir nichts anderes übrig, als ein Glas Wasser nach dem anderen zu leeren. Jetzt war ich den Blikken aller im Raum ausgesetzt.

Kennst du ihn? sagte der Mann der Reiseagentin.

Noch nie gesehen.

Ich kenne ihn, sagte Malwin, es ist nicht sein erster Angriff.

Wen hat er denn noch auf dem Gewissen?

Sei nicht so neugierig, Sascha, wies ihn die Reiseagentin zurecht.

Manchmal steht er nur draußen und schneidet Grimassen, sagte Malwin, regelrechte Fratzen, davon kann man schlechte Träume kriegen. Er klopft an die Scheibe, so lange, bis ich ihn davonjage. Dann läßt er sich tagelang nicht blicken, und ich denke schon, endlich haben sie ihn eingefangen und weggesperrt. Er taucht aber doch auf.

Wen hat er angegriffen? sagte Sascha, ich muß wissen, worauf ich mich einlasse, wenn ich mit meiner Frau dein Café aufsuche.

Laß mich aus dem Spiel, zischte die Reiseagentin.

Er hat mich und eine Angestellte attackiert, sagte

Malwin, er lauerte uns beiden draußen auf, ich hatte gerade abgeschlossen und wollte mich verabschieden, da kam er hinter der Litfaßsäule hervorgeschossen. Ich habe ihm ein paar geklebt. Wenn er auf Gegenwehr stößt, haut er ab.

Der Kerl ist gefährlich, sagte ich, und sie schauten mich alle an, auch die Gäste am Nebentisch hatten der Unterhaltung gelauscht, ich war nicht besänftigt, ich konnte sie nicht beruhigen, aus dem Augenwinkel sah ich, wie Malwin die Augen verdrehte, denn schlechte Werbung konnte er nicht gebrauchen.

Er hat mir die Kehle zugedrückt, sagte ich ihm.

Und wir haben ihn dafür bestraft, sagte er und stand auf. Er verschwand hinter seinem Tresen, trocknete an einem Geschirrtuch seine schweißfeuchten Hände.

Der Abend ist verdorben, sagte Sascha, die Reiseagentin widersprach ihm sofort, er vergälle ihr mit seinen unappetitlichen Bemerkungen die Freude, was war nur mit den beiden los, er wollte aufbrechen, sie bestellte aus Trotz den selbstgemachten Rhabarberkuchen. Ich saß da – ich wäre fast tödlich verunglückt, man zwang mich, die Liebe aus meinem Herzen zu löschen, ein Geistesgestörter hatte mich hinterrücks angefallen, ich aber saß einfach nur da, lauschte nicht der Musik, lauschte nicht den Gesprächen, ich rieb mir den Hals, starrte gedankenverloren auf den Kuchenteller der Reiseagentin.

Hast du Hunger?

Was? Ach so, nein, entschuldige, ich wollte dir nicht aufs Essen starren.

Ich gebe dir gerne etwas ab, sagte sie.

Sascha ertrug es nicht länger, er hatte verstanden, er schlüpfte in seine Jacke und eilte grußlos davon.

Bald lasse ich mich von ihm scheiden, sagte sie.

Es geht mich nichts an.

Er tut die ganze Zeit so, als wüßte er über alles Bescheid, fuhr sie ungerührt fort, ich habe ihn vor der Heirat gewarnt, klug sind wir alle, habe ich ihm gesagt, spiel' bitte nicht den Extremisten. Gut, wechseln wir das Thema.

Das alles geht mich nichts an, sagte ich und verließ den Tisch und das Kaffeehaus, viel später im Bett aß ich zwei Pflaumen und eine Birne, mein Bauch spielte verrückt, ich löschte das Licht und lauschte meinem Magen. Ich hatte angefangen, mich zu sehnen.

3

Ich ging meine Sehnsucht an wie ein leidenschaftlicher Frühaufsteher, der sich über die Kraft seiner Morgenrituale zu stärken weiß, ich hatte in weniger als einer Stunde einen Wagen organisiert, es hatte genügt, einen guten Bekannten anzurufen, den Besitzer einer Raritätenstube, und ihm von einer dringenden Sache zu erzählen, die keinen Aufschub duldete. Seltsam, wenn ich mich an Floskeln und alltagsübliche Wendungen hielt, schwand der Widerstand der Menschen, ich konnte sie belügen, ich mußte nur die Form wahren. Ich fuhr mit dem vollgetankten Leihwagen los, die Eiseskälte schreckte die Männer und die Frauen nicht ab, ich sah langsame Bürger im Stau und in der Schlange, ich nahm die Hauptstraße und lenkte das Auto um Schwertransporter, die in zweiter Reihe geparkt hatten, dann nahm ich die Autobahnausfahrt nach Hamburg. Ich klappte die Sonnenblende herunter und schaltete das Radio ein, die Zuhörer wurden nach ihrer Meinung zu einem bekannten Schlagersänger gefragt, er hatte Geburtstag, fünfundsechzig Jahre alt und vierzig Jahre auf der Bühne, ein Mann verwünschte ihn in derben Worten, es wäre eine große Schweinerei, rief er zornig, sich mit röhrender Stimme und Kindermelodien in die Herzen der Frauen einzuschmeicheln. Schöne neue Demokratie – das Volk ist doch nur dazu da, sich Reden und Lieder gefallen zu lassen und sonst den Mund zu halten. Aber dieser Mann sah es nicht ein, und als er alle Rundfunkanstalten dazu aufrief, die Abscheulichkeit aus der Welt zu schaffen, kappte der Moderator einfach die Leitung. Eine Vorzensur findet bei uns nicht statt, sagte er, wir werden jetzt dem sehr erfolgreichen Schlagersänger ein Geburtstagsständchen darbringen ... ich drehte am Knopf und wechselte den Sender. Der Verkehrsfunk meldete eine ungesicherte Baustelle auf einer Strecke, die ich nicht befahren würde, und zwei kleine Unfälle, in die ich nicht verwickelt war, ich bekam gute Laune und sah auf die Haarspange auf dem Beifahrersitz, es war ihre Haarspange, und ich fuhr in ihre Kleinstadt.

Kurz vor Hamburg machte ich halt an einer Raststätte, die Fahnenmasten wiegten sich sachte in ihrer Verankerung, und ich freute mich darüber, daß ich im Trokkenen sitzen und den heftigen Regenschauer beschauen konnte, es regnete, und ich wurde nicht naß. Nach einer Viertelstunde hörte es schlagartig auf zu regnen, die Sonne kam wieder durch, ich stieg ins Auto und fuhr weiter. Kurz vor Hannover nahm ich die Ausfahrt, ich kam an Reihenhäusern vorbei, die im Vorgarten verrostete Rasenmäher oder Kinderfahrräder als Denkmäler der Gemütlichkeit ausstellten, und es paßte auch ins Bild, daß die Wohnwagenprostituierte am Dorfrand parkte, ein rot illuminiertes Neonherz prangte innen an der Windschutzscheibe, und als mich die Neugier das Tempo drosseln ließ, machte sie ein Willkommenszeichen, sie drückte schnell ihre Brüste im BH zusammen, ich lief rot an und gab Gas. Natürlich, ich war nicht besser als die Väter in den Einfamilienhäusern, sie hatten sogar mehr Mut als ich, denn sie mußten unkonventionelle Wege gehen, nachts durch den Wald stapfen, einen großen Bogen um das Dorf machen, um nicht gesehen zu werden, und vielleicht hielten sich die Männer an die Regel, daß man besser beraten war, wenn man die Ehefrau und die Wohnwagendirne in Ehren hielt.

Es war interessanter, über Dorfdamen nachzusinnen, als einem geschwätzigen Radiomoderator zu lauschen, der alles lustig fand, der Liebende war lustig, der Hassende war lustig, und Tote und Verletzte kamen in den Nachrichten vor, sie wurden wenigstens erwähnt.

Ich starrte durch die Windschutzscheibe auf das Nienburger Ortsschild, mein Herz klopfte plötzlich wie verrückt, ich wurde angehupt und bog an einer Unterführung nach links ab und folgte dem Straßenverlauf, ein Schild wies den Weg zur Historischen Altstadt, dann befand ich mich auf einer Straße, die nach dem Nordertor benannt war, vielleicht, dachte ich, war diese Kleinstadt im Mittelalter eine einzige Festung, und man wehrte die Strauchdiebe und Landsknechte mit Spatzenschleudern ab. In der Festung reihten sich heute Foto- und Bräunungsstudios, Banken und Apotheken aneinander, ich fuhr Schrittempo, denn ich glaubte nicht nur an das Gefühl auf den ersten Blick, ich glaubte auch an die Auferstehung der Toten, deren Gebeine in ihren mit Nippes vollgestellten Wohnungen auf einen Ruf hin sich zu warmen Körpern ordnen und formen, und sie zerschlagen ihr Porzellan vom Flohmarkt, und sie leeren die Besteckkästen mit dem Familiensilber und flüchten ins Freie. Ich glaubte an ein kleines Wunder, von der Haarspange in meinem Besitz bis zu der schönen Frau mußte es einen direkten Weg geben.

Plötzlich wurde ich durchgeschüttelt, ich hatte bei der Einfahrt in das Parkhaus den Fuß nicht vom Gaspedal genommen, und das Auto krachte über die Temposchwelle kurz vor der Schranke. Ich löste einen Schein, fuhr in großen Schleifen hoch bis zum dritten Stock und fand endlich eine Parklücke. Wenig später ging ich langsam durch die Fußgängerzone, ich machte immer wieder halt und musterte verstohlen die Frauen, sie hatten Regenschirme aufgespannt und hielten sie schräg gegen den Nieselregen, ich streifte mir die Kapuze über den Kopf, mein Sichtfeld war eingeschränkt, doch ich wollte nicht schon wieder fiebern. Eine Bäkkerei bot original Nienburger Biskuit-Kuchen, sie hießen hier Bärentatzen, und eine abgehackte Bärentatze mit vier Krallen fand sich auch im Stadtwappen, neben einem Tor mit Fallgatter, drei Spitztürmen und einem Löwen, der von neun Herzen umgeben war. Natürlich suchte ich, wie jeder schlecht informierte Tourist, erst das Stadtkontor und dann die Tourismuszentrale auf, und während ich die Prospekte einsammelte, fiel mein Blick auf Waldfruchtlikörflaschen, die man in einer ordentlichen Reihe auf dem Aktenschrank aufgestellt hatte, das Etikett wies den Branntwein als ›Sensenschluck‹ aus. Seltsam, diese Kleinstädter, aber nicht seltsamer als Großstädter, die wegen einer flüchtigen Begegnung anreisen, um ... was zu finden? Das Glück? Die Herrlichkeit, die einem an der nächsten Straßenecke widerfährt? Ich wurde konservativ, wenn ich erkältet war, ich trug dunkle Kleidung, ich wollte, daß alles blieb, wie es war, daß sich aber gleichzeitig alles zum Besseren wendete, und in dieser komischen Verfassung lief ich an Skulpturen vorbei, es waren in Bronze gegossene Figuren, Glasmacher, Spargelbauern und ein halbnacktes Mädchen, bei dem es sich, nach dem Stadtführer, um ›die kleine Nienburgerin‹ handelte. Ich klappte den Prospekt zu und verfluchte mich innerlich – was tat ich eigentlich, ich war nicht hierhergefahren, um die in Wegweisern angegebenen Routen abzugehen, und was hatten die in Weiß aufs Pflaster gemalten Bärentatzen zu bedeuten? Ich machte kehrt, strich durch die Gassen und schritt den Uferweg am Fluß entlang, am anderen Ufer sah ich Häuser im Zwielicht, bald würde es stockdunkel werden, und wie gerufen schlug die Kirchenglocke fünf Uhr nachmittags. Eine Stahlbrücke überspannte die Weser, ich machte ein paar Schritte, dann hielt ich inne, Passanten gingen an mir vorbei und schauten neugierig über die Schulter. Unten, auf einem Rasenstreifen, warfen Menschen Stöckchen, und ihre großen und kleinen Hunde rasten hinterher. Ein blaßroter Streif am Himmel, in den kahle Bäume ragten. Das Wasser machte mir angst, die Lichtaugen der Häuser schreckten mich ab, und ich konnte mir nicht vorstellen, daß die schöne Frau dort drüben lebte, ich drehte mich um und bog in das erstbeste Gäßchen ein, vor einem Fachwerkhaus blieb ich wie angewurzelt stehen. Auf dem Balken über dem Türsturz stand geschrieben: An Gottes Segen ist alles gelegen, erbaut im Jahre des Herrn 1643. Überall stieß ich auf die Herrschaft des Geldes und des Gesetzes, doch manchmal fand ich Zeichen von Menschen, die eine andere Kraft wirken sahen, deren Vertrauen eine andere Quelle kannte, und ich stand, wie jedesmal, wenn ich auf diese Zeichen stieß, voller Ehrfurcht da. Für Außenstehende gab ich sicherlich das Bild eines Mannes ab, der in seinen Momenten der Rührung zur Idiotie neigte. Ich bemerkte eine Touristengruppe im Dunkeln, die Fremdenführerin starrte mich an, ich huschte davon.

Wieder war ich in der Fußgängerzone gelandet, langsam kamen in mir Zweifel auf, vielleicht war es auch die Müdigkeit oder der Schmerz an meiner Seite, die Rippen taten bei jedem Schritt weh. Ich schaute beiläufig auf die Auslagen eines Juweliers, und dann, ohne eine Sekunde abzuwarten, rannte ich hinein, es konnte doch nicht sein, es konnte doch nicht so leicht sein, eine Frau mit Damenfrisur löste sich vom Glasschrank, sie wies eine junge Angestellte an, die Vitrine abzuschließen, sie hatte den Blick von Goldhütern, die gelernt haben, keinem Menschen zu trauen, der ihren Laden betritt.

Was kann ich für Sie tun?

Sie haben dort im Schaufenster einen Ring, sagte ich, einen Ring mit einem eingefaßten Emailleplättchen.

Sie suchen ein Geschenk für Ihre Frau?

Nicht unbedingt, sagte ich, also, es mag Ihnen vielleicht seltsam vorkommen, aber ich habe vor einiger Zeit eine Frau kennengelernt, die genau denselben Ring trug.

Den gleichen, sagte sie.

Wie bitte?

Sie trug ganz sicher nicht denselben, aber den gleichen Ring.

Ja, sagte ich, und zufällig weiß ich, daß sie aus Nienburg kommt. Ich will sie wiedersehen. Ich zähle eins und eins zusammen ...

Und komme auf die Summe zwei, sagte sie.

Hören Sie ... es ist wirklich dringend.

Sie sind nicht etwa verrückt?

Nein.

Was wollen Sie von der Frau? sagte sie.

Kennen Sie sie oder nicht? sagte ich.

Ich könnte Sie kennen, aber ich halte es eher für unwahrscheinlich.

Es kaufen doch sicher nicht so viele Frauen diesen Ring, sagte ich, Sie müßten nur einen Blick auf Ihre Kundenkartei werfen, und schon sind Sie mich los.

Junger Mann, sagte sie, ich kann Ihnen nicht weiterhelfen. Sie schaute sich nach der jungen Angestellten um, die mittlerweile neben dem Telefon stand, wahrscheinlich bildete ich es mir nur ein, vielleicht lag ihr Finger schon auf dem Alarmknopf. Ich machte einen letzten halbherzigen Versuch, die Chefin umzustimmen, sie aber blieb unnachgiebig und wünschte mir noch einen schönen Abend, ich ging hinaus, stellte mich vor das Schaufenster und blickte auf den Ring, als könnte ich ihm dadurch ein großes Geheimnis entlocken. Aber ich durfte mich nicht länger vor dem Geschäft der Dame aufhalten, der Wind blies jetzt stärker, und manche Verkäuferinnen rollten die Ständer zurück in die Läden, ich riß mich los.

Was sollte nun folgen, was könnte ich tun? Es war bestimmt zwecklos, durch die Gassen und Straßen der Kleinstadt zu irren, fast mutlos betrat ich ein Café, das im Stil der charakterlosen Achtziger eingerichtet war, die Kellnerinnen trugen Strohhüte und Namensschilder an ihren weißen Blusen, und als ich mich halb umdrehte, um bei der mir entgegeneilenden Kellnerin meine Bestellung aufzugeben, erblickte ich sie, kein Zweifel, sie war es, sie saß allein an einem Tisch im rückwärtigen Teil, beschattet von der hohen Bogenlampe, ihre Haare waren kürzer, als ich sie in Erinnerung hatte, sie las in einer Zeitschrift und runzelte dabei die Stirn, sie war es, kein Zweifel, eine Hand lag auf der Tischplatte, und sie ging mit dem Finger gedankenverloren den Henkel der Kaffeetasse nach, immer wieder, und als mich die Kellnerin mit dem Hut ansprach, schüttelte ich automatisch den Kopf, ich hatte ihre Worte nicht verstanden, ich entdeckte den Ring an ihrem Finger, trotz der Schatten brach sich das stumpfe Licht am Silber, dort war die Frau, die mir das Blut aus dem Gesicht gewischt hatte, wegen ihr war ich hier, hier in der Kleinstadt. Sie sah auf, und ich schaute sie an, sie schaute zurück, ich näherte mich ihr langsam, um ihr die Zeit zu lassen, die sie vielleicht brauchte, erkannte sie mich wieder, so wie ich sie wiedererkannte? Ich setzte mich an ihren Tisch, ohne zu fragen, ohne eine mögliche Abweisung abzuwarten, und sie sprach kein Wort, sie strich eine Strähne hinter das Ohr, in der Mulde zwischen Nase und Oberlippe entdeckte ich einen Lippenstiftstrich, wahrscheinlich hatte sie auf der Toilette schnell ihr Make-up aufgefrischt, so wie es Frauen tun, die nicht in Eile sind, aber routiniert genug, um sich vor fremden Toilettenspiegeln frisch zu machen. Als hätte sie meine Gedanken gelesen, holte sie aus ihrer Handtasche einen Cremetiegel hervor, schraubte die Kappe ab und strich Balsam auf die Lippen, diesmal schaute sie nicht in einen fremden Spiegel, sie schaute in das Gesicht eines fremden Mannes, und mir fiel wieder ein, daß die Schnittwunden zwar verheilt waren, daß sich aber gut ein Dutzend kleine lange Narben über mein Gesicht zogen – war ich entstellt, konnte ich mich ihr wirklich zeigen? und sie klopfte gegen das Tiegelglas und sagte: Damit hat man früher die Hufe der Pferde weich gemacht, ich konnte mich von ihrem Anblick nicht losreißen, ich hätte sagen können: Ja, ich weiß, doch ich hätte gelogen; ich hätte sagen können: Ich habe mich nach dir gesehnt, doch ich hätte damit die Wahrheit ausgesprochen, jede Antwort brachte eine Komplikation mit sich, sie sollte es leicht haben, es sollte so leicht wie Wassertrinken sein, mir ein zweites Mal zu begegnen.

Ich weiß, sagte sie, wir sind uns kurz begegnet.

Es ist nicht so lange her, sagte ich, und weil die Kellnerin mit dem Strohhut auftauchte, fragte ich sie, ob ich sie zu einem Getränk einladen könnte, sie bestellte einen Wein, ich bat um eine Halbliterflasche Mineralwasser.

Es ist kein Zufall, daß du hier bist.

Nein, sagte ich, ich habe den Unfall überlebt, ich hatte keine Alpträume deswegen, ich bin dann zurückgekehrt, zu Hause habe ich es nicht ausgehalten, ich mußte daran denken, wie ...

Ich weiß, sagte sie wieder, wie gefällt dir meine Stadt?

Ich habe mir Prospekte besorgt, sagte ich, ich habe mich ein bißchen umgesehen. Nur fürchte ich, ich bin nicht der übliche neugierige Tourist.

Meine Stadt ist bekannt für den Bleichspargel. Es gibt regelmäßig einen Spargelmarkt auf dem Platz am Spargelbrunnen.

Bleichspargel?

Im Gegensatz zum Grünspargel, sagte sie, weißt du, wie man erkennt, ob der Spargel frisch ist?

Nein.

Man reibt zwei Spargelstangen aneinander, sagte sie, wenn ein heller Ton erklingt, kann man zugreifen.

Wieder etwas dazugelernt, sagte ich dumm, ich lehnte mich zurück, als die Kellnerin von rechts die Wasserflasche auf den Tisch stellte, sie baute sich dann umständlich hinter ihr auf, fast wäre ihr dabei das Weinglas auf dem Tablett umgefallen, sie eilte mit hochrotem Kopf zurück zum Tresen.

Ich hasse es, anzustoßen, sagte sie und nahm einen Schluck, ich heiße Tyra, der Name ist von Thor abgeleitet.

Ich heiße David, sagte ich.

Du bist doch kein Deutscher, sagte sie.

Doch, ich bin eben etwas später dazugekommen ...

... Und hast einen deutschen Namen angenommen.

Nein, sagte ich, nur aus einem U ein I gemacht.

Du bist also praktisch veranlagt ... nein, du denkst einfach pragmatisch.

Ja.

Was willst du von mir? sagte sie, ich weiß nicht, ob es mir gefällt, daß wir zusammensitzen. Ein Gerücht verbreitet sich sehr schnell. Wer weiß, vielleicht muß ich meinem Mann heute noch Rechenschaft ablegen.

Sie hatte also einen Mann, und sie hatte es mir unmöglich gemacht, auf ihre Frage zu antworten, was konnte ich schon wollen, und wieso übersprang sie die erste Phase der Annäherung, ich war so naiv, an die kleinen Schritte zu glauben, wenn es darauf ankam, auf das

Entscheidende, das Finale, mußte man doch über Kleinigkeiten reden, sie hatte schon den Anfang gemacht und über den Nienburger Bleichspargel gesprochen, und ich wollte ihr davon erzählen, daß die frische Brise mittlerweile zum starken Wind geworden war, da draußen brauste die geballte Luft auf – sie wollte sich doch sicher nicht dem Regen aussetzen, sie wollte doch nicht ein nettes Gespräch geführt haben, um dann nach Hause zu eilen. Bestimmt blieb sie so lange, bis sie ihren Wein ausgetrunken hatte.

Ich will dein Geliebter sein, sagte ich und rechnete fest damit, daß sie mich wegen meiner dramatischen Worte in die Schranken wies. Sie wandte den Blick ab, sie spielte mit ihrem Silberring.

Du bist unverschämt, sagte sie.

Ich will dich nicht ... beunruhigen, sagte ich.

Hör doch auf, sagte sie, ich habe einen Mann und zwei Kinder. Soll ich Ehebruch begehen? Erwartest du das von mir?

Ich bin überrascht, sagte ich, du siehst nicht aus wie eine Mutter.

Billige Komplimente, fauchte sie, hör auf damit.

Ich hielt den Mund, ich hatte verloren, das Wunder trat nicht ein. Das gibt es doch im wirklichen Leben, dachte ich, ihr Frauen sitzt im Kinosaal, blickt wie gebannt auf den gutaussehenden Liebhaber auf der Leinwand, und alles an ihm gefällt euch, wie sehr wünscht ihr euch, daß es genauso und nicht anders zugehen möge, daß ein Mann vor euch steht, der euch begehrt, der euch lachen macht, der nur eure Schönheit kennt und keine andere, und hier sitze ich, nicht einmal halb so gutaussehend wie der Filmliebhaber, aber doppelt so wirklich und leibhaftig, und du Frau schlägst das Wunder aus, du läßt mich meine Lust nicht aussprechen.

Gleich, als ich dich sah, habe ich Lust empfunden,

sagte ich, ich war halbtot, und als du dich über mich gebeugt hast, dachte ich: Sie schenkt mir Leben.

Ach, stieß sie hervor.

Du kennst mich nicht ...

Stimmt, sagte sie, du hast einen schönen Ausflug in meine Stadt gemacht. Wo lebst du eigentlich?

In Kiel, sagte ich, am Rande der Zivilisation.

Ich bin einmal im Kieler Hauptbahnhof ausgestiegen, sagte sie, mein Anschlußzug hatte fast eine Stunde Verspätung, und da bin ich die Treppen hinuntergestiegen. Ich erinnere mich an den Taxistand, links war ein fürchterliches Einkaufszentrum, rechts das Meer, Kräne, große Schiffe. Ich bin wieder zurückgegangen und habe auf dem Bahnsteig gefroren.

Es kann sehr kalt sein in Kiel, sagte ich.

Lebst du allein?

Ja.

Und was machst du?

Nichts, sagte ich, bis vor kurzem habe ich ... Börsengeschäfte gemacht. Ich habe genug Geld zum Leben.

Sieh an, sagte sie nur.

Und du? sagte ich.

Ich bin wegen der Hausarbeit freigestellt, sagte sie, ich habe Geschichte studiert. Dann bin ich über einen Mann gestolpert, erster Kuß erstes Kind, zweiter Kuß zweites Kind.

An Heirat habe ich nie gedacht, sagte ich und bereute sofort meine Worte, mit solchen Bekenntnissen machte sich ein Mann nur unbeliebt, er gab einen Weg vor, der zu beschreiten war, von dem man nicht abkommen durfte, dabei wußte ich seit langer Zeit nur, daß ich aufgehört hatte, mich nützlich zu machen, ich ging den Rüpeln und Gewalttätern aus dem Weg, ich verscheuchte allzu schlechte Gedanken, ich schwor mich auf nichts und niemanden ein.

Weißt du, sagte ich, ich bin einfach nur ein ziemlich dummer Kerl, du hast ja recht, ich bin dir völlig fremd, ich behellige dich trotzdem mit meinen Gefühlen. Aber ich lüge dich nicht an.

Das wäre ja noch schöner, sagte sie.

Erzähl' mir von dir, bat ich sie, ich wußte, je weniger ich sprach, desto mehr Luft hatte sie zum Atmen, sie schaute mich erst wütend an und wollte mich wohl scharf zurechtweisen, doch dann entschied sie sich anders.

Ich bezog eine neue Wohnung, sagte sie, das ist schon länger her, und das erste, was der Vermieter mir sagte, war, daß vor mir ein Mann in der Wohnung gelebt hat, der sich überschuldet hatte, die Gläubiger riefen immer wieder an. Ich habe daraufhin Kräuter verbrannt, die Wohnung ausgeräuchert, die Türen und Fenster geschlossen und den Rauch in alle Ecken und Nischen ziehen lassen. Das hat einen ganzen Tag gedauert, die Wohnung hatte eine Deckenhöhe von fast drei Metern. Dann kam meine neue Nachbarin, sie sagte, man kann bei Ihnen hineinsehen, sogar wenn man auf der anderen Straßenseite geht, besorgen Sie sich lieber mal einen dicken Vorhang. Das ging so weiter und weiter, alle haben sich rührend um mich gekümmert, aber ich dachte, diese Leute kontrollieren mich, sie wollen, daß ich Anstand wahre, dafür geben sie jeden Abstand auf ... Ich habe es nur vier Monate ausgehalten, dann zog ich um.

Die Neugier bringt die Menschen um, sagte ich.

Das mußt ausgerechnet du sagen.

Ich kann auch gehen, sagte ich, ich bin kein verdammter Eindringling.

Doch, das bist du, sagte sie, forderte mich aber nicht dazu auf, sie in Ruhe zu lassen, ich bekam leichte Kopfschmerzen, es lag an dem Wetterumschwung, würde ich ihr verraten, daß ich wetterfühlig war, würde ich ihr einen Grund liefern, sich über meine unerbetene Selbstauskunft zu beschweren.

Hier, sagte ich, sie ist dir vom Haar gefallen.

Sie starrte auf die Spange in meiner Handkuhle, und als ginge es um einen scharfen Glassplitter, griff sie vorsichtig danach, betastete sie.

Ich werde sie wegwerfen, sagte sie, ich bin dabei, die Dinge aus Plastik aus meinem Leben zu verbannen ... Du weißt nichts von mir.

Ich bin kein Forscher, sagte ich, ich habe angefangen, mich nach dir zu sehnen. Mein Leben ist kaputt. Meine Beziehung ist kaputt.

Was hätte ich ihr nicht alles über mich verraten können! Alles in meiner Nähe platzte auf wie alter Lack, und ich selbst kannte mich in der Kunst aus, die Schönheit mit einem Handstreich zum Platzen zu bringen. Jetzt saßen sie und ich einander gegenüber, und wir sprachen in gottverflucht zivilisierten Worten, das Richtige fing falsch an und würde falsch enden, was für eine Verschwendung.

Es wäre eine Verschwendung, wenn wir uns einfach so trennten, sagte ich.

Ich habe meinen Wein noch nicht ausgetrunken, sagte sie.

Du hast dir die Haare kürzer schneiden lassen.

Mein Friseur besteht darauf, sagte sie, ich komme nicht gegen ihn an. Hier begegnet man sich oft auf der Straße. Der Friseur ist ein bißchen aufdringlich.

Er hält sich seine Kundinnen warm, sagte ich.

Vielleicht.

Wird man es deinem Mann zutragen, daß du dich mit einem Mann getroffen hast?

Das geht dich nichts an, sagte sie heftig und strich sich die lose Strähne wieder hinter das rechte Ohr, du willst mich doch ausforschen.

Ich griff nach meiner Börse, holte einen Zwanzigeuroschein heraus und legte ihn auf den Tisch, dann stand ich auf und verließ das Café, fast wäre ich mit der Kellnerin mit dem Strohhut zusammengestoßen, doch ich wich ihr gerade noch aus, und schon war ich auf der Fußgängerstraße dieser Kleinstadt mit ihren besonnenen Frauen, die sich nichts vormachen ließen, sie steckten in festen Verhältnissen, ihre Grundversorgung war gesichert und ihre Freizeit finanziert, kein Mann konnte eine kluge Frau aus dieser Kleinstadt mit Exotik locken, sie kauften exotische Früchte auf dem Wochenmarkt ein und fuhren, wenn ihnen der Sinn danach stand, in fremde Länder, dann waren sie von ihrem Nienburger Leben beurlaubt, und was dort geschah, konnte kein Einheimischer auf den Urlaubsfotos entdecken.

Tyra hieß sie, ich hatte noch nie diesen Namen gehört, wahrscheinlich hatte sie mich die ganze Zeit auf eine falsche Fährte gesetzt und auch einen falschen Namen angegeben. Dann nicht, dann nicht auf diese Weise, sterbt doch an eurer Angst. Der Wind zerrte an meinem Mantel und zauste mir die Haare, ich achtete nicht darauf, ich wurde mit jedem Schritt wütender, wie konnte sie nur denken, daß es ein Trick war, wenn ich ihr gegenübersaß und nichts weiter forderte – als nur eine Möglichkeit, einen Anfang. Ein kleines bißchen von etwas anderem als das immergleiche. Zum Ehebrecher fehlte mir das brennende Verlangen, ich hatte doch nur angefangen, mich zu sehnen.

Es war nicht einfach, in der Dunkelheit den Weg zurückzufinden, ich schlug mal diese, mal jene Richtung ein, und dann stand ich vor dem Parkhaus, ich bezahlte die Gebühr am Automaten, stieg in den zweiten Stock, und als ich im Auto saß, schlug ich die Sonnenblende hoch, am liebsten hätte ich die Sitze und die Reifen zerstochen, und es half auch nichts, ein paar Male tief ein- und auszuatmen, ich startete den Wagen, und als es gegen das Seitenfenster klackte, zuckte ich zusammen, erst sah ich ihren Ring, dann sah ich sie, sie ging um das Auto und stieg ein, sie forderte mich auf, loszufahren, und dann gab sie mir die Richtung vor, wir fuhren aus der Stadt heraus und nahmen die Straße, die nach Hannover führte, und nach einer Viertelstunde Fahrt, in der sie kein einziges Wort hervorbrachte, sah ich das Leuchtschild eines Hotels, ich fuhr auf den Parkplatz und schaute erst zur Seite, als ich ihren Blick auf mir spürte.

Erst gehe ich hinein, sagte sie, und nehme ein Einzelzimmer. Du wartest eine Dreiviertelstunde und folgst mir dann, auch du nimmst dir ein Einzelzimmer, aber unbedingt im zweiten Stock. Du hängst das Schild für die Zimmermädchen über die Klinke, mit der grünen Seite nach außen. So finde ich dich.

Und was ist, wenn es kein Zimmer im zweiten Stock gibt?

Dann eben ein Stockwerk höher.

Wir sehen uns, sagte ich, sie aber war schon ausgestiegen und eilte zum Hoteleingang, der Regen prasselte auf die Windschutzscheibe, und wegen des Krachs konnte ich mich auf keinen Gedanken konzentrieren, ich schaute immer wieder auf die Uhr, nach vierzig Minuten hielt ich es nicht mehr aus, ich schloß das Auto ab und lief im strömenden Regen zum Hotel. Auf dem Holztresen standen an den äußersten Enden zwei mit Kaffeebohnen gefüllte Salatschalen, in die jeweils eine Altarkerze versenkt war, dazwischen hatte sich ein dicker Mann aufgestützt und las in einer Mallorca-Zeitschrift.

Haben Sie ein Zimmer frei? sagte ich.

Mein Gott, sagte er, was brummt plötzlich das Geschäft. Ja, hab ich. Einzelzimmer, nehm' ich an.

Ja, bitte.

Ich hab' Sie noch nie gesehen, also füllen Sie hier das Formular aus. Geburtsdatum und so lassen Sie frei, Ihre Heimatanschrift reicht. Und die Unterschrift. Das ist hier ein Nichtraucherhotel, heimlichtun geht nicht, ich merk's. Dann schick' ich Ihnen eine Rechnung für die Kammerjäger hinterher.

Was?

'n Scherz, sagte er, hier ist der Schlüssel. Frühstück gibt's von halb sechs bis halb zehn. Später kriegen Sie nur Kaffee, wenn Sie nett drum bitten. Bis halb zwölf müssen Sie hier raus sein, sonst tickt die Uhr für den zweiten Tag.

Danke, sagte ich.

Danken Sie dem himmlischen Vater, sagte er, er läßt das schöne Geld regnen.

Das Zimmer war besser, als ich vermutet hatte, der Fernseher auf dem Schwenkarm ließ sich bis an die Wand schieben, das Rosenmuster des Teppichbodens war leicht angegraut, der Saum des schweren Vorhangs wischte über den Boden, als ich ihn zuzog. Ich spritzte mir Wasser ins Gesicht, ging mit dem Handtuch zurück und setzte mich auf die Bettkante. Es klopfte leise an der Tür, ich schloß Tyra auf. Sie stand im Türrahmen und musterte mich verwundert.

Nein, nein, sagte ich, ich habe mir nur das Gesicht gewaschen, ich ließ sie eintreten, sie legte ihren Mantel über die Sofalehne, sie band ihre Stiefeletten auf und rieb ihre kleinen Füße aneinander, die in blauen Nylonstrümpfen steckten, sie hat die Füße einer Chinesin, dachte ich und kniete mich vor ihr hin, und als ich anfing, ihre chinesischen Füße zu massieren, versteifte sie bei diesen ersten Berührungen, sie schüttelte den Kopf, als wollte sie ihren Widerstand anzeigen, und dann entwand sie sich meinen Händen, stand auf und schlüpfte angezogen unter die Bettdecke.

Du mußt wissen, daß ich etwas ... verklemmt bin, sagte sie, es geht nicht so schnell.

Das macht nichts, sagte ich dumm, wieso, in Gottes Namen, sprach ich wie ein liberaler verständiger Idiot, der die Dinge laufenläßt, weil er glaubt, diese Dinge überstiegen seine Macht und seinen Willen.

Das Kommodenlicht soll brennen, sagte sie.

Es wäre mir nicht eingefallen, ihr den Rücken zuzuwenden, auch fand ich es schamlos, ihr meine Vorderseite zu zeigen, also zog ich mich, halb abgewendet, hastig aus und kroch schnell ins Bett, sie lag auf der Seite, die wie zum Gebet gefalteten Hände unter ihrer linken Wange auf dem Kissen, und ich bettete mich in ihrer Nähe, meine Füße ragten unter der Bettdecke hervor, und als ich die Beine anwinkelte und meine Knie ihre Beine kurz berührten, zuckte sie zurück, es war nur ein Reflex, eine natürliche Abwehr gegen einen fremden Mann, der aus dem Nichts auftaucht und seine Liebe beschwört, ich lächelte sie an, sie schaute mich weiter ernst an, ich veränderte meine Kopfhaltung, um ihr nicht ins Gesicht zu atmen.

Ich habe Angst vor dir, flüsterte sie.

Liegt es an meinen Narben?

Nein, sagte sie, du bist ein Mann, und du willst mit mir schlafen. Und wenn du deinen Willen nicht bekommst, wirst du wütend sein.

Werde ich nicht.

Doch, widersprach sie, vorhin bist du auch von mir weggegangen.

Ich kam mir vor wie ein Bittsteller, sagte ich.

Das bist du doch auch, sagte sie.

Das klingt aber sehr unromantisch.

Bist du ein Romantiker? sagte sie lächelnd.

Ich bin vor allem etwas altmodisch, sagte ich, deshalb reicht es mir, daß wir hier einfach nur liegen.

Du lügst, sagte sie, ich sehe es dir an.

Und du mußt immer das letzte Wort haben, sagte ich.

Sie rutschte weiter weg, sie ließ es geschehen, daß ich meine Hand kurz auf ihre Wange legte, ich wollte mich so wenig rühren wie möglich, also streckte ich langsam meine Beine aus, es störte mich, daß die Bettdecke zu kurz war, es störte mich, daß die Kommodenlampe hell brannte und das Licht jede Regung erkennen ließ, jetzt wollte ich das Licht löschen und im Dunkeln flüstern, ich tat es.

Wieso? sagte sie.

Es ist unromantisch, sagte ich, und sie lachte über meine Worte, dann wurde sie schlagartig still, plötzlich warf sie sich auf mich und fing an, mich wild zu küssen, die harten Küsse taten weh, ihre Zähne drückten auf meine Lippen, ihre Hände rissen an meinem Fleisch, es war ein Anfall von überlegter Wildheit, die genauso abrupt endete, wie sie begann, sie rollte sich von mir herunter und lag still.

Es quält mich, flüsterte sie.

Was quält dich? sagte ich.

Der Gedanke, daß du mich haben willst. Du suchst ein Opfer. Ich kann es nicht ertragen.

Mein Gott, rief ich aus, du liegst unter der Decke wie eine alte Jungfer, du küßt mich, als wolltest du mich töten, ich bin jetzt nicht tot, aber verletzt.

Ich sprang aus dem Bett, meine Nacktheit war mir nicht mehr peinlich, sollte sie sich doch erschrecken, ich riß einen Streifen Toilettenpapier ab, knüllte ihn und preßte ihn auf meine aufgeplatzte Oberlippe, ich spürte, daß sie mich beobachtete, und es war mir gleichgültig, die Frauen wollen nicht mehr mit den Männern ins Bett gehen, dachte ich, sie werfen den Männern vor, daß sie roh seien und sich in eingeübten Berührungen nutzlos verschwenden, aber sie selbst sind infiziert vom Keim des Argwohns, sie bestrafen jeden Mann, der es wagt, sich mit ihnen zu verschmelzen, der Mann muß für jeden Beischlaf zahlen und büßen. Ich wußte, daß das nur die halbe Wahrheit war, aber ich weigerte mich, alles aus der Sicht eines liberalen verständigen Idioten zu betrachten, wenn die Grenzen verschwimmen, gibt es nur noch ein offenes unbebautes Land, durch das die geschlechtslosen Minnesänger streifen, Mann und Frau sind füreinander geschaffen, und die schwulen Männer und Frauen fordern doch nur ein Glück ein, das sie sich von uns abgeschaut haben, verdammt noch mal, die Schwulen waren Hasardeure in der Peripherie, und wir in der Mitte balgten uns sinnlos miteinander, so etwas wie den normalen Sex gab es längst nicht mehr. Es war typisch für mich, daß ich in Momenten des glühenden Zorns zum thesenschwangeren Gewäsch griff, das Unglück war hier und jetzt, und die Frau, die ich begehrte, lag im Hotelbett und verbot mir, sie zu begehren. Ich warf das Papier mit den Bluttupfen in die Kloschüssel.

Ich verplempere meine Zeit nicht mit Verrückten, rief ich, du bist nicht richtig im Kopf. Für dich ist ein Mann deshalb schon ein Feind, weil er ein Mann ist. Du bist eine biologische Faschistin.

Was bin ich? sagte sie.

Der Faschismus und der Feminismus haben eines gemeinsam, sagte ich, die biologische Konstante. Der Faschist glaubt an die Rasse. Die Feministin an das Geschlecht.

Du spinnst doch völlig, sagte sie.

Da haben wir beide etwas gemeinsam, sagte ich. Was war ich doch für ein Idiot, ich dozierte nackt vor ihren Augen, und meine Idiotenthesen waren bestimmt nicht dazu angetan, sie von ihrer Verklemmung zu erlösen.

Ich will nichts weiter als dein Liebhaber sein, flüsterte

ich, wenn ich dich damit belästige, gehe ich am besten jetzt gleich.

Es ist dein Hotelzimmer, du hast dafür bezahlt.

Ach, red' doch keinen Blödsinn, sagte ich.

Bitte, komm her.

Ich kroch wieder unter die Bettdecke, sie hatte sich in der Zwischenzeit von ihren Kleidern befreit, und als sie mich an ihren nackten Körper drückte, nicht sanft, nicht zärtlich, fühlte ich den Schmerz an meinen Rippen, doch ich biß die Zähne zusammen, eine weitere Ablehnung würde sie nicht hinnehmen, sie würde flüchten, ich kannte ihre Hotelzimmernummer nicht, und also könnte sie bis zum frühen Morgen schlafen und zu ihrem Mann zurückkehren. Sie biß mich fest in die Schulter, in den Hals, sie biß mich in die Brust und in die Oberlippe, die wieder zu bluten anfing, ich schmeckte das Blut, sie wollte Kampf und Krieg im Bett, ich bog ihre Arme zurück und drehte sie auf den Bauch, sie bäumte sich dagegen auf, ich drückte sie mit aller Kraft in die Matratze und biß ihr in den Nacken, ich griff immer wieder hart in ihren Rücken, als wollte ich Fleischstücke herausreißen, ich bedeckte ihren nackten Körper mit meinem nackten Körper, und dann lag ich schwer auf ihr und fing an, sie zu küssen, sie stöhnte auf, sie rief mich bei meinem Namen, ich küßte sie auf den Nasenflügel, auf den Mundwinkel, ich küßte ihre Haare und ihre Achselhöhlen und roch ihren Körpergeruch, ich leckte den Schweiß in ihren Achselhöhlen, ich sog ihre Lippen in meinen Mund und ließ meine Zunge über ihre Zähne wandern, ich biß in ihre Wange, und als sie sich stöhnend wand, küßte und biß ich ihre volle Brust, sie drehte sich auf den Rücken und drückte mich an sich, du verdammter Kerl, sagte sie, du Mann, rief sie lauter, und als meine Hände ihre Brüste umschlossen, warf sie den Kopf zurück, und ich küßte sie und biß sie an jeder Stelle, an der sie eine Frau war, Kampf und Krieg im Bett, sie liebte es, besessen zu sein, und ich wollte von ihr besessen sein, du verdammter Mann, schrie sie und nahm mich in sich auf, lass' mich in Ruhe, schrie sie, umschlang mit ihren langen Beinen meine Hüften, hielt mich gefangen in ihrer Fleischzwinge, preßte sich an meine Lenden, ich drückte mich von ihr weg und drückte mich wieder an sie, drückte mich weg und preßte mich an sie, immer wieder, bis sie mich abwarf, was für eine Kampfkraft, jetzt spießte sie sich auf, jetzt umschloß sie mich an meinen Hüften, sie schlug sich hart gegen meine Lenden, immer wieder, bis sie mir in die Lippe biß und sich in das Kissen, in das Laken, in mich verkrallte, du hast mich geopfert, rief sie, du hast mich durchbohrt, und sie warf sich gegen mich, mein Schrei verklang in ihrem Schrei, du verdammter Mann.

Wir lagen still da.

Ich rührte mich nicht.

Sie hielt die Augen geschlossen.

Kampferschöpfung.

Das schweißnasse Laken.

Hast du bekommen, wovon du geträumt hast? flüsterte sie.

Willst du es verderben? sagte ich.

Nein, das will ich wirklich nicht, sagte sie mit einer faden Stimme, und ich drehte mich zu ihr und blickte auf ein schönes düsteres Gesicht, ich würde es nie verstehen, weshalb eine Frau Trauer überkommt danach, makellos erschien sie mir in diesem Augenblick, und ich war ein erlöster Mann, ich roch nach ihr, an meinen Händen klebte ihr Schweiß, und ich hätte ihr gerne dieses eine lächerlich altmodische Wort ins Ohr gewispert, Herrlichkeit, aber sie war nüchtern, sogar in ihrer Lust, sie war nüchtern traurig und vielleicht manchmal auch nüchtern froh. Ich verstand sie, wie ein Mann bereit ist, eine Frau zu verstehen, mit der er nicht nur geschlafen hat, sondern, ja, Liebe gemacht. Wir hatten uns geliebt. Ich streckte die Hand aus, um sie leicht zu berühren, sie ließ es nicht zu.

Kannst du bei offenem Fenster schlafen? sagte sie.

Nein, nicht bei diesem Wind.

Dann lösch das Licht. Ich möchte schlafen.

Ich wünschte ihr gute Nacht, ich bekam keine Antwort – sie war jetzt wieder unnahbar geworden. Sie nahm meine Hand zwischen ihre kleinen Hände und drückte, als wollte sie eine Nußschale zerknacken, es tat weh, ich gab den Schmerz nicht zu, als sie mich danach fragte, sie überging meine Verliebtheit, sie wollte nichts davon wissen, daß wir einen herrlichen Anfang gemacht hatten, draußen ging eine Alarmanlage an, und weil sie mir weh tat, riß ich mich von ihr los, im Dunkeln, und ich dachte daran, daß ihre Augenlider gezittert hatten, als ich sie geküßt hatte im Licht der Kommodenlampe, und ich dachte daran, daß ich keinen Grund hatte, aufzustehen, mich anzuziehen und nachzusehen, der Bekannte konnte es sich nicht leisten, eine Alarmanlage in sein Auto einzubauen. Ich versuchte, nicht durch die Nase zu atmen, damit ich sie nicht aufschreckte mit seltsamen Lauten, ich lauschte ihren Atemzügen, unsere Körper berührten sich an einigen Stellen, doch nach einiger Zeit wurden diese Stellen taub. Ich schlief ein.

Das Zimmermädchen weckte mich am nächsten Morgen um kurz vor sieben, sie stand schon vor meinem Bett und schrie überrascht auf, als ich mich aufrichtete, sie hätte mehrmals geklopft und wäre dann erst eingetreten, sagte sie in gebrochenem Deutsch, mit dem Putzwedel in ihrer Hand sah sie aus wie eine Zofe aus vergangenen Tagen. Die Tür knallte hinter ihr zu, Tyra war weg. Was hatte ich erwartet? Ich stolperte ins Bad und fand auf der Toilettenbrille einen Abschiedsbrief, sie wollte sichergehen, daß ich ihn auch fand, es war eine offizielle Mitteilung, die aus sieben engbeschriebenen Zeilen auf blassem Papier bestand:

›Ein Liebhaber kannst du mir nicht sein. Ich führe mein Leben. Du führst dein Leben. Ich will dich nicht näher kennenlernen. Es bleibt bei dieser Nacht. Werben ist zwecklos. Lebwohl.‹

›Werben ist zwecklos‹ klang wie ›Hausieren streng verboten‹, sie hatte mir mit diesen Zeilen den Eintritt in ihr Leben untersagt, ich wunderte mich nicht wirklich darüber, ich war nur auf einen Schlag nüchtern und traurig. Ich zog aus meiner Mantelinnentasche Zahnbürste und Zahnpasta, der verstoßene Liebhaber putzt sich jetzt erst einmal die Zähne, dachte ich, der abgelegte Liebhaber für eine Nacht sorgt jetzt erst einmal dafür, daß man ihm den unruhigen Schlaf nicht ansieht, er spült schön seinen Mund aus und streicht mit der aufgefächerten nassen Hand so lange durch das Haar, bis es nicht mehr nach allen Seiten absteht. Ich schaltete den Fernseher ein, eine Frau stand vor einer verwehten Landschaft und hielt ein großes Mikrofon mit einem Plüschüberzug in der Hand, sie sah aus wie die typische Journalistin, die man an einen Ort des Geschehens schickt, damit sie ein Stimmungsbild gibt, und sie sprach auch wie die typische auswärtige Journalistin falsch, sie fing einen Satz an, brach aber in der Mitte ab und setzte erneut zu einer idiotischen Erklärung des Ausnahmezustands an – eine Frau ohne Eigenschaften. Sie wurde von der Frau einfach abgeschaltet, die im Studio saß, und jetzt lauschte und verstand ich, das war der Tag des Orkans, die Bürger wurden aufgefordert, ab dem Mittag nicht aus dem Haus zu gehen, der Unterricht in den Schulen wurde nach der vierten Stunde für beendet erklärt, die Fähren stellten vorsorglich den Betrieb ein, die Planen und Netze wurden von den Gerüsten abgenommen und die Gerüstbauer zurückgerufen, die Betriebe gaben den Arbeitern frei, ein Zirkus hatte alle Vorstellungen abgesagt. Die Wetterforscher prophezeiten, vor allem im Norden des Landes, Windgeschwindigkeiten von 120 Stundenkilometern, der orkanartige Sturm würde sich in manchen Landesteilen zum Orkan auswachsen, nach Auskunft der Meteorologen gäbe es zwei Höhepunkte, um sechs Uhr abends und um zehn Uhr nachts. Tatsächlich braute sich draußen ein unglaubliches Unwetter zusammen, es war, als würde ein Riese mit dem Handrücken gegen die Häuserfronten schlagen.

Im Frühstücksraum stand ich vor dem Tresen und starrte auf schwitzende Mortadellascheiben, einige wenige Handelsreisende bissen in ihre Wurst- und Käsebrote und stierten beim Kauen vor sich hin. Ich hatte keinen Hunger, ich trank Kaffee und las im Regionalteil der Zeitung von einem Kind, das in einen Buttermilchbottich gefallen und ertrunken war, ich hatte die Nase voll von den schlechten Nachrichten, sie nahmen mittlerweile die Hälfte der Meldungen in den Regionalseiten ein, die ich eigentlich las, um den Nachrichten aus aller Welt zu entkommen, Mord und Totschlag, Krieg und Gemetzel, Psychopathen und tote Frauen und Kinder, es gab keine Rückzugslinie, hinter die ich zurückweichen konnte.

Ich öffne die Augen für dich, Tyra. Ich bin ein Mensch, der bei Verstand ist, und meine Kampferschöpfung dauert vielleicht eine halbe Nacht, ich schlafe, um wieder zu Kräften zu kommen, und diese meine Kraft reicht aus, sie schützt mich vor den bösen Nachrichten und den Prognosen, die die Menschen mutlos machen, ich bin ein Mann, der dein Gewicht tragen kann. Die Liebeslitanei dröhnte in meinem Schädel, sie hatte mir eine Nacht geschenkt, ich war infiziert.

Ich bezahlte bei einer äußerst mißtrauischen Rezeptionistin, die bei mir eine Fluchtgefahr nicht ausschloß, ich stellte draußen fest, daß keiner sich die Mühe gemacht hatte, das Auto aufzubrechen, ich stieg ein und fuhr zurück nach Nienburg. Ein zweites kleines Wunder würde sich nicht ereignen, ihre Worte waren unmißverständlich, der Abschiedsbrief war eine Konstante in der Wahrscheinlichkeitsrechnung, ich dachte komische Sachen, ich dachte nach über die Mathematik, eine Disziplin, die sich mir verschloß, ich strengte mich richtig an, um ihren Namen nicht laut auszusprechen. Ich war allein, es gab keinen Zeugen, ich konnte ihren Namen so oft aufsagen, wie ich wollte. Tyra. Tyra Tyra Tyra Tyra. Ein Sprecher des Deutschen Wetterdienstes erklärte im Radio, daß innerhalb der nächsten vierundzwanzig Stunden mit bis zu siebzig Litern Regen pro Quadratmeter zu rechnen wäre. Tyra, verdammt noch mal. Jetzt bist du meinen Blicken entzogen, jetzt bist du nach einem kleinen Abenteuer zurückgekehrt zu Mann und Haus und Kindern, jetzt hast du es hinter dir, die Welt ist größer als Nienburg, doch sie bietet dir keine großen Überraschungen, in deinen Augen bin ich ein verdammter Mann aus Kiel, zwei Ausbrüche aus dem Trott, und du kannst weitermachen wie gehabt, so sind die Regeln, und es sind nicht meine Regeln, zwei Ausbrüche im Jahr, und du hast die Strahlkraft einer jungen Mutter ...

Ich war derart in Gedanken versunken, daß ich die Ausfahrt verpaßte, heute würde wahrscheinlich nichts auf Anhieb klappen, ich parkte in einer absoluten Verbotszone, hastig schrieb ich auf ein Blatt Papier das Wort Arzt in schraffierten Lettern, manchmal kam ich damit durch. Schon nach wenigen Minuten Fußmarsch setzte mir die Kälte zu, ich war einfach nicht dafür geschaffen, in einer Kleinstadt nach einer Widerspenstigen Ausschau zu halten, und plötzlich erinnerte ich mich an Messer, ein einfacher Mann, der einfache Frauen schätzte und der mir eine getrübte Wahrnehmung vorwarf, weil mich der Westen und die tauben Nüsse der Aufklärung verdorben hatten für ›die Wollust‹, weil ich nicht die volle Kraft aufbrachte, weil weil weil ... Du hast gut reden, dachte ich, von wegen Liebe ist Intervention, du brichst dir auch alle Knochen, wenn du mit voller Kraft gegen eine Eiswand geschmettert wirst. Ich sah mich offen um, und da ich maßlos wütend war, stürmte ich in den Schmuckladen, da stand sie, die feine Dame, und besprach sich mit ihrer Geschäftssklavin, ich habe sie auch ohne Ihre Hilfe gefunden, rief ich ihr zu, Sie haben kein Herz, wenn vor Ihrer Tür ein Verliebter zusammenbrechen würde, würden Sie die Tür verriegeln, und wissen Sie, weshalb? Weil Sie eine verbiesterte Spießerin sind. Ich stürmte hinaus, ich fühlte mich kein bißchen besser, großgesichtige Kleinstädter kamen mir entgegen, ich bedachte sie alle mit einem finsteren Blick, sie waren nicht verantwortlich für mein Elend, sie waren es doch. Nirgendwo eine Spur von ihr. Ich hatte hier nichts zu suchen. Der Wind fing sich in den Hinterhöfen und Gassen, und es hörte sich an wie das Pfeifen eines bösen Mannes, der versucht, Tierlaute im Wald nachzuahmen, aber nur einen Lockruf herausschreien kann, weil er keine Seele besitzt. Die Nienburger eilten zu ihren Verstecken, es war Zeit für mich, mein Versteck aufzusuchen.

In Hamburg machte ich Zwischenhalt. Ich parkte den Wagen an der Helgoländer Allee auf einem Seitenstreifen hinter einer Brücke und eilte über die Reeperbahn, trotz des eisigen Windes und des Nieselregens waren

Proleten und Studentinnen mit ihren Freunden unterwegs, sie hatten dicke Schals um Hals und Mund geschlungen und gingen an den Dienstleistungsbetrieben vorbei, es war alles ein großes Mißverständnis, die Sexshops füllten die Regale mit Scherzartikeln, und die jungen Menschen, halbverdorben von der kalten Glut der Neugierde, nahmen die praktischen Gegenstände in die Hand und lasen glucksend die Gebrauchsanweisung auf der Rückseite der Packung, die nicht mehr minderjährigen Mädchen über zwanzig lachten über ihre mitgebrachten Loverboys, die ernst bleiben mußten, weil das alles eine Prüfung war: Wer seine Erregung zeigt, im Anblick der Erregungsartikel, hat verloren und muß allein ins kalte Bett kriechen. All diese Mädchen gingen mir auf die Nerven, sie sahen aus wie ihre Mütter, und wenn sie durch diese verruchte, nach Bratfett stinkende Straße schritten, fühlten sie sich unbändig frei – frei von den Fesseln der Mutter.

Neben einem Abfalleimer saß ein Obdachloser auf einem Pappkarton, ich war wütend auf dem Weg zur Erleichterung, ich übersah ihn, so wie ich versuchte, die Anwerber für die Erotikshows zu übersehen, sie standen vor den Türen der Etablissements, nur hereinspaziert, riefen sie den Passanten zu, gehen Sie heut nacht nicht schlafen, ohne was erlebt zu haben, und strichen sich mit der lederhandschuhbespannten Rechten durch das Haar, das dünn und angeklatscht auf der Kopfhaut auflag. In der Davidstraße sah ich sie, die Reihe der in hohen Stulpenstiefeln und Steppmänteln gekleideten Frauen, sie bliesen sich gelegentlich heiße Atemluft in die gefalteten Hände, und als ich sie näher in Augenschein nahm, stellte sich mir gleich die erste in der Reihe in den Weg.

Hübscher, sagte sie, Lust auf ein Schäferstündchen?

Ich will mich erst umsehen, sagte ich.

Mußt du das wirklich? Schau lieber mich an, ich bin der Hauptpreis.

Sie fing an, sich die Brüste zu kneten, ihre Zunge schlängelte über das Lipgloss auf ihren Lippen, ich starrte sie an, obwohl ich wußte, daß es fast reflexhafte Übungen waren, um den Kunden am Weiterschlendern zu hindern, jetzt ging ihr Mantel wie zufällig auf, und sie kreiste mit ihrem Becken und machte ihren Rücken gerade.

Bist du ein Jude? sagte sie plötzlich.

Nein, sagte ich, ganz normaler Deutscher.

Ich heiße Jacqueline. Und du?

Ist doch egal.

Du willst mir deinen Namen nicht verraten. Ist mir recht. Für fünfzig Euro kannst du mich haben. Du verschlingst mich mit deinen Augen.

Na ja, sagte ich.

Wieso willst du es dir antun? Es ist kalt, und ich sorge schon dafür, daß dir richtig warm wird.

Gut, sagte ich.

Sie löste sich sofort aus der Reihe, ihre Nebenfrau rückte auf ihren Pflasterplatz, sie würde die erste sein, die erste, die die anströmende Männerschar begrüßte, sie hatte sich einen großen Vorteil verschafft. Ich folgte Jacqueline über die breite Straße, und nach wenigen Metern schlüpfte sie in einen Hauseingang, rechts hinter dem Eingang saß in der Portiersloge ein Mann mit Lesebrille, er blickte nicht auf, als wir vorbeigingen, wir stiegen die Treppen hoch zum ersten Stock, sie schloß auf und trat schnell ein, ein Bett, ein Stuhl, ein Waschbecken mit zersprungenem Porzellan, ich machte hinter mir zu, sie setzte sich aufs Bett, ich machte Licht, die Vorhänge waren vorsorglich zugezogen.

Die fünfzig Euro sind für die Zimmermiete, sagte sie.

Was hat das zu bedeuten?

Na, sag' ich doch. Das Geld geht an den Vermieter.

Ich habe dich noch nicht angefaßt und muß schon zahlen? sagte ich.

Stell' dich nicht so an. Oder, warte mal, du machst es zum ersten Mal, oder nicht?

Blödsinn.

Doch, doch, sagte sie und lächelte, ich bin also deine erste Nutte. Ich freu' mich.

Wieso denn das? sagte ich.

Na, weil es so 'ne Art Entjungferung ist. Bei mir kannst du alles haben, oral, Brüste anfassen, Geschlechtsverkehr mit und ohne Kuscheln, Sonderwünsche. Im halben Stundentakt verdoppeln sich die Preise. Cash im voraus.

Ich finde es nicht in Ordnung.

Was hast du auf dem Herzen?

Vorhin hieß es, fünfzig Euro. Ich habe eingewilligt, damit hast du mich geködert. Jetzt heißt es, alles teurer, als du denkst.

Du kannst dich auch aussprechen, sagte sie.

Deshalb bin ich nicht hier.

Eben, sagte sie, lass' uns einfach damit anfangen.

Womit?

Hör mal, sagte sie, hast du was an den Ohren, oder was? Ich hab' dir die Wunschliste aufgesagt, ich werd' besonders zärtlich zu dir sein, du brauchst dich nur auszustrecken und die Augen zu schließen. Du bekommst was für dein Geld.

Nein, sagte ich.

Willst du Ärger machen?

Ich zog zwei Zwanzigerscheine und einen Zehneuroschein aus der Brieftasche, legte sie auf den Stuhl und ging, nachdem ich die verdammte Zimmermiete entrichtet hatte, hinaus, sie schrie mir hinterher, daß ich sie betrogen hätte, daß ich schwul wäre, und fast rechnete ich damit, einem Zuhälter und seinem bulligen Gehilfen in die Arme zu laufen, es gab genug perverse, hündisch veranlagte Männer in dieser Gegend, denen es Lust verschaffte, wenn sie käuflichen Frauen weh taten, weder gehörte ich zu dieser Sorte Mann noch zu jener der Eingeschüchterten, die sich betrügen ließen. Ich war ernüchtert, sie hatte auf mich eingeredet wie eine Vertreterin, die einen Telefonvertrag verkaufen will, ich wollte doch nur mit einem Abbild von Tyra schlafen. Der Obdachlose war eingenickt, ich warf eine Handvoll Münzen in seine Mütze, wie konnte er nur bei diesem Wind und bei diesem Regen sich auf seinem Pappkarton einkringeln, neben dem Unrat und den leeren Bierdosen? Im Imbiß gegenüber bestellte ich eine Wurst ohne alles. Am Holztresen standen zwei Männer und unterhielten sich über ›das Angebot‹, sie hörten sich an, als könnten sie auf einen Erfahrungsschatz zurückgreifen, der sie berechtigte, vom ›guten‹ und ›schlechten‹ Fleisch zu reden, sie erwähnten Namen und Sonderpreise für Stammkunden, zu denen sie sich zählten, der eine Mann verkündete laut, er würde nach der Wurst gleich ›eine abfischen‹, und danach würde er wiederkommen, um sich zu stärken. Der andere Mann hatte es schon getan, er versprach zu warten.

Ich aß zu Ende und machte mich auf den Weg zum Auto, und als ich davorstand, verfluchte ich alles, was mir in den Sinn kam, man hatte den Seitenspiegel zertrümmert, er hing wie ein abgeknickter Puppenarm an bunten Kabeln, und der Backstein war wie zum Hohn auf den Boden neben dem Reifen abgelegt worden. Ich stieg ein und fuhr zurück nach Kiel, während der Fahrt zwang ich mich, nicht an Tyra und ihr Abbild zu denken, der Wind erfaßte das Auto immer wieder von der Seite und schüttelte es durch, ich hielt mich konstant an hundert Kilometer die Stunde, ich war ein miserabler Autofahrer und wollte zur Krönung des Tages meiner Mißgeschicke nicht auch noch verunglücken.

Zu Hause machte ich mir als erstes einen Kaffee, wühlte mit einem Finger durch den Packen Briefumschläge, ich hatte mich nach meiner Rückkehr aus der Ägäis nicht für die Post interessiert, sie kam von Menschen, die Rechnungen ausstellten, oder von Galeristen, die Bilder von neuen jungen Talenten ausstellten. Ich wollte von Kunst nichts wissen und viel weniger von Künstlern, aber ich behielt es für mich, denn ich stand schon im Verdacht, als routinierter Rüpel Herzen zu brechen. Ich starrte auf die kitschige Festtagskarte, mein Cousin lud mich zum Beschneidungsfest seines erstgeborenen Sohnes ein – war ihm da etwa ein Irrtum unterlaufen? Er sah in mir einen Davongelaufenen, und er machte keinen Hehl aus seiner Abneigung gegen Abtrünnige, die sich der Folklore verschließen. Ein einziges Mal hatte er mir, unter vier Augen, versichert, daß ihm allein bei meinem Anblick übel werde, er hielt viel auf sein Temperament, also sagte ich ihm, er sollte sich doch bitte in einem Folkloreverein austoben, dort hätte er viele Trottel um sich, die auch an Stammesehre glaubten. Seine Frau ging damals dazwischen, sonst hätte er mich windelweich geprügelt, er überragt mich um Haupteslänge. Ich klappte die Karte auf, zwei gekreuzte Rosen im Prägedruck, ich mußte lächeln, das war mein Cousin, der Hochzeitskarten im Dutzend billiger einkaufte und sie an allen Festtagen verschickte, der Geiz würde ihn noch umbringen. Die Beschneidung war auf morgen angesetzt, der Cousin und ich wohnten in derselben Stadt, und vielleicht sollte ich mich seinem Sohn als der ehrenwerte Onkel vorstellen, über den er bestimmt nur Schauergeschichten gehört hatte.

Es war ein Schlag ins Gesicht, Tyra hatte mein Angebot, sie als ihr Liebhaber anzubeten, ausgeschlagen, ich konnte es nicht wegträumen. Ich ließ das Licht an, dann löschte ich es, und weil ich wußte, daß ein Traum das Elend übersetzt, aber nicht wirklich zersetzt, fürchtete ich mich vor dem Schlaf. Ich lag im Dunkeln, so lange, bis vor meinen starren Augen die weiße Wand verschwamm und der Wecker mich am nächsten Morgen wachklingelte. Vor dem Bäcker zu sitzen, in der Kälte, für zehn Minuten, zu niesen und zu wissen, daß ich in der falschen Jahreszeit allergisch reagierte, gab mir den Mut, den Tag fortzusetzen. Der Friedhofsgärtner ging mit versteinerter Miene an mir vorbei, ich grüßte ihn, und er übersah mich – ich hatte sein Geheimnis enthüllt, und er fand, daß ich seiner Gesellschaft unwürdig wäre. Die Bäckerin kam heraus, brachte mir einen Becher Kaffee und kurbelte die Markise weiter auf, es war die Zeit, da einige ihrer besten Kunden sich mit letzter Kraft zur Bäckerei aufmachten und die Frühstücksbrötchen kauften, sie alle hatten mit einer verschleppten Grippe zu kämpfen, die Bäckerin riet mir, auf meine Gesundheit zu achten – was für eine Gesundheit, dachte ich, ich habe nichts, was von mir begehrt werden will, ich sehne mich nach niemandem, der sich herbeisehnen lassen will.

Der frisch aufgebrühte Kaffee schmeckte gut, ich kämpfte gegen den Drang an, auszuspucken, das elende Gefühl auszuspeien, es war wirklich kalt. Ich brachte den Wagen zum Bekannten, vor der Zeit und mit einem Schaden, ein seltsamer Mensch war das, er sagte, ich könnte das Auto noch für ein paar Tage behalten und ihm dann die zweihundert Euro geben, die ich ihm wegen des kaputten Außenspiegels schuldete, er sagte, wir treffen diese Vereinbarung, und ich nickte nur. In einem Herrenbekleidungsgeschäft fand ich einen heruntergesetzten Anzug, die billigen Knöpfe würden nach dem dritten Tragen abfallen, aber es war mir egal, ich behielt ihn an, die Verkäuferin sagte, der Anzug würde mit meinem Hemd wunderbar kontrastieren, was sie eigentlich meinte, wußte ich nicht.

Der Leihwagen machte schnelle Wege möglich, ich fuhr herum, um die Zeit totzuschlagen, und schließlich parkte ich ihn vor dem vierstöckigen Haus, in dem mein Cousin wohnte. Bestimmt hat er ... ich dachte den Satz nicht zu Ende, denn tatsächlich hing ein Zettel im Eingangsflur, auf dem der Cousin die ›geehrten‹ Nachbarn darum bat, den Festlärm zu entschuldigen – er war ein ordentlicher Mann, das mußte man ihm lassen. Ich stieg hoch und klopfte an, aus der Wohnung waren verhaltene Freudenschreie zu hören, und als der Cousin höchstpersönlich die Tür aufriß, sah ich hinter ihm die Frau des Hauses mit Freundinnen tanzen, die Musik war auf Zimmerlautstärke heruntergedreht.

Ich traue meinen Augen nicht, sagte der Cousin und verharrte im Türrahmen.

Hallo, sagte ich.

Du hast also meine Karte bekommen, sagte er, und du hast dich entschlossen, diesmal der Sitte zu entsprechen.

Was für eine Sitte? sagte ich, du hast mich eingeladen, und ich bin da.

Komm rein, sagte er, natürlich hatte er darauf geachtet, mir weder die Hand zu geben noch mich zu umarmen, ich hatte ihm den Gefallen getan, an seine Tür zu klopfen und sollte jetzt die Zeichen der Mißbilligung sehen und spüren. In der Wohnung war es sehr heiß, die wenigen Männer, die sich heute, an einem Werktag, herbemüht hatten, standen in einer Ecke des Zimmers, und als ich eintrat und der Versammlung unschicklicherweise alles Gute wünschte, erstarrten sie kurz in ihren Posen. Die Frau meines Cousins löste sich aus der Tanzgesellschaft und hieß mich willkommen, ich war ihr fremd, sie kannte mich nur aus den Überlieferungen, und in ihren Augen konnte ich lesen, was sie dachte: Das ist also der Mann, der mit Börsengeschäften ein kleines Vermögen gemacht hat und nicht mehr arbeiten muß. Das ist der Mann, von dem es heißt, daß er uns bekriegt ... Tatsächlich hatte ich nach dem Tod meiner Eltern vor zehn Jahren alle Verbindungen zur Verwandtschaft gekappt, sie waren für mich nicht länger von Interesse. Ich schaute heimlich auf die Hände der Frau, sie waren verätzt, sie zupfte die Ärmel ihrer Bluse über die Handwurzeln, es stimmte also doch, daß ihr Hygienefanatismus an Wahn grenzte, es hieß, daß sie mehrmals am Tag die Wohnung saubermachte, ich roch den Duft eines starken Desinfektionsmittels. Es schien niemanden zu verwundern, daß alle Stühle, Sofas und Sessel mit einer durchsichtigen Plastikplane bedeckt waren, die Gäste ließen sich nichts anmerken, würden sich aber später das Maul über die kranke geschädigte Hausherrin zerreißen.

Was kann ich dir zum Trinken anbieten? sagte sie händeringend.

Erst will ich meinen beschnittenen Neffen sehen, sagte ich und hörte den Cousin nach Luft schnappen, er war der Gastgeber und zwang sich dazu, mich nicht rauszuschmeißen, er ging vor, und wir betraten das elterliche Schlafzimmer, unter einer monströsen bestickten Tagesdecke lag mein Neffe, er starrte mich ernst an, und als ich mich vorsichtig auf die Bettkante setzte, kroch er weg, er gefiel mir, er achtete auf den Mindestabstand.

Meinen herzlichen Glückwunsch, sagte ich lächelnd, jetzt bist du ein Mann.

Danke, sagte er.

Er ist dein Onkel, sagte die Frau des Cousins, ich hatte nicht mitbekommen, daß sie uns gefolgt war, ich schaute kurz über meine Schulter, und ja, da stand sie, zupfte abwechselnd an ihren Ärmeln oder rang die Hände.

Danke, Onkel, sagte mein Neffe.

Er hieß Orkan, Mutter und Vater hatten sich auf diesen Namen geeinigt, der übersetzt Städter bedeutete, und ich mußte lächeln bei dem Gedanken, daß ein brausender Sturm über Deutschland fegte und man in allen Medien von dem Jahrhundertorkan sprach.

Tat es weh? sagte ich.

Nein, Onkel ... ein bißchen.

Schließlich ist es ein wichtiger Einschnitt in deinem Leben, griff sein Vater ein, er war ein Mann, dem die Doppelbedeutung mancher Worte entging, er meinte, was er sagte, und stellte sich taub, wenn man über seine Bemerkungen gutwillig lachte. Ich steckte den Briefumschlag, der hundertfünfzig Euro enthielt, unter das Kissen, so ging der Brauch, ich war mir sicher, sie würden mir Herzlosigkeit und Geiz vorwerfen, hundertfünfzig Euro waren in ihren Augen zu wenig, ein ehemaliger Mann der Börse mußte ihrer Meinung nach mit seinem Geld protzen. Sie bedankten sich halbherzig. Hast du draußen die heulenden Bäume gesehen? sagte mein Neffe.

Ja, sagte ich, das Schlimmste ist vorbei, der Sturm ... der Orkan war richtig tüchtig, er hat einigen Schaden angerichtet.

Was denn?

Ein Baukran ist auf ein Gebäude gekippt, Bäume wurden entwurzelt und Häuser abgedeckt, Lärmschutzwände weggefegt. Das alles hast du geschafft, Orkan.

Es gab Tote und Verletzte, sagte der Cousin, es ist pietätlos, darüber lahme Witze zu machen.

Da war sie wieder, die strenge Stimme der Vernunft, die aus ihm sprach, er hatte eine Feier für seinen Sohn ausgerichtet, und doch mußte man, mußten Gastgeber und Gäste und auch sein frisch beschnittener kluger Sohn vernünftig bleiben, ich durfte also auch nicht erzählen, was ich heute in der Zeitung gelesen hatte: Das zuständige Amt hatte eine Tötungsanordnung für einen Rottweiler erlassen, der seinen dauerbetrunkenen Besitzer totgebissen hatte, und in der kleinen Meldung war zu lesen gewesen, daß der besagte Rottweiler, der auf seine Hinrichtung wartete, sich von jedem kraulen ließ, sein besoffenes Herrchen ihn aber immer verfluchte und verprügelte. Ich traute dem Cousin zu, daß er Partei ergriff für den toten Mann, denn es gab nun mal eine Hackordnung, ein Tier war einem Menschen nicht ebenbürtig, und wo die natürliche Hieb- und Stichordnung gestört wurde, mußte man den oder die Aufständischen mit aller Härte bestrafen. Er war schon ein Kuriosum, der Cousin, er war eine sprechende Wachsfigur. Seinen Sohn erzog er streng, denn er war von dem Glauben nicht abzubringen, daß Gott ihm ein Wunderkind geschenkt hatte, sein Sohn nahm also Klavier- und Klarinettenunterricht, und es war ihm strengstens untersagt, mit anderen Türkenkindern Freundschaft zu schließen. Ein Wunderkind in Deutschland mußte spätestens mit zehn Jahren so gut Deutsch sprechen wie ein Germanist. Mein Neffe sprach akzentfrei Deutsch, und doch vermied er es, lange Sätze zu bilden, denn dann fing er an, seltsam zu lispeln. Sein Vater hatte ihm einen Korken zwischen die Zähne gesteckt, und Orkan hatte dann, mit dem halben Korken im Mund, sprechen müssen, diese Übungen dauerten jeweils eine halbe Stunde und wurden mittags und abends vor dem Zubettgehen abgehalten. Er lispelte immer noch. Das alles wußte ich aus den Briefen, die mir die Frau meines

Cousins heimlich schickte, sie hatte mich in ihrem ersten Brief darum gebeten, bloß nicht zu antworten, ich ginge keine Verpflichtung ein, und sie schrieb sich vielleicht einen Teil der großen Depression von der Seele, es war eigentlich widerlich, daß eine solch kluge Frau wie sie dazu verdammt wurde, als Hausfrau zu arbeiten. Ich neckte meinen Neffen ein paar Minuten, dann wurde ich vom Cousin daran erinnert, daß die Besuchszeit vorbei wäre und wir Orkan verlassen mußten. Was hinderte mich daran, auf dem Mund des Dreckskerls einen gezielten Hieb zu landen? Die Angst vor seinem Gegenschlag.

Er führte mich aus dem Schlafzimmer, ich bedeutete ihm, daß ich eine Zigarette rauchen wollte, er schloß die Balkontür auf, und ich trat auf den Balkon, ließ den Blick über den Rasen gleiten, der Kinderspielplatz bestand aus einem Sandkasten, einer Rutsche und einer Schaukel. Ich wußte aus einem Brief, daß mein Neffe, in den glücklichen Stunden, da er der Erziehungsgewalt seines Vaters entzogen war, dort unten schaukelte, meine Füße stechen Löcher in den Himmel, rief er dann, und seine Mutter setzte sich manchmal auf die Schaukel, nahm Orkan auf den Schoß und stieß sich ab. Eine Freundin von ihr reichte mir durch den Türspalt einen Pappteller, der vom Öl der gefüllten Paprikaschoten halb aufgeweicht war, ich mußte wohl oder übel davon probieren. Bald kamen zwei Männer hinzu, glattrasierte Gesichter, zurückgekämmte Haare, sie stellten sich vor, Tekinalp und Kerem, ich übersetzte ihre Namen im Geiste ins Deutsche, sie hießen: Heilbringender Held und Weiser Mann, Indianer, dachte ich, ich bin unter die Indianer geraten.

Was machen die Geschäfte, sagte der Held und machte den klassischen Eröffnungszug.

Weiß ich nicht, sagte ich, ich bin raus.

Nie daran gedacht, wieder einzusteigen? sagte der Weise.

Nein, ich habe damit abgeschlossen.

Jetzt musterten sie mich, ich erzählte keine Anekdoten aus der Zeit damals, ich pumpte mich nicht auf, weil ich es ›geschafft‹ hatte, es hätte keinen Sinn gehabt, den beiden geldgeilen Türken auseinanderzusetzen, daß ich dem Kapitalismus nach den Jahren der Abnutzung gerne aus der Ferne zusah, wie er funktionierte, ich war drin gewesen, und kurz bevor ich als Kadaver ausgespuckt wurde, war ich freiwillig gegangen. Ich hatte es nicht geschafft, ich war ein Krüppel.

Siehst du den Buckel dort unten, sagte der Weise plötzlich und zeigte auf eine winzige Erhebung im Rasen.

Meinst du die Beule? sagte ich.

Ja genau, sagte er, du wirst nie drauf kommen, was da begraben ist.

Ein totes Haustier?

Darüber mußten die beiden lange lachen, ich schwieg und zog an meiner Zigarette.

Ein Hahn wurde zur Feier des Tages geköpft, sagte der Held, der Hahnenkopf wurde mit der Vorhaut des Kleinen in Zeitungspapier eingewickelt und im Garten begraben.

Du machst Scherze, sagte ich.

Wir haben es mit eigenen Augen gesehen, sagte der Weise, wir zogen es vor, das Begräbnisritual von hier aus zu verfolgen.

Und die deutschen Nachbarn?

Denen ist doch egal, was unter der Erde modert – solange es nicht chemischer Abfall ist.

Der Vater ... mein Cousin gab seine Einwilligung? sagte ich dumm, wohl wissend, daß nichts in diesem Haushalt ohne seine ausdrückliche Erlaubnis geschah.

Er war der Zeremonienmeister, sagte der Held grinsend, aber so geheuer war es ihm doch nicht.

Wieso hat er es getan? sagte ich.

Genau diese Frage wollten wir dir stellen, sagte der Held, nicht, daß wir uns große Sorgen machen würden, aber ...

Er sprach den Satz nicht zu Ende, doch auch so verstand ich, worauf er hinauswollte: Er hungerte nach Klatsch, er gierte nach abfälligen Bemerkungen über meinen Cousin, damit er sie ihm zutragen konnte, der Zwist zwischen Fastbrüdern war ein schönes Schauspiel, und wieso sollten der Heilbringende Held und der Weise Mann einfach nur danebenstehen. Ich konnte es nicht fassen, daß er ... diese beiden Sachen dort vergraben hatte, sein Sohn würde von der Schaukel auf die Stelle starren, wo ... Was für eine furchtbare Indiskretion, dachte ich, wie kann er nur so borniert sein! Ich behielt meine Gedanken für mich.

Ich habe seine Frau nach dem Sinn gefragt, sagte der Weise, und sie hat mir gesagt: Mein Sohn ist der Erstgeborene, deshalb.

Die schöne alte Barbarei stirbt nie aus, sagte der Held.

Einmal war ich auf einem Beschneidungsfest, sagte ich, ich mußte immer Fotos schießen, die Mutter des Knaben stand hinter mir, drückte mir auf die Schultern, damit ich ihre Sicht nicht versperrte, sie kam mir unerträglich nahe, seltsam, daß es ihrem Mann nichts ausgemacht hat – er stand ein paar Schritte abseits und lächelte wie ein Angestellter am Tage seiner langersehnten Beförderung. Dabei war es doch sein Sohn, dem das zustieß, der Sohn hat kurz aufgeschrien und wurde später im Prinzenkostüm auf den Schultern getragen. Jetzt wirst du bald ein Mann, bald bist du ein Mann, und dann kann ich dich nicht mehr ins Dampfbad mitnehmen, rief seine Mutter von hinter meiner Schulter, die Frauen, die nackten Frauen sind dir verboten. Ich schoß Fotos, ich fotografierte auch den Beschneider, der hauptamtlich ein Friseur war, aber er hatte es zur großen Kunst erhoben, das Vorhautabschneiden. Ich fotografierte die Frauen und Kinder und auch die Männer, sie alle waren stolz und glücklich, ich hatte das Glück der anderen zu fassen bekommen.

Worauf willst du eigentlich hinaus? sagte der Weise.

Barbarisch ist gut, sagte ich und bat um Entschuldigung, ich müßte drinnen nach dem Rechten sehen, das war wieder eine Floskel, die mir entschlüpfte, aber es war besser, als eine angewiderte Miene zur Schau zu stellen, Nikotin greift die Herzmuskeln an, rief einer der beiden mir hinterher.

Ich hätte jetzt feiern können, nur war ich beschäftigt mit meinen Gedanken. Die üblichen Gedanken an Tyra. Gedanken, die mir nicht halfen. Die eine ungesunde Wut befeuerten. Die sich wieder und immer wieder um die Schöne drehten.

Hast du meinen letzten Brief erhalten? flüsterte die Frau des Cousins, sie hatte mich erschreckt, und sie rang die Hände, aus Furcht, gescholten zu werden.

Ja, sagte ich, wenn du weiter flüsterst, wird man glauben, wir beide hätten eine heimliche Liaison.

Ich liebe nur meinen Mann, sagte sie aufgebracht.

Ich weiß, sagte ich, tut mir leid, es war nur ein dummer Scherz.

Wie findest du meinen Vorschlag? sagte sie.

Ich schenke dir das Geld für den Klavierunterricht meines Neffen.

Nein, fuhr sie auf, nein! Du sollst es mir nur leihen. Ich zahle es dir bald zurück.

Aber was spricht dagegen, wenn ich ihm ein heimliches Geldgeschenk mache. Es ist so etwas wie ein Liebesbeweis.

Ein Liebesbeweis, wiederholte sie.

Worüber redet ihr eigentlich? sagte der Cousin, er hatte alles im Blick und war sicher sehr beunruhigt darüber gewesen, daß ich mich mit seiner Ehefrau unterhielt.

Über eine potentielle Heiratskandidatin, sagte ich.

Und?

Keine in Sicht, sagte ich.

Du schließt ja ungern Kompromisse, sagte er, wer in die Ehe geht, muß Abstriche machen.

Du kennst mich, sagte ich, ich bin ein Egoist, ich dulde keinen Menschen in meiner Nähe.

Das ist nicht zum Lachen, sagte er, damit war das Thema für ihn beendet, die Angelegenheiten anderer Menschen waren Sumpflöcher, in die er ungern abglitt, er berührte seine Frau am Arm, und sie gingen ins Schlafzimmer, um nach dem Jungen zu sehen.

Ich verabschiede mich, rief ich, sie hatten meine Worte vernommen, doch sie drehten sich nicht um, ich nickte der Versammlung zu, die beiden Männer standen immer noch auf dem Balkon und starrten wahrscheinlich auf den kleinen Erdbuckel und machten anzügliche Witze.

Draußen vor dem Haus ärgerte ich mich über mich, ich hatte mich nicht von meinem Neffen verabschiedet – ich mochte ihn sehr, er würde, trotz aller Maßnahmen, nicht zum Heuchler werden, und er würde vor allem, so hoffte ich, lange Zeit ledig bleiben. Ein wenig Egoismus schützte vor großen Dummheiten, dachte ich, aber natürlich war das falsch, und natürlich wollte ich nur, daß der Kleine nach mir geriet, ein unsinniger Wunsch.

Heute war der Tag der Einladungen, ich entschied, daß ich mich am besten ablenken konnte, wenn ich dem Weg der Attraktionen folgte, also fuhr ich zur Vernissage einer Künstlerin, die großartige Kriegslandschaften auf die Leinwand bannte, sie war eine schöne Frau ohne Komplexe, sie hatte den Ehrgeiz, ihre Nacht- und Tagträume unbeschädigt zu überstehen, ich träume die Bilder einer anderen, hatte sie mir einmal verraten, denn ich bin eine andere, wenn ich in Traumbilder gerate. Jetzt stand sie in einer Ecke des Raumes, umgeben von Verehrern, die Gäste waren fast nur Männer, die sich von ihrer Arbeit freigemacht hatten, um sie als Hauptattraktion zu bestaunen. Sie war wirklich überwältigend attraktiv, und vielleicht verkaufte sie deshalb viele Ölbilder, auch ich hatte vier kleine Arbeiten von ihr gekauft, die ich im wohltemperierten Keller aufbewahrte. Es fiel ihr nicht ein, sich zu verkaufen. Ich ging zu ihr, sie entschuldigte sich bei den Männern und zog mich vor ein Bild, auf dem ein Helikopter im Moment seiner Zerstörung zu sehen war, die Rotorblätter barsten in einem pastellrosa Feuerfleck, und als ich hochschaute, entdeckte ich im Himmel über dem Helikopter eine schwarze Sonne.

Zwei rote Punkte, stellte ich fest, du machst gute Kunst.

Ich habe insgesamt vier Bilder verkauft, sagte sie, und dann musterte sie mein Gesicht.

Ich weiß, sagte ich, ich habe einen schweren Busunfall überlebt. Die Narben machen mich männlicher.

Ja, sagte sie, du hast recht.

Hatte ich etwa ihr Interesse geweckt? Sie lockte die Männer mit ihrer Schönheit und stieß sie ab mit ihrem bösen Humor, die Wahrheit hielt sie für den Zerrspiegel der phantasielosen Menschen, und da sie sich prinzipiell nicht mit Frauen anfreundete, galt sie seltsamerweise als umgänglich.

Ich wünschte, ich hätte auch eine ... wie nennt man das noch einmal ... Todesnaherfahrung gemacht.

Das willst du nicht wirklich.

Es gibt billigen Sekt, sagte sie, und Johannisbeersaft, du kannst also wählen.

Nein, danke.

Ich habe gehört, daß du dich getrennt hast.

Na ja, sagte ich, du weißt schon: in beiderseitigem Einvernehmen und so weiter.

Und, wie fühlt es sich an?

Die Gefühle, sagte ich nur, und sie lächelte mich an, es war eigenartig, daß sie sich für mich soviel Zeit nahm, üblicherweise huschte sie nach einem freundlichen Gruß weiter, ich war ja nicht mehr als ein Kunde, der sich ihre Kunst leisten konnte, und als mir ein abwegiger Gedanke kam, lief ich rot an.

Ich habe dich für diese Nacht auserwählt, sagte sie leise, aber ich habe keine Lust, daß du mir hinterhertelefonierst. Keine Verpflichtungen, bitte. Kannst du damit leben?

In einem Film würde der Mann jetzt sagen: Es kommt so plötzlich.

Sie ging nicht auf meine blöde Bemerkung ein und sah mich nur an, ich senkte erst den Blick, ich war wirklich befangen, es hatte aber keinen Sinn, die Antwort auf ihre Frage zu verzögern.

Ja, sagte ich, ich kann dir noch eins versprechen: An unserem Käufer-Künstlerin-Verhältnis wird sich nichts ändern.

Du bist ein Schatz, sagte sie und drückte mir einen fast gehauchten Kuß auf die Lippen, natürlich hatten es die anwesenden Männer bemerkt, und natürlich wußten sie, daß heute für sie nichts mehr zu gewinnen war, die Belagerung der Unbezähmbaren nahm ein schnelles Ende, die leeren Sektflöten wurden abgestellt, einer nach dem anderen verließ die Galerie, und ich verfolgte die Flucht der Männer, die ins Freie hinausdrängten, ihre Mäntel zuknöpften und nach einem flüchtigen Blick auf die schöne Künstlerin davonstapften, sie würden mit diesem kleinen Debakel leben, sie waren erwachsen und wußten, daß es Zeit brauchte, damit ihr Wunsch in Erfüllung ging. Ich aber war kein Sieger, sie hatte mich aus der Menge der Bewerber ausgewählt, ich wäre nie auf den Gedanken gekommen, mich zur Liebe ermächtigt zu fühlen. Gefühle. Was für eine große Verschwendung.

Johanna verabschiedete sich von dem Galeristen, hakte sich bei mir unter und steuerte ein Café an, das zur Abendstunde sich in eine Bar im Dämmerlicht verwandelte, wir sprachen unterwegs von dem seltsamen Glück, in Kiel zu leben, hier mußte man genau wissen, wie man den Tag anging, in den Stadtführern und Wegbegleitern standen nur Lügen, Kiel war ein Außenposten der Kultur, hier lief alles auf Lebenserhaltung hinaus, die Kleinbürger spielten gehobene Mittelschicht, die Proleten hatten genug von Form und Fitneß, sie fraßen sich Speck an und kleideten sich trotzdem aufreizend. Wenn man sich der Temperatur der Stadt anpaßte, verlor man bald den Mut und strich angepeitscht von diffusen Trieben zwischen den Häusern aus Klinker herum. Johanna erzählte – wir saßen inzwischen auf Barhockern am Tresen – von ihrem Lieblingsspiel, dem Krieg, der einzige Krieg, den Zivilisten führen könnten, wäre die Schlacht um und in der Liebe, doch sie hätte nicht die geringste Lust, entblößte Leiber in erbarmungswürdigen Positionen und Stellungen abzubilden, und deshalb also der echte schmutzige widerliche Krieg der Geräte und der Körper, der Soldat trug einen Helm und wurde getötet, das Flugzeug flog hoch über den Wolken und wurde abgeschossen, die Soldatin war gleichberechtigt und trat auf eine Mine.

Ich könnte hier und jetzt vor dir auf die Knie sinken, sagte ich.

Wieso denn?

Du bist sehr schön. Und du bist so viel klüger als ich.

Blamier' uns bloß nicht, sagte sie, bleib' lieber sitzen.

Bist du verliebt?

Es gibt da einen Mann. Er ist dabei, sich aus der Ehe herauszukämpfen. Nicht etwa wegen mir, ich bin später dazugekommen. Und du?

Ich glaube schon, sagte ich.

Was glaubst du?

Daß ich verliebt bin, und daß sie mich aber verschmäht.

Findest du es komisch, daß zwei Verliebte wie wir zusammenkommen? sagte sie.

Ich wundere mich darüber nicht, sagte ich, es paßt auf eine verquere Art.

Ich habe eine Auftragsarbeit, sagte sie, der Kerl, der mir den Auftrag gegeben hat, taugt nichts, ein reicher Architekt, Ehe Scheidung, Ehe Scheidung, dann hat er es kapiert. Jedenfalls, er möchte ein Aktbild, einsachtzig mal zweidreißig, die Maße hat er mir auch vorgegeben. Er kam in mein Atelier, stellte sich vor, sprach von diesem Auftrag, und als ich ihn nach dem Modell fragte, hat er sein Handy herausgeholt, auf ein paar Tasten gedrückt und mir das Display gezeigt. Ein Schnappschuß, eine nackte Frau vor einem verschwommenen Hintergrund. Dreimal darfst du raten, was ich dachte.

Ein heimlich geschossenes Foto. Eventuell ohne Wissen dieser Frau.

Richtig, mein Hübscher.

Ich zuckte zusammen, die Prostituierte hatte mich auch so genannt, die Bilder überlappten sich, es zählte jetzt allein, neben der Künstlerin zu sitzen, ihr dabei zuzusehen, wie sie die Lippen schürzte und an dem Strohhalm sog, sie bestellte einen Cocktail nach, die Aschesäule fiel von der Zigarette ab und landete auf ihrem Jeansrock, und als ich den Blick über ihre Beine gleiten ließ, entdeckte ich winzige weiße Radiergummizwirbel, die haftengeblieben waren, ich schaute den Wirt an, der nach meiner Bestellung fragte, ein großes Glas Mineralwasser, sagte ich, er wandte sich ab, so gehörte es sich für einen Mann, der klein war und auf einem Podest hinter dem Tresen stand, eine Frau am Tresenende besah prüfend ihre Vinylkrallen, neben ihrem Glas eine Weinflasche mit Serviettenkragen am Hals, die Stoffserviette hatte die Tropfen abgefangen, die Frau nahm keine Notiz von jenem Mann, der ihre nackten Fußknöchel bestaunte, welche Frau ist von einem Mann begeistert, der sich den Bierschaum nicht von den Bartenden abwischt, dachte ich, das war meine Welt, ich fühlte mich wohl. Johanna legte ein blütenweißes Papier über ein paar Münzen auf dem Tresenholz und arbeitete mit einem Graphitstift die Reliefs heraus.

Schön, sagte ich.

Um das noch mal abzuschließen, sagte sie, während sie den Stift führte, der Architekt hat, glaube ich, eine nackte Frau in der Umkleidekabine fotografiert.

Wirklich? rief ich aus.

Beherrsch dich, sagte sie, du mußt ja nicht gleich deine Begeisterung aller Welt mitteilen.

Ich bin nicht begeistert, sagte ich und lächelte dann, wie hast du dich entschieden?

Ich mach's.

Hoffentlich läßt du ihn richtig bluten.

Das merke ich mir für das nächste Mal, wenn du mir ein Bild abkaufst, sagte sie, aber ja, ich habe ihm einen unverschämten Preis genannt, und er war sofort einverstanden.

Vielleicht möchte er auch nur seiner Geliebten, die

er vor seiner Frau versteckt, ein Geschenk machen. Das soll es geben.

Eine gewagte Behauptung, sagte sie.

Ich stoße in letzter Zeit vermehrt auf Menschen, die geschwätzig werden, wenn sie überhitzt sind, sagte ich, in der Wohnung gegenüber habe ich einen Studenten dabei beobachtet, wie er auf einem Drehsessel saß, seine stehende Freundin umarmte, er umarmte eigentlich ihre Hüften, und wie er auf sie einredete.

Ein schönes Motiv zum Malen, sagte Johanna, ich werde es mir merken. So, jetzt möchte ich zu dir.

Ich bezahlte die Rechnung, die Frau mit den verlängerten Nägeln bat beim Wirt um eine Kopfschmerztablette, vielleicht hatte sie Kummer wegen ihres Kontostands, oder sie hatte einfach zuviel getrunken – wäre ich Maler, dachte ich, würde ich Porträts von Männern und vor allem Frauen zeichnen, die das glänzende Zeug in der Stadt angezogen hatte und die hergezogen waren, um zu arbeiten, kleine Siege zu feiern und an Freitagabenden sich schick zu machen. Ich ließ Johanna den Vortritt, und als sie den unordentlichen Haushalt in meiner Wohnung sah, gab sie beißende Kommentare ab, der Ex-Börsenmakler bekommt sein Leben nicht in den Griff, sagte sie, der gewesene Börsenmakler könnte doch eine Putzfrau verdingen, ich fiel in ihr Lachen ein, es war alles tatsächlich ein Witz, und weil sie in der Stimmung war, es sofort im Flur stehend zu tun, fielen wir übereinander her, sie nahm sich das, was sie wollte, und ihre Lust peitschte mich an, ich glitt in sie, und sie umschloß mich mit ihren Armen und Beinen, es war ein kurzer heftiger Akt, ich wußte, es würde für viele Wochen und Monate bei diesem einen Mal bleiben, ich liebte sie dafür, daß sie ihren eigenen heftigen Träumen nachhing und daß sie, je nach Laune, Wünsche erfüllte oder Wünsche abschlug. Sie brachte ihre Kleider in Ordnung, und ohne in den Spiegel zu schauen, band sie ihr Haar zu einem Knoten, es konnte nicht sein, daß sie über Nacht blieb, denn wir hätten nur froh und verschämt im Bett gelegen und kein Auge zugetan.

Es war mir eine Freude, sagte sie und bat um ein Glas Wasser, und dann trank sie das Glas in einem Zug leer, am rechten Unterbauch, fuhr sie fort, an der Blinddarmnarbe bin ich taub. Du hast mich dort gestreichelt, ich habe es dumpf gespürt.

Mir lag es auf der Zunge, ihr zu versichern, daß ich mich beim nächsten Mal um ihren linken Unterbauch bemühen würde, doch ich besann mich eines Besseren, es hätte nach der Bitte um ein Versprechen geklungen, ich beließ es bei einem Lächeln, und dann fiel die Tür hinter ihr ins Schloß, draußen stockdunkle Nacht, hier das Durcheinander der Gegenstände, der Möbelstücke, die ich in eine neue Ordnung verrückte, jetzt konnte ich gerade Wege gehen.

Ich war gerade dabei, die angeschlagene Gipsbüste eines kahlen Poeten mit einem Hitlerbärtchen zu versehen, als das Telefon klingelte, der Kugelschreiber fiel mir vor Schreck aus der Hand. Ich drückte auf die Annahmetaste, meine Ex-Freundin meldete sich sofort mit ihrer Jungfrauenstimme, was hielt ich eigentlich von Frauen, die zur unmöglichsten Stunde telefonieren? – ich verschob den Gedanken auf später.

Ich habe diese bescheuerte Künstlerin aus deinem Haus kommen sehen, sagte sie, was für ein Zufall, wir sind zusammengestoßen.

Habt ihr euch entschuldigt? sagte ich.

Was? Nein.

Das ist sehr weiblich.

Gefällt sie dir? sagte sie.

Ich frage dich jetzt nicht, was dich das angeht. Sie hat mir immer gefallen.

Auch in der Zeit unserer Beziehung?

Sonst hätte ich keine Bilder von ihr gekauft. Sie ist eine sehr gute Künstlerin.

Das meine ich nicht, sagte sie.

Du willst also wissen, ob ich dich mit ihr betrogen habe.

Ja.

Ich war dir immer treu, sagte ich.

Stimmt das wirklich? sagte sie.

Was hätte ich davon, dich anzulügen, jetzt, wo es vorbei ist?

Du könntest einen guten Eindruck bei mir hinterlassen wollen, stellte sie fest.

Ich mußte über ihren sachlichen Ton lachen, ich hatte ihr in der Zeit unserer Liebe immer wieder beteuert, daß ich sie nicht aus-, aber anlachen würde, und sie hatte es hingenommen, sie hielt mich aber allgemein für einen Mann, dem sich eine Frau nicht ganz ausliefern sollte, ihr Instinkt trog sie selten. Es war still in der Leitung, ich hörte sie leise atmen, sie wartete auf eine Antwort.

Ich habe dich geliebt, sagte ich, und wenn ich eine Frau liebe, habe ich Augen nur für sie.

Vielen Dank, sagte sie und legte auf, ich hätte Lust gehabt, mich weiter mit ihr zu unterhalten. Ich schlüpfte aus dem verknitterten Anzug, hängte ihn über einen verbogenen Drahtbügel, zog mir Pyjamajacke und -hose über, ich sann darüber nach, ob ich den Telefonstecker herausziehen sollte, doch ich glaubte nicht wirklich daran, daß sie mich erneut anrufen würde, meine übervorsichtige ehemalige Freundin, aus einer Eingebung heraus suchte ich die Taschen der Hose ab, die ich in Nienburg getragen hatte, da war er, der Zettel, ich hatte ihn also nicht weggeworfen, ich faltete ihn auseinander und überflog die sieben Zeilen, ein Liebhaber kannst du mir nicht sein, hatte sie geschrieben, und: Werben ist zwecklos. Plötzlich fiel mir der Aufdruck unten rechts auf: Johannes Apotheke, wahrscheinlich war der Zettel aus dem Werbenotizblock einer örtlichen Apotheke herausgerissen worden. Nahm Tyra Werbegeschenke an? Oder aber ... ihr Mann war Apotheker. Ja, dachte ich, er ist in dieser Kleinstadt aufgewachsen, ist zum Studium in eine Großstadt gezogen, um dann wieder zurückzukehren und auf das Vertrauen der Menschen zu setzen, sie kannten ihn und sie würden ihre rezeptpflichtigen Medikamente bei ihm einkaufen. Der Mann hat ein florierendes Geschäft in seiner Geburtsstadt, die Bank oder seine Eltern schießen ihm Geld vor, und er schafft es in kurzer Zeit in die Gesellschaftsseiten der Stadtzeitung – auf einem der festlichen Anlässe lernt er Tyra kennen, vielleicht hofft er auf mehr als nur eine kurze Affäre, und da sie sich aber lange bitten läßt, macht er ihr einen Heiratsantrag, sie willigt ein. Sie hat nämlich in der Zwischenzeit Erkundungen über den netten, schon etwas oberflächlichen Apotheker angestellt, wahrscheinlicher ist es, daß er in der Peripherie ihres großen Freundeskreises auftauchte, früher, sie ihn jedoch für nicht besonders ansprechend befand. So könnten sie zueinandergefunden haben. Ich mußte ihn finden, er war mein Wegweiser.

Am nächsten Tag stand ich vor der Johannes Apotheke, ich hatte nicht lange suchen müssen, natürlich lag sein Geschäft direkt an der langen Fußgängerstraße, entweder konnte er es sich leisten, eine ziemlich hohe Miete zu zahlen, oder aber er hatte die Immobilie gleich erworben. Ich trat ohne zu zögern ein und war enttäuscht, als ich mich zwei weiblichen Angestellten gegenübersah, sie schauten auf und warteten ab, bis das Klingeln der Türglocke erstarb, ich wandte mich gleich an die Jüngere.

Ich würde mich gerne mit dem Geschäftsführer unterhalten, sagte ich in einem offiziellen Ton.

Können wir Ihnen vielleicht behilflich sein? schaltete sich die ältere Angestellte ein.

Nein, ich würde gern mit dem Chef persönlich sprechen.

Die Ältere ging ohne ein weiteres Wort in den Hinterraum, und als er alleine auftauchte, verzog sich die junge Angestellte, die Frauen hatten es sofort gespürt, das war eine Sache zwischen ihrem Chef und einem fremden Herrn, den sie für einen Steuerprüfer halten mußten. Ein Blick genügte, um zu wissen, daß ich richtiggelegen hatte, hier stand Tyras Mann vor mir, doch ich war nicht auf einen vielleicht fünfzigjährigen Mann vorbereitet gewesen, er war schlank, hielt sich gerade, trieb wahrscheinlich Sport, in solche Männer wie ihn verliebten sich meist Studentinnen im ersten Semester Jura.

Ja, bitte? sagte er.

Ich bin nicht von hier, sagte ich, ich bin den ganzen Weg von Kiel nach Nienburg gefahren, um Tyra zu sehen. Um genau zu sein: wiederzusehen.

Sofort verdüsterte sich sein Gesicht, und er schaute hastig über die Schulter, dann blickte er mich feindselig an.

Verschwinden Sie auf der Stelle, sagte er.

Ich bin ein Studienfreund von ihr, sagte ich, Sie verwechseln mich mit jemandem.

Mit wem sollte ich Sie denn verwechseln?

Ich habe keine Ahnung, sagte ich, ich will Ihnen nicht zu nahe treten.

Sie ist bei ihrem Professor in Göttingen, stieß er böse

hervor, das Mittelalter hat es ihr angetan. Wenn ich das schon höre! Mittelalter! Will ihre Doktorarbeit machen. Führt sich auf wie eine Studentin. Dabei möchte sie sich nur ... lassen wir das.

Sie ist also nicht in der Stadt?

Sie sind nicht ihr Studienfreund, sagte er leise, wenn ich Sie hier in meinem Laden noch einmal sehe, werfe ich Sie eigenhändig raus. Und jetzt hauen Sie lieber ab.

Ich wandte mich zur Tür, und da hörte ich zwei Worte, von denen ich nicht wußte, ob sie dieser Mann hinter meinem Rücken wirklich ausgesprochen hatte, die Worte verfolgten mich den ganzen Weg bis zum Auto, sie fraßen sich in mich hinein, und ich mußte mich sehr anstrengen, um nicht von der Straße abzukommen, und dann war ich mir sicher, ›Diese Marketenderin!‹ hatte er gezischt und damit seine Frau gemeint. Wurden mit dieser Berufsbezeichnung nicht jene Dirnen belegt, die im Mittelalter den Soldaten und auch den Mordbrennerhaufen hinterherzogen? Er hatte mich durchschaut und in mir den Liebhaber seiner Frau erkannt, und doch war er vor allem wütend auf Tyra, der er unterstellte, jedem Mann, der es sich leisten konnte, ihre Liebesdienste anzubieten. Er schimpfte sie nicht Flittchen oder Nutte, er beschimpfte sie mit einem Wort aus ihrem Spezialgebiet. Ich hätte mich vielleicht geschickter anstellen sollen, brachte ich sie in Bedrängnis? Ich entschied, mein Gewissen nicht länger damit zu belasten, ich zweifelte nur daran, daß ich der einzige ... Bettpartner war, mit dem sie sich gelegentlich vergnügte, ihre periodisch auftretenden Ausbrüche waren Routine, und bestimmt hatte ihr Mann sie bei kleinen, keineswegs harmlosen Lügen erwischt, bestimmt hatte er die Ehebrecherin steinigen wollen, in diesen zivilisierten Tagen natürlich nur im Geiste.

Ich fuhr einen kleinen Bogen um Hamburg, machte

halt an einer Raststätte und ließ mich über die Auskunft mit der Verwaltung der Göttinger Universität verbinden. Ich mußte einem Ausländer mit einer kehligen Aussprache mein Anliegen erklären, er versprach, das Menschenmögliche zu versuchen, ich dachte über seine komische Ausdrucksweise nach, und dann hatte ich tatsächlich die Geschäftsführende Sekretärin des Seminars für mittlere und neuere Geschichte am Apparat, ich gab mich als ein Journalist aus, der für einen großen Artikel über deutsche Universitäten Hintergrundinformationen sammelte.

Ich bin kein Leck im Rohr, stellte sie fest, Sie werden mich nicht dazu bringen, eine Indiskretion zu begehen.

Dann habe ich mich mißverständlich ausgedrückt, sagte ich, ich will von Ihnen nur das wissen, was jeder herausfände, wenn er sich auf dem Campus herumtriebe.

Dann kommen Sie doch her, sagte sie.

Ich kann meine Spesen nicht in Rechnung stellen, sagte ich, ich müßte die Reise aus der eigenen Tasche bezahlen. Ich verdiene nicht so viel.

Sie war sofort besänftigt, es war Monatsmitte, und schon jetzt mußte sie wahrscheinlich in Discount-Supermärkten einkaufen, um das Dispolimit nicht zu überschreiten.

Schießen Sie los, sagte sie.

Wie sieht Ihr Arbeitsplatz aus?

Das Seminar ist im Blauen Turm untergebracht, der Lack ist mit der Zeit abgeblättert, und wenn die Sonne auf die Fassade scheint, sticht die blaue Unterfarbe hervor. Mein Schreibtisch steht im zweiten Stock, es gibt insgesamt dreizehn Stockwerke.

Eine Unglückszahl, sagte ich.

Junger Mann, sind Sie etwa abergläubisch?

Nein, nicht wirklich.

Dann ist ja gut, fuhr sie fort, wenn man von einem hohen Stockwerk aus rausschaut, dann sieht man den Hainberg, man hat einen sagenhaften Ausblick auf das Umland, aber nicht vom zweiten Stock aus, ich sehe nur die Papierberge auf meinem Schreibtisch.

Wird bei Ihnen auch das Mittelalter gelehrt?

Junger Mann, sagte sie, was glauben Sie, wieso es Seminar für mittlere Geschichte heißt?

Die Stimme täuscht, sagte ich, ich bin knapp über vierzig.

Wollen Sie kokettieren? sagte sie.

Man kann also eine Abschlußarbeit bei Ihnen schreiben?

Bei mir nicht, sagte sie, wir haben einen Professor und eine Professorin.

Ist der Herr Professor zu sprechen?

Nein, sagte sie, er befindet sich auf einem Arbeitsaufenthalt in Prag.

Sehr gut, sagte ich.

Wieso?

Ist mir so herausgerutscht. Könnte ich Ihre Adresse haben?

Platz der Göttinger sieben fünf.

Platz der Göttinger, fünfundsiebzig, wiederholte ich.

Nein, sagte sie, der Platz heißt Platz der Göttinger Sieben.

Verstehe ich nicht.

Junger Mann, sagte sie, die Sieben bezieht sich auf die sieben Gelehrten, die gegen die sogenannte Demagogenverfolgung protestiert haben. Das geschah im neunzehnten Jahrhundert. Unter den Gelehrten waren auch die Gebrüder Grimm – soviel ich weiß, haben sie Lehrverbot gekriegt. Aber Sie sind ja der Journalist, Sie können recherchieren.

Das werde ich sicherlich tun, sagte ich.

Für welche Zeitung, sagten Sie, schreiben Sie den Artikel?

Ich legte auf.

Ich mußte nach Hause und Koffer packen.

Tyra war in Prag.

Und ich würde nach Prag reisen.

4

Wie seltsam, wie seltsam. Dies war die Zeit, in der die Journalisten mit Hinweis auf ihre integren Maulwürfe über Personen schrieben, die ihre Namen nicht in der Zeitung lesen wollten; wie seltsam, das war doch die Zeit, da die Egoisten das alte Sittengesetz entdeckten, um sich in ihren Körpern zu verstecken. Und dann saß mir mein bester Freund, von der Sonne südlicher Länder rot gebrannt, schweigend gegenüber, denn er hatte eine lange Erzählung abgeschlossen, es war darin um sittenstrenge Frauen gegangen, die abstehende Hautfetzen von ihren Lippen zupfen, um dem ausländischen Mann irgend etwas zu bedeuten.

Mein bester Freund Gabriel trug die rotblonden Haare lang und machte sich nichts aus gefälliger Tagesgarderobe, er gefiel auf Anhieb oder er gefiel eben nicht, darin war er geübt: im seltenen Beeindrucken von Menschen und Hunden, die erst an seinem Hosenbein schnupperten, um gleich seine Hand abzulecken. Gabriel war eine augenfällige Erscheinung, denn er sah aus, wie man sich die Deutschen im nichteuropäischen Ausland vorstellt: groß und breit. Und wie seltsam, daß ihn eine Südländerin wirklich gemocht hatte, allerdings erst nach dem vierten Abendessen, und trotz Gabriels katastrophalen Südländisch-Kenntnissen hatte sie ihn verstanden, das las ich aus ihrem Blick, sagte er, nur die kulturelle Geste des Lippenabzupfens habe ich nicht deuten können, sie hat mir Hoffnung gemacht, sie hat mir ein Zeichen gegeben, da habe ich mich auf sie gestürzt.

Er war zurückgekehrt, das Geld war ihm ausgegangen. Im schwindenden Tageslicht dachte er über mögliche Tollheiten nach, die er begehen könnte, er wollte sich der Südländerin gegenüber aber auch nicht des unanständigen Verhaltens schuldig machen. Wir saßen auf der Terrasse eines Imbißstandes am Strand mit Blick auf einen kleinen Sandstreifen, der vom Wasser sanft bespült wurde, ich konnte in der Ferne auf einer Landzunge graue kastenförmige Bauten ausmachen, und etwas näher am Festland sah ich das Meer mit kleinen Schaumkronen anrollen und im Himmel herabschwingende Möwen.

Ich will nach Prag, sagte ich.

Schöne Stadt, sagte Gabriel.

Es ist nicht wegen der Stadt, es ist wegen einer Frau.

Kenne ich sie?

Nein, sagte ich, wegen ihr bin ich zwischendurch nach Nienburg gefahren. Dort lebt sie eigentlich.

Und jetzt macht sie Urlaub oder ist ausgerissen, sagte er.

Bleibt es unter uns?

Klar.

Sie hat Mann und Kinder, sie hat bald ein fertiges Studium mit Titel. Schöne warme Verhältnisse. Sie braucht mich nicht.

Dann lass' sie eben in Ruhe, sagte Gabriel.

Das geht schlecht.

Geht immer, sagte er, man muß sich nur zusammenreißen.

Stell' dir vor, deine Südländerin hätte dich abgewiesen, was dann?

Ich habe genug Geschichten mit schlechtem Ausgang erlebt. Einmal muß es ja klappen.

Das denke ich bei dieser Frau auch, sagte ich.

Hat sie dich abgewiesen?

Ich blieb ihm die Antwort schuldig, weshalb sollte ich das einräumen, was ohnehin schon bekannt war, ich hatte mit Tyra eine Nacht verbracht und machte daraus eine große Sache, und als hätte er meine Gedanken gelesen, sprach der heimgekehrte liebeswunde Gabriel von seinem großen Anfang und wie schnell es gegangen war, wie schnell die Südländerin die Phase der Annäherung durchlief und ihn dann mit dem Vorschlag überraschte, jetzt oder nie das Vorstellungsgespräch bei ihren Eltern zu absolvieren, sie wäre die Tochter ihrer Mutter, und nur wegen ihres hochgewachsenen Vaters hätte sie sich überhaupt auf einen Fremdsprachler eingelassen, sie war plötzlich zum fließenden Englisch übergegangen, und deshalb hätte Gabriel sie verstehen können.

Ich war also ein Fremdsprachler, sagte er, und sie war römisch-katholisch, eine teuflische Mischung, nur war sie keine Abtrünnige und daher von meinem gepflegt barbarischen Atheismus nicht angetan, sie glaubte, mich herumdrehen zu können, aber ich dreh' mich höchstens im Bett um, ich ließ mich trotzdem zu einem Anstandsbesuch überreden, einfache Leute, die Eltern, ich hab' mich zeit meines Lebens vor einfachen Leuten in acht genommen und saß im Wohnzimmer ihres Vaters und ihrer Mutter, die Glasvitrinen voll mit Flußpferden aus Porzellan, Keramik und Plastik, der Vater sprach, sie übersetzte, der Vater sprach von all den Hippopotamussen, die er in all den Jahren gesammelt hätte, ein gähnendes Flußpferd stand auf dem Glastisch, um den wir gruppiert waren, und immer wieder kraulte der Vater das Flußpferd zwischen den aufgestellten Ohren, ein Plastikungetüm war das, fast so groß wie ein Dackel, und ich saß in einem Ledersessel und schaute abwechselnd mal in das Gesicht des Vaters, mal in das aufgerissene Maul des Nilpferds, die Zahnstummel, das Zahnfleisch, die Zunge und der Rachen – alles originalgetreu, und sie musterte mich streng von der Seite, denn ich wurde ja einer Prüfung unterzogen. Irgendwann hörte der Hippopotamus-Quatsch auf, ich malte mir aus, wie es wäre, das gähnende Nilpferd mit einem Tritt vom Tisch zu fegen, und überhaupt kam ich mir wirklich blöd vor, zum ersten Mal in meinem Leben trug ich nämlich einen Anzug, dunkelblau, sie hatte mir vor dem Besuch verraten, daß ihr Vater Männer für unseriös hielt, die ihr Hemd nicht zuknöpften, und erst nach langem Verhandeln durfte ich den Kragenknopf offenlassen, und auf eben diesen Knopf starrte ihr Vater, er tat so, als wäre es ihm gerade eben aufgefallen, ich hatte es langsam satt, die Südländer können nämlich sehr böse starren, das Starren nahm kein Ende. Die Mutter versuchte die Anspannung mit einem harten Themenwechsel zu lösen, sie sprach, meine Freundin übersetzte, die Mutter sprach von der Reinheit Mariens, und da ging mir ein Lichtlein auf, denn ihre Tochter ließ sich von mir küssen und das Haar, den Nacken und den Rücken streicheln, aber sie ließ keine weitere Unanständigkeit zu, sie sagte auf englisch: no obscenity, please! sie rief es jedesmal, wenn ich einen Versuch unternahm, die Hand weiter abwärts wandern zu lassen, obscene hieß für dieses römisch-katholische Mädchen Beflecktheit, obscene nannte sie es, wenn ich ihr beim Umkleiden zusehen wollte, sie sagte dann: Ich ziehe mich um, aber nicht aus, und ich mußte aus dem Zimmer gehen und durfte erst auf Zuruf wiederkommen. Obscene war es, ihr unter der Decke zu nahe zu kommen, ihre unbefleckten Brüste waren tabu, und ich dachte, das wird sich geben mit der Zeit, ich bin keiner von diesen unwiderstehlichen Schönlingen, aber ich finde, ich bin auch nicht gerade abstoßend, ich dachte: Sie ist Südländerin, sie beruft sich auf die guten alten Sitten, und sie will nicht bei mir den Eindruck hinterlassen, daß sie sich dem erstbesten Fremdsprachler an den Hals wirft. Aber ihre Mutter sah nicht nur aus wie ein Geist, sie war tatsächlich ein Geist, der in dem Körper einer Frau wohnte, es war also keine religiöse Maßnahme, die meine Freundin davon abhielt, sich wie meine Freundin zu verhalten, sie hatte von ihrer Mutter die Unbeflecktheit abgeschaut, und mir schwante, daß sich daran, von der Hochzeitsnacht und gelegentlichen Fehltritten mal abgesehen, nichts ändern würde, ich war bereit, sie zu heiraten, aber ich war nicht bereit, neben ihr zu liegen und mir jegliche Phantasie zu verbieten, weil sie sich bei der kleinsten unanständigen Berührung sofort auf die andere Seite gedreht hätte. Ich habe noch nie so oft das Wort obscene gehört, es klingt mir immer noch im Ohr. Plötzlich verstand ich das triebgesteuerte Verhältnis des Vaters zu seinen Nippes-Hippopotamussen, das arme Schwein, das, ihm war jegliche Lust versagt und verboten, Libido null und kaputt, und ich entschuldigte mich und ließ mir den Weg zur Toilette weisen, ich schloß artig ab, stellte mich vor die Toilettenschüssel, ich stand vor einer Frottee-bezogenen Klobrille und dachte: ist recht. Dann war ich wieder zurück, und ich sah meine Freundin, die mir nur eine dreiviertelplatonische Liebe versprach, vor der beleuchteten Glasvitrine mit den Nilpferden sitzen, und weißt du, worüber sie sich mit mir unterhielt?

Nein, sagte ich.

Sie fragte mich folgendes: Wie heißen beim Nilpferd Männchen und Weibchen? Ich: Nilstute. Nilhengst. Sie: Nein, das Weibchen heißt Nilkuh. Daraufhin ich: Dann muß der Nilmann doch Nilrind heißen. Sie: falsch, Nilbulle.

Wirklich?

Ja, der Nilmann heißt tatsächlich Nilbulle.

Nein, sagte ich, ich meine, sie hat sich wirklich darüber mit dir unterhalten?

Ich erzähle doch keine Geschichten, sagte Gabriel, dabei hat sie kleine Hautfetzen von der Lippe gezupft, genauso wie ihre Mutter.

Dann bist du nicht zurückgefahren, weil dir das Geld ausgegangen ist.

Das Geld wurde knapp, das stimmt schon, sagte er, aber der eigentliche Grund ist Verzweiflung.

Wie konntest du dich aus der Affäre ziehen?

Gar nicht so einfach, fuhr er fort, eigentlich ist uns allen dort im Wohnzimmer aufgegangen, daß die Bräutigamschau in die Hose gegangen ist, und da zog die Mutter ganz andere Saiten auf, sie sprach und ihre Tochter übersetzte, also sprach die Tochter davon, daß alles vergänglich wäre, vor allem aber war ein Mann vergänglich, der sich in einen fremden Haushalt einschlich und die Insassen des Hauses täuschte.

Hat sie von Insassen gesprochen? sagte ich.

Sie hat.

Das Irrenhaus.

Ein Versprecher, sie hat sich einfach nur versprochen, aber viel wahrscheinlicher ist es, daß ihr klarwurde, wie schlecht sie es mit mir getroffen hatte, und deshalb, allein deshalb fing sie an, immer achtloser zu übersetzen, nein, ich glaube, sie ist dazu übergegangen, ihren eigenen Text zu übersetzen, für mich, den Fremdsprachler, sie tat so als ob, ließ ihre Mutter sprechen, um dann ihre eigenen Worte in für mich verständliches Englisch zu übertragen. Sie sagte: obscene! mein Auftritt in diesem Hause wäre unanständig, ich hätte mich verkleidet, und sie forderte mich im Namen des Vaters und der Mutter und in ihrem Namen auf, sie sofort zu verlassen.

Du hast es getan, sagte ich.

Ja, natürlich, sagte Gabriel, ich ging wortlos weg. Mir schoß es durch den Kopf, den Hippopotamus unter den

Arm zu klemmen und wegzulaufen. Aber ich habe mich nicht getraut.

Verdammt, verdammt, verdammt, rief ich aus.

Ein weißer kanadischer Hirtenhund grub in unmittelbarer Nähe ein Loch, und seine Hinterläufe streuten die Erdbrocken über den Terrassenboden und über meine blankpolierten Schuhe, ich stemmte mich hoch und ging ein paar Schritte auf Abstand, Gabriel blieb sitzen, ihm machte es nichts aus, er würde mit getrockneten Schlammklumpen am Hosenbein herumlaufen und erst in einer Woche seine Hose zur Reinigung bringen. Wenn man ihn auf sein nachlässiges Äußeres ansprach, zuckte er mit den Schultern, er zog Pullover auch dann noch an, wenn sie an den Ellenbogen durchgescheuert waren, er trug teure Hemden, die er in Sonderschlußverkäufen erstand, und billige Schuhe aus Lederimitat, die er in Supermärkten kaufte. Sie platzten an der Ferse auf, die halbe Sohle hing schlaff herab, doch er machte sich nichts daraus, denn er hatte die Erfahrung gemacht, daß es kein strapazierfähiges Textil gab, und die Werbung konnte ihn mal gerne haben.

Sie ist mir dann doch hinterhergelaufen, sagte er.

Der Hirtenhund hatte fast einen Schützengraben ausgehoben und tollte weiter unten am Strand, ich nahm wieder Platz.

Es tat ihr leid, sagte ich.

Nicht ein bißchen. Sie hat mich umarmt, fast erwürgt, eine Frau hat Kräfte, die sie meistens versteckt, aber in dieser Situation, draußen vor dem Haus ihrer Eltern, drückte sie mich fast tot, sie umschloß mich um den Bauch und die unteren Rippen, es war, als hätte sie sich darauf vorbereitet, ich konnte mich jedenfalls nicht vom Fleck bewegen, ich mußte es erdulden. Du mußt doch ein Einsehen haben, sagte sie laut, du kannst doch nicht vor dich hinleben, ohne dir einen Begriff von einem guten schönen Leben zu machen, sie wimmerte und sprach, und ich rang nach Luft, sie hat mich an Ort und Stelle exkommuniziert, auf ihre Weise aus der Kirche der prüden Brüder und Schwestern ausgeschlossen. Ein Mann ist dazu da, daß er zeugt. Eine Frau ist dazu da, daß sie gebärt, und Mann und Frau verbringen eine schöne Zeit mit ihren Kindern, so hat sie ungefähr gesprochen, mittlerweile hatte sie mich losgelassen, denn ihre Mutter kam dazu und tätschelte ihre Wange, und der Ehering der Mutter strich dabei über das Gesicht der Tochter. Sie bekam Trost von höherer Stelle. Und als der Vater aus der Wohnung hinausrief, man sollte die Kälte der Straße nicht ins Haus hineinziehen lassen, im lupenreinen Englisch, haute ich ab, sie hatten sich über mich lustig gemacht, sie hatten ihren Spaß gehabt.

Bitter, sagte ich.

Wir erhoben uns von unseren Stühlen und stiegen in den Leihwagen, den Gabriel für einen Monat gemietet hatte, wieder so eine Geschichte, dachte ich, er hatte sie mir auf der Fahrt zum Strand erzählt, und ich hatte ihm gesagt, er wäre seinem Namensgeber irgendwie schon anverwandt, der Erzengel war der Bote der Verkündung, und er, mein bester Freund, der hilfsbereite Depp, der alles stehen- und liegenläßt, wenn eine schöne Frau um Hilfe bittet. Die Geschichte ging folgendermaßen: Gabriel fährt enttäuscht und wütend nach Hause, unterwegs trifft er eine Bekannte aus alten Tagen, sie ist geschieden und kommt aus dem Urlaub, sie hat einen kaputten Kühlschrank, der entsorgt werden muß, eigentlich hätte sie ihn vor dem Urlaub wegbringen müssen, aber ihr Auto ist zu klein, sie klimpert mit den Wimpern, und Gabriel, stolzer Besitzer eines Fiat Ducato, also eines italienischen Kastenwagens, bietet ihr sofort seine Hilfe an. Sie fahren von der Autobahn ab, sie fährt vor und er hinterher, für Gabriel bedeutet diese Aktion einen Umweg von fast zweihundert Kilometern, aber er ist ein Kavalier und muß sich von der römisch-katholischen Südländerin erholen, im Vergleich dazu sind deutsche Frauen wunderbar klar und wunderbar unkompliziert. Gabriel stemmt mit Hilfe eines eilig herbeitelefonierten Schönlings den Kühlschrank drei Stockwerke herunter, der Schönling stellt sich als der frischverliebte Freund der Bekannten heraus, zu diesem Zeitpunkt kann Gabriel schlecht einen Rückzieher machen, die Rückenschmerzen ignoriert er, er fährt den Kühlschrank heldenhaft zum Abfallwirtschaftshof, die Bekannte und ihr neuer Freund haben sich entschuldigt, Gabriel gibt den Kühlschrank brav ab, fährt enttäuscht und wütend durch die Stadt, auf der Suche nach der verdammten Autobahnausfahrt, und dann passiert es an einer roten Ampel: Der Fiat Ducato schüttelt sich einmal, zweimal, und es geht gar nichts mehr. Gabriel ruft den ADAC, der Pannenhelfer stellt fest, daß der Zahnriemen gerissen ist. Motor kaputt. Der Abschleppwagen fährt das Auto weg, der Pannenhelfer fährt Gabriel zur örtlichen Leihwagenfiliale, der Kavalier kann seine Fahrt mit einem Leihwagen fortsetzen, den er für einen Monat und für knapp tausend Euro mietet.

Ich muß nach Prag, sagte ich, eigentlich wollte ich mich sofort auf den Weg machen. Doch dann bist du aufgetaucht.

Das hat noch Zeit, sagte Gabriel. Mit seinem alten Wagen konnte er früher maximal hundertzehn fahren, jetzt genoß er es, auf das Gaspedal zu drücken, er wechselte immer wieder die Spur und überholte Angestellte in Neuwagen, die sich peinlich genau an die Geschwindigkeitsbegrenzung hielten.

Liebe kann warten? sagte ich.

Hör mal, setzte er an, ich kenne jetzt den Hergang der Ereignisse. Sie ist in festen Händen. Sie hat alles, was eine moderne Frau braucht: eine unglückliche Ehe, Mutterschaft, eine intellektuelle Beschäftigung, einen Doktorvater, der sie in eine Stadt mitnimmt, die die Bürgerlichen sehr lieben. Und was bist du für sie? Ein Idiot, ein Steigbügelhalter, ein zweitklassiger Romeo.

Du machst dagegen alles richtig, sagte ich.

Das habe ich nicht behauptet, sagte er und fuhr auf die Überholspur, wir sind jetzt bei deinem Fall von Irrsinn. Sie hat dich längst vergessen.

Da wäre ich mir nicht so sicher.

Wir reden von ihr, nicht von dir.

Ich bringe mich wieder in Erinnerung, sagte ich, deshalb will ich nach Prag.

Nette Geste, sagte Gabriel, sie wird gerührt sein – denkst du. Wenn du vor ihr stehst, wird sie dich für einen Stalker halten. Du hast dir alles schön ausgemalt. Du erklärst ihr deine große Liebe, sie wird weich und schließt dich in die Arme. Sie jagt ihre Pläne zum Teufel, denn sie hat nichts Besseres zu tun, als auf einen ausgebrannten Ex-Börsensöldner zu warten.

Ich bin nicht ausgebrannt, sagte ich.

Doch, das bist du. Sonst würdest du dich nicht verzweifelt an eine Mutter von zwei Kindern klammern. Sie wird dir nicht erlauben, ihre Pläne zu durchkreuzen.

Ich will sie ja nicht ändern.

Klar, sagte Gabriel, du willst nur eine Frau fürs Bett. Das Problem mit euch Romantikern ist, daß ihr alles mit Puderzucker bestäubt. Im harten Licht seid ihr nicht besser als solche Männer wie ich. Ich stolpere von einer Pleite in die nächste. Aber wenigstens weiß ich, was ich will, und verkläre nichts.

Eine Frau fürs Bett, sagte ich.

Und wenn ich Glück habe, mag sie mich für eine Weile. Dann kommt ein Bewerber, von dem ich weiß, daß er mein Nachfolger sein wird. Ob ich will oder nicht, ich werde früher oder später von einem Mann abgelöst, von dem meine Noch-Freundin sagen wird, daß er besser und aktiver ist als ich.

Das klingt aber sehr pessimistisch, bemerkte ich.

Und du redest wie ein billiger Therapeut, sagte Gabriel.

Wir waren unterwegs nach Neumünster, der aufgeklärte Kavalier wollte sich einen Nachfolger für seinen verendeten Fiat Ducato zulegen, er hatte sein Glück im Internet versucht und geflucht, weil er feststellen mußte, daß die Gebrauchtwagen teurer geworden waren, er stieß auf schöne Fotos und tolle Fahrzeugbeschreibungen, und dann auf einen Fiat Ducato Maxi, mit dessen Besitzer er sich in einem Dorf traf. Die Reifen des Autos waren so gut wie platt, die Stoßstangen und der Auspuff waren mit Draht festgebunden, die Motorhaube ging nicht richtig zu, und der Rost blühte an den Türen. Die Besichtigung endete mit einem kühlen Abschied, der Besitzer war fest davon ausgegangen, daß Gabriel den Fiat kaufen würde, und als der sich kaufunwillig zeigte, hatte er nicht mit deftigen Bemerkungen über langhaarige Kieler gespart, die aussehen würden wie Rübezahl. Gabriel war sowieso in einer unheiteren Stimmung gewesen und hatte den Mann einen elenden Dorftölpel genannt, sie hatten sich gegenseitig beschimpft, bis ihnen die Schimpfworte ausgegangen waren, und dann waren sie auseinandergegangen.

Neumünster galt als Räubernest, nach dem Niedergang der Tuch- und Lederindustrie hatten sich die Beherzten auf ein wirtschaftliches Freibeutertum eingelassen, sie betrogen und bestahlen nicht, sie hatten aber ziemlich rabiate Vorstellungen von Handel. Das machte sie nicht unbedingt beliebt, die Kieler sahen auf die Neumünsteraner herab, und die Neumünsteraner hielten die Kieler für verhinderte Hanseaten, der Haß auf Hamburg schweißte die Landeshauptstädter und die Kleinstädter zusammen: Hamburg und Elmshorn/erschuf der Herr im Zorn, riefen sie im Chor, wenn ein Hanseat wieder einmal die Nase rümpfte über den Provinzpöbel. Bei aller Feindschaft waren aber gewisse Feinheiten zu berücksichtigen, ein Hamburger unterschied sich von einem Hanseaten dadurch, daß er in Hamburg lebte, wohnte und seine Arbeit hatte, er glich jedoch nicht jenen Pfeffersäcken, die nur dumm und spröde waren und bei jeder sich bietenden Gelegenheit die halbvolle Champagnerflöte vor die Linse einer Kamera hielten. Gabriel haßte die Hanseaten, und er liebte Neumünster, weil fast alles billiger war als in Kiel.

Wir rollten langsam auf das ehemalige Postgelände, zwei flache Werkbauten begrenzten auf der einen Seite den großen Platz, dahinter ragte der Klinkerschlot der Feuerverzinkerei, und auf der anderen Seite, links neben der Einfahrt, stand eine Arbeitsbaracke, in deren Räumen Männer an aufgebockten Tapeziertischen saßen. Ein Mechaniker stand vor der geöffneten Motorhaube eines alten Daimlers, und als wir ausstiegen, sah er kurz zu uns herüber, schaute aber schnell wieder weg, das ist ein Mercedes 420 SE, sagte Gabriel, taugt nichts, frißt viel Sprit. Wir waren auf dem Autopfandgelände, Männer, die sich an Freudenmädchen verschleudert hatten, versetzten ihre Autos, um für eine kurze Weile flüssig zu bleiben, und meist konnten sie das Pfand nicht einlösen, am Ende hatten sie ihre Autos unter Wert verkauft. Der Händler bot wie ein legaler Hehler die Ware an und machte sehr gute Geschäfte. Gabriel blieb vor einem VW-Lastentransporter stehen, auf dem Hartplastikschild war der Preis mit zweitausendachthundertneunzig Euro ausgewiesen, ich verstand nichts von Autos, und Gabriel wußte das.

Der LT ist zu einem Wohnmobil umgebaut worden, sagte er, das Tolle daran ist: Außenlänge gleich Innenraum. Die Schlafkabine befindet sich oben im Aufsatz. Sehr schlecht. Wer will nachts in einem Sarg liegen? Ich jedenfalls nicht ... Du siehst aus wie vom Baum geschüttelt, reiß dich mal zusammen!

Mir geht's prächtig, sagte ich und folgte ihm in die Arbeitsbaracke, die Empfangsdame war keine Frau, aber ein Mann, der aussah, als hätte er mit zwei Kornglasböden und Draht seine Brille gebastelt, er starrte durch seine Brenngläser auf uns, und als wir stutzten, wandte er sich ab und vertiefte sich in die Lektüre der Preisliste, die er seltsamerweise mit dem Daumen abfuhr, Gabriel ging an ihm vorbei, und da er nicht aufgehalten wurde, folgte ich ihm in die halbverglaste Kabine des Chefs, der ein guter Bekannter Gabriels war, ich schüttelte seine Hand, und er bestellte Kaffee für uns alle. Er sah furchteinflößend aus, es gab Männer, die großtaten, aber nichts weiter waren als Attrappen eines Messerhelden, und dann gab es Männer wie diesen Autohändler, der nie in die Leere austeilte, er hatte sich im Laufe der Jahre jede Regung der Schwäche aus dem Leib gedrillt, denn er glaubte, daß der Quell der Miseren die Schwäche wäre. Sein kahlgeschorener Schädel wurde vom Neon der Lichtleiste beflackert, hinter ihm steckte die geneigte Stange einer Südstaatenfahne im Metallsockel – der Händler war hart, er ging einem Gelderwerb nach, der rabiate Auftritte erforderlich machte. Eine Handspanne über seinem Kopf hing ein Schild an der Wand mit der Aufschrift: Geld sorgt für eine große Reichweite.

Ich brauche ein Auto, sagte Gabriel.

Einen LT? sagte der Händler.

Ja und nein, sagte Gabriel.
Das gibt's bei mir nicht zu haben.
Ein Kombi täte es auch.
Hab' ich nicht im Angebot.
Und einen LT?
Hab' ich Ende nächster, Anfang übernächster Woche im Angebot, sagte der Händler.
Preis? sagte Gabriel.
Können uns einigen.
Hoffentlich etwas weniger als das Übliche.
Jeder will seinen Hintern an die Heizung bekommen, stellte der Händler fest.
Und, ist's besser geworden? sagte Gabriel.
Ich spür' die Kälte in den Knochen, sagte der Händler, früher hab' ich jeden im Ring umgehauen, bis ich ohne Gegner dastand. Das Amateurboxen ist das Wahre. Heute dreh' ich andre Dinger. Ich schwätze wie ein Hotelpikkolo und rede mit Typen, die ihre Schuhe mit Spucke polieren.
Schlecht, sagte ich, der Autohändler schaute mich an, und als er sicher war, daß ich keine weiteren Bemerkungen machen würde, wandte er sich Gabriel zu.
Dein bester Kumpel hat ein Problem, sagte er.
Ich bin anwesend, sagte ich.
Du hast ein Problem, sagte der Händler, du kannst was dagegen tun. Klopf' die Vene in deiner Armbeuge auf und spritz' dich glücklich.
Ich verstehe nicht.
Genau, sagte der Ex-Amateurboxer, es verstrichen einige Minuten, in denen ich mit mir kämpfte: Sollte ich zu einer Gegenrede ansetzen und meine Rede mit einer Weisheit beginnen? Gleich getan ist gut gespart, könnte ich bemerken, denn der Mann war vor allem ein Geschäftsmann, der mich aus irgendwelchen Gründen nicht sympathisch fand, doch ich hatte das Gefühl,

daß nichts und niemand ihn von diesem ersten Eindruck abbringen konnte, den er von mir gewann, als wir drei uns vor Monaten getroffen hatten. Er hatte es damals ausgesprochen, er mochte keine Geschäftsmänner, die ausstiegen, um vom sauer verdienten Geld zu zehren, Geld wurde nicht aufgebraucht, Geld wurde investiert, und wer gegen diese Logik verstieß, war in seinen Augen ein Rummelplatzboxer, den man mit einem Faustschlag zu Boden strecken konnte. Dummerweise hatte ich ihm damals widersprochen, und seitdem glaubte er, ich hätte ein durchaus lösbares Problem, als Beispiel für lösbare Probleme hatte er einen Jungen in der fünften Klasse erwähnt, der mit dem langen Fingernagel seine Initialen in das weiche Holz der Schulbank ritzte, der Händler war damals auch Grundschüler und war auf den Jungen zugegangen und hatte ihn ermahnt, nach der dritten Ermahnung hatte er ihm auf den Kopf gehauen und somit das Problem aus der Welt geschafft.

Wie wollen wir verbleiben? sagte Gabriel.

Ich ruf' dich an, wenn's soweit ist, sagte der Händler und erhob sich, er verdeckte mit seinem Körper das Schild mit seinem Leitspruch, ich schüttelte ihm die Hand, Gabriel und ich stiegen in den Wagen und fuhren weg.

Er will Baggeranhänger in sein Sortiment aufnehmen, sagte Gabriel, er weiß nicht, ob das eine gute Idee ist, deshalb ist er auch etwas verspannt.

Man muß ihn auf höhere Dosis setzen, sagte ich, ich rechne immer damit, daß er mir die Nase bricht.

Wieso sollte er das tun?

Befedert die Pfeile, rief Gabriel plötzlich aus, denn es kommt der Wind auf, der die Feindesgesänge aus hundert mal hundert Lagern zu uns herbeiträgt!

Hör' auf mit dem Blödsinn.
Ich bin glücklich, bald habe ich mein eigenes Auto.
Was soll ich tun?
Mal' dir einen Steckbrief über deine Traumfrau, sagte er.
Sie ist es, glaube ich.
Wie heißt sie eigentlich?
Tyra, sagte ich, die weibliche Form von Thor.
Interessant.
Wieso?
Die Frauen und ihre Namen, sagte Gabriel, sie können ja nichts dafür, ihre Eltern suchen sich möglichst originelle Namen aus. Aber mit der Zeit gleichen sich die Frauen ihren Namen an.
Bei uns Männern ist es doch nicht anders, sagte ich.
Stimmt schon.
Und, wie klingt Tyra?
Nicht spießig, sagte Gabriel, sie wird sich wohl selbst ihre Meinung bilden wollen, immer. Auch bei der Suche nach dem Nachfolger ihres Mannes. Na ja, ich bezweifle, daß du ganz oben auf ihrer Liste stehst.
Sie hat keine Liste, sagte ich.
Woher willst du das wissen? Du kennst sie doch gar nicht.
Das hat sie mir in ähnlichen Worten auch gesagt.
Und?
Ich glaube, ich kenne sie besser, als sie wahrhaben will, sagte ich.
So etwas Blödes habe ich schon lange nicht gehört, sagte Gabriel.
Du hast dich doch auch in die Südländerin verliebt.
Richtig. Und wer sitzt jetzt auf dem Beifahrersitz?
Ich, sagte ich, und nicht sie. Ich verstehe schon. Es muß doch mal klappen, es muß doch ein einziges verdammtes Mal möglich sein. Ich habe mal abgerichtete

Flöhe gesehen, die auf Ameisen durch die Miniaturmanege geritten sind. Flöhe reiten Ameisen, stell' dir das mal vor!

Tu ich gerade, sagte Gabriel.

Es wird gutgehen.

Diese Tyra ist kein abgerichteter Floh, sagte Gabriel, ich bitte das zu bedenken.

Er ließ das Gespräch einschlafen, natürlich, ich hätte gerne die Hand um eine scharfkantige Glasscherbe geschlossen und so lange gedrückt, bis das Blut durch die Finger gesickert wäre, es ging nicht vorwärts und nicht rückwärts, ich aß trank schlief, jeden Tag, ich sprach schwieg schluckte die Worte herunter, jeden Tag, die Worte, die ich mir zurechtgelegt hatte für den bestimmten Tag, fädelten sich zu immer länger werdenden Sätzen, und es ging doch nur um eine Frau unter vielen – die Zweifel fraßen mich auf. Wie seltsam, wie seltsam, ich sehnte mich nach meiner Liebe, ich sehnte mich danach, daß sich die Fährten endlich kreuzten, ich sehnte mich danach, daß die schäbigen Kulissen mir aus dem Blick rückten, Bühnenbilder, vor denen die Frauen und die Männer ihre Verweigerungs- und Entsagungstexte aufsagten. Wie hatte es ein Arbeitskollege von mir an der Börse genannt? Die Anästhesie des Moments. Genau. Er hatte seine frisch gewaschenen Hände unter den Trockner gehalten, und während noch das Wasser von seinen Fingern tropfte, hatte er den einzigen und wahren Grund angeführt, wieso wir alle uns in einen Traum einsiegelten: Man legt ein Sandkorn in die Muschel, und daraus wird eine Zuchtperle, und was fühlt das Sandkorn? Betäubt und selbstvergessen ist es, es fühlt nichts, die herrliche Blödheit hat es durchdrungen ... Wir, mein Junge, hatte er mit einem Seitenblick auf mich gesagt, schöpfen Wert aus den Wunschträumen der Menschen. Im finsteren Wald macht der Förster die armen Tiere kalt. Wer ist der Förster? Wer ist das arme Tier? ...

Aufwachen, sagte Gabriel laut, ich schreckte zusammen.

Ich habe nicht geschlafen, sagte ich.

Der Autohändler, mußt du wissen, hat früher nicht nur Kerle im Ring geprügelt, er hat auch noch nebenbei dafür gesorgt, daß die Kerle außerhalb des Rings gedacht haben: Der Mann vollführt keinen Eiertanz, er schlägt zu, und das war's.

Ein ehrlicher Faustkämpfer, sagte ich.

So in etwa, fuhr Gabriel fort, wenn du denkst, jetzt kommt wieder eine Frauengeschichte, dann liegst du falsch. Er stellt seine Freundinnen nicht vor.

Genauso wie du.

Alte Neumünsteraner Schule, sagte Gabriel, ich habe ihn jedenfalls noch nie tändeln sehen. Auch in der Zeit, als er von Sozialhilfe lebte, hat er sich nach anderen Möglichkeiten umgeschaut.

Ein Ex-Kollege von mir war ähnlich hyperaktiv, sagte ich.

Er wird mir das richtige Auto verkaufen, und in ein paar Wochen habe ich die Südländerin vergessen.

So einfach?

Ja, so einfach.

Dann war's nicht die große Liebe, sagte ich.

Es kam ihr sehr nahe, verdammt nahe sogar. Ich bin zwar halbtot vor Kummer, aber ich habe auch meine stillen Reserven.

Wohin fährst du?

Du hast es hinter dir, ich stecke mittendrin, sagte er, ich muß Geld verdienen.

Ich komme mit.

Gabriel lenkte den Wagen am großen Einkaufstempel vorbei, wechselte die Spur und fuhr bei Gelb an der großen Kreuzung mit dem sechsstöckigen Geschäftshaus nach rechts, fast hätte uns ein Rechtsabbieger gerammt, der Fahrer überholte uns hupend, ich sah auf den Friedhof mit der hohen Steinmauer, eine pompöse Familiengruft erhob sich aus dem Feld der Grabsteine, eine kleine Trauergemeinde zog langsam in Richtung der Sitzbank, auf der meine ehemalige Freundin saß, immer an Sonntagnachmittagen, und an einem schönen Sommertag hatte sich ein elender Spanner hinter einer Eiche versteckt und sich befriedigt, sie hatte ihn viel zu spät bemerkt und dann einen Vogelschrei ausgestoßen, der den Mann in die Flucht schlug. Sie wußte nur, daß der Kerl einen langen Mantel trug und sich das Licht an seinen Bartstoppeln brach, es blitzten kleine Lichtglimmer in seinem Gesicht, sagte sie damals, und ich hatte es für ungewöhnlich befunden, es hatte mich angewidert, dieses Detail hätte ihr nicht auffallen dürfen, denn der Voyeur war damit kein wirklich anonymer Täter mehr. Ich war derart zornig gewesen, daß ich davon gesprochen hatte, die Perversen, die Kinderschänder und die Vergewaltiger sofort an die Wand zu stellen, sie sollten büßen, wer bei einer widerlichen Tat erwischt wird, muß hart angegangen werden, sagte ich und kam mir dabei kein bißchen dumm vor. Natürlich hatte sie eine Anzeige gegen Unbekannt wegen sexueller Belästigung erstattet, und dann hatte sie mich einen Prothesengott genannt, nach Freud war das ein lächerlicher Mensch, der die Gottgleichheit anstrebte. So viele Prothesengötter liegen unter der Erde, dachte ich, dort auf dem Friedhof, und endlich schaltete die Ampel auf Grün, Gabriel fuhr einmal um den Block und fand in einer Seitenstraße einen Parkplatz. Ich wartete neben ihm, bis er den richtigen Schlüssel am Schlüsselring gefunden hatte, er schloß auf und stieß sich drin gleich an der CD-Kiste mit den Sonderangeboten, er konnte sie gerade noch an einer Kante festhalten, und ich half ihm die nächste halbe Stunde, die vollen Kartons aus dem Weg zu schaffen, schließlich hatten wir einen kleinen Durchschlupf zum Kassentresen freigelegt. Er nahm auf einem Barhocker Platz, ich setzte mich auf den zweiten Hocker und stützte die Füße auf dem kaputten Lautsprecher, von dem Gabriel seit zwei Jahren behauptete, er könne ihn reparieren, nur fehlte ihm einfach die Zeit. An den Wänden standen hohe Regale, in die Gabriel die CDs nicht etwa nach der Musikrichtung sortiert hatte, sondern nach dem Einsatzgrad der Elektrogitarre, der neumodische Kram, wie er es nannte, wurde von ihm in Bananenkartons gesteckt, und wer wollte, konnte stöbern und eventuell etwas nach seinem Geschmack finden. Gabriels glorreiche Tage als Verkaufsgenie waren eindeutig vorbei, er hielt die Stellung. Auf meine Frage nach dem Sinn seines Plattenladens hatte er auf Grabinschriften auf dem Friedhof in Koldenbüttel hingewiesen, die, von dem jeweiligen Namen und Familiennamen abgesehen, immer nur aus drei Wörtern bestanden:

Hans Kroll
Hic resurrectionem expectat
(Hier erwartet Hans Kroll die Auferstehung)

Gabriel wartete also auf und erwartete die Auferstehung in seinem Geschäft, und es galt, mit kleinen Geschäften die Zeit zu überbrücken, doch es kamen fast nur Menschen herein, die aussahen wie Strandgutsammler, und sie wollten nicht kaufen, sondern verkaufen, sie legten den Stapel CDs auf den Ladentisch, bekamen einige wenige Münzen in die Hand gedrückt und hasteten nach draußen, um ihre kläffenden angeleinten Hunde zu überbrüllen, und nachts schlichen die Jugendlichen herum, die Dockarbeiterwollmützen tief ins Gesicht gezogen, sie schrieben mit Filzmarkern Spott- und Spuckparolen auf den Teil der Fassade, der für sie zugänglich war, sie wollten sich nicht strecken, sie wollten im Vorbeigehen möglichst schnell irgendeinen Unsinn hinkritzeln. Die Hausfront war frisch mit Sandstrahler gereinigt worden, draußen die prächtige Fassade, hier drin Gabriel, der die Briefumschläge aufriß und nach einem Blick auf die Rechnungen die Wangen einsog, ich schaute weg und hinüber zu dem Kleidersupermarkt für Arme auf der anderen Straßenseite, die schöne Kassiererin mit dem Pferdeschwanz brach eine Rolle auf und ließ die Münzen ins Kassenfach fallen. Ich wußte zufällig, daß sie in einen Jungen vernarrt war, der sein Haar links scheitelte, mehr fiel mir zu ihm nicht ein, sie finanzierte ihm das Leben – ich traute ihm zu, daß er aus dummem Übermut Katzenschwänze abflämmte und sich deshalb für unschlagbar hielt.

Gabriel griff zu einer Plastikdose, zu seiner pinkfarbenen Plastikdose, holte zwei kalte Teebeutel heraus und legte sie auf die dicken Augen, dann lehnte er den Rücken gegen die Säule, an der aus Zeitungen und Zeitschriften ausgerissene Katastrophenfotos klebten.

Was machst du da? sagte ich.

Ich wende mich, wie die Buddhisten sagen, meinem inwendigen Lehrer zu. Eine schöne Stille hatte sich gerade über mich gesenkt, doch dann hast du angefangen zu quatschen.

Wie war sie so?

Die Südländerin?

Ja.

Sie hatte die Angewohnheit, Kaugummis nicht auszuspucken, sondern herunterzuschlucken. Sie hat sich über den Taubendreck beschwert. Sie ging auf eine komische Weise, als ob sie Fuß vor Fuß setzte. Sie stellte die Füße auf die Fußrasten ihres Mopeds, und ich dachte jedesmal: Mein Gott, ist das toll.

Wie habt ihr euch kennengelernt?

Gabriel drückte die kalten Teebeutel auf seine Augen, legte den Kopf in den Nacken und hielt sich dabei an der Tresenkante fest. Er blieb still.

Ich fragte, wie ihr euch ...

Ja, ich hab' dich gehört. Sie stand auf der Straße, ich habe sie in einer Menge erblickt, sonderbar, nicht wahr? Ich nahm nur Silhouetten wahr, die an mir vorbeihuschten, sagen wir einmal, mir ging's an dem Nachmittag nicht gut, Schmerzstöße in meinem Kopf, und erst sah ich ... genau ... erst sah ich eine hochschwangere Akkordeonspielerin, sie hatte das Akkordeon um die Schulter geschnallt, und sie streckte den Leuten einen Plastikteller hin, klar, in ihrem Zustand kam sie nicht an die Tasten, ihre Bettelei machte Sinn, sie verschwand in der Menge, und da sah ich sie, und ich hatte auf einen Schlag sehr viel Gefühl in der Brust, sie strich sich das Lipgloss nach, und ich hielt den Atem an. Ich lud sie zum Essen ein, klar habe ich sie angesprochen, auf anglosüdländisch, sie schaute mich ernst an, und bald saßen wir in einem Restaurant, und der Kellner brachte uns Spaghetti auf braunem Pergament. Sie war aufgewühlt, weil sie aus der Zeitung erfahren hatte, daß ein Neunzehnjähriger mit einer Tasche voll Zementstaub nach einem Popsänger geworfen hatte, den sie anhimmelte, ich habe die Einzelheiten behalten, einige Fans wurden wegen Atembeschwerden behandelt, eine Frau bekam sogar einen Asthmaanfall, sie erzählte mir das alles, mir gefiel die Geschichte nicht wirklich, weil darin eben dieser blöde Popsänger vorkam, den sie abgöttisch verehrte, aber, nun ja, sie sprach zu mir, und das war die Hauptsache ... Hat dir einmal eine Katze ins Gesicht geatmet?

Was? Nein, sagte ich.

Mir schon einmal. Mir fehlten die Worte, als es mir geschah. Als wir, die Südländerin und ich, in diesem Lokal saßen, dachte ich, mir bläst eine Katze ihren Atem ins Gesicht.

Das ist aber ein seltsamer Vergleich, sagte ich.

Na und? Womit soll ich sie sonst vergleichen? Etwa mit einer Kohlmeise, die auf meinem Ohr wippt?

In den Himmel über dem Supermarkt, in dem die pferdeschwänzige Schöne an der Kasse saß, hatte sich ein düsterer blauschmutziger Horizontstreifen gezeichnet, und ich fand an der Vorstellung Gefallen, daß ich hier in dieser vollgestellten Grotte Gabriels unerreichbar war, der Signalstärkebalken auf meinem Handydisplay war unten, es würde sich auch kein Mensch hierher verirren, um aus dem sonderbaren Sortiment Platten oder CDs herauszusuchen, ich sah hinab auf den von Brandlöchern zernarbten Linolboden, und in einem Spiegelsplitter neben dem Hockerbein sah ich einen Zipfel Schnürsenkel, die Sohle meines rechten Schuhs spiegelte sich im Splitter. Das war meine schöne kleine Welt, mein kleines Leben.

Gabriel richtete sich plötzlich auf, die Teebeutel fielen ihm von den Augen, er stürmte hinaus, wählte eine Nummer und ging beim Telefonieren auf und ab, dann beendete er das Gespräch und stürmte wieder herein.

Wußte ich's doch, rief er aus, die Ü-30-Party ist heute.

Ü? sagte ich.

Die Über-Dreißigjährigen. Die Enddreißiger werden wohl die Jüngsten sein.

Und was machst du da?

Die Frage lautet: Und was machen wir beide dort? Es ist ein Ball der einsamen Herzen. Wir sind nicht in Berlin oder München, dort gehen die Sitten anders, die Leute sind aber unglücklicher als die Menschen in Kiel.

Also: Wir werden auf der Party natürlich auftauchen, und in den drei bis vier Stunden, die wir dort verbringen, werden wir sehen, ob sich eine Frau für uns interessiert.

Das ist doch vulgär! sagte ich.

Ach ja? Du klingst wie eine bürgerliche singende Säge. Der Paarungsaufwand ist nicht vulgär, er ist notwendig. Ich schlüpfe in ein sauberes Hemd und kämme mir die Haare. Ich bezahle das Eintrittsgeld und setze ein tapferes Gesicht auf.

Man wird uns genau ansehen, was wir vorhaben, sagte ich.

Es ist eine Art Fest, stellte Gabriel fest, die Frauen sind keine Damen von reizbaren Nerven, sie fallen nicht bei unserem Anblick um.

Ich bin verliebt.

Lass' die Schwärmereien. Komm mit.

Ich versprach es ihm, es wäre mir falsch vorgekommen, zu kneifen. Ich stieg die Treppen zu meiner Wohnung hoch, im Treppenhaus roch es, als hätte man mit einer alten Jacke gefeudelt, ich legte den Mantel nicht ab, ich setzte mich auf das Sofa und zündete die rote Kerze an, ich hatte nur eine einzige rote Kerze, wahrscheinlich hatte eine Frau sie mir geschenkt, die Zugluft ließ die Flamme flackern.

Als es an der Tür klingelte, fuhr ich aus dem Schlaf auf, die Kerze war bis zur Hälfte heruntergebrannt, ich blies sie aus und fuhr mir durchs Haar. Gabriel hatte sich tatsächlich für den besonderen Anlaß feingemacht, er freute sich, im Gegensatz zu mir kostete es ihn keine große Überwindung, fremde Frauen anzusprechen und eine Abfuhr zu bekommen. Ich sollte das schmutzige Geschirr im Ausguß waschen, dachte ich noch, und dann zog ich den Gürtelriemen durch die Schließe, rieb heftig mein Gesicht und folgte ihm, er hatte sich vorgenommen, sich in Träume zu stürzen, unverbraucht, unverdrossen – wir fuhren durch ein verwüstetes Gebiet, die lange Schnellstraße wurde von halbverrotteten Häusern gesäumt, deren Ziegeldächer im Nachtblau flirrten, auf den Gehwegen umgekippte Einkaufswagen und verschmorte Plastikcontainer, die Alten, die hier wohnen bleiben mußten, nahmen sich in acht vor den sogenannten Pinkeldieben: Es klopften ein Mann und eine Frau an der Tür, sie hatte große Übung darin, alleinstehenden Rentnerinnen Vertrauen einzuflößen, er sah aus, als arbeitete er in einer staatlichen Behörde, und so kam es oft dazu, daß eine alte Frau die Türkette aushängte und das nette Ehepaar hereinließ. Er verwickelte die Rentnerin in ein Gespräch, sie fragte höflich und durfte die Toilette aufsuchen. In Wirklichkeit durchsuchte sie das Wohnzimmer und die Küche und steckte das Geld aus der Vorratsdose ein. Die Anwohner in diesem Viertel waren mürrisch, aber den falschen Menschen gegenüber leichtgläubig; Männer wie Gabriel jagte man davon, ihre Haarschnittverweigerung machte sie in den Augen der frisiersüchtigen Anwohner zu Terroristen. Tatsächlich sah dieses Viertel aus wie das wüste Hinterland einer Front, an der die Männer und Frauen geschworen hatten, sich totzuschuften für Bier und Kuchen und Urlaub alle zwei Jahre. Ich hatte gut reden, denn ich hatte das Nichts gemehrt und war zu viel Geld gekommen.

Ich löste zwei Eintrittskarten, die beiden Türsteher ließen mich passieren, Gabriel mußte sich einer flüchtigen Leibesvisitation unterziehen, er ließ sich den Ärger nicht anmerken, er war es gewohnt, an den Schranken aufgehalten zu werden. Der Saal war voll und heiß, der Besitzer begrüßte mich mit einem festen Handschlag, sein Siegelring drückte schmerzhaft gegen meine Fingerknochen, und ich nahm mir vor, ihm bei der nächsten

Gelegenheit zu sagen, daß ich Bürgerliche nicht mochte, die vorgaben, einem Adelsgeschlecht anzugehören. Er hatte sich für ein Wappen entschieden, auf dem zwei Löwen eine Zypresse umstanden, und weil er wußte, daß ich vermögend war, suchte er bei jeder Begegnung meine Finger nach einem Siegelring ab. Er war dafür bekannt, daß er jeden Raum beheizte, der ihm gehörte, denn die Menschen bekamen Durst und tranken mehr als üblich, die Getränkeeinnahmen überstiegen seine Heizkosten um ein Vielfaches. Gabriel und ich schoben uns durch das Gewühl und konnten dann endlich in eine freigewordene Lücke am Tresen drängen. Auf einem Regalbrett hinter dem Barkeeper waren leere Champagnerflaschen aufgereiht, ich las die Namen auf den Etiketten: Taittinger, Veuve Clicquot, Charles Lafitte, Jacquart, Louis Roederer, Heidsieck & Co – es gab eine Zeit, da ich nichts las, aber viel trank, und ich hatte mir eingeredet, daß ich mich jeden Abend auffüllen mußte, um am nächsten Morgen bestehen zu können.

Schlamm, sagte Gabriel, zum letzten und dritten Mal: Ich hätte bitte gern Schlamm.

Gibt's nicht, sagte der Barkeeper.

Du kannst doch Cola mit Vanilleeis mischen, sagte Gabriel, das kann jeder.

Haben wir nicht, sagte der Barkeeper und wandte sich mir zu.

Einmal Kirschbanane mit ganzen Haselnüssen, sagte ich, Sie wissen schon, die Nüsse schwimmen im oberen Bananensegment.

Wenig später stellte er uns zwei Gläser Cola und ein hohes Wasserglas mit zerbrochenen Salzstangen hin, und es nützte auch nichts, daß Gabriel ihn darauf hinwies, daß wir weder betrunken waren, noch betrunken aussahen.

Du hättest ihn nicht duzen dürfen, sagte ich.

Blödsinn, sagte Gabriel, der Mann mag uns nicht. Wir haben Eintritt bezahlt, wir haben ein Getränk frei, wahrscheinlich ist er von dem falschen Adligen angewiesen worden, so wenig Alkohol wie möglich auszuschenken.

Und? sagte ich, bist du jetzt glücklich.

Klarer Fall von Männerüberschuß, sagte Gabriel und ließ den Blick schweifen, mal sehen, ich habe kein schlechtes Gefühl.

Die Musik lief leise, schließlich war das eine Party für nicht mehr junge Männer und Frauen, und sie waren hierhergekommen, um sich zu unterhalten, es wimmelte von zahmen Stachelrochen, die im bauchtiefen Wasser schwammen und auf Fischreste hofften, und mein Blick fiel auf einen Mann, der aussah wie ein toter Delphin im Treibnetz, er sah gut aus und war gut angezogen, er hatte es doch nicht nötig. Vielleicht hatte ihn das Glück verlassen, oder er mochte kleine überschaubare Abenteuer erleben, das Gute hält seine Farbe bis zum Ende, dachte er bestimmt, so wie ich, ich war ein erlahmter Egoist der Extraklasse, damals aber, noch in Brot und Lohn, ließ ich mir den Schweiß auf der Stirn von der Sekretärin abtupfen. Eine Frau mit Gretchenschnecken ging vorbei, hielt im Schritt inne, drehte sich um und blickte auf Gabriel, der wiederum die grüne Wäscheklammer an ihrem Revers anstarrte, und dann traf ihn die Lustwucht, anders konnte ich es nicht nennen, er streckte sich, er strich die Strähnen aus der Stirn, er schob den rechten Fuß vor, ich war mir sicher, daß die Frau es genau mitbekam, und ob der Wucht der Lust Gabriels verwandelte auch sie sich unmerklich, der Luststoß ließ sie ihre Kopfhaltung ändern, sie neigte ihn leicht zur Seite, die Oberlider zogen sich hoch, sie und Gabriel waren keine dummen Fische mehr, sie waren Reptilien auf dem Land. Er vermied einen Eingangsfehler und gab ihr nicht die Hand, sie nickten einander zu, Gabriel vermied den zweiten Nachfolgefehler und bat sie nicht an den Tresen, er ging mit ihr mit, sie übernahm die Führung von Anfang an, und als Gabriel auch nicht den Fehler machte, ihren Bannkreis von einem halben Männerschritt zu durchbrechen, wußte ich, daß sich sein folgender Paarungsaufwand lohnen würde – sie würde ihn mit nach Hause nehmen. Die grüne Klammer war ein Erkennungszeichen, sie hatten sich also verabredet, und es machte für mich plötzlich Sinn, daß Gabriel ein Hemd im Zigeunerbaron-Rot angezogen hatte, diese Farbe war aus der Mode gekommen, er fiel damit auf. Ich schaute mich um, es waren einige Frauen mit einem Figurproblem im Saal, doppelt so viele Männer versuchten ihren Bauch mit übergroßen Hemden über der Hose zu kaschieren. Ich bestellte einen Kirschsaft, den ich diesmal bekam.

Hallo, sagte eine Frau neben mir, ich hatte in die andere Richtung geschaut, und als ich sie anschaute, sah sie nervös weg, sie wollte nicht, daß ich auf das mittelgroße Schönheitsmal über ihrer Oberlippe aufmerksam wurde.

Hallo, sagte ich.

Es hört sich blöd an, aber ich kenne dich irgendwoher, sagte sie.

Du kommst mir auch bekannt vor, sagte ich, jetzt hab' ich's, die Ausstellungseröffnung.

Stimmt, rief sie aus, die Malerin ist deine Freundin.

Nein, sagte ich.

Daraufhin verfiel sie in Schweigen, sie wußte, daß ich wußte, daß sie es wußte: Ich hatte soeben die Liebe für eine Nacht zugegeben, die Malerin war bekannt dafür, also konnte ich davon ausgehen, daß sich die beiden Frauen nicht besonders gut kannten.

Ist es dein erstes Mal? sagte sie.

Ja. Mein bester Freund hat mich mitgenommen.

Und wo ist er jetzt?

Er hat wohl eine Frau gefunden, sagte ich.

Was, so schnell? sagte sie.

Sie hatten sich vorab für diese Party verabredet, sagte ich, es ist also ein bißchen geschummelt.

Und du? sagte sie

Ich unterhalte mich mit dir, sagte ich, du hast übrigens ein wirklich aufregendes Schönheitsmal.

Sofort strich sie sich über die Stelle in ihrem Gesicht, gleichzeitig taxierte sie mich mit einem forschenden Blick, ich hielt ihm stand, und als sie sich davon überzeugte, daß ich es ernst meinte, lächelte sie mich an. Sie war wirklich eine schöne reife Frau, sie trug nur Jeans und eine kurzärmelige Bluse, und dann mußte ich überdenken, was ich über sie gedacht hatte: schöne reife Frau, ich war eindeutig altmodisch.

Tanzt du?

Überhaupt nicht, sagte ich, leider.

Das ist aber schlecht. Ich bin nicht zum Reden gekommen. Tut mir leid.

Sie ging weg, sie machte sich auf die Suche nach einem aufregenderen Mann, ich kam nicht in Frage. Es wurden bekannte Sehnsuchtslieder gespielt, und immer mehr Frauen drängten auf die Tanzpiste, und ich sah Gabriel mit der Frau einen Engtanz versuchen, ihre Gretchenschnecken wippten hin und her, bald tanzte sie mit dem Rücken zu ihm, er war nun einmal ein miserabler Tänzer, er hielt ein weiteres Lied aus und steuerte den Tresen an.

Sie kann mich gerne haben, sagte er, sie tanzt einen anderen Mann an. Und weißt du, wer dieser Mann ist? Ihr Ex-Freund.

Sie versöhnen sich wohl gerade, sagte ich.

Dafür habe ich mich also gewaschen und geputzt.

Woher kennst du sie? sagte ich.

Sie ist die Ex-Freundin des Kumpels eines Kumpels, sagte Gabriel.

Und was sollte das mit der Wäscheklammer?

Ich kenne sie, aber sie gab vor, mich nicht zu kennen. Wir haben uns erst am Telefon unterhalten. Ich dachte, Mensch, die Frau hat aber wirklich eine tolle Stimme ... Übrigens, die Südländerin, sie konnte wie ein Meisterkoch ein Ei am Pfannenrand zerschlagen.

Dich hat's erwischt.

Gib mir zwei Wochen, und ich habe diese Liebe ausgeschwitzt.

Bleiben oder gehen? sagte ich.

Natürlich wollte er bleiben, es wäre ihm wie ein überstürzter Rückzug vorgekommen, hätte er jetzt das Feld geräumt, ich griff nach einem freien Barhocker und legte meinen Mantel auf das Sitzpolster, dann bestellte ich zwei große Gläser Mineralwasser, es war furchtbar heiß, es gab viele mißmutige Männer, die keine Frau an ihrer Seite hatten und das Bier in großen Schlukken tranken, man mußte aufpassen, daß die Stimmung nicht umschlug, ich mußte mich vor Männern in acht nehmen, die einem Umstehenden das Leben herauspressen, wenn sie ihren Willen nicht bekommen. Sie wollten sich nicht schon wieder einen Wunsch versagen müssen. Vier Lieder später kam die Frau mit der grünen Wäscheklammer zurück, diesmal blieb sie am Tresen stehen, ihr Ex-Freund schaute aus einiger Entfernung finster herüber, er sah aus, als wollte er beim geringsten Anlaß eingreifen. Ich rückte von der Frau ab, sie bat Gabriel einen Schritt zur Seite, wir bewegten uns wie Straßenpantomimen, die ein modernes Ritual nachtanzten, sie legte ihre Hand um Gabriels Nacken und sprach ihm ins Ohr, und da ich in ihrer Nähe war, konnte ich jedes Wort verstehen. Mein Ex-Freund ist sehr mühsam, sagte sie, ich werde mit ihm alleine nicht fertig, er verfolgt mich, ich versuche mich ihm zu entziehen, aber es klappt nicht. Sie wollte weiterreden, doch Gabriel löste sich vom Tresen und ging zu dem Mann, der in ihm einen Nebenbuhler sah, er sprach zu ihm, und sehr bald fing der Mann an zu nicken, dann kam Gabriel zurück, hakte sich bei mir unter und zog mich mit sich ins Freie, aus dem Augenwinkel sah ich, wie die Frau und der Mann auf der Tanzpiste zueinanderfanden. Bald saßen wir im Auto, und Gabriel fuhr ziellos durch die Stadt.

Erzähl, sagte ich.

Es ist doch alles klar, sagte er, die Frau sucht irgendeinen Mann für ihren Ex-Freund.

Was?

Die beiden sind auseinander, er bekniet sie und bettelt um einen Neuanfang. Sie weiß nicht so recht, was sie will, also legt sie es auf ein Experiment an: Sie lacht sich einen Nachfolger an, jedenfalls tut sie so, als wäre sie an einem neuen Mann interessiert. Dieser Mann soll aber nur saubermachen. Er soll für den Ex das sichtbare Symbol dafür sein, daß es vorbei ist. Wenn der Ex sie zurückerobern möchte, muß er über die Leiche des Neuen gehen. Sie schaut sich den Hahnenkampf an, und am Ende verliebt sie sich in einen dritten Mann.

Das hast du alles in der kurzen Zeit begriffen? sagte ich.

Nein, sagte Gabriel und blieb eine Weile stumm.

Es ist also nur eine Vermutung.

Richtig, sagte er.

Und was hast du dem Kerl ins Ohr geflüstert?

Ich habe ihm erzählt, daß ich mich für Frauen nicht interessiere.

Nein!

Doch.

Du siehst nicht sehr schwul aus, sagte ich.

Das kann man heute nicht sicher wissen, sagte Gabriel.

Was glaubst du, was die beiden jetzt tun?

Ist mir egal. Ich bin nur sauer, weil sie mir den schönen Abend verhagelt haben.

Du hast dich geputzt und ein frisches Hemd angezogen, sagte ich lächelnd.

Und ich werde ganz sicher nicht nach Hause gehen und schlechte Laune kriegen. Wir fahren dahin, wo die Unterdreißiger sind.

Die Alten bestaunen die Jugend, dachte ich, wir würden uns wieder an nichtalkoholischen Getränken festhalten und aus Angst vor Entgleisungen einen Punkt über den Köpfen der tanzenden jungen Meute anstieren, in den Augen der Zwanzigjährigen ist jeder Mann über dreißig tot oder müßte eigentlich auf Krükken gehen, wir würden sie in diesem Glauben bestärken, denn wir wären erstaunt, wir wären über unsere aufkeimende Lust, ohne Aufschub und Angabe besonderer Gründe verrückt zu spielen, peinlich berührt, und trotzige Enddreißiger, die wir waren, würden wir unseren Blick senken und die in Maßen enthemmten jungen Frauen ansehen, erst flüchtig, dann mit großem Interesse, und weil wir Meister darin waren, sinnlose Versuche und lieblose Ausgänge zu durchleben, würden wir uns fragen, wer es uns verböte, eine junge Frau als Freundin zu haben. Doch waren es nicht fast ausnahmslos lächerliche alte Männer mit Geld, denen man nicht verzieh, weil sie sich auf Studentinnen einließen, nein falsch, weil sich Studentinnen auf sie einließen? Die Alten waren reich, sie waren erfahren, und ihre Erfahrung nützte ihnen gar nichts, sie hatten über die Hälfte ihres Lebens hinter sich und wollten nicht länger als Prospektständer der Weisheit angesehen werden. Reine Gefühle. Ein gerührtes Herz. Es drang nicht zu ihnen durch, zu den Spöttern, sie sahen in den Männern nur schröpfende Herren, denen man das Maul verlöten sollte. Ich war achtunddreißig Jahre alt, und ich mußte mir mit Daumen und Zeigefinger einige wildwachsende Augenbrauenhaare rupfen, vor dem Spiegel, alle paar Wochen, ich war achtunddreißig und konnte den kleinen Bauch beim Sitzen nicht mehr einziehen; ich strich mir Falten in den Pullover über dem Bauch, denn dann konnte ich mir weismachen, daß nicht das Fleisch, sondern der Stoff an meinem Makel schuld war.

Die Tropfenbahnen an der Windschutzscheibe schlierten zur Seite, Gabriel schaltete die Scheibenwischer auf höchste Frequenz, und etwas später stiegen wir aus dem Auto und hinab in den großen Keller eines ehemaligen Kulturzentrums, das man auf die Bedürfnisse der neuen unverbrauchten Generation umgestellt hatte. Wir stellten uns an den Bartresen, bestellten und zahlten und nahmen unsere großen Wassergläser mit in eine Nische im Halbdunkel, wir hatten den Tisch ganz für uns allein, hier an diesem Ort stand oder tanzte jeder, der was auf sich hielt. Ich nahm einen großen Schluck und einen weiteren, ich lehnte den Kopf an die speckige Nackenrolle, und es gefiel mir, nur zu schauen und keine Hoffnungen zu hegen, ich hoffte nur, daß ich für alle, die sich die Mühe machten, mich wahrzunehmen, bloß ein neutraler Wassertrinker war, ein Mann im zerknitterten Anzug, ein Mann, der hier nur sein Feierabendwasser trank. Sie tanzten. Sie stießen Schreie aus. Sie amüsierten sich.

Wir fallen nicht sonderlich auf, sagte Gabriel.

Das ist schön, sagte ich.

Ich sehe keine bekannten Gesichter.

Ich kenne die Frau am Tresen.

Sie hat ein einnehmendes Wesen, sagte Gabriel, hattet ihr was miteinander?

Nein, sie liebt Frauen.

Wirklich wahr?

Natürlich, sagte ich.

Die Musik gefällt mir, sagte Gabriel, ich könnte glatt dazu tanzen.

Tu's doch.

Dann würde ich auffallen. Und du würdest dich wegen mir schämen.

Du hast ein schönes Hemd an, sagte ich, ich bin stolz auf dich.

Wieso tanzt du eigentlich nie? sagte Gabriel.

Männer sollten nicht tanzen, sagte ich, ich meine, solche Männer wie ich. Außerdem habe ich einmal einen Kurs für Standardtänze belegt.

Und, hat es geholfen?

Ich tat es wegen meiner damaligen Freundin.

Ich tanze zwar selten, sagte Gabriel, aber ich tanze. Bereut habe ich es bisher nicht.

Du schüttelst deinen Kopf und schlackerst mit den Armen. Das ist kein Tanz.

Ach ja?

Du schüttelst dich öffentlich, sagte ich, und trampelst auf der Stelle.

Ach, sagte er und noch einmal: Ach.

Etwas Neues hatte angefangen, was tat ich hier, was tat ich, was war ich und was gab ich vor zu sein, was war mit mir los, wieso tat ich nichts, weshalb verwarf ich es, was sollte dieses Spiel, dieses verdammte Spiel, war ich abgeklärt, ich war nicht abgeklärt, und ich schlief in den letzten Tagen mit jeder Frau, die mich wollte, was war los, wieso, verdammt noch mal, tat ich es, ich liebte sie nicht, diese netten Frauen, die Erbarmen mit mir hatten, was war ich, ein mieser kleiner Geschäftemacher, wieso machte ich Liebe wie Geschäfte, was tat ich, worin versank ich, dieses Leben, nichts als mein Leben um mich herum, und es war ein Wall, was waren das für kleine Schritte, die ich machte, falschfalschfalsch, alles ging in die falsche Richtung, ich war das nicht, dieser miese kleine Mann im Anzug und mit einem großen Wasserglas in der Hand, was dachte ich da, was nutzte es mir, was brachte es mir ein, zu denken: über die Alten, über die Viertel der Ängstlichen, was war los, ich saß und machte Scherze, nichtsnichtsnichts, einen Dreck tat ich, ich war Dreck, und diese Musik, und die Verliebten, und ich nichts weiter als der Abgestürzte, der im Spiegel verschwand, wie ging das weiter, immer weiter, Tag für Tag, nichts als schlechtes Essen, nichts als Luft und Luft und Luft, wenn ich nach jemandem greife, ich feiger feiger Hund, nichts als miese schlechte Luft, und ich: einsneunundsiebzig Meter Luft, was tat ich hier, was starrte ich fremde Männer fremde Frauen an, was schlief ich schlecht, weshalb schwitzte ich im Schlaf, ein Herz, ein verdammtes dummes Herz, es schlägt und schlägt und schlägt und

Ich liebte sie.

Schluß.

5

Plötzlich fing es an zu hageln in der fremden Stadt, die Körner fielen in schrägen Strichen vom Himmel und prasselten auf die Wagendächer, auf die Regenschirme, auf die barhäuptigen Männer, die es satt hatten, sich vor leeren Rängen ans Herz zu fassen, und nun zeigten sie, daß man sie nicht beherrschen konnte, die Eiskörner trafen sie hart, ihre Gesichter schwollen an, es dauerte nicht mehr als ein paar Minuten, und als die Sonne von den Wolken freigegeben wurde, traten die Fußgänger aus ihren Unterständen hinaus auf den Bürgersteig. Eine schöne Frau nach der anderen ging einfach weg, zurück blieben die kleinen Helden, sie holten ein Herrentuch aus der Hosentasche, bückten sich umständlich, klaubten die schmelzenden Eisklumpen vom Pflaster, zerrieben sie und preßten das nasse Tuch auf die schmerzenden Stellen. Und dann schaute ich hoch, im zweiten und dritten Stock der Häuser mit dem neuen Anstrich spielten die Menschen Fenstertheater. Sie kämmen sich, sie putzen das Silberbesteck, sie sitzen neben ihrem Nähkästchen und treiben die Nadel blind in den Stoff, und immer wieder geht ihr Blick nach draußen, nach unten auf das aushäusige Leben, dachte ich, und dort oben bespie ein Kind aus dem Erkerfenster einen angeleinten Hund, der das Scherengitter vor dem blinden Schaufenster anbellte, er sprang aus dem Stand hoch, kläffte in der Luft und fiel wie gestaucht auf seine vier Pfoten, der Knoten, mit dem die Leine an der Ampelstange gewickelt war, löste sich, und der Hund flitzte die Straße herunter. Ich wandte mich zu der Tschechin neben mir und wies mit dem Finger auf ein Schild, das auf dem Küchenfensterbrett einer ebenerdigen Wohnung stand, das Email war an den Kanten zersprungen, und die langen Wörter zierten Zeichen und Tupfer.

Sie schaute kurz und konzentriert hin und sagte: Laut Bahnordnung ist es untersagt, Schaustellungen zu veranstalten oder trotz des Einspruchs eines anderen zu musizieren ... Ich glaube, die sinngemäße Übersetzung ist mir gelungen.

Sie war schon eine eigenartige Frau, ihre langen blonden Haare fielen ihr vorne auf die Schultern, hinten hatte sie sie mit messingfarbenen Nadeln zu einer Knotenknolle hochgesteckt, und wann immer sie sprach, warfen sich ihre Lippen leicht auf, und ich sah Lippenstift an ihren Zähnen. Deutsch war ihre Muttersprache, war es doch nicht, ich hatte es nicht richtig verstanden, vorhin, bei ihren Vorstellungsworten auf offener Straße, hatte ich nur darauf geachtet, ob sie wirklich jene biedere vertrauenswürdige Person war, als die sie mir die Hotelrezeptionistin geschildert hatte. Sie war eindeutig keine Frau, der ein mißtrauischer Tourist vertraute, sie sah aus wie eine bleiche Stummfilmpianistin, bei der Begrüßung hatte ich ihr die Hand gereicht, sie hatte eingeschlagen und mir sofort die Hand wieder entzogen. Jetzt nestelte sie an einer Mappe mit Ziehharmonikafalz, vielleicht befanden sich darin Blätter, auf denen sie Touren skizziert hatte, ich war ja nichts anderes als ein Mann, der hergereist war, um alles anzustarren, bestimmt sah sie in mir eben diesen Typ von Mann ohne rechte Lust, sich länger als nötig mit diesem Ansichtskartenstädtchen zu befassen. Sie steckte in einem dunkelgrauen Rock mit Faltensaum, ihre weiße Bluse war bis zum Kragen hochgeknöpft, und über den Sonnenbrillengläsern wölbten sich gezupfte Brauen. Sie roch nach Puder. Sie achtete auf eine halbe Armeslänge Abstand zwischen uns beiden, um jedes Mißverständnis auszuräumen: Es war mein Geld und es waren ihre Tschechischkenntnisse, die uns zusammengeführt hatten, nur wegen dieses Geschäftsverhältnisses spazierten wir gemeinsam durch die Straßen Prags. Für drei Tage war sie meine Übersetzerin, und für einen geringen Aufpreis wollte sie mir schöne Plätze in dieser Stadt zeigen – kein Totentourismus, hatte ich gesagt, ich will nicht den Spuren eines Dichters folgen, und ich will auch keine verfallenen Friedhöfe besuchen, das alles interessiert mich kein bißchen, seien Sie einfach nur mein Blindenhund, bitte. Sie war wohl daran gewöhnt, daß ihre Kunden seltsame Wünsche äußerten, und ich bildete in ihren Augen keine Ausnahme, ich war zum ersten Mal in meinem Leben in Prag, der Ostblock war zerfallen, und neue Staaten waren entstanden, früher sprach man von der Tschechoslowakei, jetzt von Tschechien, das Wort war in der Mitte gebrochen worden, mehr mußte ich nicht wissen. Auch den Namen meiner Übersetzerin mußte ich nicht wirklich behalten, sie war hell und ich war dunkel, und wir gingen nebeneinander wie ein zerstrittenes Paar, wie Eheleute ohne die Hoffnung auf eine baldige Versöhnung. Ich hatte sie auch gebeten, einen großen Bogen um geschlossene Räume zu machen, in denen man konservierte Kultur bewundern konnte, keine Kunst, keine Geschichte, kein Theater. Sie war zusammengezuckt, und ich hatte nicht nachgehakt.

Sind Sie Geschäftsmann? sagte sie.

Ich war einer, sagte ich.

Rentner?

Ja, das gefällt mir, sagte ich, ich bin ein junger Rentner.

Machen Sie sich über mich lustig?

Nein.

Sie wollen nicht wissen, was ich mache?

Ich denke, Sie sind Übersetzerin, sagte ich.

In der Hauptsache bin ich Schauspielerin, sagte sie und trat nach einem Stöckchen.

Jetzt wäre es an mir gewesen, das Eis zu brechen, sie nach ihrer Arbeit zu fragen, doch ich blieb stumm und starrte zwei Männer an, die im Gehen ihre Krawatten lockerten. Sie behielten ihre kleinen Wunder für sich, ihre Verstörungen, die heilenden Vorfälle, bei denen sie sich auf die Lippen gebissen hatten. Unvertraut war ich ihnen, und wären sie Frauen gewesen, hätten sie mir gegenüber jegliche Zurückhaltung abgelegt, weil ich der war, der ich war, nämlich ein Durchreisender, der sich abends in sein Hotelzimmer zurückzog und am Fenster stand, die Lamellen der Jalousie in Augenhöhe auseinanderknickte und komisch wurde, weil er auf leere Straßen herunterstarrte. Sie hielten den Mund, die Männer, sie lebten und lebten, und das war die Hauptsache. Ich mußte schneller werden, ich mußte aufhören, in alle Richtungen zu spähen, es kam vielleicht noch, und als wollte ich es gleich umsetzen, begann ich größere Schritte zu machen, sie paßte sich nicht an, ich wurde ungeduldig und drehte mich nach ihr um.

Was ist, sind Sie fußlahm?

Haben Sie es eilig? sagte sie seelenruhig.

Ich hasse es, zu schlendern. Der nächste Hagelschlag kommt bestimmt.

Nein, sagte sie, das ist vorbei. Morgen ist auch noch Zeit für Schlechtwetter.

An diesen ihren Sätzen merkte ich, daß sie selten Deutsch sprach, bestimmt übersetzte sie Redewendungen eins zu eins aus dem Tschechischen ins Deutsche, und weil sie eine Schauspielerin war, fiel es ihr auch nicht schwer, in der jeweiligen Sprache eine Rolle einzunehmen, die wenig mit ihrem wahren Wesen zu tun hatte. Oder ich lag völlig falsch.

Sind Sie jetzt eine Deutsche oder nicht? sagte ich.

Ich bin in Ihrem Land aufgewachsen, sagte sie, ich kam kurz nach dem Zusammenbruch des alten Systems hierher.

Und? Schön?

Ja, schön, sagte sie.

Eine große Frau im knöchellangen Nerzmantel auf Stöckelschuhen kreuzte unseren Weg, und ich mußte bei ihrem Anblick an die Empfehlung des Meisterkochs denken, der sich dazu herabließ, aus der Küche zu kommen, sich an meinen Tisch zu stellen und mit starkem Akzent auf ›das herrliche Menü‹ hinzuweisen, Hirschragout geköchelt mit Campari und Lebkuchengewürzen. Natürlich war ich ein höflicher Fremder, und natürlich entschied ich mich ohne Zögern für das Fleisch in Würztunke, und natürlich schmeckte es großartig. Als ich aber mit der übergroßen Papierserviette meine Mundwinkel abtupfte und mein Hemd auf Soßenspritzer musterte, kam ich mir plötzlich furchtbar idiotisch vor, meine Tugend war doch die Tauglichkeit, die meiste Zeit dämmerte ich dahin, und selten spürte ich eine Kraft, die mich befähigte, mutig zu werden. Gestern, in diesem Restaurant für Amerikaner und tschechische Neureiche, hatte ich eine überzeugende Vorstellung gegeben, die Bedienung, der Koch, die Gäste hatten mich nicht als den Täuscher erkannt, der ich war. Aber ich täuschte sie alle. Ich haßte das Extravagante.

Meine Fremdenführerin roch nach einem Duft mit einem schwungvollen Namen, ich kam nicht auf den Namen des Parfüms, sie roch nach schwarzer Johannisbeere, gemischt mit Rose, wahrscheinlich hatte ein extravaganter Herr mit eindeutigen Absichten ihr das teure Duftwasser geschenkt. Ich sah sie von der Seite heimlich an, sie war eine korrekte Person, sie hielt Büstenhalter, die ihre Brüste nach oben drückten, für einen Schwindel, der den Männern nicht zumutbar wäre. Sie starrte der Frau im Nerzmantel hinterher, und als hätte sie den Blick gespürt, drehte sich die große Frau um und blieb seltsamerweise stehen, dann überquerte sie die Straße und wartete, bis wir aufgeschlossen hatten. Ich bemerkte, daß sie den Lippenstift großzügig aufgetragen hatte, um den Effekt eines großen Mundes zu erzielen, alles an ihr war extravagant, die Stiefel, die dunkelblauen halbtransparenten Strumpfhosen, der Rock, der ihre Hüften eng umschloß, die falschen Wimpern und der Pelz, dessen Ärmel bis zu ihren Fingerspitzen reichten. Die beiden Frauen kamen sofort ins Gespräch, sie mußten sich kennen, die Frau im Nerz versuchte eine vertrauliche Geste, doch meine Übersetzerin verspannte sich und ging sogar einen Schritt auf Abstand, und als die große Frau daraufhin nicht abließ, zu meiner Tschechin wie zu einem Kind zu reden, ließ sie sie einfach stehen und winkte mich herbei, wir gingen weiter, und ich folgte einem Impuls und drehte mich um, die große Frau schaute in unsere Richtung, sie hatte sich nicht von der Stelle gerührt.

Heute haben schöne Frauen Kinder, sagte die Tschechin an meiner Seite, und nach einer kurzen Pause sagte sie: Dann lassen sie sich scheiden. Es geht einfach nicht mehr. Die Männer, die sich in sie verlieben, nach der Scheidung, müssen die Kinder in Kauf nehmen.

Haben Sie ein Kind? sagte ich.

Die schönen geschiedenen Männer, sagte sie.

Hat Ihre Bekannte ein Kind?

Sie hat vor allem einen katastrophalen Lebenswandel, sagte sie.

Sie kleidet sich sehr vornehm.

Sie meinen den Nerzmantel?

Nicht nur, sagte ich und zählte auf, was mir an ihr aufgefallen war.

Sie hat einen hohen Preis, sagte sie.

Ich hätte sagen können: Ach, so ist das! oder auch: ich verstehe, aber ich blieb stumm, das Huhn tanzte auf der Pfanne, es hüpfte wegen der Hitze, mehr war nicht dran. Hätte ich das Kompliment ausgesprochen, das mir durch den Kopf ging, wäre die Tschechin vielleicht mindestens wütend geworden, ihre Bekannte war eine Frau, die die Blicke der Männer auf sich zog, und was änderte daran der Umstand, daß sie als Escort-Hosteß ihren Lebensunterhalt verdiente.

Sind Sie geschieden? sagte ich.

Seien Sie mir nicht böse, sagte sie, ich möchte Sie nicht näher kennenlernen. Lassen Sie uns daher vernünftig sein.

Ich bin doch vernünftig.

Wieso interessieren Sie sich für meine näheren Umstände?

Da, schon wieder, sie sprach wie eine Auslandsdeutsche, ich nannte sie aber trotzdem im Geiste eine Tschechin, sie war es jedenfalls über den langen Aufenthalt in Prag geworden.

Ist das eine schöne Stadt? sagte ich.

Komische Frage, sagte sie, das müssen Sie selbst entscheiden.

Jedenfalls sind Sie hier heimisch geworden.

Ich lebe und wohne in Prag. Außerdem habe ich Freunde.

Mich hindert etwas daran, mich wohl zu fühlen, sagte ich.

Ich werde Sie dieser Stadt nicht vorstellen.

Ich weiß, sagte ich, Sie zeigen mir nur die schönen Plätze.

Plötzlich tauchte die große Frau im Nerzmantel wieder auf, sie stand in der kleinen Seitengasse, sie war einen Bogen gegangen, um sich uns in den Weg zu stellen, aber ich war ihr egal, denn sie sprach sofort die Tschechin an, aus dem Singsang ihrer Aussprache ragte eine böse Spitze, und sie wurde, ohne daß die Tschechin ein Wort hätte einwenden können, übergangslos lauter, und dann griff sie sich zwischen ihre Beine und ließ die Hand dort ruhen, während sie mit fast knurrender Stimme schimpfte, ich war Teil dieser peinlichen Straßenszene, ein besseres Freudenmädchen und eine Fremdenführerin standen sich gegenüber, und ich hatte das Gefühl, daß auch ich Gegenstand ihrer grotesken Auseinandersetzung war, denn die Hand der Tschechin schoß vor, umschloß das Handgelenk der großen Frau und zerrte sie weg von der Stelle, auf die ein fremder ausländischer Mann nicht aufmerksam gemacht werden durfte. In der Zeit, da all das geschah, blickte mir die schöne große Frau unverwandt in die Augen, ich hielt ihrem Blick stand. Und wieder forderte mich die Tschechin auf, fortzugehen, sie griff sich einen Zipfel meines Jacketts und führte mich weg. Nach einigen Minuten blieb ich stehen.

Sie sagen mir jetzt, was das soll. Sofort. Oder ich zahle Sie aus und suche mir eine andere Fremdenführerin.

Sie ließ sich Zeit mit ihrer Antwort, sie schaute sich um, nickte, setzte an und schüttelte aber dann den Kopf.

Können wir das nicht später erledigen?

Nein. Jetzt.

Sie können sich vorstellen, womit sie ihr Geld verdient.

Seien Sie nicht so spießig, sagte ich, sie ist eine Edelprostituierte, das habe ich schon verstanden.

Und Sie war einmal eine gute Freundin von mir. Ich habe den Kontakt abgebrochen, weil sie versucht hat, mich ... auf ihre Seite zu ziehen.

Kann ich ihr nicht verdenken, sagte ich, Sie sehen gut aus, Sie würden viel Geld machen. Sie wären nicht auf solche Idioten wie mich angewiesen, die Sie als Gesellschaftsdame mieten.

Ich bin für Sie also eine Gesellschaftsdame?

Sie wissen, wie ich es meine.

Sie schwieg sich über mein Kompliment aus, und ich war schon kurz davor, mich dafür zu entschuldigen, daß ich sie für spießig befunden hatte, da erzählte sie von ihrer kleinbürgerlichen Erziehung und davon, wie sehr sie sich wünschte, davon wegzukommen, und für einige Minuten schämte ich mich, weil meine Worte sie zu dieser Erklärung bewogen hatten, ich war in meinen Ansichten vormodern und empfand auch sonst wenig Lust, mich zu einer modernen Einstellung durchzuringen, ich kam nach Prag und machte mir das Leben mit meinem Geld leichter, hier war sie, hier war eine Frau, die sich von wildfremden Kerlen wie mir fades Lob und faden Tadel anhören mußte.

Morgen, sagte sie, morgen abend bespiele ich einen Hinterhof. Das heißt, ich bin eine von vieren, wir sind eingestellt für eine Vorstellung von einer halben Stunde. Ich bekomme einen guten Lohn dafür. Also, wenn Sie kommen, kommen Sie.

Ich komme, sagte ich lächelnd.

Wieso grinsen Sie?

Es ist nichts, sagte ich, ich komme gern. Werden Sie mich abholen?

Keine Mißverständnisse. Ich warte vor dem Hotel auf Sie. Wenn Sie fertig sind, steigen Sie die Treppen herunter und treten ins Freie. Dort treffen Sie auf mich.

Es ist der richtige Zeitpunkt, sagte ich, ich glaube, ich muß Ihnen hier und jetzt sagen, daß Sie sich vor mir nicht in acht nehmen müssen. Sie sind für mich eine Unberührbare. Ich hege keine falschen Hoffnungen.

Das wissen Sie und ich. Das wissen aber nicht die Menschen um uns herum. Irgendwann verlassen Sie Prag, ich bleibe zurück. Dann möchte ich nicht meine Zeit damit vertun, böse Gerüchte zu entkräften.

Die Prager klatschen sehr gerne, stellte ich fest.

Nicht mehr als anderswo auch, sagte sie.

Die nächste Zeit war ich damit beschäftigt, ihr zu erklären, was genau eine Gesellschaftsdame war, mir ging auf, daß ich es selber nicht genau wußte, eine Gesellschaftsdame ist eine Frau, die ein Mann um ihre Dienste bittet, weil er in die Gesellschaft aufgenommen werden will, sagte ich und wußte aber im gleichen Moment, daß das falsch war, eine Gesellschaftsdame ist eine Frau, setzte ich erneut an, die dem Mann Gesellschaft leistet in einer für ihn fremden Umgebung – auch das klang nicht richtig. Eine Gesellschaftsdame, sagte ich, ist eine Dame, die sich auskennt in vielen Gesellschaften ... ich hielt inne, dachte über das Gesagte nach und schüttelte den Kopf. Ein Kunde, der von einer Hosteß begleitet wird, erhofft sich doch auch, von der bezahlten Bettpflicht einmal abgesehen, eine gewisse Anerkennung, die er in den Augen anderer Männer liest, wenn er mit ihr ein Restaurant betritt. Dieser Gedanke war zu lang und zu kompliziert, als daß er stimmen konnte, ich gab es auf und winkte ab, eine Geste, die sie nicht gut aufnahm, und ich fühlte mich verpflichtet, diesen meinen letzten Gedanken auszusprechen. Ich machte mich zum Idioten. Ich sollte am besten den Mund halten und mich allein mit anerkennenden Schnalzern bemerkbar machen, das hielt mich vielleicht davon ab, die Tschechin noch mehr zu verwirren. Ein Barbar an ihrer Seite war ihr Zumutung genug.

Die lange Dauer meiner Verschonung war vorbei, ich beobachtete die gestauchten und krisenmüden Tschechen, denn tatsächlich waren sie von den vielen Tagesanfängen, da sie aus dem Bett gefallen waren, körperlich gezeichnet. Mein deutsches Geld schloß die Türen auf, brach jedes Schloß auf, fast immer. Die Menschen, die sich auf ein Gespräch mit mir einließen, glaubten, die europäische Münze wäre deutsch geprägt, und daß sie ihre alte Währung hatten behalten können, brachte für sie keine Erleichterung, sie waren wieder einmal entzweigebrochen worden, ihre Stadt war eine abendländische Bastion, und man traute ihnen aber keine Vollständigkeit zu. Die Ausländerschwärme in Prag waren willkommene Feinde, sie kamen und gingen, sie kamen und gingen, das Geld verfing sich in den ausgeworfenen Netzen, und manchmal verfing sich auch ein Feind, der im Laufe der Zeit von den Abgasen, von der Verachtung und vom Geschwätz verätzt wurde ... diesen Feind nahm man, später als in manchen anderen Städten, dann endlich als Fremden auf, und der Fremde war meistens ein Mann, der sich in eine Tschechin verliebt und sie geheiratet hatte, nach dem Ritus und den Bräuchen des Landes. Wenn es wackelt, hält man sich fest, sagten die Diasporadeutschen, wir gehen nicht auf festem Grund, und wann immer uns ein bitteres Wort entfährt, empfiehlt man uns, dorthin zurückzukehren, wo wir uns auf sicherem Boden bewegen können. Und die Tschechin, die mich die meiste Zeit begleitete, sagte: Diese Stadt ist verkommen. Nicht vollkommen. Man brüstet sich damit, daß man es gut getroffen hat mit dem Fluß, mit dem Schloß, mit der Erde, auf der die Stadt steht. Sie tat dabei so, als würde sie eine vertrauliche Mitteilung machen, sie war ja nur vage daran interessiert, mich aufzuklären über die Dinge, und sie meinte damit Menschen und ihre Gegenstände. Spielen bis man blutet, nannte man es in den Wirtshäusern und auch in den feineren Bierstuben, unsere Schuld wäscht kein Regen aus, brüllten die Betrunkenen, ihnen fiel es nicht ein, sich so klein wie möglich zu machen, um so wenige Schläge wie möglich abzubekommen. Ich hörte sie eine Art Preisgesang anstimmen, sie saßen auf harten Bänken und sangen ein Durchhaltelied aus dem vorletzten Jahrhundert, ein Kater strich ruhig um ihre Füße, er war so dick, daß es ihm schon den Schweiß ins Fell trieb, wenn er die Krallen ausfuhr. Unter den Sängern und Säufern war auch ein Pflastermaler, der gelegentliche Geliebte der Tschechin, komischerweise trug er einen tiefhängenden Nietengürtel über der schwarzen Hose, und er kaute Gewürznelken, ich sah seine Kiefer immer mahlen. Die in duftendem Zirbelholz vertäfelte Stube war ein Rückzugsort der Einheimischen, manchmal brachte man einen Fremden mit, und der Fremde schaute auf die teerfleckigen Filter auf dem Boden, er schaute auf die verwarzte Hand des alten Kellners, der über die Wachstuchdecke wischte und roch, als würde er jede Nacht seine Kleider einmotten, und er schaute auf das wundepilierte Kinn der Frau, die man hier drin den Wirtshausengel nannte. Über ihr hing ein Gratiskalender an der Wand, und sie streichelte einen kaputten Tischstaubsauger neben sich auf der Bank, in den, wie die Tschechin mir erklärte, die Seele ihres vor Jahren verstorbenen Dackels hineingefahren war, und tatsächlich hing vom kurzen Plastikrüssel des Saugers eine samtene rote Leine herab, in die Schlaufe am Boden hatte der Engel mit den verklebten Wimpern die Schuhspitze gesteckt. Sie nennt ihren Hund, von dem wir alle wissen, daß er kein Hund ist, Zirkuszuckerzasterzottel, sagte die Tschechin, die Engelin muß sich die Wartezeit vertreiben, worauf sie wartet, wissen wir alle nicht, eine Frau muß mindestens ein Geheimnis für sich behalten, eine Engelin aber zwei ... Eine Engelin, dachte ich, schönes falsches Wort, eine Engelin ist ein überirdisches Wesen, und vielleicht beherrscht diese wunderliche Frau irgendeine Magie, kraft derer sie den Teer Dutzender Zigaretten am Tag überlebt.

Nach Meinung der Tschechin entsprang das Wissen der Bieralkoholiker einer trüben Quelle, wenn es vor ihren Augen funkelte und flirrte, erstarrten sie und rechneten jeden Augenblick damit, daß die Erde sich auftat, und selbst dann würden sie auf der Kante der Spalte sitzen und ihre Beine baumeln lassen. Es packte die Tschechin eine Wut, daß sie einen irren Blick bekam, sie saß in einem dunklen Wirtshaus, und wir waren auf einen Vorschlag von mir hergekommen, die Schreie, die Gesänge, die glimmenden Männeraugen machten sie zornig, auf jede Frage, die ich stellte, ließ sie eine Pause voller Groll folgen, um mit gepreßter Stimme festzustellen, daß wir es hier nicht mit Helden des Volkes zu tun hatten, und sie verstünde nicht, wie denn ›würdelose‹ Poeten in den Gedichten diese saufenden Ultrapatrioten in ein mildes Licht tauchen konnten. Diese Menschen, sagte sie, ich kenne sie, sie schuppen am Steiß.

Was?

Bist du glücklich unter diesen Leuten?

Nun, setzte ich an, sie stören mich nicht, und ...

Ja, wie weiter? sagte sie.

Sie sind unbürgerlich.

Und du bist bürgerlich, stellte sie fest.

Durch und durch, sagte ich.

Und das Gegenteil von dir ist gut?

Schau' sie dir doch an, sagte ich, sie tragen Streifenhemden wie Geschäftsmänner, sie haben die Ärmel hochgekrempelt, und ihre Jacketts haben sie, wie es sich gehört, über dicke Haken gehängt.

Wie es sich gehört, wiederholte sie.

Also sind sie nicht unbedingt das Gegenteil von mir, sie sind mir sogar sehr ähnlich.

Daraufhin verstummte die Tschechin, und jedesmal wenn die Eingangstür in den Angeln quietschte, schaute sie auf und blickte schnell weg, um dem eingetroffenen Mann keinen Anlaß zu bieten, mit ihr grob flirten zu wollen. Ein Volk, das aus einer Wurzel gewachsen war, sah anders aus – sie hatte es auf dem Herweg behauptet, komplett verkommen, hatte sie ausgerufen, komplett gelöscht das Feuer, da ist kein Liebesbrand mehr, wer liebt, kommt um, alle Hochzeiten, alle Lieben, aller Patriotismus bloß noch berechnet und bilanziert, wie kann man sich nur gemein machen mit den Tölpeln aus dem Westen; ihr seid, wie ihr seid, und deshalb sind wir nicht, wie wir waren, und wir streuen Pfeffer in die Kerzenflamme und flüstern neue Gebete, es ist so lange her, daß ich mich gefragt habe, ob ich ins Paradies komme. Diese Säufer sind dir ähnlicher, als du glaubst, das stimmt ...

Wir waren also zum Du übergegangen. Der Kellner hielt eine große Dose Schlechtlufteliminator hoch, schüttelte sie und drückte auf den Sprühknopf, im Nu roch es süßlich nach Frucht, ich versuchte, durch den Mund zu atmen, und als nichts half, trank ich das Glas Wasser leer, für das ich soviel bezahlen mußte wie für zwei Gläser Bier.

Ich kann mich nicht für diese Menschen verbürgen, sagte sie leise.

Ich versuche, es zu verstehen, sagte ich.

Diese verrückte Frau hat kein Unglück erlebt, sagte sie, es ist ihr nichts geschehen, was rechtfertigt, daß sie eine kleine kaputte Maschine streichelt. Auch die anderen, diese lauten Tschechen, haben den Bruch ohne Schaden überlebt. Das Alte verging, es verging wie ein Leben. Sie saufen, als müßten sie einen schlimmen Kummer vergessen. Sie tun es für die Fremden.

Wieso? sagte ich.

Sie wittern die Fotografen, sagte sie.

Es war ihr anzumerken, wie sehr es ihr zusetzte, einem bürgerlichen Fremden die Details der Unzucht und der neuen Ordnung erklären zu müssen, dabei war ich doch nur verwirrt, mich quälte unsinnigerweise die Frage, ob sie eine Deutsche oder eine Tschechin war, mich quälte der Durst, und ich zermarterte mir den Kopf darüber, ob mein Aufenthalt in Prag sich lohnen würde, ja, ich dachte wie ein ehemaliger Börsensöldner, ja, mich gingen das Alte und das Neue nichts an, wichtig war nur ... wichtig war der Lohn. Die Verrückte stand auf, knöpfte sich den Mantel zu, griff vorsichtig nach dem Tischstaubsauger, und als sie unseren Tisch erreichte, wandte sie sich plötzlich zu mir, sprach einige Worte und warf mir aus nächster Nähe den Staubsauger ins Gesicht, ich spürte einen stechenden Schmerz über den Augen, ich deckte sie mit den Händen ab und legte mich auf der Bank auf die Seite, und als ich kurz danach auf meine Hände sah, entdeckte ich Blut, es zerlief in meiner Braue und rann in mein rechtes Auge, ich erhob mich, hielt mich an der Tischkante fest, lief in Richtung der Toilette, ich achtete nicht auf die Rufe hinter meinem Rücken, ich schüttelte den Kopf, als der Kellner mich stützen wollte, ich schob die Tür mit der Schulter auf, sah in den Spiegel, mein Blick war verschliert, also spritzte ich mir immer wieder kaltes Wasser ins Gesicht, immer wieder kaltes Wasser, bis ich schauderte, und dann besah ich mein Gesicht im Spiegel, die Haut war an drei Stellen über den Augenbrauen aufgeplatzt, und während ich stand und starrte, lief das Blut über die Nase und tropfte auf das Waschbecken und spritzte auf das ganze Porzellan. Die Tür ging auf, und die Tschechin kam herein und stellte sich hinter mich, unsere Blicke kreuzten sich im Spiegel.

Es tut mir sehr leid, sagte sie, wirklich, du mußt es

mir glauben. Eben wegen solcher Sachen verbürge ich mich nicht für diese Menschen.

Was hat sie gesagt, vorhin, bevor sie mich attackiert hat?

Sie hat gesagt, daß sie als Jungfrau zur Welt gekommen ist und als Jungfrau sterben wird.

Dann soll sie das eben tun, verdammt noch mal.

Wir müssen dich zu einem Arzt bringen.

Nein, sagte ich, das ist mir nicht recht.

Die Wunden müssen genäht werden, sagte sie und zog an der Rolle im Papierhandtuchspender, sie riß einen langen Streifen ab, faltete ihn mehrmals an den perforierten Stellen, hielt ihn kurz unter den Wasserhahn und drückte ihn mir von hinten auf die Stirn. Ich schloß die Augen, wir regten uns nicht, jetzt quälte mich der Schmerz.

Hältst du es aus?

Ja, sagte ich, ja.

Wir werden jetzt diesen Ort verlassen, sagte sie, die verrückte Frau ist weg, die Trinker haben sie beschimpft, sie hat schließlich einen Fotografen vergrault.

Ich habe doch keinen Fotoapparat, sagte ich und ließ mich von ihr nach draußen führen, ich preßte das nasse Papier auf die Wunden und wischte mir über das sikkernde Blut im Gesicht, die Männer riefen mir etwas zu, es hörte sich an, als wollten sie mich anspornen, und als ich auf halbem Wege zu meiner Geldbörse griff, schob der Kellner meine Hand weg, ich sagte: danke, und er sagte: bitte sehr, er sang diese beiden deutschen Worte mehr, als daß er sie sprach, und ich schritt unsicher ins Freie, und wieder schoß mir der Gedanke durch den Kopf, daß die Zeit der Verschonung vorbei war, nicht erst in Prag hatte meine neue Zeit angefangen, in Prag ging es nur weiter, und es würde in anderen Städten weiterdauern.

Er knetete den Teig, bis er Ohrläppchenhärte hatte, zu keiner beliebigen Tageszeit, sondern immer dann, wenn er vergaß, was ihn umtrieb, und das geschah selten, und er lachte über die ihm von der Seite gezischten Verdammniswünsche, er sollte untergehen, so bald wie möglich, er sollte sich das Messer, mit dem man den Speck in Scheiben schnitt, in den Scheitel stecken und verrecken, in seinem verschmutzten Haus weit weg vom schönen Fluß, den er durch seine Teufelei nicht würde zum Stocken bringen. Wenn's dem Irren zu wohl wird, spuckt er in den Teig und pustet hinein und erwirkt die Auferstehung, sagten die Frauen, die sonst auf dem Markt und beim Krämer nicht so leichtgläubig waren, wenn's dem Irren zu wohl wird, bringt er die Tassen zum Hüpfen, und die Schlüssel drehen sich von allein im Schloß, und die Dachziegel werden lose, und die Schuhabsätze fallen ab, da braucht dieser Verdammte nur daran zu denken, und schon geschieht's. Der Mann, über den sich alle Frauen des Viertels unterhielten, hatte erst vorletztes Jahr seiner Frau spitzzulaufende hochhackige Schuhe zum Geburtstag geschenkt, ein unverzeihlicher Fehler, und auch seine Frau hatte mit den Worten und den Tränen gekämpft, denn sie hielt es für Aberglauben, dieses Zeichen richtig zu deuten: Schenkt der Mann seiner Frau Schuhe, so läuft sie ihm weg. Deshalb hatte sie ihm eine Münze gegeben, sie hatte sich dadurch freigekauft von dem Unglück, und die Frauen des Viertels schworen auf das Brot und das Salz und auf den Heiland, daß sie in diesen Schuhen herumgelaufen war, auch bei Regen, auch bei Schnee und Hagel, natürlich waren ihre Füßchen ungeschützt, natürlich hatte sie immer wieder Fieber bekommen, und als nichts mehr half, brach ihre Treue zu dem Verdammten, und sie schenkte ihr Herz einem jungen Schweizer Touristen, der mit seinem Backenbart einfach nur albern aussah, aber er neigte eben wegen seiner jungen Jahre nicht zu Schwermut und nicht dazu, am Tisch zu sitzen, die Bissen zu zerkauen und zu brüten. Sie verließ ihn, und eine Weile, genaugenommen ein paar Stunden lang, glaubten die Frauen des Viertels, der Verdammte hätte sie weggeteufelt mit einem Bannspruch, doch sie rief bei ihren Freundinnen in der Nachbarschaft an, nicht etwa, um Zweifel auszuräumen, aber um von ihrer wundervollen ersten Liebesnacht seit langem zu erzählen, der junge Schweizer war kein Egoist wie ihr Mann, er konnte einen Eisblock durch seine Körperwärme zum Schmelzen bringen.

Der Verdammte hatte dunkle entstellte Hände, die Haut war verknotet und verschuppt wie der Guß von Kirmesmandeln, und er hatte eine alte und eine junge Gesichtshälfte, Schatten und Licht verteilten sich in gleichen Teilen, er war am liebsten verhüllt – das alles waren Lügen der Frauen, die ihn zum Gesetzlosen erklärten, weil er öfter als zugelassen verdutzt war. Er erstarrte beispielsweise beim Anblick eines Kinderfäustlings, den man über einen Zaunpfahl gestülpt hatte. Dann sah man, dann sah eine Frau in der Nähe, wie er still eins zum anderen zählte, er bewegte stumm die Lippen, er erkannte irgendeine geheime Wegweisung, und dann ging er in ausgreifenden Schritten davon. Und schon entstand wieder ein neues Gerücht von einem Vorkommnis, das er erwirkte, seine Frau hatte neulich wieder bei den Freundinnen angerufen und ihnen mitgeteilt, daß ihr Liebhaber keine Nieren essen durfte, weil er an Gicht litt und in der Grillniere Harnsäure enthalten war, der Liebhaber hatte sie mit dieser Erklärung völlig überrascht, und ihr erster Gedanke war gewesen, daß der Verdammte bösen bösen Zauber trieb. Ein Mann, der sich nicht kämmte und die verklebten Wimpern morgens nach dem Aufstehen nicht ausstrich, durfte nicht auf das Verständnis der Nachbarn setzen. Ein Mann, der aussah, als hätte er ausgiebig in einer Dunggrube gebadet, ein Mann, dessen Ehefrau Haus und Heimatstadt verließ und der vielleicht deswegen zum wandelnden Leichnam verkam, durfte nicht hoffen, als vollwertiger Tscheche zu gelten. Denn trotz der vielen wohlhabenden Fremden wurde in dieser Stadt der Heiland angerufen, daß er die Dinge in Ordnung brachte und daß er den Verdammten zum sittenstrengen Verhalten zurückführte. Die Frauen sprachen ihm ein säuisches Wesen zu, sie rechneten immer damit, daß durch seine Taten eine offene Fehde gegen ihre Ordnung ausbrach.

Ihn gingen die bösen Gerüchte nichts an, er ließ den Teig aushärten, das war ihm wichtig. Er hatte ein Gespür für das Unheil, vielleicht auch nicht, er wollte sich gerne eine Leidenschaft einreden lassen, so wie die heilige Luitgard, eine blinde Ordensfrau, die um so heller Traumbilder sah, und in einem Traumbild hatte sich der Erlöser am Kreuz halb vom Holz gelöst, sich der zu seinen Füßen Stehenden zugewandt, und sie hatte seine Wunden küssen dürfen, sie hatte sein Blut schmecken dürfen. Dieses Bild hatte ein Steinmetz eingefangen, die Statue der verzückt Küssenden stand als Pfeilerheilige der Karlsbrücke in der Nähe der Kleinseitner Brückentürme, und jeden Tag stand der Verdammte vor dem Stein der Verzückten, schloß nicht die Augen, wie es manch ein neumodischer Pilger aus Amerika tat, sondern starrte auf das Gesicht der heiligen Luitgard. War es eine Sünde, darin die Gesichtszüge seiner entlaufenen Frau zu sehen, ja, er nannte seine Ehefrau die Entlaufene, die wenigen Menschen, mit denen er sprach, konnten es bezeugen. Es ist eine Sünde! riefen die Frauen aus, er vergleicht eine Heilige mit einer Ehebrecherin. Sie sprachen zwar gerne mit ihrer Freundin in der Schweiz, doch ihre große Erleichterung über ihre Flucht von einem vorgestrigen Mann mußten sie, weil sie bis zu ihrem Tod dableiben mußten, natürlich verurteilen. Sie würde eine Münze werden, die von Hand zu Hand ging, der junge Mann hätte sich hier in Prag dem rechtmäßigen Ehemann stellen müssen, er hätte einen Übersetzer damit beauftragen müssen, wenigstens einen langen Brief über sein Liebesfeuer vom Schweizerischen ins Tschechische zu übertragen. Was fand aber der Verdammte statt eines Briefes auf der Schwelle seines Hauses? Er trat auf den Ehering, den seine Frau abgestreift hatte, und der Ring preßte sich in eine Rille seiner Sohle, und das metallische Klacken bei jedem Schritt mit dem linken Fuß machte ihn stutzig, er besah seine Sohle, drückte den goldenen Ring heraus, hielt ihn gegen die Sonne und warf ihn später über die Brücke in die Moldau. Hatte er eine Opfergabe dargebracht? fragte sich der zufällige Augenzeuge dieser fast weihevollen Handlung, der Mann, der diese Geschichte erzählte, war nicht zufällig vor Ort, auch wenn er es behauptete, denn mittlerweile waren die jungen Männer im Viertel, die jungen Männer ohne Arbeit, dazu übergegangen, dem Verdammten heimlich nachzuschleichen, sie wurden, da sie Geschichten über den Gesetzlosen erzählen konnten, nicht mehr länger den Taugenichtsen zugeschlagen. Der Ehering der Frau lag also auf dem Grund des Flusses, und die heilige Luitgard mußte sich von einem Sünder angaffen lassen, der Stein kann sich schlecht gegen lebendes Fleisch wehren, die Heilige konnte schlecht herabsteigen und ihre steinernen Arme um den Hals des Verdammten legen, daß er in der Umklammerung erstickte, endlich erstickte.

Dann aber erschien wie aus heiterem Himmel ein junger Journalist, und er klopfte an ihre Tür und bat sie, ihm doch bitte zu erzählen, was es mit all den Gerüchten für eine Bewandtnis hatte, er war ein höflicher junger Mann, den sie sofort ins Herz schlossen, weil er sie wie Bürgerdamen und Bürgerherren behandelte, ja, in seiner Nähe und durch seine Worte glaubten sie sich in einen höheren Stand erhoben, und was sollte sie also daran hindern, ihm Tee und Gebäck anzubieten und über das Hauptvorkommnis zu berichten. Der Journalist machte sich Notizen, er versprach, ein zweites Mal zu kommen, er versprach, ihnen ein Belegexemplar der Zeitung zu schicken, er versprach, in seiner Artikelfolge auf ihrer aller Bestürzung einzugehen. Alles gelogen. Sie durften dann eines Tages die Zeitung aufschlagen und lesen, daß sie betreuungsbedürftige Pfahlbürger wären, die einen unglücklichen Mann in Verruf brachten. Die jungen arbeitslosen Männer rotteten sich daraufhin zusammen und kündigten einen Besuch im Redaktionsraum des Journalisten an; manch einer wollte rohe Gewalt nicht ausschließen, die Frauen ließen sehr schnell von ihren halbherzigen Beschwichtigungsversuchen ab. Wenige Stunden später kamen die Männer zurück, zerschunden und geschlagen, sie waren von Polizisten daran gehindert worden, die Ehre des Viertels wiederherzustellen. Sie gingen zum Haus des Verdammten, doch auch dort trieben sich seltsamerweise einige hartgesichtige Polizisten herum, und sie wurden fortgescheucht wie streunende Hausierer.

Der Verdammte knetete den Teig, bis er Ohrläppchenhärte hatte, und formte ein Gesicht, er drückte das Gesicht seiner Frau, das Gesicht der heiligen Luitgard hinein, und weil es ihm nicht an Talent mangelte, bemalte er das Teigantlitz mit wasserfesten Farben, und weil er geschäftstüchtig war, verkaufte er die Gesichter als Nachbildungen der Totenmaske der Ordensfrau. Die Amerikaner und die Japaner und manche Deutsche aus den katholischen Gegenden wollten dieses Souvenir nach dem ersten Blick sofort kaufen, sie zählten ihm die Geldscheine in die Hand, sie ließen ihn das Souvenir in Zeitungspapier einschlagen, und er bat sie, die Kopie der Totenmaske sehr behutsam anzufassen, im übrigen wären die Risse im Gesicht originalgetreu. Hier ist ein Prager nach unserem Geschmack, sagten die Touristen, und es kam nicht selten vor, daß sie sich ein zweites und ein drittes Gesicht einpacken ließen, zumal es dann Mengenrabatt gab ...

Der Mann, den sie nicht mehr so oft wie früher den Verdammten nannten, war also der gelegentliche Liebhaber meiner Übersetzerin, ich hatte ihn wegen des Nietengürtels für einen Ausländer gehalten, er war ein komischer Prager mit leicht verbrannten Händen, die er sich auch im Sitzen in die Hosentaschen steckte, und er hatte für kurze Zeit sein Glück als Pflastermaler versucht, es aber wegen der unvermeidlichen Platzverweise aufgegeben. Was konnte ich glauben und was nicht?

Es rankten sich viele Legenden und Schauergeschichten um die Statuen auf den Pfeilern der Karlsbrücke – ich hatte mich vor einigen Stunden von der Tschechin verabschiedet, ich wollte ohne ein festes Ziel vor Augen herumgehen, und doch war ich schließlich am Altstädter Brückenturm gelandet und hatte mich einer Gruppe von englischen Bildungstouristen angeschlossen. Die Fremdenführerin, eine schöne und an den Oberarmen schwarz beflaumte Frau, zeigte auf die sogenannte Kalvariengruppe, links die Jungfrau Maria, rechts der Apostel Johannes und am Kreuz der Erlöser, von einem Ende des Querbalkens zum anderen zog sich im Halbkreis eine Girlande aus goldenen hebräischen Lettern. Diese Inschrift, sprach sie, hat ein Prager Jude aus eigener Tasche anfertigen lassen müssen, sie ist ein Zeichen der Scham und der Schande und der verordneten Buße, denn der Jude hat es damals – wir befinden uns im siebzehnten Jahrhundert – an Ehrerbietung gegenüber dem Heiland mangeln lassen ... Ich wunderte mich über die bemühten Worte der Frau, ich sah in die angespannten Gesichter der alten Herren und Damen, die ihre Fotoapparate um den Hals gehängt hatten, aber nicht wie sonst Fotos schießen wollten, sie schauten hoch zum Gekreuzigten, ein Mann bewegte die Lippen, ich nahm an, daß er die Geschichte kannte und ein Gebet sprach. Der besagte Jude also, fuhr die Frau fort, hat beim Vorbeigehen nicht wie üblich den Kopf geneigt, um dem Erlöser Respekt zu erweisen, er hat sogar wider ihn gelästert, und der Frevel durfte nicht ungesühnt bleiben: Der Jude wurde dazu angehalten, seine Sühne in Worte zu gießen. Der Schriftzug, den Sie dort oben sehen, bedeutet: ›Heilig, heilig, heilig, der Gott der Scharen‹ ... Ich löste mich von der Pilgergruppe, der Wind hatte aufgefrischt, und die Brücke war eine Schneise, ich fror in meiner dünnen Sommerjacke, und als ich den Blick schweifen ließ, sah ich den ›Verdammten‹, er stand an der Ufermauer im Schatten des Pulverturms und spähte in meine Richtung, die Tschechin hatte mich mit der Geschichte über seinen Geschäftssinn überrascht, ich hatte in ihm nur einen mäßig talentierten Alkoholiker gesehen. Er hieß Jaroslav, natürlich, dachte ich, diese Stadt wimmelte nur so von Jaroslavs und Vaclavs, und als er mich fragte, ob ich schon angefangen hatte, mich zu Tode zu langweilen in Prag, dem großen Freiluftmuseum, gab ich vor, nicht zu verstehen, was er meinte. Er streckte daraufhin den Zeigefinger und wies auf die Frau mit den behaarten Oberarmen. Früher war sie eine von vielen, sagte er, na ja, sie hatte mal einen Freund, mal nicht, sie hat den Sohn eines Bonzen geheiratet und sich wieder scheiden lassen. Und dann muß irgend etwas passiert sein, ich habe lange versucht, dahinterzukommen, aber vergeblich. Plötzlich gab es einen Bruch in ihrem Leben, und sie wandelte sich zu einer frommen Magdalene, und jetzt verdient sie viel Geld damit, dumme Briten und Amerikaner zu den Stätten zu führen, von denen sie behauptet, daß der Heilige Geist dort gewirkt hat.

Jeder hat sein Leben, sagte ich einfältig.

Wie recht du hast, sagte er, du meinst wohl, das ist eine tschechische Angelegenheit, und du willst dich nicht einmischen.

Ich kenne mich nicht aus.

Missionare, Adlige, Ordensherren und ein paar zugeordnete Frauen, rief er aus, man hat sie zu Heiligen erklärt und sie in Stein gehauen und ausgestellt. Wir Tschechen sind keine großen Gaffer. Wir halten uns heraus und begaffen die Gaffer, die aus anderen Ländern herkommen.

Es gibt hier viel zu sehen, sagte ich.

Wie recht du hast, wiederholte er, wen oder was willst du sehen?

Jedenfalls keine Denkmäler.

Der Böhmische Untergang geht folgendermaßen, sagte er, stell dir vor, du bist ein Zwerg und mußt ständig darauf aufpassen, daß dich die Großwüchsigen nicht aus Versehen zerquetschen. Dann merkst du, es gibt kein Versehen, sie, die Riesen, machen es mit Absicht. Sie stoßen dich, sie rempeln dich an, und du bist dein ganzes Leben damit beschäftigt, dich bloß nicht ihnen in den Weg zu stellen. Kann das gutgehen? Nein. Ein Zwerg wird immer zerquetscht. Fazit meiner Geschichte: Man steckt die Schläge ein, und dann überlegt man, wie man die Hand bricht, die einen schlägt.

Verstehe ich nicht, sagte ich.

Dann eben nicht, stellte er fest.

War die Begegnung mit Jaroslav, dem Neppverkäufer, Zufall? Was konnte ich glauben, und was würde sich als Lüge herausstellen? Heute steckte der Verdammte in einem blauen Cordanzug, und er hatte sogar ein weißes kleines Frotteetuch in seine Brusttasche gesteckt, vielleicht lag es an dem Nieselregen, daß er an diesem Tag keine Teigtotenmasken verkaufte.

Du hast doch bestimmt schon Lendenbraten mit Knödeln gegessen, sagte er.

Hab' ich, ja.

Und haben sie dir geschmeckt?

Alles gut, sagte ich, bis auf die schwere Soße.

Wie recht du hast, sagte er, weißt du, ich trage mich mit dem Gedanken, meine Geschäfte etwas auszuweiten. Die heilige Luitgard in allen Ehren, aber sie geht mir langsam auf die Nerven. Ein anderes Gesicht muß her.

Es gibt hier sehr viele Heilige und Selige, sagte ich.

Der Schmerz und die Entzückung entstellen die Gesichtszüge ... Nein, mir schwebt etwas anderes vor. Siehst du das Kopfrelief da unten?

Ich beugte mich über die Mauer und schaute nach unten, ich entdeckte einen steinernen Buckel, der sich vorwölbte wie ein Soldatenhelm, plötzlich fühlte ich Jaroslavs Hand auf meiner Schulter und riß mich vor Schreck los.

Wer wird denn gleich ruppig werden, sagte er lachend, ich wollte nur nicht, daß du ins Wasser fällst.

Ich habe mich festgehalten.

Trotzdem. Nun gut. Man nennt ihn den Bärtigen, sein Gesicht ist mit der Zeit abgeschliffen, jetzt sieht er aus wie ein Hunne. Früher diente er als Wasserstandsmesser – wenn der Wasserspiegel seinen Spitzbart erreichte, wußte man, daß man bald absäuft. Hat aber trotzdem nichts geholfen.

Du willst das Gesicht in Teig kneten, stellte ich fest.

Richtig.

Er holte aus seiner Jackeninnentasche einen Prospekt, auf dem ›der Bärtige‹ abgebildet war, tatsächlich sah er aus wie ein Schrumpfkopf, an der Stelle der Nase klaffte ein Loch, und ich war mir nicht sicher, ob sich die Touristen am Anblick dieser grimmigen Fratze erfreuen würden. Du bist von ihm nicht angetan, sagte Jaroslav, ich weiß, er ist keine Schönheit, aber ich glaube, wenn ich ihn richtig einführe, wird man ihn schon liebgewinnen. Ich muß gehen. Eine schöne Besichtigung noch.

Ich lehnte mich an die Kaimauer, mit dem Rücken zum rauschenden Wasser der Moldau, der Menschentroß bewegte sich in beide Richtungen, die Frauen trugen teure Sonnenbrillen, obwohl am Himmel keine Sonne stand, die blenden konnte, ich war müde vom Laufen, ich hatte Hunger und traute mich endlich, die Stadtkarte hervorzuholen, ich ging über die Brücke auf die Kleinseite, verirrte mich in den Straßen und stand vor der Kirche St. Maria die Siegreiche, es herrschte auf den Treppen ein großer Andrang, die Fremden wollten hinein und ›jezulatko‹, das Jesulein, sehen, jene Wachspuppe, die das Jesuskind darstellen sollte. Man kleidete sie in teure, mit Diamanten und Perlen bestückte Gewänder und stellte sie in einem pompösen Altar aus, in den Katakomben aber konnte man, wenn man einen gesunden Magen hatte, die Mumienleichen der Karmelitermönche ansehen. Im Schaufenster des Andenkenladens gegenüber der Kirche standen auf langen Holzstangen Hunderte von Kleinjesulein mit gestickter Halskrause, dem Reichsapfel in der linken Hand und einem Plastikkrönchen, das doppelt so groß war wie der Kopf. Ein Blick auf die Stadtkarte überzeugte mich davon, daß ich mich auf der Karmeliterstraße befand, und nach ein paar Schritten stand ich vor der Kavarna Karmelitska, ich trat ein und steuerte gleich den ersten freien Tisch an. Der Kellner lächelte über meine Bestellung, und wenig später brachte er auf einem Frühstücksteller einen süßen Erdnußtaler und ein Gebäck, das wie eine Filmdose aussah, gleich bei dem ersten Biß tropfte die Karamelfüllung auf die Tischdecke.

Wie ich sehe, kannst du dich nicht immer richtig benehmen, sagte die Tschechin und setzte sich hin, sie schob den Aschenbecher und den Zuckerstreuer beiseite und faltete die Kuchenkarte auseinander.

Hier sieht es aus wie früher im Ostblock, sagte ich.

Woher willst gerade du das wissen? sagte sie. Ihr Lächeln war verstrichen, und sie schaute mich böse an.

Entschuldige. Es war nur ein Witz.

Witze werden nicht gemacht, nicht solche, sagte sie.

Ich starrte auf den Karamelcremeklecks und wischte ihn mit der Papierserviette weg, es war ein Friedensangebot, das sie annahm.

Wieso hast du nicht die Liwanzen genommen? sagte sie.

Die was?

Das sind pummelige Pfannkuchen. Hier gibt es sie mit Heidelbeersoße.

Ich habe sie im Kuchentresen gesehen, sagte ich, ich habe mich gewundert, daß man sie mit Parmesanraspeln bestreut.

Sie lachte los, verschluckte sich und mußte husten, ich reichte ihr eine Serviette aus dem Blechspender und wartete ab, bis sie sich beruhigt hatte.

Man bestreut die Liwanzen mit trockenem Quark, sagte sie, und das kleine Ding mit Füllung heißt übersetzt Pränkchen ... Pränkchen wie Pranke.

Ja, sagte ich.

Dann gibt es noch Palatschinken, Dalken und Dukatenbuchteln.

Ja, sagte ich.

Die Striezeln und Powidltascherl nicht zu vergessen.

Darf ich das Thema wechseln und dich etwas fragen? sagte ich.

Ich bin frei, zu antworten oder nicht? sagte sie.

Natürlich ... Dein Freund ... dein gelegentlicher Liebhaber, ich habe ihn vorhin getroffen, er ist mir etwas unheimlich.

War das die Frage? Ja, er ist unheimlich, und das ist meine Antwort.

Langsam dunkelte es draußen, der Strom der neugierigen Fremden riß aber nicht ab, und sie hofften, so wie ich hoffte, daß sie auf das Wunderschöne und Unüberwindbare stießen, das alle Mühen wettmachte, die Tschechin klappte ein Näpfchen auf, tupfte mit ihrer Fingerkuppe hinein und strich das Balsam auf ihre Lippen, ich wollte ihr eigentlich davon erzählen, daß der Verdammte aus dem Gesicht eines Steingötzen Kapital schlagen würde, und ich wollte sie vor den Konsequenzen warnen, die seine neue Geschäftsidee mit sich brachte: Die Polizei würde den Mann fortscheuchen, weil er die Touristen erschreckte, und sie müßte ihn dann trösten. Aber was ging es mich an? Die Tschechin hatte recht – ich würde in meine Stadt zurückkehren, und sie würde in ihrer Stadt weiterleben.

Ich hatte sie nach der tschechischen Seele gefragt und war auf Unverständnis gestoßen, was sollte das sein? hatte sie ausgerufen, ihr Deutschen seid derart versessen darauf, einen Kern, ein Wesen, eine innere Macht zu vermuten, ihr werdet mißtrauisch, wenn ein anderes Volk einfach genug hat von der Geschichte, auf die sich alle Besatzer berufen, wir Tschechen haben uns oft geschlagen, meist erfolglos, und wir haben es aufgegeben, sofort und heftig aufzubegehren, wir warten ab, und vielleicht deshalb gelten wir als reservierte Menschen.

Es war seltsam, diese Worte aus dem Munde einer Tschechin zu hören, hätte man mich nach dem Wesen der Deutschen gefragt, hätte ich mich ähnlich unwirsch gezeigt. Doch mein langjähriges Geschäft mit dem Geld zwang mich heute manchmal dazu, eine hintergründige Absicht zu vermuten. Ich sah die Tschechin zum ersten Mal lange an. Ihre Schönheit war unbestreitbar. Der Schimmer ihrer Augen konnte sich trüben, wenn sie nicht wollte, daß man sie als Melancholikerin enttarnte. Ihre Augen konnten mit Glanz besprenkelt sein, und wer darin den Blick einer vorsichtig glücklichen Frau erkannte, sollte lieber seine schmeichelnden Worte für später aufsparen.

Träumst du? sagte sie.

Wie heißt du?

Jarmila.

Hat der Name eine besondere Bedeutung?

Gewöhn' es dir ab, sagte sie, gewöhn' es dir bitte ab. Jarmila heißt Jarmila. In diesem Namen steckt keine innere Macht ... Du bezahlst mich für die Stadtführung. Auf welche Plätze soll ich dich führen?

Ich habe keine Lust auf viele Menschen, sagte ich.

Ich folgte ihr durch die Gassen, ich verlor die Orientierung, und auch wenn sie mir, dem laufmüden Fremden, Anekdoten aus der Stadtgeschichte erzählte, war es so, als würde ich abdriften, ein Bild nach dem anderen verblaßte, ein Bild leuchtete auf und erlosch, hier ein Kloster, das von übermannshohen Zaunlatten umsäumt war, und ein Schild ermahnte die Eintretenden, darauf zu achten, nicht auf die Schwelle zu treten; dort eine Kirche, in der ein Wundertätiger aus dem Mittelalter angebetet wurde, die Gläubigen hielten es für einen Skandal, daß nicht Einheimische, aber zugewanderte Bettler vor den Gotteshäusern saßen, es war ein Skandal, daß sie sich niederknieten, die Hände zu einer Schale formten und auf eine Gnadenmünze hofften, von den Gottesfürchtigen. Mein Blick ging zum Wasser, wir befanden uns auf dem linken Moldauufer, und ich machte ein Spiel daraus, nach jedem zehnten Schritt zum Fluß hinüber- und zum Himmel heraufzuschauen, und dann blieb Jarmila stehen, wir waren auf der Insel Kampa, die der Teufelsbach von der Kleinseite abschnitt, sie wurde zu beiden Seiten von Wasser umflossen und erstreckte sich zwischen der Legienbrücke und der Manesbrücke, auf der Stadtkarte sah sie aus wie zwei miteinander verwachsene Bohnen. Ein Sandweg führte uns an einer Parkwiese entlang, auf der Obdachlose schliefen, der leichte Regen konnte ihnen nichts anhaben. Der Wind ließ die Absperrplastikbänder, die zwischen rostigen Eisenspießen um eine Baugrube gespannt waren, laut flappen, es hörte sich an wie ein aufgescheuchter Taubenschwarm. Dann wechselten wir über auf die Kleinseite, umgingen in einem großen Bogen die belebten Straßen, schritten über die Manesbrücke, auf der Karlsbrücke zur Rechten sah ich die Heiligen aufragen, und wenig später standen wir auf dem Jan-Palach-Platz, und ich versuchte, mir meine Beklemmung nicht anmerken zu lassen, vielleicht dachte Jarmila, ich wäre ergriffen im Gedenken an jenen Studenten, der sich mit Benzin übergossen und verbrannt hatte, nicht hier, aber auf dem Wenzelsplatz, ich dachte aber in diesem Augenblick nur an jene Frau, um derentwillen ich nach Prag gekommen war, dort, in dem Gebäude der Philosophischen Fakultät, schrieb sie an ihrer Arbeit, ich hatte noch einmal in Göttingen angerufen, und nach langem Bitten der Sekretärin diese Mitteilung entlockt, ich mache Ihnen diese Mitteilung, hatte sie streng gerufen, doch wehe, Sie verraten, daß ich die undichte Stelle bin, dann ist aber der Ofen aus ... Hier also, dachte ich, hier bist du.

Es regnet, sagte Jarmila, wir werden naß. Wir sollten weiterziehen.

Ja, sagte ich.

Bald wird das Wetter besser werden.

Wollen wir uns für heute verabschieden?

Wenn du mich entlassen willst, sagte sie.

Es geht um dich, sagte ich, ich will nicht, daß du aus Zwang mich begleitest.

Du beutest mich nicht aus, sagte sie, doch du bist in Gedanken. Ist es eine Frau?

Nein, wirklich nicht.

Also ist es doch eine Frau, stellte sie fest, interessierst du dich sehr für sie?

Sie ist mir nichts schuldig, sagte ich.

Das trifft auch auf mich und meinen Liebhaber zu, sagte sie, was würdest du über einen Mann denken, der Oliven ißt und die Kerne in der Backentasche behält? Er tut das, er bestellt im Restaurant eine Schale schwarzer Oliven und saugt lange an den Kernen, so lange, bis ich ihn auffordere, sie auszuspucken. Ich kann mich nämlich auf nichts mehr konzentrieren, nur auf diese dicke linke Wange. Ich bin ihm nichts schuldig, jeder Mann hat Gewohnheiten, die eine Frau nicht liebt, aber sie lernt sie mit der Zeit zu übersehen. Ich kann diese Wange nicht übersehen. Ich gab mir große Mühe, nun reicht es, immer im Herbst dreht er durch, er wird richtig verrückt, und wenn ich ihn ermahne, sagt er, daß er die Toten in Prag haßt. Daß ihn die Toten dazu treiben. Wie einfallslos! Wie widerwärtig! Kann das sein? Nein. Kein Toter meldet sich zurück, er ist für immer abberufen worden. Ich denke schon, daß ein Mann keine Gespenster sehen darf. Er kann dieses Märchen den Fremden erzählen, er bringt sich mit diesem Totenmärchen in eine schlechtere Position. Ein kleines Geheimnis steht jedem netten Mann gut an. Doch große Geheimnisse stören die Ruhe der Frauen. Das ist so. Ich kann den Schaden nicht abwenden, wenn er will, dann will er. Wahrscheinlich hat er dir erzählt, daß er den Bärtigen abbilden will. Das kann man machen. Doch es geht ihm um das, was ihm seine dunkle Phantasie diktiert. Sie befiehlt ihm, so sagt er, von unappetitlichen Dingen zu träumen.

Er träumt nicht etwa schlecht, er zwingt sich zu Trugbildern vor dem Einschlafen. Dann bekommt er ein verschleiertes Gesicht, und ich muß ihm dabei zusehen, ich kann den Blick nicht abwenden. Es ist eine Art Hypnose. Ich bin hypnotisiert, und dann hasse ich ihn, weil er mich hassen macht. Ein Mann, der Kunst verkauft, muß auf Abwege kommen. Ich verstehe das, ich verstehe bloß nicht, wieso er vor mir, einer Schauspielerin, in eine Rolle schlüpft. Er müßte doch wissen, daß ich keine Lust verspüre, für eine Aufführung zu bezahlen. Bestimmt trage ich die Hauptschuld. Ich könnte ja sagen: vorbei. Ich könnte sagen: Mach' Liebe mit einer der jungen Amerikanerinnen, die dich für einen Prager Originalmenschen halten. Du machst ihnen schöne Augen, dann nimm doch eine von ihnen zur Frau. Heirate sie, siedle über nach Amerika, betrachte deine Toten und deine Trugbilder als vergangen. Ich bin ihm nichts schuldig. Er raucht Haschisch, behauptet aber, er habe nur Rosmarin in seinen Tabak gestreut, die kleinen Brocken sind schwarzbraun oder hellbraun, ich kann eine Droge von einem Gewürz unterscheiden. Er sagt: Ich lasse den Qualm in meine Lunge einziehen, und wenige Minuten später ist die Schönheit in meinem Kopf freigelegt. Wie widerwärtig, das mir weiszumachen. Soll ich ihn mit den Frauen aussöhnen? Seine Frau ist weggelaufen, das passiert. Die Nachbarn haben geklatscht, auch das passiert. Und sehr bald haben sie ihn für einen Hexer gehalten. Er kann die Augen aufreißen und in die Nacht starren, daß man glaubt, er rufe einen Spuk herbei. Der Spuk ist er. All die Frauen in seiner Nachbarschaft, sie halten ihn eigentlich für einen Mann, der ihnen die Herzen brechen sollte. Er tut das nicht, weil er Geschmack hat. Und deshalb machen sie ihn vor ihren Männern schlecht. Die eine Frau sagt: Ich spüre es an meinem kleinen Finger, heute richtet der Verdammte wieder Unheil an. Die andere Frau sagt: Ich spüre ein Flattern an meinen Nasenflügeln, mein lieber Mann, hake bitte die Fliegenschutzgitter ein, der Verdammte ruft das Geschmeiß aus den Sümpfen. Und die Männer? Sie sind froh, weil sie zu einem starken Glauben zurückfinden, sie sind nach diesem Glauben auf der guten Seite. Wo stehe ich? Ich bin ihm nichts schuldig. Verdammt, ich bin ihm nichts schuldig!

Sie war völlig außer sich, die Tschechin, ich hatte sie mit einer beiläufigen Bemerkung angestoßen, wen sie liebte und wen sie haßte, ging mich eigentlich nichts an, und wir hatten uns bislang an die Regel gehalten, so wenig wie möglich preiszugeben, mein Geld und ihre Sprachkenntnisse, mehr verband uns doch nicht, und nun hatte sie mich eingeweiht, so sehr ich mir auch wünschte, nicht in das Leben fremder Menschen hineinzugeraten, es klappte nicht. In einer Seitenstraße stand ein Abschleppwagen mit heruntergefahrener Rampe, zwei Männer in orangefarbenen Latzhosen befestigten die Krallenbügel an den Reifen einer Limousine, und der Besitzer des Wagens stand stumm daneben und schaute ihnen zu. Ich rief mir ins Gedächtnis, was mir Jarmila erzählt hatte, in dieser Seitenstraße war ein Mann gestorben, dem mehrfach in den Rücken geschossen wurde, er fiel hin und starb unter der kaputten Straßenleuchte.

Ich wandte mich ab und Jarmila wieder zu, sie stand in der Dämmerung wie eine Frau, die im Geiste ihre

Einkaufsliste durchgeht, der Nieselregen hatte Rauhreif auf ihre Haare gezaubert, sie achtete nicht auf die verstohlenen Blicke von vorbeischlendernden Männern, die ihre Schritte drosselten, ich stand ein paar Schritte abseits und fühlte mich nur müde, ich war bis auf das Unterhemd durchnäßt und wollte nur noch zurück in mein sicheres Hotelzimmer, ich sagte es ihr, einmal leise und einmal laut, um gegen die Polizeisirene anzukommen, ich versicherte ihr zum Abschied, daß ich gerne ihre Hinterhofaufführung ansehen wollte, wir werden uns zusammenklingeln, schrie ich ihr zu, dann fiel mir ein, daß wir unsere Telefonnummern nicht ausgetauscht hatten, ich schrieb meine Nummer auf die Rückseite der Visitenkarte, die mir ein Taxifahrer gereicht hatte, ich bog das Eselsohr gerade, der Taxifahrer hatte eine Ecke der Karte umgeknickt und mir in fließendem Englisch erzählt, daß ich mich später erinnern würde, wie ich die Person, deren Name auf der Visitenkarte stand, kennengelernt hatte, das wäre eine Sitte unter Portugiesen. Jarmila steckte die Karte in ihre Manteltasche, ich beugte mich vor, um sie auf beide Wangen zu küssen, und weil sie nur dastand, verfehlte ich ihre Wange und küßte sie auf den Hals, es war ein Versehen, es ging aber in diesem Moment über meine Kräfte, sie über das Mißverständnis aufzuklären. Ich lief los, und der Gedanke, bei diesem Regen einige Kilometer Straßen und Wege zu marschieren, war unerträglich, ich stellte mich an die Hauptstraße und hielt ein Taxi an und nannte dem Fahrer den Namen meines Hotels in der Elisky-Peskove-Straße.

Das kleine Hotelfoyer war wie ein Herrensalon im Empire-Stil eingerichtet, in den Regalen standen Buchattrappen, die Holzfigur eines blondbärtigen Mannes im Pullunder, der sich auf seinen Golfschläger stützte, versperrte den Ausblick durch das Panoramafenster nach draußen, ich ließ mich auf einen Lederpolsterstuhl fallen und starrte auf das Antikimitattelefon, die Drehscheibe war in den Beistelltisch eingepaßt, und ein nervöser Mensch hatte in den Lederüberzug des Hörers Nagelkerben eingedrückt. Die Rezeptionistin brachte mir ein großes Glas Mineralwasser und fragte mich nach ihrer guten Freundin Jarmila, es geht ihr sehr gut, versicherte ich ihr, und auf Nachfrage sagte ich, daß ich mit ihren Diensten äußerst zufrieden wäre. Ich nahm einen großen Schluck und einen zweiten, und jetzt fühlte ich mich besser, die Zigeunerwalzer vom Band konnten meine Laune nicht verderben. Ein Schweizer Geschäftsmann, mit dem ich nur einige höfliche Worte gewechselt hatte, betrat das Foyer, schaute sich um, entdeckte mich und setzte sich, ohne um Erlaubnis zu bitten, mir gegenüber. Ich hatte keine Lust auf eine Unterhaltung, er behielt aber seinen Mantel an, und wahrscheinlich würde es nicht so lange dauern, bis ich ihn loswurde.

Einen schönen Abend, der Herr, sagte er, Ihre schöne Begleitung hat Sie wohl entlassen.

Sie ist meine Stadtführerin, sagte ich.

Natürlich, sagte er, wenn man fremd ist, fühlt man sich recht allein. Und dann darf man nicht zögern und nicht zaudern, man hat ja viele Möglichkeiten, man hat es in der Hand, dafür zu sorgen, daß es einem nicht langweilig wird.

Ich wußte nicht, wovon der Mann sprach, doch ich nickte ihm zu und enthielt mich eines Kommentars, ich hatte das Wasser ausgetrunken und blickte mich nach der Rezeptionistin um, sie informierte gerade einen Hotelgast darüber, daß er sich keine Sorgen machen sollte, sie hatte die Weckzeit für den nächsten Morgen notiert, und sie persönlich würde ihn um Viertel vor sechs wachklingeln.

Ich bin geschieden, sagte der Schweizer, ich erlebe meinen zweiten Frühling. Wer hätte das gedacht? Mir geht es ausgezeichnet. Ich arbeite hart und möchte natürlich nicht auf das Vergnügen verzichten.

Worauf wollen Sie eigentlich hinaus? sagte ich barsch.

Oh, ich sehe schon, es läuft bei Ihnen nicht nach Plan. Aber wenn ich Ihnen einen freundschaftlichen Rat geben darf, Sie dürfen das nicht so ernst nehmen. Will sie nicht, so gibt es eine andere, die gerne bereit ist, Sie ›zu führen‹.

Ich bin mit meinem Fremdenführer zufrieden, sagte ich.

Dann haben wir etwas gemeinsam, sagte er und blickte auf die Straße, er erhob die Hand zu einem flüchtigen Gruß, und als ich seinem Blick folgte, sah ich draußen auf dem Gehweg die große Frau im Nerzmantel stehen, sie schaute zurück und lächelte, und bevor ich dazu kam, zu reagieren, war auch schon der Schweizer bei ihr und drückte ihr einen Kuß auf den Mund, sie hakte sich bei ihm ein, warf mir noch einen Blick über die Schulter zu und verschwand in der Dunkelheit. Ich stand auf, verzichtete auf den Fahrstuhl und stieg die Treppen hoch, die Büste eines schlafenden Engels mit eingezogenen Flügeln lag auf der fünften Treppenstufe, ich achtete darauf, nicht auf seinen Flügel zu treten, vor meiner Tür hielt ich das Blindfeld des Schlüssels vor das Schloßfeld, ein Lämpchen leuchtete grün auf, und gleich darauf ertönte ein elektronisches Piepen, ich ging in mein Zimmer und freute mich darauf, mir die Zähne zu putzen, die Schuhe abzustreifen und in den Bademantel zu schlüpfen.

Die Rotgekleidete schob die Stöckelschuhspitze vor, man sah ihren Fußknöchel im Seidenstrumpf, das Licht tupfte Perlen auf die Metallschnalle auf dem Spann, und da sie sich anspannte, um den ersten Schritt hinunterzutun, knickte sie leicht ein und griff schnell zum Treppengeländer, aber ihr Fuß glitt auf der Stufenkante ab, sie ruderte mit ihrem freien Arm, verlor das Gleichgewicht und fiel auf das Kissen, mit dem sie ihre Hüften gepolstert hatte, sie spielte eine reife Dame mit Rubensfigur, und jetzt schützte das Kissen sie vor einem bösen Bruch. Alle Augen waren auf sie gerichtet, und keiner wagte, ein Wort herauszupressen, und als sie ihre Rolle einfach im Sitzen weiterspielte, klatschten zwei Zuschauer, und eine Frau vor mir im Publikum flüsterte ihrem Mann zu, daß es sich bei der Schauspielerin um eine begabte und staatlich geprüfte Künstlerin handeln müßte, eine Amateurin wäre über dieses Mißgeschick ganz bestimmt entmutigt worden. Die Rotgekleidete spielte eine Märchenfigur, sie war die gutherzige Mutter, die ihre Tochter dazu anhielt, das Dorf nicht zu verlassen und in die weite Welt zu schweifen, sie sprach zu dieser Tochter in der Wohnung, die wir, die Zuschauer, nicht einsehen konnten, das Stück bestand aus einem langen, halbstündigen Monolog, und Jarmila trat vor knapp dreißig Zuschauern auf, die sich im Hinterhof eines ehemaligen Adelspalastes im Viertel Zizkov drängten. Ich hatte darauf bestanden, zu bezahlen, sie bekam die Hälfte der Einnahmen, und wie sie mir sagte, trat sie an Wochenenden fünfmal auf und sprach ihren Text immer auf Englisch, sie mußte wegen der alten poetischen Bilder, die für sie unaussprechlich blieben, auf andere moderne Wörter ausweichen, doch im Lärm ihres Lamentos gingen ihre eingeschmuggelten Metaphern unter, und es hatte sich bislang kein einziger Zuschauer deshalb beschwert. Sie saß mit gekreuzten Beinen, und ihre beringte Hand lag züchtig auf dem weißen Überrock auf, hinter ihr war ein Schwarzweißfoto überlebensgroß aufgezogen, man hatte ein Glasauge zwischen die Seiten eines dicken Folianten gesteckt, es glotzte wie ein wissendes Pferdeauge.

Ich konnte nicht sagen, wieso sie mir gefiel, dies war eine Darbietung für Touristen, das war eine Frau mit einem langen Sprechtext, es gefiel mir, es fesselte mich, es fiel mir nicht ein, dies Dramolett für Unvollendete aus bloßer Höflichkeit zu verfolgen, und ich entdeckte im Publikum auch Tschechen, die ihre Arme herabhängen ließen, ein junger Mann bohrte seine Fingerspitzen in den Handballen, ist es Ergriffenheit? dachte ich, kann das wirklich sein? haben wir uns denn nicht alle verausgabt, waren wir denn nicht Fische? Fische spürten nichts, wenn man das Messer ins Fleisch trieb, wenn man hineinschnitt ... Ein Fisch hat keine Gefühle. Ich geriet langsam zum Idioten.

Mein Gesicht, mein nicht geschontes Gesicht, brannte und schmerzte, und ich schrieb es der Diskretion der Menschen in meiner Umgebung zu, daß sie mich auf den Bluterguß nicht ansprachen. Jetzt fächelte sich der junge Mann Luft zu; eine seltsam feminine Geste, und Jarmila stand auf, ihr Hüftpolster löste sich und rutschte herunter, mit einem kleinen Stoß ihrer Ferse entledigte sie sich des Hindernisses und schritt herab zu uns, die wir den Blick von ihr nicht abwenden konnten, sie bewegte sich, als wäre sie die Herrin in diesem Patrizierhaus, ihre Augen suchten meine Augen, und mir blieb nichts anderes übrig, als zu lächeln, sie blieb ernst, vielleicht weil ihre Rolle es verlangte, vielleicht weil es unkeusch gewesen wäre, mich vor allen Leuten anzulächeln. Ich spürte das Ende kommen, sie erhob die Stimme und schimpfte über die ungeratene Tochter, die vor ihr, der Herrenmutter, fliehen wollte, denn sie glaubte ihr kein Wort, man verläßt nicht die Stadt, in der man groß geworden ist, rief sie der versteckten Tochter zu, man verläßt nicht die Stadt, an deren Pflaster man sich die Knie aufgeschürft hat. Es ist ein bloßes Gerücht, daß es einer Pragerin bessergeht, wenn sie die Brücken, die Gotteshäuser, die Statuen und Denkmäler, die alten und neuen Autos, die Parkwiesen, die Hunde und Katzen, die dicken Soßen auf den Fleischscheiben, die Heuchler, die Aufrechten, die Schneider, die Köche, die Straßenbahnfahrer, die Umzüge und Maskenparaden, den achten Mai, den Tag der Befreiung Prags, den fünften Juli, den Tag der Slawenapostel Kyrill und Method, den achtundzwanzigsten September, den Tag des Landesvaters Wenzel, das Pilsner Urquell, die Zinnteller, die Granatringe, die Marionetten, den Becherovka, die Weißkrautsuppe mit Wurst, die panierten Karpfen, die Liwanzen, den überwundenen Kommunismus, die neue Geldfreiheit, unsere schönen geschneiderten Kleider, unsere Schuhe mit den soliden Sohlen, unsere Strümpfe ohne Löcher, die Junker und die Priester, die ihre Schlösser und Kirchen zurückbekamen, das teure Mehl, das teure Brot, den teuren Wein, unseren öffentlich verbrannten Starketzer Jan Hus, unsere Knechtung, die vielen Überfälle auf unser Land, unsere Kirschbäume, unsere wilden Tiere im Zoo, die tausend Lieben und Affären und Eheschließungen im Sommer, der uns gefällt, im Frühling, der uns gefällt, im Herbst, der uns gefällt, im Winter, der uns gefällt, unsere wenigen Juden, die uns geblieben sind, unser Kafka, der ihr Kafka geworden ist, die großen versoffenen Dichter in ihren Gräbern, die modernen nüchternen Dichter in ihren Wohnungen, das Verkehrte, das Verkaufte, das Blöde und das Gescheite, den Fluß ... wenn sie anfängt, all das zu hassen, was die Stadt ist, von der loszukommen ich eine kleine Lüge nenne, und eine kleine Lüge wird, oh meine dumme dumme Tochter, im Ausland zu einer großen Lüge, zu einem Krebs, der dich zerfrißt.

Kaum hatte sie den letzten Satz gesprochen, ging der

Applaus los, sie hatte das Original gestrichen und ihre eigene Fassung dargeboten, alle Tschechen streckten die Arme und klatschen hoch über ihren Köpfen, und wir Fremden, die wir ihrem Liebesgesang gelauscht hatten, riefen bravo, Jarmila verbeugte sich und richtete sich auf, verbeugte sich und warf uns eine Kußhand zu, und dann ging sie die Treppen hoch und verschwand in jenem Zimmer, aus dem doch tatsächlich eine junge Frau herauskam, und auch sie verbeugte sich vor dem Publikum und ging wieder zurück ins Zimmer.

Es wäre richtig und schön gewesen, alleine in der Prager Nacht durch die menschenvollen Straßen zu schlendern, ich hätte mich an dem Gedanken gefreut, daß die Not überstanden war, eine Not, die mich zwang, flach und heftig zu atmen, und darauf zu vertrauen, daß sich meine Bank und mein Steuerberater um alles Halbwichtige kümmerten; es wäre richtig und schön, die typische Touristenmelancholie zu fühlen und an den verwitterten Steinfiguren vorbeizugehen und im fahlen Licht der Bogenlampen am Flußufer auf die kleinen Wogen zu starren, die verstrichen, bevor sie den Ufersaum erreichten. Doch ich blieb, wo ich war, ich setzte mich auf einen morschen Gartenstuhl, fand einen Zahnstocher in meiner Hosentasche, zog die Papierhülle ab und zeichnete in den feuchten Sand zwischen meinen Füßen Buchstaben, und als ihr Schatten auf mich fiel, stand ich auf und gab ihr zwei Küsse auf die Wangen, sie legte ihren Kopf in meine Nackenbeuge, und ich hielt sie in einer sanften Umarmung. Es verging so viel Zeit, daß ich ihren Atemzügen lauschen konnte, obwohl draußen Autos über das Kopfsteinpflaster fuhren, ich zählte bis zehn, ich zählte bis zwanzig, und bei der Zahl siebenundachtzig fühlte ich ihren Kuß und dann ihren leichten Biß in meinen Hals, ich ließ den Zahnstocher heimlich auf den Boden fallen.

Geh' lieber jetzt, sagte sie und trat einen Schritt zurück, du bist nicht mein Spielzeug, und ich mußte den ganzen Weg zum Hotel über ihre seltsame Bemerkung nachdenken, nein falsch, genauso wie ich ihre Atemzüge gezählt hatte, wiederholte und zählte ich diese fünf Worte, du bist nicht mein Spielzeug, elf, du bist nicht mein Spielzeug, neunundfünfzig, *du* bist nicht mein Spielzeug, zum dreihunderteinundachtzigsten Male, dann, erst dann verloren die Worte ihren Sinn.

Es dauerte eine weitere Stunde, bis ich endlich durch die Hoteltür eintrat, die Rezeptionistin, die gerade ihren Nachtdienst begonnen hatte, übergab mir meinen Zimmerschlüssel und ein kleines Paket, das ein Mann für mich abgegeben hatte. Ich nahm es mit auf das Zimmer, riß das Papier auf und hielt ein Zigarillokästchen in Händen, ich klappte den Deckel hoch und starrte auf drei Patronenhülsen, die mit durchsichtigem Klebeband fixiert waren, ich faltete den beiliegenden Zettel auseinander, es war ein liniertes Blatt Papier, das man aus einem Schulheft herausgerissen hatte, ich starrte auf zwei sorgfältig gemalte Zeichen in der Mitte des Zettels, das erste Zeichen sah aus wie ein unvollständiger Kelch, ein dicker Balken, den drei dünne Querstriche kreuzten, stützte ein U, das zweite Zeichen ähnelte einem Rad, aus dessen Mitte eine Kurbel seitlich herausragte. Ich stürmte hinunter zur Rezeption, ich fragte die Frau nach dem Mann, sie sagte, sie hätte kein fotografisches Gedächtnis und könnte mir leider nicht mit einer Personenbeschreibung weiterhelfen, ich rannte wütend hinaus auf die Straße, und kaum stand ich auf dem Gehweg, traf mich ein harter Schlag an die Schläfe, ich ging nach dem zweiten Hieb zu Boden, und der Verdammte hockte sich auf meinen Bauch und schlug mich, seine Fäuste trafen meinen Kopf und mein Schlüsselbein, in meiner Wut packte ich ihn mit beiden Händen an seinem Hinterkopf, ich riß an seiner Haut, er stieß einen seltsam kindlichen Schmerzenslaut aus, er spuckte mir ins Gesicht, richtete sich blitzschnell auf und rannte weg.

Im nächsten Moment trat die Rezeptionistin aus der Tür und schrie dem Verdammten hinterher, sie half mir auf, sie half mir, mich im Foyer auf einen Lederpolsterstuhl zu setzen, sie reichte mir ein feuchtes Tuch, das ich auf meine Schläfe preßte, nein, sagte ich, bitte keine Polizei, es bringt nichts, ich sah sie trotzdem weiter auf die Telefontasten drücken, lassen Sie das, sagte ich, da sprach sie aber schon in den Hörer, ich fuhr mit dem Aufzug hoch, schloß mich ein in meiner besseren Gefängniszelle, die ich nicht mehr verlassen wollte, in eurer Stadt bin ich ungeschützt, rief ich böse, und es nutzte nichts, daß man mich auch in anderen Städten geschlagen hatte, und als es an der Tür klopfte, sprang ich auf, bestimmt wollte sich ein Zellennachbar bei mir wegen meiner lauten Verwünschungen beschweren, doch es war nur Jarmila, es war sie, die mir sofort die Hand an die Wange legte, ich drehte mich um und ließ sie herein.

Wieso mußt du dich immer verletzen? sagte sie, du läufst in jede Faust und in jeden Fuß. Du ziehst es an.

Ich verletze mich, weil andere Menschen mich verletzen wollen.

Konntest du den Angreifer sehen?

Es war dein Freund, sagte ich.

Ihr Blick blieb an den Patronenhülsen hängen, und sie sah auch den aufgefalteten Zettel mit den sonderbaren Bildbuchstaben, sie nahm mir den mittlerweile körperwarmen Lappen ab, ging ins Bad, kam zurück und drückte mir das nasse Tuch auf die Stirn, ich hatte kein Fieber und ich mochte es nicht, daß das kalte Wasser in meinen Nacken lief, aber ich wehrte mich nicht, ich wehrte mich auch dann nicht, als sie, wie sie beteuerte, einen klugen Bekannten anrief, sie erklärte ihm die Zeichen, ich merkte es daran, daß sie mit den Fingern ihrer freien Hand die Buchstaben in die Luft malte, sie beendete das Gespräch und gab mir mein Mobiltelefon zurück.

Vermisch Mist, sagte sie.

Ich starrte sie an.

Das erste Zeichen, das aussieht wie ein Kerzenständer ohne Fuß, bedeutet: Vermisch! Es ist eine Aufforderung. Das zweite Zeichen, das Q mit dem Schrägstrich an der falschen Stelle, heißt: Mist. Mist wie Vogel- oder Pferdemist.

Was soll der Blödsinn? sagte ich.

Er ist eben nicht richtig im Kopf, stellte sie fest, diese Buchstaben entstammen dem alchemistischen Alphabet. Bei uns in Prag gab es vor Jahrhunderten viele von den Männern, die aus Metall Gold machten ... Alchemisten. Sie waren alle Betrüger.

Dein Liebhaber ist ein Fall für die Psychiatrie, sagte ich.

Nenn' ihn nicht so.

Wieso nicht?

Der Teufel soll ihn holen, sagte sie, er will dir nur Angst einjagen.

Der Mann schickt mir einen Drohbrief, schrie ich, drei Patronenhülsen! Was meint er wohl damit? Er droht mir mit dem Tod, verdammt noch mal. Dann paßt er mich auch noch draußen ab und schlägt mich zusammen!

Nicht so laut, bitte.

Ich starrte sie wieder an.

Er hat diesen schönen Abend zerstört, flüsterte sie, dabei habe ich mir soviel Mühe gegeben.

Ja, sagte ich, du warst sehr gut, du warst wunderbar.

Danke, sagte sie, ich habe die Liwanzen erwähnt. Ist es dir aufgefallen?

Ja, sagte ich, danke.

Da erzählte sie mir, stehend und ihr Auge reibend, von dem anderen Hotelzimmer, in Brünn, der zweitgrößten Stadt der Tschechen, in Brünn wäre das Hotel und darin ein Zimmer, in dem man sie unterbringen würde, jedesmal wenn man sie zu einem Auftritt überreden konnte, aber was heißt überreden, sagte sie, ich bekomme Geld dafür, und es sind einfach sehr höfliche Menschen dort, in Brünn, sie stellen es so dar, als wäre ich eine Diva, die ihnen die Bitte gnädigerweise nicht abschlägt. In dieser Hotelsuite also, fuhr sie fort, zieht sich eine Rosengirlande eine Handbreit unter der Zimmerdecke über alle vier Wände, und dasselbe Muster findet sich auch auf der umgeschlagenen Bettdecke, ein Klapptisch mit halbrunden Platten, die hochgeklappt sind und auf Stützbeinen stehen, ist vor einen Sessel am Fenster geschoben, und ... einen schwenkbaren Spiegel auf Scherenfüßen gibt es auch in dieser Suite, und einen alten Fernseher auf einer dunkel gebeizten Kommode, in der ein Holzwurm nagt und nagt, und man denkt, ich denke immer, ich könnte nicht einschlafen, aber es ist ein unermüdliches süßes Nagen, der Wurm nagt mich in den Schlaf, und wenn ich einschlafen kann, kannst du es auch, morgen, ja, so müssen wir es machen, morgen fährst du mit mir mit, nach Brünn, diese Suite mußt du sehen, du schläfst auf dem Sofa, das gibt es auch, ich schlafe ohne Geräusche, ich pfeife und murmele nicht im Schlaf ...

Ich schnarche ein bißchen, sagte ich.

Ich stecke mir Wachspfropfen ins Ohr, sagte sie, es ist sehr wahrscheinlich, daß er dich morgen wieder überfällt. Heute ist er geflohen, also muß er sich morgen rächen.

Der Mann gehört eingesperrt.

Einen Tag wegbleiben – das ist gut für deine Gesundheit.

Meine Einwände prallten an ihr ab, einer Versöhnung von euch beiden stehen viele Kleinigkeiten im Wege, sagte sie, ihr benutzt mich als Tau, ihr zieht an meinen Armen, ich bin aber kein dickes Seil.

Ich hätte widersprechen können, ich hätte darauf hinweisen können, daß ich es doch war, an dem man zog und riß, sie sprach immer wieder von Brünn, von der Hotelsuite in Brünn, dort wohin es jene Tschechen verschlug, die aus den Kleinstädten herzogen und davon träumten, irgendwann in ihrem Leben in Prag leben zu können. Ich gab nach, wir verabredeten uns für neun Uhr am nächsten Morgen, sie würde draußen vor dem Hotel warten.

Keine Mißverständnisse.

Wir fuhren nicht vom Hauptbahnhof ab, ich dachte zunächst an eine Vorsichtsmaßnahme, ihr vagabundierender Liebhaber hätte mir dort auflauern können, und vielleicht wäre ich, nach all den Hieben und Tritten, die ich in der letzten Zeit hatte einstecken müssen, imstande gewesen, einen Mann zu ermorden. Jarmila stieg mit mir in die Straßenbahn, dann in die U-Bahn, und schließlich kamen wir im Bahnhof Holesovice an, die Züge nach Wien und Berlin standen abfahrbereit. Während der zweistündigen Fahrt starrte ich aus dem Fenster auf eine immergleiche Landschaft, ich war blind für kleine Wälder, für grüne Hügel, für halbverrostete Traktoren und verfallene Geräteschuppen, die Bauern in den Dörfern würden, wie anderswo auch, mit ihren klauengleichen Händen Holzgriffe von Dreschflegeln und Pflugscharen umfassen und am Sonntag dem Ruf des Priesters folgen, ich bin ein Städter, dachte ich, ich finde keinen Frieden auf dem Lande, und ich werde auch nicht Frieden finden in Brünn.

Als wir dann endlich ankamen, rannte ich auf den Bahnhofsvorplatz und schaute blind auf die Männer und Frauen, die das gute Wetter herausgelockt hatte, sie trugen große Sonnenbrillen, und sie sahen sich durch die dunklen Hornissenaugen neugierig um, ich hörte doch tatsächlich deutsche Touristen von einem bezaubernden Städtchen sprechen, ich wußte, es war ungerecht, ich wußte, ich sollte meine Wut zügeln. Jarmila wies mir den Weg, und wir nahmen die Masarykova-Straße, hier das Kapuzinerkloster, dort das Franziskanerkloster, und dann standen wir schon auf dem Krautmarktplatz, die Obst- und Gemüsestände waren um einen Brunnen gruppiert, in der Brunnengrotte war ein Gigant in der Siegerpose erstarrt, Herkules fesselt den Höllenhund, sagte Jarmila, mir sind sie zuwider, sagte ich, Männer, die dem leeren Himmel die Erschlagenen und Niedergeknüppelten als Opfer darbringen, immer und überall, sie nahm mich bei der Hand und führte mich zum Alten Rathaus, im Durchgang zum Hof hing an Ketten ein ausgestopftes Krokodil von der Decke. Sie erzählte die Brünner Sage von dem gescheiten Metzger und dem dummen Drachen, der die Lämmer auf der Weide fraß und gegen den die Männer machtlos waren, und als sie von den Marktfrauen zu Feiglingen erklärt wurden, versprachen die Ratsherren hundert Goldmünzen demjenigen, dem es gelingen würde, den Drachen zu erschlagen. An dieser Stelle der Sage gingen die Meinungen auseinander: Für die einen war es ein großer Sohn der Stadt, der eine List ersann; für die anderen holten die Brünner Bürger einen Mann von außerhalb, weil sie im wahrscheinlichen Fall seines gewaltsamen Todes den Klatsch der Marktfrauen fürchteten. Und also verlangte der gescheite Metzger ungelöschten Kalk, den er in eine

Ochsenhaut einnähte, und das dumme Krokodil fraß den prallen Sack auf, bekam Durst, soff fast das ganze Flußwasser leer, und siehe, sein Bauch platzte auf. Der Metzger wurde belohnt, bekam die schönste Marktfrau zum Weibe, und auch wenn er immer nach Fleisch und Blut stank, wurde er bis zum Ende seiner Tage als Drachentöter bewundert – weshalb es den Ratsherren angeraten schien, ihn auf dem Höhepunkt seines Ruhms auf den Grund des Flusses Svitava zu befördern, das aber ist ein Kapitel der inoffiziellen Stadtgeschichte. Es hörte sich in meinen Ohren wie eine wahre Geschichte an, ich fragte Jarmila nach dem Wagenrad, das neben dem baumelnden Kadaver des Lindwurms auch ausgestellt war, ach, das ist nur die eingelöste Wette eines Zimmermanns, sagte Jarmila, vielleicht haben die Stadtoberen auch Ketzer auf eben dieses Rad geflochten, und weil es nicht brach, haben sie den Meister, der es gezimmert hat, mit der Ausstellung des Schmuckstücks belohnt.

Wenig später standen wir vor der Pestsäule auf dem Freiheitsplatz, wegen der vielen Schnappschuß-Fotografen gingen wir schnell weiter, folgten den Straßenbahngleisen bis zu der Jakobskirche, ich hatte keine Lust, schon wieder eine Kirche zu besichtigen, Jarmila machte keine Anstalten, einzutreten, sie ging um das Gotteshaus herum und zeigte auf die Wasserspeier mit den fratzenhaften Gesichtern und dann auf eine Figur über dem Türsturz eines Turms. Ich sah einen Mann, der seinen entblößten Hintern zeigte, endlich kein Heiliger und kein Held, es gefiel mir, und es gefiel auch vielen anderen Touristen, die einander kichernd anstießen und ihre Mobiltelefone hochhielten, um ein Erinnerungsfoto zu machen. Der da oben wird allen als ›das schamlose Männchen‹ verkauft, sagte Jarmila, und sie erzählen allen Menschen, daß sich damit ein um seinen Lohn gebrachter Steinmetz rächen wollte, aber auch hier gibt es eine geheime und wahre Geschichte, die du jetzt und sofort hören möchtest, oder nicht?

Ja, bitte, sprach ich hastig.

Wenn man auf das Männchen einen zweiten und dritten Blick wirft, fuhr sie fort, entdeckt man, daß es mit seinem Körper das Weibchen verdeckt, dort oben sieht man also ... Sagt man das ... Liebesakt?

Kann man, aber es klingt etwas technisch.

Gekonnte Liebe ist auch perfekte Technik, sagte sie.

Was sollte ich ihr darauf erwidern, ich schaute sie an, ich schaute wieder hoch, und obwohl ich mir Mühe gab, gelang es mir nicht, die verdeckte Frau zu erkennen, vielleicht hatte ein rachsüchtiger Bildhauer seinen Fluch in Stein gemeißelt, vielleicht hatte er aber auch der Bitte eines Priesters entsprochen, der das Gebot der Keuschheit nur bedingt befolgen mochte.

Wo hast du deinen Auftritt? sagte ich.

Diesmal in einem geschlossenen Raum, sagte sie, ich bekomme das Geld in bar, und ich bin in der Stimmung, es zu verjubeln. Wirst du mir wieder zusehen?

Gerne.

Die Schlange streift ihre Haut ab ... so lautet mein erster Satz. Und jeder Satz stammt von mir.

Du hast ein Stück geschrieben.

Ich habe viele Sätze geschrieben, sagte sie, mehr kann man von mir nicht verlangen.

Worum wird es gehen? sagte ich.

Um eine Liebeserklärung ... an die Brünner.

Und so war es dann auch, Stunden später in der Privatwohnung eines pensionierten Bürgermeisters einer Kleinstadt, der nicht nach Prag, sondern in das näher gelegene Brünn gezogen war, seiner Frau zuliebe, die sich, wie sie nach zehn Minuten Bekanntschaft freimütig erzählte, von einem Wunderdoktor Mistelextrakt in den Nacken spritzen ließ, sie war eine Person, die es nicht ertrug, wenn die Unterhaltung zu stocken drohte. Jarmila stellte mich als einen guten Freund vor, es gab keine zähen Nachfragen und keine Zweifel, die Tschechen waren im allgemeinen ein sehr höfliches Volk, sie fragten nicht nach der Natur eines Freundschaftsverhältnisses, sie ließen die Dinge auf sich beruhen. Die geschlossene Gesellschaft bestand aus Kulturbürgern in Ehrenämtern, die Frauen unterhielten sich über die bestickten Sofakissen der Gastgeberin, die Männer stürzten den Wein herunter und ließen sich das Glas lächelnd auffüllen. Jarmila bat mich, im Näh- und Arbeitszimmer zu sitzen, bei offener Tür, und als sie mit ihrer Aufführung begann, stand sie im Flur, deklamierte ihre Sätze und schaute mir ins Gesicht, ich spielte ihren störrischen Bruder, der es sich in den Kopf gesetzt hatte, Brünn zu verlassen, und wer Brünn verläßt, hat nichts verstanden, rief sie, und sie sprach den Text, den ich schon kannte, sie wandelte ihn etwas um.

Als ihr letztes Wort verklang, schrien die Männer und Frauen bravo, es war mir sehr peinlich, daß mich Jarmila herbeiwinkte und ich mich mit ihr verbeugen mußte, diese Rolle paßte zu mir, ich hatte nichts anderes zu tun, als stumm zu sitzen und für die Zuschauer unsichtbar zu bleiben. Schließlich saß man zu Tisch, es gab Fleisch im Übermaß, die Köchin brachte große Porzellanschüsseln mit Kartoffeln und Knödeln, der Bürgermeister erzählte, aus Respekt vor dem Fremden in gebrochenem Deutsch, von der großen Sehnsucht Prag, die er nie gehabt hatte, er wollte gerade zu einer anderen Anekdote überleiten, als seine Frau die Papierserviette entzweiriß, die Hälfte ihrem Mann gab und uns allen verkündete, daß sie und ihr Mann auf diese Weise wohlhabend geworden wären. Alle Gäste schwiegen für einen Moment, dann lachten sie über den guten Witz, doch die Gastgeberin beharrte darauf, eine völlig ernste Bemerkung gemacht zu haben, ihr Mann konnte sie nur mit Mühe zum Verstummen bringen. Nach einer weiteren halben Stunde bat Jarmila um die Erlaubnis, sich zurückzuziehen, genauso drückte sie es aus, im Flur überreichte ihr der ehemalige Bürgermeister einen kleinen Umschlag und machte ihr Komplimente. Seine Frau eilte herbei und riet Jarmila, auf seine Avancen nicht einzugehen, er will Sex mit fremden Frauen, schrie sie, wir alle hatten es gehört, ich stürzte die Treppen herunter, und erst draußen wandte ich mich nach Jarmila um, die im Gehen die Scheine im Umschlag zählte.

Sie ist so, wie sie ist, sagte sie kichernd, ich halte sie für eine lustige Frau.

Ihr Mann ist also völlig unschuldig, sagte ich.

Er sieht in mir die wundervolle Schauspielerin, er schmeichelt mir. Er würde sich hüten, in seinem Leben besonders phantasievoll zu werden.

Mir schien, als hätte Jarmila eine Anspielung gemacht, die ich nicht verstand, weil ich nicht verstehen wollte, weil ich zu dieser Stunde eigentlich nur auf einem weißen Plastikstuhl ohne Polster sitzen, auf die Festung auf dem Hügel starren und gedankenverloren mit einem Bierdeckel spielen mochte. Und tatsächlich, sie fragte nicht erst, sie steuerte die Terrasse eines Cafés an, und wir saßen wirklich auf billigen Gartenstühlen und nippten an kalten Fruchtcocktails, das Kondenswasser am Glas fiel in Tropfen auf die Zehenkappe ihrer Ballerinaschuhe, auf dem Spann waren Tüllanemonen aufgenäht, und als sie die Beine übereinanderschlug, verliefen die Tropfen und fielen auf die kleinen Pflastersteine unter dem Tisch.

Eine Stunde lang hingen wir stumm unseren Gedanken nach, und ich hatte seit langer Zeit das erste Mal das Gefühl, daß es weder zu früh noch zu spät war, mir fiel keine Beschäftigung ein, der ich mich hätte widmen wollen, statt die schlendernden Menschen zu betrachten. Sie bezahlte die Rechnung, und auch wir entschieden uns ohne Absprache zu schlendern, doch nach kurzer Zeit wurde sie müde, beschleunigte ihren Schritt und bog in Gassen, die andere Gassen schnitten, bis wir vor einem Hotel an einem großen Parkplatz standen, an der Rezeption verschwendete sie keine Zeit, sie schrieb ihren und meinen Namen auf das Anmeldeformular, ließ sich den Schlüssel aushändigen, wir nahmen den Fahrstuhl und stiegen im dritten Stock aus, ich ließ sie zwei Schritte vorgehen, sie schloß auf und stemmte sich mit der Schulter gleichzeitig dagegen, die Tür knallte gegen die Wand. Tatsächlich sah es in der Suite genauso aus, wie sie es mir beschrieben hatte, die Rosengirlande an der Wand, der Klapptisch, der Sessel und der Standspiegel auf Scherenbeinen, sie sah flüchtig hinein und fuhr sich schnell mit der Hand durch die Haare. Ich sah auch das Sofa, das von einem straffen Schonbezug gestaucht wurde, und legte meinen Sommermantel ab, wir mußten uns nicht erst absprechen, sie ging sofort ins Bad, und ich nutzte die Zeit, um aus meinem Hemd und meiner Hose zu schlüpfen, dann stand ich in Unterhemd und Unterhose mitten im Zimmer und überlegte, was ich in dieser Situation am besten tun sollte. Diese Situation: die Frau im Bad, der Mann in Unterwäsche im Schlafraum – ich setzte mich hin und wartete. Ich hörte die Toilettenspülung, ich hörte sie den Wasserhahn aufdrehen, ich hörte sie gurgeln und ausspucken.

Kann ich rauskommen? rief sie aus dem Bad.

Keine Gefahr, rief ich zurück, ich bin noch halb angezogen.

Dreh' dich bitte um und schließ' die Augen, sagte sie.

Ich habe die Augen geschlossen, sagte ich.

Die Badezimmertür ging auf, und ich spürte einen

Luftzug, weil sie schnell zum Bett huschte und unter die Decke kroch, es vergingen einige Sekunden, und da sie schwieg, öffnete ich die Augen, heftete meinen Blick auf den Holzfußboden und schloß mich im Badezimmer ein. Als ich wieder herauskam, hatte sie das Licht gelöscht, und ich sah im Dunkeln, daß sie mir Kissen und Decke auf das Sofa gelegt hatte, durch den Spalt, den die Gardinen freiließen, fiel ein Streifen Licht auf das Fußende des Bettes, in dem sie lag.

Kannst du mit häßlichen Frauen schlafen? sagte sie.

Ach, du schläfst noch nicht, sagte ich.

Sei nicht dumm. So schnell kann doch kein Mensch einschlafen ... Also, kannst du oder kannst du nicht?

Schwierige Frage.

Es ist die perfekte Zugewandtheit, sagte sie leise, man folgt seiner Eingebung, läßt es einfach geschehen. Du weißt nicht, wovon ich rede, stimmt's?

Nein, sagte ich.

Man hofft, ohne zu sehen. Man erwartet, ohne seinen Augen zu trauen. Man bekennt, voller Angst und ohne zu erkennen.

Das ist aber sehr viel auf einmal, sagte ich.

Das Gefäß muß gefüllt werden, sagte sie und verwirrte mich, ich wußte wieder einmal nicht, woran sie wirklich dachte, wenn sie in eigenartigen Worten sprach, die sich wie Glaubensbekenntnisse anhörten, wie Leitsätze und Prinzipien, denen sie bereit war zu folgen, ein paar Tage, ein paar Wochen, bis eine neue kleine Wahrheit sie andere eigenartige Worte sprechen ließ.

Bist du eingeschlafen?

Nein, sagte ich.

Überlegst du nachts vor dem Schlafengehen, was du morgens anziehst? Ich lege meine Kleider immer auf den Sessel.

Ich entscheide mich am nächsten Tag.

Du greifst wahllos in den Garderobenschrank? sagte sie.

Das nicht, sagte ich, Hemd, Pullover, Hose – über mehr muß ich nicht nachdenken.

Schade, flüsterte sie.

Wieso?

Ich dachte, du bist ein überlegter Ästhet.

Darüber mußte ich lachen, ich konnte mich nicht beherrschen, und bestimmt funkelte sie mich jetzt an oder überlegte sich die nächste verwirrende Frage, ich drehte mich auf dem Sofa auf die Seite und schaute in ihre Richtung, ich konnte erkennen, daß sie auf dem Rücken lag und die Decke bis zum Hals hochgezogen hatte, sie drehte mit den Fingern Locken in ihr Haar.

Es gibt da einen Mann, sagte sie, der hört sich an wie diese Männer nach einer Kehlkopfoperation, ich meine, er spricht, als hätte er sich den Krebs im Hals wegmachen lassen. Sie hat ihn kennengelernt ...

Wer?

Meine Freundin, die den Männern Lust verschafft und damit ihren Lebensunterhalt verdient, sagte sie, sie hat ihn kennengelernt, sie fand ihn und vor allem seine rauhe Stimme exotisch, und sie sagte sich: Ich habe nichts dagegen, mit ihm ins Bett ... zu steigen. Sagt man es so?

Man sagt es so.

Sie tut es also. Eine normale Sache. Es fällt ihr auf, daß er nicht eifersüchtig ist. Daß er sie nicht gängelt. Das hätte sie eigentlich mißtrauisch stimmen sollen. Sie empfand keine große Liebe für ihn. Immer große Liebe, bei jedem Mann, kann schädlich sein. Dann hat er sie gefragt, ob sie viel Geld verdienen wollte? Sie wollte.

Ist es jetzt ein gutes oder ein böses Ende? sagte ich.

Ich sah, wie sie sich im Bett aufrichtete, statt einer Antwort schüttelte sie ihr Kissen auf und stopfte es sich hinter den Rücken, und ich fragte mich, ob ich zu weit gegangen war, man konnte nie wissen, der geringste Zweifel an einer kleinen Wahrheit könnte mir als Fehltritt ausgelegt werden.

Es ist ein Anfang, sagte sie, meine gewesene beste Freundin, das muß ich zugeben, ist kein sehr netter Mensch. Ich weiß nicht, ob ich davon erzählen soll ...

Wie du willst, sagte ich.

Ich will, sagte sie, aber erst will ich folgendes: Du schläfst auch in diesem Bett. Du schmiegst dich an mich. Du legst den Arm um mich. Du umfaßt meine rechte Brust.

Oh, sagte ich.

So kann ich am besten einschlafen, sagte sie.

Ich stand auf, tastete mich um das große Bett herum, sie lüpfte die Decke, und ich legte mich auf die linke Seite, sofort schob sie sich an mich heran, ich formte mit meinem Körper eine Kuhle, in die sie sich einschmiegte, dann faßte sie mich am Handgelenk, führte meine Hand unter ihr enges Oberteil, und meine Hand umschloß ihre Brust.

Ist es angenehm? sagte sie.

Ja, flüsterte ich.

Mehr Intimität werde ich nicht zulassen, sagte sie bestimmt.

Gut.

Du darfst nicht mit meiner Brustwarze spielen, du darfst sie nicht streicheln. Das ist intim.

Gut, wiederholte ich.

Ich hörte ihre Armbanduhr, die sie neben die Sonnenbrille auf den Boden gelegt hatte, in den Nebenzimmern war es still, kein eingeschalteter Fernseher, kein Radio, keine aufgedrehte Dusche, die Hotelgäste saßen in dieser Sommernacht auf den Caféterrassen, und ich hörte auch nicht den Fahrstuhl im Schacht dröhnen.

Alles still.

Nur ihre Uhr.

Und ihre Atemzüge.

Du hast einen lustigen Kopf, sagte sie.

Danke, sagte ich.

Du hast warme Hände, sagte sie, das ist schlecht.

Soll ich meine Hand wegnehmen? sagte ich.

Ja, bitte, sagte sie, ich habe nicht damit gerechnet, daß du brennst.

Sie stieß mich mit dem Hintern weg von ihrem Körper, und ohne nachzufragen, wußte ich, daß ich nicht länger im Bett neben ihr liegen durfte, sie war ganz sicher nicht sprunghaft, sie wollte nur wahr von falsch trennen, und manchmal kam es vor, daß sich ihr Wunsch erfüllte, doch sie sah es sich an, sie schaute dann, wie man Fingerabdrücke auf der Glasplatte ansieht, und machte ihren Wunsch rückgängig.

Jetzt lag ich wieder auf dem Sofa und wunderte mich über meine Folgsamkeit, begann so der Niedergang, fing ich an zu zerfallen, weil ich mich fügte?

Du bist nicht schuld, sagte sie, schuld sind deine Hände. Sie beruhigen nicht, sie stacheln auf.

Ist in Ordnung, sagte ich, laß uns schlafen.

Nein, noch nicht, rief sie, ich muß dir noch erzählen, wieso mich die Mätresse der reichen Männer abstößt. Sie hatte eine Katze, eine schwarzweiß gefleckte Katze, und irgendwann wurde sie trächtig und warf fünf Kätzchen. Sie hat sie alle in einen Korb gebettet und in die Tiefkühltruhe gesteckt. Nach einer halben Stunde war Ruhe, sie sind eingeschlafen und nicht mehr aufgewacht. Sie hat mir gesagt: Das ist eine menschliche Form, Katzen zu töten.

Ach du Schande, sagte ich, das ist ja gottlos.

Wir hatten längst aufgehört, daran zu glauben, an Gott, statt dessen schmückten wir unsere Plätze mit Statuen, sie waren in Gesten der Richtungsweisung eingefroren, und wir starrten sie an, es machte ihm nichts aus, angestarrt zu werden, dem toten Stein, er war machtlos, er war uns ausgeliefert ... Weshalb verschwendete ich nur Gedanken daran, ich war müde, ich hatte eine fast sinnlose Situation überstanden, erst hatte ich dieser tschechischen Schauspielerin gehorcht und für einige Sekunden ihre nackte Brust umfaßt, und nur weil sie ihre Erregung nicht verbergen konnte und weil meine Hand brannte, hatte sie mich wieder zurückgeschickt aufs Sofa. Ich verstand, ich sah ein, ich kam den Bitten nach, und am Ende dachte ich fast immer nur an Tyra und ihre Lügen, an mich und meine Verschwendung.

Du hast an sie gedacht, nicht wahr? sagte sie.

Nein, log ich, ich habe mich nur über meine Wortwahl gewundert.

Es ist aber gottlos, sagte sie, sie glaubt, sie ist unsterblich. Sie hat einmal bei Rot die Straße überquert, und ein Passant hat ihr zugerufen: Frau, bist du unsterblich? Sie hat gesagt: Ja, das bin ich.

Was heißt ›Mimo provoz‹? sagte ich.

Außer Betrieb. Wo hast du es gelesen?

Auf der Herrentoilette, an einem Urinal war ein Schild angebracht.

Jetzt weißt du es, sagte sie, die Männer in meinem Leben, ich habe mich wirklich immer, ohne Ausnahme, in Männer verliebt, die ein Musikinstrument spielen konnten, all die Männer, in die ich mich verliebte und mit denen ich mich verlobte, diese Männer in meinem Leben könnten zusammen ein Orchester bilden. Wobei die Zupfinstrumentspieler eindeutig in der Überzahl sind.

Und der Verdammte? sagte ich.

Schluß mit dem Bettgeflüster, rief sie, ich wünsche dir eine gute Nacht.

Ja, gute Nacht, sagte ich, ich wußte aber, daß wir nur eine Weile aushalten würden, schweigend in der Dunkelheit zu liegen, von draußen drang das Gelächter besinnungslos betrunkener Männer, es waren britische Billigurlauber, die so ausgelassen waren, daß sie auf schöne Tschechinnen mit bloßem Finger zeigten, ich hatte sie auf dem Weg zum Hotel gesehen, nicht die Festung auf dem Hügel, noch die Kirchen und Brunnen in Brünn interessierten sie, Lärm und Sex und Bier – es gefiel ihnen nur das, was sie von zu Hause kannten. Ich wunderte mich nicht, daß Jarmila plötzlich neben dem Sofa stand und auf mich herabschaute, ich wunderte mich nicht, daß sie sich niederkniete zu einem Kuß auf meinen Mund, und es wunderte mich auch nicht, daß sie unter meine Decke schlüpfte und halb auf mir lag, und weil wir schamvoll waren, begnügten wir uns damit, an der Haut des anderen zu riechen, sie schlief ein in meiner Umarmung und mit meiner Hand auf ihrer Brust.

6

Ich hatte auf kein Zeichen gewartet, auf keinen Riß im Himmel oder eine verwehte Wolkenschliere, nicht auf den Verdammten, der mir einen zweiten Zettel zustellen ließ, nicht auf ein kleines Fundstück auf der Straße oder den Zuruf eines Betrunkenen, in dessen Worten ich viel Sinn erkannte. Dies war der Tag nach meiner Rückkehr nach Prag, und es hatte sich nichts verändert, das Schlechtwetter setzte den Tschechen zu, ich sah sie an den Haltestellen ungeduldig in die Richtung spähen, aus der die Straßenbahn kommen sollte, ich sah sie hastig rauchen, und wenn ein Straßenmagazinhändler sie ansprach, drehten sie ihm schnell den Rücken zu und bewegten die Lippen, um einen stummen Fluch aufzusagen. Ich saß auf einer Parkbank auf dem Jan-Palach-Platz mit Blick auf den Eingang des Universitätsgebäudes, und jedesmal, wenn von innen die Türen aufgestoßen wurden, starrte ich mit klopfendem Herzen auf die Frauen. Sie trugen, wie es für Studentinnen typisch war, Rucksäcke oder robuste Umhängetaschen, ihre Damenschuhe hatten hohe dicke Absätze, und sie tändelten nicht auf der Freitreppe, sondern zerstreuten sich sofort draußen und verloren sich auf den Straßen. Ich hatte mir in einer Plastiktüte belegte Brötchen vom Frühstückstresen mitgenommen, und in den Stunden, da ich voller Hoffnung wartete, griff ich hinein, wickelte ein Brötchen aus der Papierserviette und aß in großen Bissen. Es gab für mich sonst nichts zu tun.

Und dann sah ich sie. Und sie sah mich. Meine Liebe Tyra, dachte ich, Tyra, meine Liebe. Sie blieb auf der zweiten Treppenstufe, und während ich mich ihr näherte, nicht vorsichtig und nicht ernst, schaute sie mich prüfend an, ich schämte mich der Plastiktüte in meiner Hand und meiner abgelaufenen Anzugsschuhe. Ihr schönes blondes Haar. Der knielange Rock. Der schwarze breite Gürtel mit der großen Schnalle. Sie hat ein wetterfestes Make-up aufgelegt, schoß es mir durch den Kopf, falls es heute noch regnen sollte, werden die Regentropfen ihr Rouge nicht aus dem Gesicht waschen können, sie sieht hier in Prag entschlossener aus, natürlich, sie ist aus dem Gefängnis der Kleinstadt ausgebrochen und hat vielleicht ihren Mann für immer verlassen, sie ...

Du verfolgst mich, sagte sie tonlos und hielt ihre Dozententasche vor die Gürtelschnalle.

Ich verfolge dich nicht, ich bin dir gefolgt, sagte ich.

Was willst du?

Das ist doch offensichtlich.

Muß ich wegen dir Angst haben? sagte sie.

Nein, um Gottes willen. Ich will dir doch nichts antun.

Was willst du? wiederholte sie.

Der Busunfall, setzte ich an, dann der doch so unwahrscheinliche Zufall, daß wir uns in deiner Kleinstadt wiederbegegnen.

Es ist nicht meine Kleinstadt, stellte sie fest.

Natürlich, sagte ich, was ich meine, ist ... das alles ergibt einen Sinn.

In deinem Kopf vielleicht, sagte sie.

Eher in meinem Herzen, sagte ich.

Was ist in der Tüte drin?

Belegte Brötchen, eine Zeitung, ein Stadtführer.

Zeig' sie mir, sagte sie.

Ich ließ sie in die Plastiktüte hineinsehen, und wie um

jeden Zweifel auszuräumen, daß ich sie nicht verletzen wollte mit einem stumpfen oder spitzen Gegenstand, nahm ich das Brötchen, die Zeitung und den Stadtführer heraus und zeigte sie ihr, ich machte ihr sogar den Vorschlag, die Tüte sofort abzulegen, meinetwegen auf die Treppenstufe, ich zog sogar die Taschen meines Sommermantels heraus, sie sollte doch so etwas nicht glauben, wie konnte sie nur denken, ich gehörte zu den Männern, die verrückt sind und verrückt spielen, die Frauen nachstellen, in der Hoffnung, sie könnten sie auf diese Weise zermürben oder ihre Kraft brechen.

Ich frage dich ein letztes Mal: Was willst du von mir?

Können wir uns nicht auf die Parkbank setzen und uns unterhalten?

Nein, sagte sie.

Bitte, sagte ich, im Stehen kann ich nicht gut sprechen.

Ich habe eine Verabredung.

Zehn Minuten, sagte ich, schenk' mir zehn Minuten deiner Zeit.

Sie hielt Abstand, wir gingen über die Straße, und sie setzte sich an das äußerste Ende der Parkbank, und weil ich sie nicht in die Flucht jagen wollte, setzte ich mich an das andere Ende, ich hatte nur diese wenigen Minuten.

Noch einmal, das ist mir wichtig: Ich verfolge dich nicht. Ich habe dich gesehen, und ich habe angefangen, mich nach dir zu sehnen. Ich bin eher dumm als gefährlich. Erst dachte ich, es ist nichts, nur ein bißchen Verliebtheit, es wird vergehen. Ich bin kein Frauenheld. Ich bin eher schüchtern. Ich lasse mich sonst nicht zu Abenteuern hinreißen. Ich bin ein einfacher Mann. Und du hast meine Welt auf den Kopf gestellt.

Ich habe damit nichts zu tun, sagte sie, ich habe dir diese Nachricht hinterlassen.

Es war eine wunderbare Nacht, sagte ich.

Glaubst du?

War es das für dich nicht? sagte ich.

Ich bin fremdgegangen, sagte sie, ich war gerade in der Stimmung dafür.

Du hast keine Kinder, oder?

Nein, sagte sie, ich habe es nur behauptet.

Und zwischen dir und deinem Mann ist auch alles erloschen.

Erloschen, sagte sie, was für ein dramatisches kitschiges Wort. Wir haben uns nichts mehr zu sagen, das stimmt. Er führt eine Apotheke, und ich hasse Apotheken.

Ich habe mich in dich verliebt, sagte ich.

Du bist sehr einfältig, sagte sie, weißt du, weshalb ich in Prag bin?

Du schreibst eine Arbeit.

Über Marketenderinnen. Über Frauen im Troß eines Heeres. Sie waren Köche, sie kümmerten sich für Geld um die Wäsche der stinkenden Soldaten, und wenn sie wollten, schliefen sie mit den Männern, auch gegen Bezahlung.

Ja, sagte ich.

Warst du in der Apotheke meines sogenannten Mannes?

War ich.

Ich bin dir deswegen nicht böse. Hat er mich eine Marketenderin genannt?

Hat er, sagte ich.

Bin ich das für dich?

Nein.

Ich interessiere mich nicht für dich, sagte sie.

Weißt du, Tyra, setzte ich an, es hat für mich etwas angefangen. Mit dir hat es begonnen, ich habe nicht nachgedacht, ich habe mir die Dinge nicht zurechtgelegt, und ich habe keine fixen Ideen. Ich weiß, du könntest jetzt sagen: Was geht es mich an, daß du derart überhitzt bist. Es gibt so viele Gründe, hart zu sein, mich nach Hause zu schicken. Es gibt sogar gute Gründe für dich, mich für einen Verrückten zu halten. Ich bin nicht krank.

Du willst mit mir schlafen? sagte sie.

Nein. Ja. Aber vor allem will ich, daß du mit mir essen gehst. Lern' mich kennen.

Wie abgeschmackt, sagte sie und stieß vor Zorn die Luft durch die Nase aus.

Zwei Stunden deiner Zeit, in einem Restaurant, mit einem Mann, von dem du weißt, daß er hochverliebt ist. Und wenn es dein Wille ist, mich dann trotzdem zum Teufel zu jagen, siehst du mich nie wieder.

Ich werde nicht mit dir schlafen. Es bringt nichts.

Ein Abendessen, sagte ich.

Morgen um acht Uhr treffen wir uns hier. Wir gehen essen. Dann sehe ich dich nicht wieder.

Sie stand auf, drehte sich um, preßte ihre dicke Schultertasche an die Seite und ging davon, ich schaute ihr nach, ich schaute auf ihre Fesseln, ihre Waden, auf ihren Po, der den Rock ausfüllte, und ich bekam Lust, ich sollte ihr hinterherlaufen und sie an mich drücken, und als der Drang immer stärker wurde, wandte ich mich von ihrem Anblick ab, sie liebte mich nicht, sie war nicht in mich verliebt, unsere Begegnung hatte keine Spuren bei ihr hinterlassen, und ich war ein Idiot. In ihren Augen war ich ein Idiot. Sie konnte nichts mit einem Idioten anfangen. Sie konnte keinen Idioten begehren. Ein Mann, mit dem sie eine Nacht verbracht hatte und der ihr hinterhergereist war, konnte gefährlich werden, er konnte den Preis für seine Mühen verlangen, er konnte ihr das schöne Leben in Prag verderben. Ich hatte ihr versprochen, mich zu benehmen. Also war ich vielleicht kein Irrer.

Aber ein liebeskranker Idiot. Wie trennte man begehrenswerte nette gute ernste Männer von den lästigen verteufelt impertinenten unglaublich uninteressanten Männern? Es gab keine Regel. Woran erkannte man einen Idioten? Er wollte nicht hören, er hing einer Idee an, und in seinen Träumen sah er das Abbild der Frau, die ihn in der Wirklichkeit verlachte. Was konnte eine Frau schon mit ihm anfangen, mit dem Idioten? Nichts. Ich war ein Mann, der sich als Tourist verkleidete, um seinen Liebeswahn zu verhüllen, und das Idiotische an meinem Betrug konnte ihr nicht verborgen bleiben. Und sie? Sie hatte etwas völlig Neues angefangen, und sie erkannte in mir die blöde dumme lahme Bestie aus dem alten Leben. Nun gab es keine Regeln für sie. Jetzt ging es nur noch darum, eine Arbeit über blöde dumme lahme Marketenderinnen zu schreiben, verdammt noch mal, das war nicht in Ordnung, doch ihr Doktorvater, der Göttinger Gelehrte, lobte sie bestimmt, feuerte sie an und sprach davon, daß es ihr guttat, wenn sie Ordnung brachte in ihr Leben, wenn sie die Leichen verwesen ließ. Sie hatte mich nicht angeschaut, als wäre ich ein Gespenst, oder ein Irrer, oder ein Idiot, sie starrte mich an, und ich kam mir vor wie eine Leiche. Es war verloren. Ich saß auf der Parkbank, aß lustlos das letzte Brötchen, strich mir die Krümel vom Mund, und mir fiel ein abgeschmackter kitschiger dramatischer und einfältiger Satz ein.

Sie brach mir das Herz.

Ich konnte nichts dagegen machen.

Wir hatten nur eine einzige Nacht zusammen verbracht.

Am nächsten Abend, um Punkt acht Uhr, stieg ein Mann um die Fünfzig von seinem Holländerfahrrad ab, zog die Hosenbeinklammern von seinen Waden und steuerte die Parkbank an, auf der ich seit knapp einer

Stunde saß, ich war natürlich vor der Zeit gekommen, um jegliches Mißverständnis auszuschließen, der Mann war offenkundig auf seinen Auftrag konzentriert, ich wußte, er hatte nicht lange mit sich ringen müssen, als Tyra ihn bat, einem lästigen Bekannten die Nachricht zu überbringen, ich wußte, was kommen würde, er streckte sich im Gehen, und als er vor mir stand, schaute er mir endlich ins Gesicht.

Ich soll Ihnen mitteilen, daß sie verhindert ist. Halten Sie sich bitte von ihr fern. Sie fühlt sich von Ihnen in höchstem Grade behelligt. Sie würde ungern die Polizei einschalten.

Ich weiß nicht, was sie Ihnen erzählt hat über mich, sagte ich, ich bin aus besonderem Anlaß in Prag.

Seien Sie kein Störenfried, sagte der Mann.

Sind Sie ihr Doktorvater?

Das sehen Sie richtig.

Schauen Sie mich an! Sehe ich aus wie ein Psychopath?

Ich verfüge nicht über genügend Menschenkenntnis, sagte er.

Ich langte schnell in meine Jackeninnentasche, er sprang zurück und war im Begriff, wieder auf sein Fahrrad zu steigen.

Nein, warten Sie, rief ich, ich habe hier nur einen Umschlag. Könnten Sie ihn Tyra geben?

Ich kann ihn nicht annehmen, sagte er und blinzelte mich an.

Hören Sie, ich bin ein zivilisierter Mensch. Wirklich. Ich halte mich an die Regeln. Erfüllen Sie mir diesen Wunsch. Sie liest diesen Brief und trifft eine Entscheidung. Und ich verspreche Ihnen, ich werde mich fügen.

Sie wußten, daß sie Sie versetzt, stellte er fest.

Ja, sagte ich.

Dann haben Sie sich hingesetzt und ihr einen Brief geschrieben.

So ist es, sagte ich.

Ich bin kein Kurier, sagte er, ich tue ihr einen Gefallen, und jetzt soll ich auch Ihnen einen Gefallen tun.

Ich bitte Sie darum.

Er tat etwas Seltsames, er hatte plötzlich ein Tuch in der Hand, mit dem er den Sattel seines Fahrrads abwischte, vielleicht war es ja nur eine nervöse Handlung, ich hatte ihm mit meiner jähen Bewegung Angst eingejagt, und er rieb sich die Angst weg.

Macht es Ihnen etwas aus, wenn ich mich kurz zu Ihnen setze?

Nein, bitte, sagte ich verblüfft und rutschte zur Seite, der Briefumschlag lag auf meinen Oberschenkeln, ich hielt ihn mit beiden Händen fest.

Sie ist gut in ihrer Arbeit, setzte er an, sie möchte in ihrer Arbeit nicht gestört werden ... Ich vermute, daß bei dieser Angelegenheit, nun ja, Liebe im Spiel ist. Es gibt keine Kraft, die sie veranlassen könnte, übermäßig zu empfinden. Können Sie mir folgen?

Nicht ganz, sagte ich.

Sie ist eine empfindsame Frau, das ja. Aber im Moment hat sie ganz andere Sorgen ... Übrigens finde ich es etwas seltsam, was wir gerade machen.

Ja, sagte ich, werden Sie ihr den Brief überbringen?

Werde ich das? ... Was haben Sie ihr geschrieben? Ich will nicht indiskret sein, ich möchte nur ein bißchen Klarheit.

Ich habe sie gebeten, meine Einladung zum Abendessen anzunehmen, sagte ich.

Mehr nicht?

Keine Liebesschwüre. Schon gar keine Drohungen. Ach ja, meine Mobilnummer habe ich auch aufgeschrieben, und meine Hoteladresse.

Ich werde Ihnen glauben müssen, sagte er und stand auf, auch Sie werden mir vertrauen müssen. Ich könnte unterwegs meine Meinung ändern und den Brief zerreißen.

Tun Sie es bitte nicht, sagte ich.

Nein, sagte er und schwang sich auf sein Fahrrad, er wünschte mir noch eine gute Nacht, dieser feine Herr, er war ein anständiger Mann, und ich hatte ihn im Verdacht, in seine Studentin verliebt zu sein, seine Gefühle behielt er aber bestimmt für sich. Ich aber wollte nicht wahrhaben, daß es nicht ausreichte, über lange Zeit das Feuer im Herzen zu schüren, ich hielt mich in Prag auf, weil es keinen Grund gab, zu meiner Nüchternheit zurückzufinden, ich war beschädigt genug, ich war aufmerksam genug, ich riß die Augen auf und entdeckte die schönen Details, die unwichtigen Sachen, die abgelegten und vergessenen Gegenstände.

Auf dem Weg zum Hotel sah ich auf den Fensterbrettern eines Restaurants am Wasser die Korken teurer Weine, und eine Amerikanerin klatschte am Fuße des Treppenaufstiegs vor Freude in die Hände, sie stieß ihren Mann an, der grinsend ausrief, er freute sich auf ›the wonderful Charles bridge‹; ich sah auf der Karlsbrücke die verwitterten Sakralskulpturen, ich sah die lizenzierten Aquarellbildverkäufer, von denen es hieß, sie würden jedem Neuen mit einer Lizenz erst einmal das Leben zur Hölle machen. Ein Tscheche mit einer violetten Schmetterlingsschleife um den Hals sang ein Blueslied in einen Grammophontrichter, und weil sich das alles unter einem bewölkten Himmel zutrug, blieb ich stehen, lehnte mich an die Mauer und lauschte dem Mann, der unbekümmert sang und dessen Gesicht immer dann kurz aufleuchtete, wenn ein Tourist Münzen in seine Holzschatulle warf.

Wir müssen sprechen, sagte der Verdammte, er kam hinter dem Stand mit den nostalgischen Pragfotos hervor, er merkte mir meinen Schreck an und machte eine beruhigende Geste, er würde mir schon nichts tun, sagte er, ich hätte zwar eine weitere Tracht Prügel verdient, aber er wäre hier, um mit Worten zu fechten, ich machte einen Schritt auf ihn zu.

Ich würde dich liebend gerne töten, sagte ich, ich würde deinen kranken Kopf zerdrücken.

Du vergreifst dich an meiner Frau, zischte er.

Ich bin in der Stimmung, dich zu töten, du Schwein, wiederholte ich und packte ihn an seinen Jackettaufschlägen, die Wut machte mich stark, es war egal, was mit mir geschah, es war egal, ob ich im Fluß landete, ich wollte nur nicht wieder Schläge einstecken müssen. Ich sah in seinen Augen seltsamerweise Angst aufblitzen, dann hatte er sich wieder unter Kontrolle, er versuchte, sich mir zu entwinden, ich ließ ihn nicht los, ich zog ihn an mich, und wir standen Nase an Nase.

Du krankes Schwein, flüsterte ich, du hast mich hinterrücks angefallen, du verdammter Feigling, tut das ein richtiger Mann?

Ein richtiger Mann begehrt nicht eines anderen Weib! zischte er.

Sie pfeift auf dich, sie hat ein Problem mit dir, du hast überhaupt ein großes Problem. Komm' mir nicht mit der Bibel.

Ein Tourist sprach uns an und fragte, was denn los wäre, und da er von uns keine Antwort bekam, hielt er es für das beste, sich nicht weiter einzumischen, meine Finger schmerzten von dem Griff, und ich ließ endlich los.

Wenn du mir weiter auflauerst, sagte ich, werde ich dein Geschäft kaputtmachen.

Was für Geschäfte?

Ich kenne dich und deine Tricks, sagte ich, ich habe Beziehungen zu ganz bestimmten Menschen, die sich nicht an Recht und Gesetz halten.

Jetzt schaute er mich an. Es war gelogen, ich war in dieser Stadt auf mich allein gestellt, und niemand würde sich meine Klagen anhören und handeln.

Ich lasse dich in Ruhe, und du läßt mich in Ruhe, sagte er.

Richtig, sagte ich.

Du kannst die Nutte haben, sagte er und ging in eiligen Schritten in Richtung des Altstädter Brückenturms davon.

Was war das jetzt gewesen? Meine Hände und Knie zitterten, und ich schämte mich meiner Worte, ich schämte mich doch nicht, der Blues des Tschechen klang wie eine Hohnhymne auf Männer im Zweikampf.

Ich wollte nicht kämpfen.

In meinem Brief an Tyra, übermittelt vom Kurier, ihrem Göttinger Doktorvater, hatte ich folgendes geschrieben:

Wir wollen uns nicht streiten. Also, wenn's recht ist, kommen wir zusammen, in einem Restaurant deiner Wahl, ich kenne mich in Prag nicht gut aus. Du bestellst für dich und für mich. Ich esse alles, bis auf Kohlrabi, gekochte Rosinen und extravagantes Fleisch aus Fernost. Ich liebe Fisch, das Fleisch aus den Backentaschen schmeckt besonders gut. Ein Dreigängemenü, ist es in deinem Sinne? Suppe, Hauptgericht und Nachspeise. Ein Korb voll mit dicken Weißbrotscheiben. Das Tischtuch, am besten bunt, am liebsten einfach weiß, frisch gewaschen und gestärkt. Der Kellner trägt natürlich eine Schürze, vielleicht war er gerade beim Friseur, und sein Nacken riecht nach Lavendelgel. Er läßt dich den Wein probieren, ich hasse die Weinprobezeremonie der Männer. Sie riechen am Korken, sie halten das zur Probe gefüllte Glas unter die Nase und gegen die Kerzenflamme, sie schwenken das Glas und grinsen beim Anblick des schwappenden Weins. Du wirst beim Weinschmecken sehr graziös sein, und der Kellner wird denken: Dieser Kerl sitzt ihr gegenüber mit schiefem Hemdkragen, und er weiß nicht, was sich gehört. Wir werden dann essen, und du wirst nicht befürchten müssen, daß ich das Thema anschneide, das dir unangenehm ist. Vielleicht bringe ich dich zum Lachen, ich hoffe es. Mir ist aufgefallen, daß die Tschechen weder zu selten noch zu oft lachen, sie lachen dann, wenn es etwas zum Lachen gibt. Also, ich finde das seltsam. Den tschechischen Kellner wirst du aber bestimmt zum Lächeln bringen, mindestens zehnmal an dem Abend. Falls ich dramatisch werde, zupfst du deine Stoffserviette vom Schoß und wirfst sie mir ins Gesicht. Du verläßt, ohne ein weiteres Wort, das Restaurant und überläßt mir die Rechnung. Natürlich würde ich in jedem Falle dich zum Essen einladen. Du mußt es mir nur erlauben. Ich bin altmodisch, ich lade jede Frau, mit der ich essen gehe, ein, egal wie ich zu ihr stehe.

Ich wohne im Hotel J. in der Elisky-Peskove-Straße. Keine Mißverständnisse. Wenn du magst, können wir uns am Springbrunnen treffen, der auf einer kleinen ausgebauten Verkehrsinsel steht, keine zwanzig Schritte vom Hotel entfernt. Ich werde dort auf dich warten. Ist neunzehn Uhr fünfundvierzig genehm? Ich warte etwa eine Stunde, dann würde meine Hoffnung schwinden, daß du dich einfach nur verspätet hast. Dann wüßte ich, daß es für dich eine Zumutung ist, wenn du mit mir essen gehst. Selbstverständlich werde ich nie wieder vor der Philosophischen Fakultät stehen. Es war für mich die einzige Möglichkeit, dich wiederzusehen.

Das Wasser schoß in Fontänen hoch, die Düsen waren im Spalt angebracht, der eine schwere Granitplatte durchzog, der Wind spielte mit dem Brunnenwasser, und es spritzte über den Beckenrand und ließ die Kinder aufschreien und wegspringen. Die hellerleuchtete Straßenbahn hielt an der Haltestelle, schöne geschminkte blondierte Frauen in weißen Regenmänteln stiegen aus, hielten kurz inne, um sich umzusehen, sie zupften an losen Strähnen, sie lösten und knoteten ihren Gürtel, um mit geradem Rücken daherzuschreiten, sie bedachten die entgegenkommenden Männer mit keinem Blick, sie überquerten den Springbrunnenplatz, gingen vorbei an der Parkbank, auf der ich saß. Die Reklametafel, deren Eisenpflock in einem großen Blumenkübel einbetoniert war, verkündete neues Glück, die Menschen in weißen Anzügen und Kostümen standen in einem strahlenden Paradies, ich konnte erkennen, daß für Eigentumswohnungen geworben wurde, und ich mutmaßte über den Werbespruch, ›Schaffen Sie Ihr eigenes Paradies‹ könnte die Zeile unten vielleicht lauten, oder: ›Ihr Haus im Himmel – ziehen Sie ein‹. Es war die Stunde, da das Licht langsam schwand, es war meine schönste Stunde.

Auf diesem Platz stand einmal ein sowjetischer Panzer, sagte sie, der erste Panzer, der eingerollt ist. Die Studenten haben ihn immer wieder rosa übermalt, die Behörden ließen den Panzer jedesmal in Kriegsgrün anmalen. Es ging jahrelang so weiter. Dann wurde der Panzer einfach entfernt. Das Geschichtsmonument verschwand, und die Tschechen waren froh.

Tyra machte keine Anstalten, sich hinzusetzen, ich erhob mich und stellte mich an ihre Seite, die große Sonnenbrille stand ihr gut, das Kirschrot auf ihren Lippen biß sich mit der Hornfassung ihrer Brille, sie aber war wunderbar unbekümmert, ich dagegen zerbrach mir den Kopf, wie ich mich an mein Versprechen halten konnte, sie nicht mit dramatischen Liebesbekundungen zu belästigen. Ich blieb still, und sie lächelte mich von der Seite an, ein einziges Mal, und ich fühlte mich dadurch ermuntert, ihr von meinen Tagen in Prag zu erzählen, in meiner Geschichte kamen natürlich keine Frauen vor, ich sprach von Prag als der Hauptstadt der schwermütigen Vollbluteuropäer, und in dem Moment, da ich es aussprach, war es mir schon peinlich, also fragte ich sie, ob sie sich wohlfühlte hier, und sie kam gleich auf ihre Arbeit zu sprechen, auf die Kämpfe und Intrigen im Dreißigjährigen Krieg, sie zählte Daten und Namen auf, die ich sofort vergaß, es war nur wichtig, ihrer Stimme zu lauschen, es ging nur um sie und das Feuer, das die Arbeit in ihr entfacht hatte.

Wie schade, dachte ich, daß du mich nicht liebst, Tyra. Wie schade, daß du nicht von mir träumst, daß du mich nicht vermißt hast. Daß du mir nicht deine Schauplätze in der Stadt zeigen willst, damit ich mich freue mit dir. Wie schade, daß wir durch die Straßen gehen und die Tschechen in uns keine Verliebten erkennen.

Dann erwähnte sie Jan Hus, einen Christenketzer, jedenfalls hätte ihn die offizielle Kirche als solchen angesehen, und obwohl er vom König einen Freibrief bekommen hatte, wurde er auf dem Scheiterhaufen verbrannt, und sie erwähnte Tycho Brahe, einen Sternwart, den ein Rudolf der Zweite nach Prag eingeladen hätte, und nach der Legende wäre er gestorben, weil ihm die Blase geplatzt wäre, der Mann mußte dringend austreten, wollte aber nicht gegen die Hofetikette verstoßen. So wären sie, die Tschechen, ich fragte nicht: Was heißt das? Was sagen ein verbrannter Ketzer und ein blasenschwacher höflicher Astronom über die Tschechen aus?

Ich schaute sie immer wieder von der Seite an, sah aber schnell wieder weg, ich durfte nicht auffällig werden, und ich ärgerte mich darüber, andererseits war sie gekommen und bereit, mit mir einen Abend zu verbringen, sie hatte mir den Namen des Restaurants verraten, ein balkanisches Restaurant in der breiten Gasse zwischen dem Schönbornpalast und der Karmeliterstraße, und als wir eintraten, bekam ich sofort gute Laune. Die Tischtücher und Stuhlüberzüge waren aus bunten Flikken zusammengenäht, an den Wänden hingen derbe naive Bilder von Hirten und Schafen und kirschlikörtrinkenden Bauern mit großen Zwirbelbärten, auf einem Bild saß eine Frau auf dem Schoß eines Mannes, der ihr die Hand auf die Brust gelegt hatte, hinten entlaubte Bäume und das Winterdunkel des Waldes, und doch trugen der Mann und die Frau keine Schuhe.

Sie hatte einen Tisch am Fenster reserviert, es machte ihr also nichts aus, mit mir gesehen zu werden. Wir bestellten eine Grillplatte für zwei Personen, sie erzählte, daß die kroatischen Besitzer eigentlich sehr nette Menschen waren, sie sprachen wohl auch ein recht passables Tschechisch, das hatte ihr ein netter Student verraten, mit dem sie erst letzte Woche hier gesessen hatte, sie kam oft hierher und konnte sich also zu den Stammgästen zählen, deshalb wurde ihr das Mineralwasser nicht berechnet, ich sollte soviel Wasser trinken, wie ich vertragen konnte. Sie sprach und ich hörte zu, die Zeit verrann, und mich beschlich ein ungutes Gefühl – das Grillfleisch und das Wasser und das schöne Restaurant waren mir egal, es ging nur um sie, sie wußte es, ich mußte meine Ungeduld zügeln, ich mußte aufpassen, ich mußte ...

Schmeckt dir das Essen? sagte sie.

Ja, vielen Dank, sagte ich.

Willst du nichts von dem Reis?

Nein, ich bin eigentlich schon sehr satt.

Würdest du einen Freund herbringen?

Unbedingt, sagte ich, ich habe auch gleich eine Visitenkarte eingesteckt.

Sie stand auf, ging zur Toilette, ich legte Messer und Gabel auf den Teller, trank mein Glas leer und füllte es mit Wasser nach, und als sie zurückkam, entdeckte ich Wassertropfen an ihrer Schläfe, sie bestellte Wein.

Du fühlst dich schlecht, stellte sie fest.

Entschuldige, sagte ich.

Nein, nein. Du hast dich tapfer gehalten ... Es ist spät geworden, ich muß morgen früh aufstehen.

Klar, natürlich, sagte ich, so war das ja abgemacht.

Wir haben nichts abgemacht, sagte sie, du hast mir in deinem Brief einen Vorschlag gemacht. Was würdest du am liebsten tun?

Ehrlich?

Ja.

Dir die Kleider vom Leib reißen, sagte ich leise.

Liebst du mich? sagte sie.

Ich begehre dich und liebe dich.

Ich weiß, daß du mich begehrst, sagte sie, aber liebst du mich wirklich?

Ich weiß es nicht.

Sie starrte mich an, trank einen Schluck Wein und lehnte sich zurück.

Du bist wegen mir hierhergereist? sagte sie.

Einzig und allein wegen dir, sagte ich.

Keine Geschäfte, die du nebenbei abwickelst?

Nein, nichts.

Was arbeitest du?

Ich war früher an der Börse, sagte ich, ich habe mich freigestellt.

Bist du reich?

Ich könnte noch vierzehn Jahre unbesorgt weiterleben, dann müßte ich anfangen, wieder Geld zu verdienen.

Sie starrte mich an und spielte mit einem Haarkringel.

Ein Erfolgsmensch, sagte sie.

Ich glaube nicht, sagte ich.

Weil du keinen Erfolg bei mir hast?

Das ist der entscheidende Punkt.

Im Augenblick, stellte sie fest. Es gefällt mir, daß du mich nicht liebst.

Das habe ich nicht gesagt.

Doch, das hast du, sagte sie, Liebe macht die Sache komplizierter. Ich kann es nicht gebrauchen, nicht jetzt und nicht in Zukunft ... Ich bezahle. Mir ist danach.

Sie ließ sich die Rechnung kommen, und ich schaute ihr dabei zu, wie sie aus ihrer Börse die Geldscheine herausholte und auf den Zinkteller legte, sie gab der Kellnerin zu verstehen, daß sie das Rückgeld behalten könne, ich starrte auf den zur Kruste verhärteten Weinstein in ihrem Glas, und sie begann davon zu erzählen, daß sie mich schon längst entdeckt hatte, lange bevor ich sie vor der Philosophischen Fakultät abpaßte, sie hatte mich gesehen in Gesellschaft einer aparten Tschechin, und ihr erster Eindruck wäre gewesen, daß es sich bei uns beiden um ein Liebespaar handeln mußte, wir hielten nicht Händchen und küßten uns nicht auf offener Straße, aber hier, hatte sie gedacht, sind ein Mann und eine Frau, die miteinander vertraut sind, sie mögen sich, sie brauchen sich, vor allem brauchen sie einen kleinen Schubs, einige wenige Stunden, und sie lieben sich im Bett. Es belustigte sie, daß ich in meinem Liebesleben eine Hauptperson und mindestens eine Nebenperson ›installierte‹, bei diesem Wort zuckte ich zusammen, ich verstand mich nicht als Klempner, sie ahnte meine Widerworte, deshalb machte sie eine besänftigende Geste, und ich fühlte in mir eine Scham aufsteigen, die Scham darüber, mit einer anderen Frau gesehen worden zu sein, die Scham über meine Dummheit. Was sollte ich machen? Ich beginge einen Verrat, beteuerte ich ihr, daß eben sie die Hauptfrau war, und diese Nebenfrau, die mich durch die Stadt führte, konnte ihren Platz nicht besetzen, und doch, ich verriet Jarmila, ich beteuerte Tyra meine Gefühle, ich sagte ihr, daß allein sie mich betörte, all diese altmodischen, furchtbar nichtsnützigen Liebesschwüre, meine Scham, mein Verrat.

Willst du ein Lump sein? sagte Tyra.

Nein, sagte ich.

Wieso führst du dich dann wie ein Lump auf?

Verdammt, Tyra, rief ich, verdammt verdammt verdammt. Ich sitze hier an diesem Tisch, ich muß mich benehmen. Ich kann das nicht.

Wie ist sie? sagte Tyra.

Sie ist keine Nebenfrau, gab ich zu, sie ist sehr nett.

Ach Gott!

Sie ist ein feiner Mensch.

Hör auf, sagte Tyra, du hast kein Herz.

Doch, hab' ich, sagte ich, ich kann nicht vor einer Frau eine andere Frau loben.

Wer sagt denn, daß du sie loben sollst? Wie heißt sie?

Ist nicht wichtig.

Wie heißt sie? wiederholte sie.

Sie heißt ... es wäre nicht richtig, wenn ich ihren Namen verraten würde.

Das gefällt mir, sagte sie, du hast vielleicht doch ein Herz.

Du prüfst mich, stellte ich fest.

Natürlich, sagte sie, ich muß schließlich genau wissen, mit wem ich ins Bett gehe. Aber ich werde es nicht tun, nicht heute nacht und nicht morgen nacht. Übermorgen? Weiß ich nicht. Du bist kein Mann, dem ich vertraue, auch das ist nicht besonders wichtig. Du versuchst, das Beste herauszuschlagen, sogar hier auf fremdem Boden. Eine Charakterschwäche. Wenn mich ein Mann liebt, auf die Weise, wie du es tust, ein Mann, der mir gefällt, würde ich ihn zum Henker jagen. Ich war mir sicher, daß du mir nicht gefällst. Was ich an dir mag? Du bist ein böser Geist in der Flasche. Ziehe ich den Stöpsel raus oder nicht? Ich werde darüber nachdenken ... Ich habe eine Bitte.

Ja? sagte ich.

Halt' dich an dein Versprechen, und komm' mir nicht zu nahe.

Gut, sagte ich, wie du willst.

Hast du übermorgen etwas vor?

Ich werde mir den Tag freihalten, sagte ich.

Ich verspreche nichts, sagte sie, aber es kann sein, daß ich dich anrufe. Es kann aber auch etwas völlig Banales dazwischenkommen, wie Kopfschmerzen oder Müdigkeit.

Kein Kuß zum Abschied, keine Umarmung. Sie berührte mich nur leicht mit dem Handrücken an der Stirn, und ich blieb sitzen, ich war etwas verlegen und etwas froh, etwas ratlos und etwas leichten Herzens.

Ich bemerkte ein paar Tische weiter die Mätresse des alten Malers, dessen Krawatte zwei goldene Klammern zierten, ihm fiel, da er die Baguettescheibe mit Knoblauchrahm bestreichen wollte, das Messer aus der Hand und auf den Boden. Er beugte sich, hob das Messer auf, hielt es vor seine Augen, zupfte das Einstecktuch aus der Brusttasche und wischte vorsichtig die Seiten des Messers, und dann starrte er mich plötzlich an. Kommen Sie her, junger Mann, rief er mir zu, seine Mätresse wandte sich um und starrte mich an, ich folgte seiner Einladung, setzte mich an ihren Tisch auf den freien

Stuhl. Wir stellten uns einander vor, währenddessen füllte der Maler mein Wasserglas.

Sie kennen mich? sagte er.

Eine Freundin von mir, sie ist Tschechin, hat mir von Ihnen erzählt, sagte ich.

Ich male nur die Bilder, die sich verkaufen lassen, sagte er mit Blick auf seine Mätresse.

Woher können Sie so gut Deutsch sprechen? sagte ich.

Wir haben uns in Deutschland kennengelernt, sagte die Mätresse, ich bin eine Deutsche. Damals hatte er nicht einmal das Geld für eine einfache Busfahrt. Ich habe ihn durchgefüttert.

Nun ja, sagte der Maler, nun ja.

Lüge ich etwa?

Ich habe dir viel zu verdanken, das stimmt, gab der Maler zu.

Du sollst mir nicht danken, sagte die Mätresse, du sollst weniger trinken. Deine Hände zittern, und du mußt deine rechte Hand mit der linken festhalten, um zu malen.

Das ist natürlich eine Übertreibung, mein junger Freund. Bis vor kurzem saßen Sie mit einer schönen Frau zusammen, dann ging sie weg und überließ Sie Ihren Gedanken. Trügt der äußere Eindruck?

Misch' dich nicht ein, herrschte sie ihn an.

Lassen Sie nur, sagte ich, es macht mir nichts aus. Ich bin in sie verliebt, sie kann sich nicht entscheiden.

Sie meinen, das ist so einfach? sagte die Mätresse.

Nein, Sie haben recht.

Ich habe recht, stellte sie fest, sie ist widerspenstig, und für Sie ist jede Minute, die Sie sich gedulden müssen, vertane Zeit. Ich gebe Ihnen einen Rat: Schauen Sie sich nach einer anderen Frau um.

Das kann ich nicht, sagte ich.

Wieso, sagte der Maler, sind Sie behindert?

Entschuldige dich sofort bei dem Herrn, rief die Mätresse, so etwas gehört sich einfach nicht.

Ach was, sagte der Maler, unser junger Freund hat sein Herz vor uns ausgeschüttet. Wir haben am offenen Herzen ein Urteil gefällt.

Wie haben Sie beide sich kennengelernt? sagte ich, ich bin neugierig auf die Liebesgeschichten anderer Männer und Frauen.

Ich führte ein gewöhnliches Leben. Routine, frei von Amplituden.

Du und dein Pathos, sagte die Mätresse, er war vor den Kommunisten geflohen. Erst ging er nach Frankreich und führte dort für ein halbes Jahr ein Hundeleben. Sie kennen den Traum der Künstler: Paris sehen und sterben. Dort hat man ihn zu einem Exil-Oppositionellen gemacht. Seine Bilder interessierten niemanden. Kurz vor dem Hungertod hat er sich zu der Einsicht durchgerungen, daß es nicht gut ist, unter einer Brücke zu leben. Er kam nach Deutschland, nach Heidelberg ...

... über verschlungene Wege, sagte der Maler.

Quatsch, sagte die Mätresse, bequem im Auto eines anderen Tschechen, der Imitate teurer Marken über die Grenze geschmuggelt hat.

Na ja, sagte der Maler.

Ich lag auf der Parkwiese, allein. Er sprach mich an mit den Worten: Die Rüschenbluse steht Ihnen gut.

Ich habe ihr ein Kompliment gemacht.

Komplimente hörte und höre ich jeden Tag. Von jungen und älteren Männern. Wie auch immer, er setzte sich auf die Picknickdecke, unaufgefordert, und ich wurde darüber wütend.

Ich sagte ihr: Sie sind eine wunderschöne Frau. Haben Sie nicht Lust, für mich Modell zu stehen, ich bin nämlich Maler.

Und ich antwortete mit einem entschiedenen Nein. Maler hin, Maler her, er wollte mich nur nackt sehen. Er hat sich entschuldigt.

Ich habe mein Angebot zurückgezogen ... Jetzt haben wir einen schönen Kreis beschrieben, und wir sind wieder bei Ihnen, junger Freund. Die Liebe kommt später.

Die Liebe kommt später? sagte ich.

Die Liebe kommt später, sagte die Mätresse bestimmt.

Ich starrte sie an, sie starrten zurück, die Aschesäule der Ladyzigarette zwischen den Fingern der Mätresse fiel auf das Tischtuch, sie hatte es bemerkt, sie pustete, und die Aschesäule rollte über die Tischkante zu Boden.

Wenn sie zu früh kommt, bekommt man eine Art Schluckauf, fuhr sie fort, sehen Sie mich an, ich bin wirklich schön.

Das sind Sie wirklich, gab ich zu.

Danke. Nun, er hat sich mir also ... empfohlen. Er hat einen Blick auf mich geworfen, ich lag auf der Wiese wie hingegossen, und da dachte er, er könnte ein amouröses Verhältnis anfangen.

Wir sind jetzt seit sechzehn Jahren zusammen, sagte der Maler, die Liebe kam bald, aber später. Allerdings habe ich auch von anderen Fällen gehört. Die Liebe von Anfang an ist kein Gerücht.

Aber selten, sehr selten, sagte die Mätresse.

Ich möchte Sie nicht länger stören, sagte ich, ich muß gehen.

Gehen Sie, aber passen Sie auf sich auf. Sie sind nicht zufällig Maler?

Nein. Ich war an der Börse. Jetzt nicht mehr.

Passen Sie auf sich auf, wiederholte die schöne Mätresse und drückte ihre Zigarette aus, von draußen schaute ich noch mal hinein, sie starrten zurück.

Es war kurz nach Mitternacht, es dauerte eine knappe halbe Stunde, bis ich die Karmeliterstraße erreichte, sie ging über in die Ujezd-Straße, und ich sah im Obst- und Gemüseladen noch Licht brennen. Eine junge Frau wühlte im Müllcontainer nach Pfandflaschen und anderem Wertgut, ihr Freund wartete im Auto mit laufendem Motor. Nicht morgen, vielleicht übermorgen. Und wenn nicht übermorgen, wird die Hoffnung nicht sterben. Es wird nicht geschehen, daß ich der Sache, der Liebessache, überdrüssig werde. Überall, wo ich hinschaue, entdecke ich Männer und Frauen, die sich zueinanderprügeln, und sie lassen nicht ab davon. Sie lieben, obwohl sie fliehen möchten. Ich wollte sie alle zurücklassen: den Schweizer und die Begleitdame im Nerzmantel, den Maler und seine Mätresse, Jarmila und den Verdammten – sie waren zu zweit, obwohl sie die Lust überkam, ihre Brust von einem Mann berühren zu lassen. Sie waren zu zweit, obwohl die Liebe zu früh gekommen war. Ich platzte dazwischen, ich störte die Waffenruhe, ich sprach von Herzschlag und Hitze und Puls, als wäre ich ein Arzt, der sich über Patienten im Bett beugte.

In dieser Nacht wünschte ich mir nur zwanzig Minuten Liebesspiel, ich stand vor der Hoteleingangstür, ich mußte einfach auf den Klingelknopf drücken, und die freundliche verschlafene Rezeptionistin würde mich einlassen. Es ging nicht. Ich hielt ein freies Taxi an, sagte: Vaclavske namesti, er fuhr die wahrscheinlich kürzeste Strecke zum Wenzelsplatz, ein gutgelaunter Zigeuner mit Englischkenntnissen, so stellte er sich vor an einer roten Ampel, und als er die Hand zwischen die Sitze steckte, schlug ich ein, Fremde Freunde Feinde, dachte ich, was geschieht noch alles, damit ich es verstehe.

Wohin? sagte er.

Wie gesagt, Wenzelsplatz.
Wohin dort?
Ich will mich umsehen?
Was sehen? sagte er.
Dies und das.
Was ist dies, und was ist das? sagte er.
Na, zum Beispiel das Reiterdenkmal.
Wurde totgemacht, vom eigenen Bruder. Damals.
Ja, habe ich auch gelesen.
Was ist das?
Ich verstehe nicht, sagte ich.
Dies und das, sagte er, dies ist Wenzel auf dem Pferd. Was ist das?
Ach so – wird sich herausstellen.
Spontaner Mann.
Er schwieg eine Weile, und ich hoffte, er würde mich in Ruhe lassen, es war ihm anzusehen, daß ihm etwas durch den Kopf ging, und als wir an der übernächsten roten Ampel hielten, starrte er mich im Rückspiegel an.
Soll ich sagen, was ich glaube?
Bitte.
Sie sind nachtaktiv.
Richtig, sagte ich.
Wenzel abgestochen vom Bruder, fuhr er fort, da haben sie entschieden: heilig. War er wirklich heilig? Gott weiß, und ich weiß es nicht.
Das macht Ihnen Kopfschmerzen, sagte ich.
Ich habe keine Kopfschmerzen, sagte er, in meinem Leben keine Tablette. Nicht eine einzige. Kerngesund. Kopf gesund, Brust gesund und Zeugungsapparat gesund.
Zeugungsapparat?
Ja, sagte er, habe ich nachgeschlagen im Wörterbuch. Deshalb fahren wir zum Wenzelsplatz. Damit Sie was

Passendes finden. Ich gebe Ihnen Tipps. Die Frauen auf der Hauptstraße? Schlecht. Rein in die Seitenstraßen, da finden Sie Spaß.

Ich drückte mich gegen die Rückenlehne, wandte den Blick ab und empfand wieder jene unsinnige Scham, die mich nicht etwa rot anlaufen ließ, immer wenn sie sich einstellte, prickelten meine Handinnenflächen, und ich mußte sie kratzen, und dann war ein Bekannter oder Freund in der Nähe, der sagte, daß das ein gutes Zeichen wäre, es stünde für einen baldigen Geldsegen. Der Taxifahrer ließ mich auf der Hauptstraße aussteigen, und ich stürzte hinaus und prallte gegen einen betrunkenen jungen Tschechen, er fluchte laut, und die Umstehenden lachten und brüllten, wie es nur Männer tun konnten, die Regeln und Konventionen und überhaupt die auferlegte Zurückhaltung für einen großen Schwindel hielten. Ich eilte weiter und weiter und weiter, an den Straßenecken der leicht ansteigenden Allee standen Schwarze in neuen teuren Turnschuhen, sie hielten sich ständig in Bewegung, und jeder, der kurz auf die andere Straßenseite gewechselt war und wieder zurückkam, wurde wie ein Neuankömmling begrüßt, sie klatschten die Hände aneinander, dann standen sie kurz beieinander und spähten über die Schulter des Gegenübers, um nach Kunden oder Zivilpolizisten Ausschau zu halten. Ich kannte diese Szenen aus meiner Heimatstadt und aus anderen deutschen Großstädten, die Drogentütchen wechselten bei jedem Handschlag den Besitzer oder eben nicht, es war derselbe Trick wie bei den Hütchenspielern. Ein Schwarzer stieß mich leicht an, musterte mich und ging auf die andere Straßenseite, ein Blick hatte genügt, um mich als potentiellen Kunden auszuschließen. Das Wenzelsdenkmal mit den Nationalheiligen Ludmilla, Prokop, Adalbert und Agnes zeichnete sich ab gegen die graubraune Fassade des Nationalmuseums, wie überall auf der Welt sollte die Architektur die Menschen einschüchtern.

Dann sah ich sie, die Frauen in dunkelrosa Skistiefeln, die sie trugen, obwohl es immer noch warm war, ihre Haare hatten sie mit Gel an den Schläfen straffgestrichen, sie gingen nicht auf die Männer zu, sie schauten nur kurz hin und wieder weg, das Schaulaufen der Touristen interessierte sie nicht. Ich hatte Herzklopfen. An der Reiterstatue kehrte ich um, bog in die zweite Seitenstraße ein und ging an den Frauen vorbei, ohne hinzusehen, dann hielt ich inne und drehte mich um, eine Frau stand mir gegenüber, es gefiel mir, daß sie nicht stark geschminkt war, mir gefiel, daß sie aussah wie eine normale unscheinbare Tschechin, sie spreizte die Finger ihrer rechten Hand und formte mit dem Daumen und dem Zeigefinger eine Null, sofort griff ich zu meinem Portemonnaie und gab ihr zwei Zwanzigeuroscheine und einen Zehneuroschein, sie nahm sie entgegen und steckte sie in ihren Ausschnitt, dann nahm sie mich bei der Hand, und als wir an einer Frau in rosa Skistiefeln vorbeiliefen, pfiff sie uns an, ich folgte der unscheinbaren Tschechin in einen dunklen Hinterhof, sie stellte sich neben zwei Mülleimern an die Wand und nickte mir zu, es gefiel mir, daß sie nicht an meinem Gürtel nestelte, daß sie es mir überließ, die Hose aufzuknöpfen, sie hing mir unterhalb der Knie und rutschte herunter, die normal schöne Tschechin zeigte auf sich und sagte: Marja, ich zeigte auf mich und sagte: Vaclav, sie lachte leise darüber, dann schob sie den Rock hoch und zog ihren Slip herunter, ich überließ ihr die Führung, sie rollte das Kondom über mein Glied und drückte sich gegen meine Hüften. Ich drang langsam in sie ein, sie entzog sich mir, sie stieß sich von der Mauer ab, sie stieß sich ab von mir, sie drückte sich an mich, immer wieder, und als sie es spürte, umklammerte sie mich fest, ich durfte zu Atem kommen, sie schenkte mir dieses kleine Glück, ich durfte kurz in der Umarmung bleiben, bis es für sie an der Zeit war, sich nach anderen Kunden umzusehen. Wir kleideten uns an, und zum Abschied zwickte sie mich in den Hintern, sie sagte: Tschau, und verschwand.

In diesem Moment klingelte mein Mobiltelefon, und ich drückte auf die Annahmetaste, ohne auf das Display zu sehen.

Hallo?

Ich bin's, sagte Gabriel, was machst du?

Oh, ich bin auf einem Hinterhof.

Um diese Zeit?

Ja, sagte ich, ich konnte nicht schlafen, also bin ich spazierengegangen.

Weißt du, wieso ich anrufe?

Nein.

Ich dachte, mein guter Freund ist tot.

Bin ich nicht.

Woher sollte ich das wissen? brüllte Gabriel, Herrgott noch mal, du kannst doch kurz durchklingeln, oder nicht.

Das hast du auch nicht getan, als du weg warst, sagte ich.

Ich kann auf mich aufpassen, bei dir bin ich nicht sicher. Was ist mit der Frau?

Bleibt weiterhin spannend, sagte ich.

Hör auf, blöd daherzureden ... Wieso flüsterst du eigentlich?

Weiß ich nicht.

Also, was ist mit deiner großen Liebe?

Ich habe sie hier ausfindig gemacht. Erst war sie wütend, dann sind wir essen gegangen. Sie hat mir in Aussicht gestellt, daß wir uns übermorgen ... also mittlerweile morgen treffen. Sie wird mich anrufen. Vielleicht.

Klingt nach nichts, sagte Gabriel, klingt eher so, als würdest du dich quälen, und es bringt dir nichts anderes ein als Schweiß, Blut und Tränen.

So einfach ist es nicht.

Klar, es ist alles so furchtbar kompliziert. Hier herrscht Frauenknappheit, deshalb bist du auch nach Prag gefahren. Sehr vernünftig.

Und, sagte ich, wie sieht es bei dir aus?

Eine Frau hat sich in mich verliebt, sagte er, sie ist umwerfend schön, sie hat viel Geld, sie besteht darauf, daß ich nicht arbeite und rund um die Uhr für sie da bin.

Was, echt? rief ich.

Stimmt natürlich nicht. Die Frauen machen einen großen Bogen um mich. Was soll also die blöde Frage? Es kann sein, daß ich dir einen Besuch abstatte. Dann stellst du mich dieser Frau vor, und wer weiß, vielleicht verliebt sie sich in mich.

Unwahrscheinlich, sagte ich.

Wie die Liebe zu einer Frau, die es nicht will. Ich melde mich.

Gabriel plagte also die Einsamkeit, sonst rief er nie an, er glich einem Elefanten im Dunkeln, der sich langsam vortastet, obwohl er sich im Freien bewegt – im Gegensatz zu dem Maler und seiner Mätresse glaubte er nicht, daß die Liebe später käme, einmal hatte er gesagt, Liebe wäre Pfusch in Purpur, und war auf meine Nachfragen nicht eingegangen. Und was glaubte ich? Eine tschechische Professionelle hatte mir zehn Minuten Glück geschenkt, das war genügend Liebe für den Augenblick. Es gab einen Trick, um zu verhindern, daß die Augen beim Zwiebelschneiden tränten, man mußte den Mund mit Wasser füllen, mit soviel Wasser, daß sich die Wangen blähten, und es im Mund behalten, während man die Zwiebel zerschnitt und zerhackte.

Wahrscheinlich war es genauso einfach, zu lieben. Ich schaute mich im Hinterhof um, als wollte ich mir einen besonderen Schauplatz einprägen, dann trat ich hinaus auf die Seitenstraße, lächelte im Vorbeigehen die unscheinbare Tschechin an und hob am Wenzelsplatz die Hand, um ein Taxi anzuhalten.

Die Schwester klappte die Fußstütze der Liege hoch, legte meine Füße nebeneinander, sie nickte mir zu, und ich krempelte meinen rechten Ärmel bis zur Achsel um und zwängte mich in eine Manschette, die die Schwester aufblies, sie desinfizierte meine Armbeuge und steckte eine Kanüle in die gut sichtbare Vene. Ich zuckte zusammen. Mein Blut floß ab, durch einen Schlauch zu der Maschine und in eine Plastikflasche, ich begann, den Knautschball mit Fingerfurchen zu pumpen, die Lämpchen an der Blutmaschine leuchteten grün, der Fluß war normal, ich lag und pumpte und starrte auf die grünen Lämpchen, die auf Rot schalteten, der Fluß stockte, und ich hielt inne mit dem Pumpen, denn die Maschine trennte das Plasma und gab mir, gab meiner Vene, gab meinem Körper mein Blut mit meinen Blutzellen wieder zurück, der große Blutabnahmekasten nahm und gab und nahm jetzt, die Lämpchen glimmten grün auf, und ich fing wieder an, den Ball zu kneten, die Maschine sog sich voll mit meinem Blut, nach der dritten Aufnahme und der folgenden Rückgabe ertönte ein akustisches Signal, die Schwester eilte sofort herbei, zog die Kanüle heraus, preßte einen Mullbausch auf die Stichstelle, forderte mich auf zu übernehmen, ich drückte den Finger auf den Tupfer, und als sie die Fußstütze herunterklappte, setzte ich mich auf und wartete mit Blick auf meine Armbanduhr drei Minuten ab. Die Schwester war wieder zur Stelle, sie legte mir einen Druckverband an, sie verschnürte mir die Armbeuge, um die Blutung zu stillen. Ich bedankte mich, schlüpfte in meine Schuhe, ließ flüchtig den Blick über die dreißig Liegen im Saal schweifen, die Schwester schaute mich fragend an, aber ich hatte keine Probleme nach dem Aufstehen, ich schlurfte trotzdem langsam in den Vorraum und setzte mich auf einen Stuhl.

Fühlst du dich auch so gut? sagte Jarmila.

Ich weiß nicht, sagte ich.

Es ist ein Wohlgefühl, sehr nahe an der Ohnmacht, sagte sie.

Sie haben uns gerade etwas weggenommen.

Das war keine Blutspende. Das war nicht Vollblut.

Ich weiß, du hast es mir erklärt ... trotzdem.

Wir haben ihnen nur ein bißchen was gegeben, sagte sie, davon werden wir nicht sterben.

Diese Maschine, sie arbeitet. Und ich liege da und pumpe und erleichtere auch noch ihre Arbeit.

Was ist denn falsch daran? sagte sie.

Diese Maschine hat mir fast alles verdorben.

Ich spürte ihren Blick, ich roch ihren Geruch, sie hatte heute kein Parfüm aufgelegt, sie saß auf dem Stuhl neben mir, und auch wenn uns die Tschechen im Raum neugierig anstarrten, ich konnte nicht anders und atmete tief ein, Jarmila schien zu glauben, daß ich wegen eines nachsetzenden Ekels aufseufzte, denn sie gab mir sachte Trostklapse auf die Schulter.

Der Mann, der neben mir lag, machte es des Geldes wegen, sagte sie.

Ich habe ihn gesehen.

Er sah nicht krank und abgezehrt aus. Vielleicht will er seine Frau mit teuren Likörpralinen beschenken. Es ist ganz sicher nicht das erste Mal, daß er Blutplasma abgibt. Bestimmt hat er gespart, und heute ist der besondere Tag, an dem er seine Frau überrascht.

Fast ein Liter Blut, murmelte ich.

Siebenhundertfünfzig Milliliter, sagte Jarmila, nicht Blut, sondern Plasma.

Verdammt.

Bereust du es?

Nur ein bißchen, sagte ich, ich verstehe dich nicht, du machst es regelmäßig. Wieso?

Ich fühle mich dann gut. Mein Plasma wird gebraucht. Es fließt in den Adern anderer Menschen. Auf diese Weise bekomme ich Verwandtschaft.

Das klingt aber seltsam, sagte ich.

Findest du? Blut macht Verwandte. Du bleibst anonym, das heißt, die Verwandten nerven dich nicht mit den üblichen Problemen. Sie klingeln nicht an deiner Tür und wollen Geld. Sie klatschen nicht über dich. Sie rufen dich nicht an, um zu fragen, wieso du nicht anrufst. Das ist doch toll.

Wie lange müssen wir noch warten? sagte ich.

Noch eine Viertelstunde. Dann kriegen wir das Geld und verschwinden.

Wieviel?

Dreihundert Kronen. Zehn Euro.

Ich will das Geld nicht, sagte ich.

Du mußt es annehmen, sagte sie, es geht um die Idee dabei. Sonst platzt der Traum.

Welcher Traum?

Der Traum von dem Mann, der seiner Frau heute Likörpralinen schenken wird.

Genau in diesem Augenblick betrat er den Raum, bestimmt war er es gewohnt, daß er die Blicke auf sich zog, seine Augen waren nur einen Spalt offen, die Badeslipper klatschten gegen seine schmutzigen Fersen, als er den Aufenthaltsraum durchquerte, um sich auf einem Stuhl niederzulassen. Über seinem Kopf an der Wand hing ein Poster mit einem Bergpanorama, und der Mann sah aus, als hätte er die Berge bestiegen, und nun saß er hier mit uns, der Mann, der heute triumphieren würde, der Mann, der den ganz normalen Tag seiner Frau in einen Wundertag verwandeln würde. Er klaubte eine Zigarettenschachtel aus seiner Tasche und zog die Zellophanhülle ab, er steckte die Schachtel wieder ein und begann, die Hülle konzentriert und sorgfältig zu falten.

Ich habe es auch gesehen, sagte Jarmila.

Ja, sagte ich, eine harmlose Freizeitbeschäftigung.

Oder aber zwanghaft, sagte Jarmila, ich glaube, er gehört zu den Menschen, die es nicht über sich bringen, die Verschlußklappe von Briefumschlägen zu lecken. Er befeuchtet die Fingerkuppe und streicht über die Innenseite der Klappe.

So schätzt du ihn ein?

Ja, sagte sie und senkte die Stimme, er macht seinen Traum heute bestimmt wahr. Aber er ist ein dunkler Mann.

A propos, sagte ich, was treibt der Verdammte?

Sie rückte von mir weg und blieb eine Weile still. Ich hatte es satt – man hatte mir beigebracht, daß man Hunden nicht in die Augen sehen sollte, um sie nicht zu reizen. Wenn ich aber den Menschen nicht in die Augen blicken durfte, übersah ich sie, und ich übersah die meisten Menschen, weil es nur großen Ärger einbrachte, wenn man sie in sein eigenes Leben bat, ich ging nicht wählen, weil ich nicht schuld sein wollte an der Korruption, ich fragte die Passanten selten nach einer Straße, weil ich nicht immer zu Unrecht fürchtete, sie würden um einen Gegengefallen bitten. Und hier war eine Frau, die mich bat, den Namen ihres gelegentlichen Liebhabers nicht zu erwähnen.

Was ist los? sagte ich, was ist, verdammt noch mal, los?

Er betrügt mich mit der Nutte, flüsterte sie.

Du meinst die Frau, die nicht mehr deine Freundin ist?

Sie will mein Leben ruinieren. Sie hat sich geschworen, mir alles wegzunehmen. Und wieso? Weil ich Männer nicht für Geld befriedige. Ich arbeite nicht in ihrer Branche. Ich habe nein gesagt. Einmal nein heißt immer nein. Sie begreift es als Beleidigung. Ich krieche nicht in fremder Männer Betten. Das macht mich nicht heilig. Aber sie denkt: Ach so ist es also, Jarmila ist die Madonna, und ich bin die Hure. Ein Zweikampf. Erst hat sie mir die teuren Geschenke gezeigt, die sie von den Männern bekommen hat. Das waren keine teuren Geschenke, sie hat es nur behauptet. Ein Ring, der vielleicht zweitausend Kronen wert ist. Eine Bluse. Ein Parfüm, das der Mann zollfrei im Flughafen gekauft hat. Ich habe mich gezwungen, große Augen zu machen. Ja, so war das: Ich riß immer die Augen auf, nur ihr zuliebe. Und sie hat aber gespürt, daß ich ihr Freude vorheuchelte. Daß ich mich danach übergab. Einmal konnte ich mich nicht beherrschen und bin nach ihrer Geschenkepräsentation ins Bad gerannt und habe in die Kloschüssel erbrochen. Eine Schweinerei, ich weiß. Aber da war ihr klar, daß sie ihre Geheimnisse nicht mit mir teilen durfte, denn sie ist eine stolze Frau. Eine rachsüchtige Frau. Das Seltsame daran ist, daß sie sich ohne Ausnahme nur an den Frauen rächt. Einmal, da wollte ich einen Knopf annähen, einen losen Knopf an ihrer Kostümjacke. Sie hat mir die Nadel entrissen, hat sich in das Handgelenk gestochen und mich dabei angesehen. Sie hat gesagt: Siehst du, wie mein böses Blut fließt? ...

Blut, sagte ich.

Ja, Blut, fuhr sie flüsternd fort, sie ist mit dem blutenden Handgelenk über ihre cremefarbene Bluse gegangen, und sie hat an sich heruntergeschaut und gesagt:

Ich kann es mir leisten, mich zu verletzen. Ich kann es mir leisten, eine teure Seidenbluse zu ruinieren. Ich kann es mir leisten, mir andere Freundinnen auszusuchen ... Eine endlose Litanei, sie hat lange aufgezählt, was sie sich alles leisten könne, und ich dachte nur, mein Gott, was ist so falsch daran, einen Knopf anzunähen. Das war unsere letzte Begegnung, zum Abschied hat sie mir hinterhergerufen, daß ich dafür teuer bezahlen würde. Und dann ... das.

Liebst du ihn? sagte ich.

Nein, ich hatte mich nur an ihn gewöhnt.

Wie hast du es erfahren?

Ich wußte es schon die ganze Zeit. Wir Frauen ... Frauen wie ich spüren es, wenn sich der Mann eine andere Geliebte hält. Ich habe ihn zur Rede gestellt, und das einzige, was er sagte, war: Ich muß sie nicht beschenken, ich bin kein Freier.

Oh, sagte ich.

Nicht wahr? sagte sie, sie macht es bei ihm umsonst, und er ist stolz darauf.

Die halbe Stunde war vergangen, die Schwester entließ uns, wie Jarmila mir übersetzte, mit den Worten, es wäre keine Schande, Blut in die allgemeine Zirkulation zu investieren, es sprach also mittlerweile auch das Krankenpersonal im Jargon der Vorstandsvorsitzenden, ich hatte meine Freunde auch dabei ertappt, wie sie über abwesende Menschen sprachen, als wollten sie ihnen ein Gutachten zur Kriminalprognose ausstellen. Das Neue ersetzte das Alte, überall. Das Neue entstand, weil man das Alte in Verruf brachte, weil man den unverrückbaren Menschen nachsagte, sie hingen alter Mode an. Das Neue war der gestrigen Kleider beraubt, es enthüllte sich, überall. Pappe, Plastik, Palaver. Man mußte dem Licht ausweichen, weil man sonst schäbig wurde.

Jarmila riß mich aus meinen Gedanken, sie schlug vor, spazierenzugehen, irgendwohin, so lange wie möglich. Doch wir blieben erst einmal sitzen und schauten dem Likörpralinenmann zu, wie er die runden Terrassen des Zimmerbrunnens mit Ziersteinen bestückte, seine Finger, die den Stein hielten, tauchten ins Wasser, dann zog er die nasse Hand zurück und ließ sie in der prallen Hosentasche verschwinden, Stein für Stein und Stein an Stein, er war beglückt, und es war wie ein Ritus des Dankes, Stein für Stein und Stein an Stein, der Mann ließ sich von den Blicken nicht stören, wir alle im Raum, die wir Blut investiert hatten, sahen ihm zu, und es entstand eine Ruhe, eine herrliche Schönheit. In diesem Moment ergriff Jarmila meine Hand und legte sie auf ihre Brust, ich spürte ihren herrlichen schönen Herzschlag, keiner, der sich an dieser intimen Geste störte, keiner, der uns aufforderte, eine Unverschämtheit zu unterlassen. Stein für Stein und Stein an Stein. Ihr Herzblut.

Jetzt war es Zeit, aufzustehen. Wir nahmen das Geld entgegen, verließen das Krankenhaus, gingen zu Fuß zur Straßenbahnhaltestelle, stiegen ein, stiegen aus, an der Metrostation Namesti Miru ging es mit der steilen Rolltreppe tief in den Erdstollen, und Jarmila erzählte, die Russen hätten die tiefen Schächte gebaut, damit das Volk bei Angriffen aus der Luft in diesen Schutzbunkern Zuflucht finden konnte. Doch die Russen hätten nicht mit dem Angriff der Natur vom Boden gerechnet, bei der letzten Überschwemmung stand die U-Bahnstation vollkommen unter Wasser. Wir fuhren bis zum Kleinseitner Platz, und wenig später schlenderten wir durch den Garten des Palais Wallenstein, hier marschierten die Bürger die Promenadenpfade entlang und bestaunten die Residenz eines Heerführers im Dreißigjährigen Krieg. Die Mächtigen bauen Prunkhäuser, sterben dahin oder werden ermordet, und dann kommen wir, die Bürger, wir bezahlen für die Karte oder haben freien Eintritt, wir schauen uns ohne wirkliche Anteilnahme die Gartenanlagen, die Bronzeplastiken, die Fontänen, die Deckenfresken im Palast an, und weil das Leben eines jeden Mächtigen fast immer im Wahn endet, zucken wir mit den Schultern, wenn wir im Stadtführer lesen, daß der Adlige Wallenstein in Ungnade fiel, trotz seiner Siege und seiner guten Beziehungen, und wir wundern uns nicht über seine Exekution. Wir Bürger, dachte ich, sind kleine gefräßige Dachse, wir brummen und brummen, wir bringen die Herrschenden nicht zu Fall, wir jagen ihnen nur ein bißchen Angst ein.

Ein Pfauenweibchen stand keine vier Schritte von mir entfernt und starrte mich an, ich hatte es nicht bemerkt, Jarmila fing sofort an, es mit Kosenamen anzusprechen, dafür löste sie ihre Hand von meiner Hand und ging vorsichtig auf das Weibchen zu, doch es zog sich zurück und versteckte sich hinter dem Sockel einer Bronzestatue. Ich langweilte mich, ich hatte es satt, jahrhundertealte Gebäude zu bewundern, und als hätte Jarmila meinen Unmut bemerkt, zog sie mich hinter sich her, wir verließen den Palastgarten, und nach einer kurzen Fußstrecke führte sie mich zu der Parkterrasse der jungen Verliebten an der Ujezd-Straße. Auf den Parkbänken saßen tatsächlich junge Männer und Frauen, und es sah aus, als wären sie zu ihrem ersten Liebestreffen hierhergekommen, sie versuchten sich in schamvollen Gesten, es schien, als kostete jede Berührung große Überwindung, und doch küßten sie sich oder verharrten in einer langen Umarmung. Zwei Liebende standen auf, wir setzten uns hin, hinter uns erhob sich der kleine Laurenziberg, unten auf der Straße zog eine Touristengruppe vorbei.

Eigentlich haben wir kein Recht, die Parkbank zu besetzen, sagte Jarmila.

Müssen wir denn Eintritt bezahlen? sagte ich dumm.

Es heißt, wenn Nichtliebende hier sitzen, bringt es Unglück für die Liebenden. Wir sind unaufrichtig. Ich glaube es jedenfalls.

Das Pfauenweibchen im Garten ... es war kein Tourist, und trotzdem hat es sich dort aufgehalten.

Das ist ein blöder Vergleich, sagte sie.

Ja, stimmt.

Wieso sind wir also hier?

Ich fühle mich wohl.

Denkst du nicht an die Liebenden?

Doch, sagte ich, aber wir stören sie nicht.

Wir stören sie, sagte sie, ich will kein Unheilsbringer sein.

Mich drängte es plötzlich, sie zu küssen, ich drehte mich zu ihr um und drückte meine Lippen auf ihre Lippen, ich spürte ihre Zunge in meinem Mund, ich nagte leicht an ihrer Zunge, der Kuß dauerte lange, sie löste sich und schnappte nach Luft.

Jetzt sind wir von den Liebenden angenommen worden, sagte sie, jetzt wissen sie, daß wir unser Recht erküßt haben.

Ja, flüsterte ich.

Habe ich den Kuß erpreßt?

Nein, sagte ich mit rauher Stimme.

Fühlst du dich so wohl wie vor dem Kuß?

Besser, sagte ich.

Siehst du? Es könnte übrigens sein, daß der Mann gerade in diesem Augenblick die Likörpralinen überreicht. Ich stelle mir folgende Szene vor: Sie liebt es, sich so spät wie möglich anzuziehen, heute ist womöglich ihr freier Tag, also geht sie im Pyjama in der Wohnung herum und blättert in der Zeitung von gestern ...

Wieso von gestern?

Weil es ihre Art ist, weil sie es liebt, sagte sie, es klingelt an der Tür, ihr Mann hat vergessen, den Zweitschlüssel mitzunehmen, das passiert manchmal. Und jedesmal ärgert sie sich, weil sie ihm vorwirft, kein wirklich organisiertes Leben zu führen, und da hat sie also wieder einen Beweis für seine Untauglichkeit. Sie reißt zornig die Tür auf, und da steht er, ihr Mann nach der Blutabgabe, aber das kann sie ja nicht wissen, wir wissen es. Er hält in der einen Hand einen Strauß Blumen, in der anderen die Schachtel Pralinen. Sie lächelt ihn an, ihr Ärger ist verflogen.

Und dann?

Sie ißt so viele Pralinen, bis ihr davon leicht übel wird. Er kocht ihr Tee. Sie sieht ihm dabei zu und denkt, daß sie es mit ihm doch nicht so schlecht getroffen hat. Sie rührt ihren Tee nicht an, sie hat Lust auf ihn, also werden sie sich in ungefähr einer Stunde im Wohnzimmer lieben.

Ich habe heftige Kopfschmerzen, sagte ich.

Wo?

Es ist, als würde eine Kralle von meinem Nacken ausfahren und mir das Haar scheiteln.

Sie stand auf, ging um die Parkbank herum, stellte sich hinter mich und begann mir den Nacken zu massieren, einige junge Liebende lachten auf, ein Mann polierte unten die Reifenfelgen seines Autos. Ich wußte nicht mehr, wie lange ich schon in Prag war, ich wußte nur, daß sich auch hier meine Verwirrung nicht gelegt hatte, ich rauchte mehr als sonst.

Ist es jetzt besser?

Ja, log ich.

Gut, ich muß dich jetzt verlassen ... In sechs Tagen können wir wieder die Maschine mit Blut beleben. Möchtest du mitkommen?

Bin mir nicht sicher, sagte ich.

Genieß' den Abend, sagte sie, und als ich mich umdrehte, war sie verschwunden.

Vor dem Treppenaufgang, der zum Laurenziberg führte, standen alte Männer in kurzen Hosen und fotografierten das Mahnmal für die Opfer des Kommunismus, es bestand aus deformierten Skulpturen, die sich Stufe für Stufe zu einem ganzen Menschen zusammenfügten. Es hieß, die Prager wären dagegen Sturm gelaufen, sie wollten nicht an ihre erzwungene Vasallentreue erinnert werden, sie wollten Täter und Opfer vergessen. Einfach vergessen – was war falsch daran, sich nicht länger mit der falschen bleiernen Zeit zu beschäftigen? Die alten Männer in kurzen Hosen machten ernste Gesichter, manch einer hielt die Arme eng an den Seiten und sah aus wie ein salutierender Soldat, die Denkmäler brachten uns Bürger nur dazu, in unseren Bewegungen zu erstarren, unsere Gespräche abzubrechen und ein Gefühl von Heiligkeit des Augenblicks zu bekommen, die erlogen und erschwindelt war. Jetzt standen sie alle stramm, ich fühlte Haß in mir aufsteigen, Haß auf die zu Tränen gerührten Idioten, Haß auf ihre nackten Wachtelbeine, Haß auf ihre Ehefrauen, die beim Anblick der Skulpturen aus Metall und Fleisch aufseufzten. Ein leichter Wind konnte die Heiligkeit zerwehen, ein starker Wind konnte jedes Banner zerfetzen, ein kleines Beben und jede Gedenkhalle fiele in sich zusammen. Haß und Kopfschmerzen, ich konnte nicht mehr bleiben, und ich hatte es satt, immer wieder auf Parkbänken zu sitzen, zu Treffen auf Parkbänken beordert zu werden, auf Parkbänken über mein Leben und meine Liebe zu sprechen, weg hier, bloß weg.

Die Pendler standen und starrten, sie hielten ihre Aktenkoffer und Taschen fest umklammert und starrten hinauf auf die Anzeigetafel, auf der die Abfahrtszeiten für die Nahverkehrszüge in kleinen gelben Feldern aufleuchteten, und erst als die baldige Ankunft eines Zuges angesagt wurde, setzten sie sich in Bewegung und verteilten sich auf dem Bahnsteig. Ich eilte aus dem Masaryk-Bahnhof hinaus, achtete nicht auf den Zebrastreifen, sondern überquerte die Straße im Zickzack, ich hatte es den Tschechen abgeschaut, die von Ausschreitungen nichts hielten, aber sich für gerade noch tolerierbare Aufsässigkeiten empfänglich zeigten.

Am Kiosk stellte ich mich vor den Magazinständer und blickte auf Gesichter von Frauen, mir fiel auf, daß sie sich fast ausnahmslos im Profil hatten fotografieren lassen, vielleicht war das eine Geste, die aus der Zeit der roten Windstille stammte. Ich fühlte mich schlecht, ich fühlte mich krank, ich fühlte mich wie ein Idiot auf Wanderschaft. Ich lehnte mich gegen die Litfaßsäule, auf dem Bahnhofsvorplatz ruderte ein dick vermummter Mann mit den Armen, er schrie nicht, er fluchte nicht, er schritt nur auf und ab und trank zwischendurch aus einer kleinen Schnapsflasche, die Imbißverkäuferin von ›Bistro Flip‹ rief ihm lachend etwas zu, er ließ sich aber nicht ablenken.

Zur rechten Zeit erteilte Hiebe erwecken Vertrauen, Furcht und Liebe, sagte Tyra.

Ich fuhr herum, sie verfolgte mit den Augen den ruhelosen Mann, sie hatte sich geschminkt und ein strenges schwarzes Kostüm angezogen, an ihrem linken Fußknöchel entdeckte ich eine Laufmasche, sie war gekleidet, als wäre sie unterwegs zu einem späten Geschäftstermin. Weshalb hatte sie sich diesen Treffpunkt ausgesucht? Das war nicht das Prag der Fremdenführer und der Touristen, hier sah man erschöpfte oder still betrunkene Tschechen, und auch wenn auf der anderen Straßenseite das Renaissance-Hotel manchen Ausländer anlockte, man hielt sich eher in anderen Vierteln auf. Wahrscheinlich war es typisch für Tyra, ich kannte diese Frau ja kaum, wieso sagte sie diese Stickkissenverse auf?

Sie fing an, stockend darüber zu sprechen, daß sie nicht anders könnte, als sich über wildfremde Menschen Gedanken zu machen, und bei dem Mann dort drüben waren ihr die Worte ihrer Großmutter eingefallen, sie würde unter der Erde liegen, dafür dankte sie Gott, über den sie nun überhaupt nicht nachdenken würde, und der Mann dort drüben verdiente eine Tracht Prügel, wäre ich ein Mann, würde ich zu ihm hingehen und ihm ohne Vorwarnung zwischen die Augen schlagen, sie vermutete jedoch bei mir eine Charakterschwäche, die mich zum Memmenhaften triebe, was sie meinte, wäre, daß sie in mir einen feigen Kerl sähe, der sich hinter der Schanze duckte und die Ohren zuhielte, obwohl es einem Mann besser anstünde, etwas abzukriegen, sich endlich aufzurichten, loszustürmen und etwas abzubekommen, kein Mann wäre ein geborenes Opfer, kein Mann verdiente es wirklich, geprügelt zu werden wie ein Hund, doch der Pennertscheche und ich hätten etwas gemeinsam, wir provozierten die Gewalt ...

Ich spuckte aus, die Spucke landete knapp vor ihren Schuhen, dann drehte ich mich um und ging weg von ihr, sie hatte sich für heute vorgenommen, herzlos zu sein. Was ich wollte, war klar und offenkundig, aber was führte sie im Schilde? Ich hatte einen Abdruck an ihrem Hals gesehen – war es der Schatten einer sich über ihrer Schulter kringelnden Locke oder ein Bißmal? Wollte sie mir heute enthüllen, daß sie einer Riesin glich, die jeden Zwergenmann aus dem Weg fegen könnte? Sie hatte sich festlich gekleidet, sie hatte Make-up aufgelegt, aber auf die Laufmasche nicht weiter geachtet, weil sie doch nur mit einem Liebesidioten abrechnen wollte, es war tatsächlich nur ein Geschäftstermin, die Eissplitter in ihrem Herzen knirschten, und sie empfand Freude darüber, daß jedes ihrer Worte mich traf, ich ging, nicht verlassen, nicht vereinsamt, nur kalten Körpers, nicht verstört, nicht verängstigt, nur mit leichter Trauer in mir, ich ging an dem Renaissance-Hotel vorbei und einfach die Straße geradeaus weiter, ich hatte mir doch vorgenommen, eine schöne Seite dieser Frau zu entdecken, denn sie gehörte zu meinem Leben, hatte ich gedacht, ich hatte von den Toten nach dem Busunfall so viele Nächte geträumt, bis ich sie vergaß, bis ich in meinen Träumen keine grauen Farben und keine fahlen Gestalten sah, und das hatte ich ihr zu verdanken, der schönen Farbe ihres Gesichts und ihres Körpers, der Hoffnung, die mir ihre Worte eingaben, ihren Händen, die ich halten durfte. Sie verhielt sich herzlos, weil sie glaubte, ich wäre ein Schmeichler, der Überlebende eines Unglücks, das die Kräfte eines Zwergs freiließ, sie glaubte in mir einen dummen Frauenanbeter zu sehen, einen Tölpel, der das wachsweich gekochte Frühstücksei mit einem Perlmuttlöffel aß und aus unnötiger Vorsicht einmal in der Woche das Flusensieb der Waschmaschine wechselte.

Ich hörte jemanden hinter mir meinen Namen rufen, nichts konnte mich aufhalten, von diesem Ort meiner Schande wegzukommen, ich ging weiter und wich den Menschen aus, den Tschechen, den Einheimischen, die stehenblieben und mir Platz machten, ich hörte sie meinen Namen rufen, scher' dich zu deinem Doktorvater, dachte ich, scher dich zu deiner verdammten Wissenschaft, zu den Worten, die sich zu Sätzen fügen, und die Sätze füllen die Seiten, und dich begeistert der lappige trockene Sinn, denn deine Welt dreht sich um tote Frauen und Männer, forsch' weiter und sterbe ab. Ich wurde an der Schulter festgehalten und herumgerissen, und als ich sie vor mir sah, sagte ich: Du bist es nicht wert. Du bist ein Kleingeist aus der Kleinstadt, in meiner Abwendungsbewegung preßte sie sich an mich, ich versuchte, sie wegzudrücken und ließ davon ab, weil sie immer wieder meinen Namen aufsagte, du möchtest, daß ich einen armen wehrlosen Säufer zusammenschlage, rief ich heiser, was bist du für eine niederträchtige Frau, was sind das für Mutproben, die ich bestehen soll, damit du mir einen Kranz auf den Kopf legst, hau ab und such' dir einen Mann, der genauso gestört ist wie du, Frau. Doch trotz meiner Worte, die ich ihr ins Ohr schrie, ließ sie nicht los, sie weinte nicht, sie vergrub ihren Kopf in meiner Achselhöhle, meine Wut wollte nicht verfliegen, ich stolperte weiter und zerrte Tyra mit, die Tschechen blieben stehen und machten uns Platz, sie ließ sich nicht abschütteln, sie ließ sich nicht wegdrücken, und als sie aufblickte, sah ich, daß ihre Wimperntusche verschmiert war, keine Tränen, wir hatten miteinander gerungen, und sie hatte die Tusche an meinem hellblauen Hemd verrieben. Keine Tränen. Eine Frau, die eine Schaufensterpuppe einkleidete, starrte hinaus, sie schüttelte unmerklich den Kopf, als wollte sie mich anweisen, dieser Frau mit dem Kopf in meiner Achselhöhle nichts anzutun, und fast hätte ich geschrien: Was soll ich ihr nicht antun, was?! aber ich blieb einfach stehen und erholte mich von dem Kampf, und auch Tyra richtete sich auf, sie hielt mich aber an meinen Jackettzipfeln fest. Wir standen. Die Tschechen umgingen uns im kleinen Bogen.

Von der Kavovarna, der Kaffeekocherei in der Lucerna Passage, hatte ich viel gehört, doch es waren die falschen Menschen gewesen, die mir von diesem Café geschwärmt hatten, und also hatte ich es gemieden. Jetzt aber saß ich auf der Terrasse und starrte auf die sonderbare Wenzelskulptur, ein totes Pferd mit hängendem Kopf baumelte, an den Füßen gefesselt, von der Decke herunter, und auf seinem Bauch saß der Nationalheilige und blickte, gepanzert und bewaffnet, trüb ins Nichts. Tyra hatte die Hände flach auf den Tisch gelegt, jetzt griff sie zu einem Brötchenmesser und umfuhr ihre gespreizten Finger und ritzte aus Versehen eine Zwischenfingerfalte. Der Mann am Nebentisch wurde auf sie aufmerksam, er betrachtete den kleinen Tropfen Blut an ihrer Hand, er verlor bald das Interesse und las in seinem Buch weiter, das zweite Glas Wein vor ihm war fast ausgetrunken. Tyra brach das Schweigen.

Was trinkst du da eigentlich?

Kofola, sagte ich, tschechische Cola.

Schmeckt sie dir?

Ist sehr süß, sagte ich, braungefärbtes Zuckerwasser.

Ich will nicht lügen, sagte sie, es will mir einfach nicht leid tun, was ich vorhin gesagt habe.

Dann trinke ich schnell aus, und du siehst mich nicht wieder.

Warte, bitte, sagte sie, mir war der Säufer egal. Dich habe ich plötzlich gehaßt.

Ein großer Schluck von der Kofola, und ich bin verschwunden, sagte ich.

Hör' auf damit.

Soll ich dich auch noch psychologisch betreuen? Was sollen diese verdammten Spielchen?! Ich bin wohl nicht der Richtige, das habe ich verstanden. Ich passe nicht in deine Pläne.

Ich habe keine Pläne, sagte sie, nicht, wenn es darum geht.

Du weißt nicht, was dir fehlt. Und du weißt nicht, was du willst – keine gute Grundlage für eine Liebe.

Wer spricht von der Liebe? rief sie laut.

Ich, schrie ich, ich tue es, verdammt noch mal.

Der Leser am Nebentisch fiel vor Schreck fast vom Stuhl, und weil ich nicht zu der Sorte Mann gehörte, mit der man sich am besten nicht anlegte, wagte er einen strengen Blick, auch die anderen Männer an den Nebentischen starrten mich finster an, und es paßte, daß genau in diesem Augenblick mein Handy klingelte, ich wies den Anruf mit einem Tastendruck ab, ein paar Sekunden später klingelte es erneut.

Was ist los? rief ich.

Du spielst Bäumeschütteln in Prag, sagte Gabriel, warst du erfolgreich?

Es paßt im Moment nicht.

Ich rufe dich später aber nicht wieder an.

Fasse dich kurz, sagte ich.

Sie sind in deine Wohnung eingebrochen, sagte er, ich habe mit der Polizei gesprochen und ihnen erzählt, daß nichts Wertvolles herumlag.

Woher willst du das wissen?

Diese Bullen gingen mir auf die Nerven.

Verdammt, Gabriel, du Spinner, rief ich, ich habe meine Rolex nicht mitgenommen.

Ich denke, sie ist nicht echt.

Das habe ich nur gesagt, damit man mir nicht irgendwann nachts die Hand mit der Uhr abhackt.

Was jetzt? Soll ich nachschauen?

Bitte, sagte ich.

Ich preßte das Handy an mein Ohr und nahm einen Schluck von der tschechischen Cola, ich hörte am anderen Ende der Leitung Gabriel meine Wohnungstür aufschließen und eintreten, er lief herum, ich hörte zerbrochenes Glas unter seinen Sohlen knirschen.

Wo soll ich nachschauen? sagte er.

Unter der Bodenmatratze, sagte ich.

Ist weg.

Oh nein!

Ist da, sagte er, war nur ein Scherz.

Du hast nichts von dem Einbruch mitbekommen?

Nein, ich war noch unterwegs. Die Nachbarn über uns haben die Polizei gerufen. Es ging wohl sehr schnell. Rein, raus ... Deine Rolex ist also nicht geklaut. Hast du auch Glück in Prag?

Ich fürchte, nein, sagte ich, wir sprechen uns später.

Du bist ja Kummer gewohnt, sagte er lachend und legte auf.

Bei mir ist eingebrochen worden, sagte ich, doch Tyra reagierte nicht, sie hatte in der Zwischenzeit einen Kaffee bestellt und ihn seltsamerweise sofort bekommen, ich hatte Lust, ihr davon zu erzählen, daß mir diese Dinge passierten, seitdem ich sie kannte, sie hätte aber gefragt, was denn ›diese Dinge‹ wären, und mir dann entgegnet, daß sie nichts dafür konnte und ich das Unheil auf mich zog. Nur ich allein.

Hältst du mich für eine Lügnerin? sagte sie.

Manchmal biegst du dir die Wahrheit zurecht ... kleine fromme Lügen.

Ich glaube, das ist unsere letzte Begegnung.

Das Gefühl habe ich auch, sagte ich, und es bringt mich fast um.

Ach, sagte sie ärgerlich und wandte sich plötzlich zu dem Mann am Nebentisch um, sie bat ihn auf englisch ›dringend‹, das Starren einzustellen, sonst würde sie sich bei der Kellnerin und dem Cafébesitzer beschweren, der Mann lief rot an, verrückte den Stuhl und kehrte uns den Rücken zu. Mir war die Szene peinlich, mir war es peinlich, daß ich feststeckte und dieser Frau mir gegenüber eine psychologische Betreuung nahegelegt hatte, das alles lief auf ein furchtbar ärgerliches Ende hinaus.

Wie lange hältst du dich noch in Prag auf? sagte ich.

Statt einer Antwort sprach sie von einem Frontsaxophonisten einer Jazzgruppe, die in dem Musikkeller

Agharta in der Zelezna-Straße sechzehn gespielt hatte, das war gestern gewesen, und spätestens bei dem Stück ›Déja vu‹ habe sie, die sie gleich am Bühnenrand saß, nicht anders gekonnt als zu jubeln wie ein noch nicht erwachsenes Mädchen, und der Saxophonist hätte ihre Freude mißdeutet und vorgeschlagen, sie mit seiner abwesenden Freundin später bekannt zu machen, aber sie hätte Müdigkeit vorgetäuscht und wäre am Ende des Konzerts geradezu geflüchtet. Diese Ahnungen, diese Angst, sich zu verpflichten, sagte sie, und spätestens jetzt verstand ich, daß sie und ich keine wirkliche ungetrübte Freude darüber empfanden, wenn Menschen, mit denen wir uns vertraut machten, uns baten, etwas näherzurücken, sie war eine Idiotin und ich war ein Idiot, und was hätte es gebracht, ihr ein anderes Leben zu versprechen. Mein Handy klingelte erneut, ich bat Tyra mit einer knappen Geste um Entschuldigung.

Ich bin es wieder, sagte Gabriel, meine Frage lautet: Wie lange willst du in Prag bleiben?

Das ist ja seltsam, sagte ich, ich habe gerade eben einer Frau diese Frage gestellt.

Schön. Also?

Ich bin bald weg, sagte ich.

Es lohnt sich nicht für mich, dich zu besuchen?

Nein, sagte ich.

Sie haben in deiner Wohnung vandaliert, fast alles kurz und klein geschlagen.

Es waren mehrere Einbrecher, stellte ich fest.

Mindestens zwei. Ich habe schon mit unserem gemeinsamen Freund gesprochen. Er wird alles wieder in Ordnung bringen, und er macht dir einen Freundschaftspreis.

Danke.

Ist es diese Tyra, die dir gegenübersitzt?

Das ist richtig, sagte ich.

Gib sie mir mal.
Was?
Ich will mit ihr sprechen, sagte Gabriel, los!
Es war bestimmt ein Fehler, und ich würde es bereuen, aber ich reichte Tyra das Mobiltelefon mit den Worten, mein bester Freund aus Deutschland, der von ihr wußte, wollte mit ihr sprechen, und zu meiner Überraschung griff sie nach dem Handy, sagte: Ja, bitte? und dann lauschte sie ernst und ohne ein einziges Mal zu lächeln, sie verabschiedete sich, beendete das Gespräch und gab mir das Handy zurück.
Was wollte er?
Heißt er wirklich Gabriel? sagte sie.
Wie der Erzengel, sagte ich.
Er hat mir einen Zeitungsartikel vorgelesen.
Und? sagte ich wie ein kleiner dummer eifersüchtiger Junge, hat er dir nahegelegt, dich gut zu verhalten?
Nein, sagte sie, in der Zeitung steht, daß die Igel auf Wanderschaft gehen und die Menschen aufgefordert sind, draußen flache Schalen mit Wasser aufzustellen.
Was sollte das jetzt? Wollte er als mein vermuteter bester Freund auf sie einwirken? Gabriel war die meiste Zeit des Tages unbekümmert, und auf meine Besserungsvorschläge reagierte er mit Volksweisheiten, gute Ware lobt sich selbst, oder: Ein kluges Pferd bockt und scheut den Sprung über die Hürde, ich sprach das alles laut aus, ich erzählte Tyra von dem Erzengel, den Tiergeschichten rührten und der Untätigkeit als Tugend ansah, er mußte Geld erwirtschaften, um die laufenden Kosten zu decken, er trieb hier und dort und mit diesen und jenen Leuten Geschäfte, er war ein Zulieferer von kleinen feinen Sachen, und nicht immer lohnte sich der Aufwand, die Fehlkalkulation war eine feste Größe in seinem Leben.
Das ist also dein bester Freund Gabriel, sagte Tyra,

ich glaube, ich möchte ihn nicht näher kennenlernen ... Es tut mir leid.

Ja, sagte ich.

Und ich bezahlte. Und wir traten aus der Passage hinaus, und weil in diesem Moment eine weiße Limousine vorbeifuhr, sprach ich von dem Schlagersänger, der eben einen solchen Wagen kaufte und ihn nachts vor der Haustür parkte, aber die jungen Frauen, die ihn wegen der schönen Lieder liebten, trugen Lippenstift auf und schlichen sich hin und küßten die Limousine und hinterließen Lippenabdrücke, leuchtend rote Küsse auf kaltem weißen Metall. Der Schlagersänger hatte es aber irgendwann satt und wechselte die weiße Limousine gegen eine schwarze aus. Und ich blickte sie von der Seite an.

Wie schön sie war und wie gerne ich für sie Dummheiten beginge, durfte ich ihr nicht verraten, und daß sie nur die Enden ihrer Augenbrauen zupfte, damit sie sich im Bogen wölbten, und daß sie roch wie ein Aberglaube, dessen Anhänger Pfeffer und Salz und Ingwer verbrannten, ich durfte es ihr nicht erzählen, daß ich es liebte, wenn an ihren Fingerkuppen Schokostreusel vom Gebäck klebten oder Brotrindenkrümel. Daß die Wimperntuscheklümpchen sich in der Wärme des Restaurants auflösten. Daß ihr Hals hinter ihren Ohrläppchen so weiß war wie auf den Schulterfittichen von Taubenflügeln, und wenn sie nachgefragt hätte, könnte ich ihr die Prager Tauben zeigen, und das Weiß auf den Federn, das man sah, wenn sie ihre Flügel leicht spreizten. Daß ich ihre kleinen Lügen liebte, mit denen sie die Männer umgarnte, die in ihr keine Lust weckten, sie log ein bißchen, weil sie neugierig war, sie streckte sich nach der hohen Decke, und die Armeslänge, die noch fehlte, um die Zimmerdecke zu berühren, war nicht wichtig, und wer ihr vorwarf, daß sie auch auf Zehenspitzen oder auf hohen Absätzen nicht bis zur Dekke reichte, kannte ihre Schönheit kaum. Es tat ihr leid. Und ich blickte schnell auf ihre Knie.

Es mußte ja so enden, sagte sie.

Nein.

Fangen wir bitte nicht wieder von vorne an.

Wieso nicht? sagte ich, du kannst keinen Mann einfach ziehen lassen, der ... mit dir so viel vorhat.

Es hat nicht angefangen, sagte sie, also nimmt es auch nicht wirklich ein Ende.

Das war's?

Ja, das war's, sagte sie, leb' wohl.

Nicht! sagte ich, und es war schon zu spät, sie ging mit schnellen Schritten davon, als fürchtete sie, ich würde mich an ihr festklammern oder ihr auf offener Straße eine Szene machen, ich sah die Frau, die ich liebte, fliehen vor mir, und ein Tscheche, der ihr hinterherstarrte, bis sie im Menschengewühl nicht mehr zu erkennen war, schaute mich erst mit leerem Gesicht an, dann lächelte er, er hatte kein Mitleid mit mir, er bezeugte nur meine Niederlage, eine Frau auf der Flucht vor einem Mann war keine Frau, die für diesen Mann mehr empfand als für eine Hornisse.

Es ist vorbei, sagte sie, es ist vorbei, sagte ich, und wieso lag ich in ihren Armen, eine Frau hatte mich verlassen, eine Frau faßte mich an, berührte meine Lider, leckte meine Lippenmulde, und wieso waren wir beide nackt, eine Frau hatte sich durch all die vielen Worte nicht zähmen lassen, eine Frau zähmte mich, weil sie von einem anderen Mann betrogen wurde, vor einer Stunde nur, das letzte Mal, daß wir uns trafen, Tyra und ich, die Davongehende, die Fliehende hatte sich kein einziges Mal umgedreht, eine Frau verließ mich, eine Frau fand mich, aber das kam erst später, und der lächelnde Tscheche, der mitleidlose Augenzeuge bot mir einen Schluck aus seiner Bierflasche an, ich lehnte ab, da ich hoffte, sie könnte doch noch ihren Zorn überwinden, ich lehnte ab und bedankte mich nicht, und weil ich verloren hatte, wurde mir das Herz kalt, jetzt aber spürte ich diese Frau, Jarmila, sie flüsterte mir tschechische Worte ins Ohr, die Lichter der vorbeifahrenden Autos brachen sich an den Fensterscheiben und glitten als helle Schattenbalken über die Zimmerdecke, und wieso küßte sie und biß sie und löste die Härte hinter meinen Augen, hatte ich vor, mich zu schlagen, vorhin, als der Tscheche mich ermahnte, ihn anzusehen, plötzlich sprach er auf englisch, und seine Freunde rückten näher heran, sie waren neugierig, sie wollten gerne mehr erfahren, ich stand einfach da und wollte mich nicht um sie kümmern, war es eine Provokation, hatte der Tscheche denn nicht den kalten Abschied miterlebt, hatte er mich denn nicht derb und düster angelächelt, wieso war ich jetzt verlegen und schämte mich und bedeckte meine Blöße, ich lag nackt im Bett, Jarmila lag nackt halb auf mir, halb neben mir, und sie hatte die Decke weggetreten, sie drückte mir ihre schöne Brust in den Mund, und ich nahm sie auf und roch und schmeckte sie, war alles wieder gut, eine Frau hatte meine große Liebe nicht angenommen, eine Frau wurde betrogen von einem Mann, der vor dem Wahnsinn nicht zurückschreckte, der andere Frauen mit seinem Wahnsinn ansteckte, die große langbeinige wunderschöne Tschechin im Nerzmantel lag im Krankenhaus, sie hatte nach einem Streit mit ihm ein Wasserglas zerschlagen und mit den kleinen Scherben versucht, ihre Pulsadern aufzuschneiden, das war doch eine schöne Stadt, das durfte nicht geschehen in Prag, ich war hergereist, um das Versprechen einzuhalten, das ich einer Frau gegeben hatte, aber sie wußte nicht von diesem meinem lächerlichen Schwur, und Jarmila hatte gesagt: Der Verdammte ist an allem schuld, er hat meine Nuttenfreundin in die Enge getrieben, für ihn sind wir Frauen schöne Spielzeugautos, schöne Plastikpuppen mit aufgemalten Rougewangen, und wenn die Schminke zerläuft oder das Haar in Strähnen herunterhängt, fühlt er sich verlacht, ein irrer Mann, und ich hatte gesagt: Ein irrer Mann hat mit mir spielen wollen, hat mich einweihen wollen in sein krankes Spiel, my face against your face, rief er mir zu, dann schrie er: face to face, ist es ein typisches tschechisches Volksdrama, ein typischer Wettkampf unter Prager Männern, oder glaubte er in Tyra eine Tschechin erkannt zu haben, die von mir, einem Deutschen, einem ehemaligen Besatzer und jetzigen Geldtouristen belästigt wird, und Jarmila drückte ihre linke Brust in meinen Mund, kein Traum, der mich wachhielt, kein Traum, der meinen Kopf sprengte, und wieder sprach sie leise tschechische Worte aus, sie klangen wie ein Text aus einem Stück, vielleicht konnte sie sich spalten in drei Teile, ein Teil der Frau legte sich nackt auf einen nackten Mann, ein Teil der Frau besang den verlorenen gelegentlichen Liebhaber, ein Teil Jarmilas sagte Sätze auf und probte die Rolle, ich war verrückt, an diese Dinge zu denken, wahrscheinlich war ich auf dem besten Wege, vom Wahn verschlungen zu werden, wahrscheinlich hatte der betrunkene Tscheche einen Grund gehabt, mir die halbvolle Bierflasche über den Schädel zu ziehen, doch ich wich aus, und das Bier ergoß sich auf sein Hemd und seine Hose, und da hatte er etwas gutzumachen, denn die Freunde hatten ihn bei dem mißlungenen Versuch beobachtet, mich zu besiegen auf dem Platz des siegreichen Vaclav zu Pferde, und genau in diesem Moment tauchte die freundliche Prostituierte auf und lockte sie an, die Schwarzen mischten sich nicht ein in die Angelegenheit der Weißen, alles ein stumpfsinniges Spiel, alles eine Frage von wenigen Stunden, da der Nebel sich verflüchtigen würde, da die Kunden und die Nutten verschwinden würden von der Straße, und der Tscheche schrie mich an, und die Freundliche legte ihre Hand auf seinen Arm, es brauchte doch für ihn keine große Überwindung, einen blöden leicht verwirrten Touristen ziehen zu lassen, die Hassenden im Nebel aber fingen an, an ihr zu zupfen, the majority of the people in the hell are men, sagte die Freundliche plötzlich, auch sie war verwandelt, zur Hölle mit den Männern, die an ihr kneifen, sich an sie drängen, ihren Hintern betasten, sie kostenlos berühren, zur Hölle mit euch Männern, schrie sie auf englisch, und da tauchte wie aus dem Nichts ein Höllenmann auf, halb weiß, halb schwarz, vielleicht hatte er im Hintergrund gelauert und mußte aber eingreifen, der schwarze Teil von ihm rief die Schwarzen herbei, es geschah so schnell, daß ich mich wunderte, plötzlich wieder alleine zu stehen, und die Tschechen verstanden, daß sie in der Unterzahl waren, Jarmila hörte auf zu flüstern und sagte: Ich habe heute eine Schlagersängerin gesehen, sie ist seit fast fünfzig Jahren im Geschäft, sie moderiert im Fernsehen eine furchtbar dröge Gewinnspielsendung, und die einfachen Menschen lieben sie dafür, aber ich habe sie nicht gesehen, es war nicht wirklich sie, sondern nur ihre Lungen waren es, den Rest hat sie ausgewechselt, sie ist chirurgisch umgestellt, fast alles komplett neu, und weil sie eitel ist, verfolgt sie seit einigen Jahren das Ziel, alle älteren Fotos von ihr zu vernichten oder vernichten zu lassen, denn ihre schiefe Nase, um nur ein Beispiel zu nennen, hat sie ein dutzendmal richten lassen, man erzählt, daß ihre Nase wegen der Operationen so klein geworden war, daß sie sich hat Silikonknorpel in die Nasenflügel einsetzen lassen, und natürlich ist ihr Liebhaber mindestens zwanzig Jahre jünger als sie. Ja, sagte ich und bewegte mich in ihr, ihre Haut schimmerte in der Dunkelheit, und die hellen Schatten wanderten von der Decke herunter auf die Wand hinter ihr und lösten sich auf, sie wurden abgedrängt von der Straße, die Tschechen, sie wurden dabei getreten, und man schlug ihnen die Flaschen aus der Hand, die Freundliche stand neben mir, während ihr Mulattenchef die Schwarzen antrieb, und ich bedankte mich bei ihr mit den Worten: I thank you, Madame, Madame sprach ich auf französisch aus, sie nahm meinen Kopf zwischen die Hände und küßte mich ein einziges langes Mal auf die Lippen, ihr Mulattenchef scheuchte sie auf die Straße, und ich sagte zu ihm: I thank you very much, Sir, und da gab er mir die Hand, ich war sehr glücklich, ich war so glücklich, daß mir die Tränen in die Augen schossen, sie hatten mich nicht allein gelassen, sie hatten mich beschützt, und Jarmila stellte sich im Bett auf die Knie und die Hände und forderte mich auf, hart in sie einzudringen, und da sprach sie wieder tschechisch, sie schrie in jedem Satz auf, und ich umfaßte von hinten ihre Brüste, ich war hier, bei ihr, und endlich dachte ich nicht mehr an Tyra und den Mulattenchef und die Freundliche und die Tschechen und die schöne Frau im Nerzmantel, jetzt wechselte Jarmila wieder die Sprache und schrie: Du bist mein Mann! ich glitt aus ihr heraus und drang in sie ein, sie schrie: Du bist mein Mann! sie zog mich heraus und drückte mich hinein, sie schrie: Du bist mein Mann! ich konnte nicht schreien, ich konnte nicht antworten, ich konnte ein Liebhaber sein, jetzt in diesem Zimmer, auf diesem Bett, komm! schrie sie, komm, schrie sie, beiß' mich in den Rücken! schrie sie, ich schwitzte auf ihrem Rücken und verbot mir, die Augen zu schließen, denn ich hätte sofort das Bild ihres Gesichts erblickt, ich hätte mir vorgestellt, daß es ihr Körper unter mir war und daß Tyra meinen Körper nahm, ich zwang mich zu dieser erbärmlichen Zurückhaltung, bis sie kam, bis ich kam. Jarmilas Körper unter meinem Körper.

Rede mit mir, flüsterte sie.

Bin ich zu schwer? sagte ich, soll ich herunterrollen?

Bleib' liegen, sagte sie, oder willst du dich von mir entfernen?

Nein, log ich.

Schön, hauchte sie.

Schön, log ich.

Rede mit mir, wiederholte sie.

Ich hätte es nicht erwartet ...

... Daß wir miteinander schlafen?

Ja.

Ich wußte es sofort, flüsterte sie, in Brünn wäre ich fast schwach geworden. Aber es war noch zu früh.

Ja, sagte ich.

Wirklich?

Ich hätte auch in Brünn jeden Widerstand aufgegeben, sagte ich, das ist die Wahrheit.

Sie hat dich davongejagt, stellte sie fest.

Sie will nichts von mir wissen.

Und der Verrückte will auch nichts von mir wissen. Du und ich sind die zweite Wahl.

Meinst du?

Du liebst mich nicht, sagte sie, du bist nicht einmal in mich verliebt. Also bin ich eine Verlegenheitslösung.

Das stimmt nicht.

Doch, sagte sie, aber das passiert fast jeder Frau und jedem Mann. Ich bin nicht böse ... Du willst deine Ruhe haben, oder nicht?

Wenn du jetzt weggehst, Jarmila, fühle ich mich elend. Ich muß nur dringend auf die Toilette.

Ich rühre mich nicht von der Stelle, sagte sie, beeil' dich.

Ich rollte mich von ihrem Rücken und verschwand im Bad, um wenig später zurückzukommen, und tatsächlich, sie hatte sich nicht bewegt, also legte ich mich auf ihren Rücken, und ich vergrub mein Gesicht in ihren Haaren, es half gegen das Elend, ich schloß die Augen, lauschte ihrem Atem und schlief ein.

Die Malerin aus Kiel, der Stadt, der ich – wie viele Tage? – ferngeblieben war, sie meldete sich, wahrscheinlich hatte Gabriel ihr meine Telefonnummer gegeben, oder hatte ich sie ihr verraten, damals, in jener Nacht, in der sie mich vom Elend erlöste? Die Malerin meldete sich nicht mit ihrem Namen, und ich brauchte einige Zeit, um darauf zu kommen, wer sie war, sie erzählte Geschichten, sie erzählte die Geschichte von ihrer Freundin, sie hatte ihr zur Ehe geraten, damit das kommende Kind nicht in die Sünde hineingeboren wurde, und wenig später hatte die Freundin einen Massenprolaps gehabt, einen massiven Bandscheibenvorfall, die erste Operation war nicht erfolgreich und ein zweiter Eingriff erforderlich, die Malerin hatte mit der Ärztin gesprochen. Ich bin ein entschiedener Gegner von Operationen, hatte sie gesagt, aber in diesem Fall muß ich sie anweisen, sich sofort zur Unfallstelle des Bundeswehrkrankenhauses zu begeben, die Bandscheibe ist nicht mehr dort, wo sie sein müßte, also wird es auch nach der OP eine instabile Situation im Lendenwirbelbereich geben ... Die Malerin warf sich vor, voreilig von der Sünde geredet zu haben, ihre Freundin jedenfalls dachte nicht an Ehe und an Schwangerschaft, sie hatte die Eingriffe überlebt, sie hatte den dreiwöchigen Aufenthalt im Rehabilitationszentrum überstanden, und bei einem Besuch von der Malerin hatte sie ihr ein Geheimnis anvertraut, das kleine Bündel Mensch in ihr, das fremde Fleisch in ihrem Bauch machte ihr große Angst, und die Malerin war seither verwirrt, weil sie diese Frau für geistesgestört hielt, mit Geistesgestörten wollte sie nichts zu tun haben, sie war nicht schwanger, behauptete aber, bald ein Kind auszutragen, ein Trauma, eine Höllenangst, woher kam sie? ich müßte es doch wissen, ich hätte ein Unglück mit vielen Toten überlebt, und überhaupt, sie nahm an, daß ich mir ein zweites Domizil in Prag gekauft hatte, ich wüßte ja nicht, wohin mit dem vielen Geld.

Meine Einwände ließ sie nicht gelten, ich bin nicht sagenhaft reich, sagte ich und blickte auf die Steinkolosse am Tor der Giganten, das den Westeingang der Prager Burg bildete, die beiden Riesen auf breiten Sockeln waren mit einem Knüppel und einem Dolch bewaffnet, und sie waren in der Pose des Augenblicks eingefroren, da sie den unterworfenen Feind gleich morden würden, die Soldaten in den Wachhäuschen an den Sockeln waren auch erstarrt, sie blinzelten in die Sonne oder schielten auf mich, der ich sie komischerweise zu beunruhigen schien. Ich war doch nur ein Besucher, und ich lauschte doch nur einer Bekannten, die eigentlich wissen wollte, ob es eine Möglichkeit gab, mich zu besuchen, und so wie Gabriel mußte ich auch sie enttäuschen, in letzter Zeit bekam ich viele Anrufe von Menschen mit Fernweh. Ich rauchte zuviel, mittlerweile zwei Schachteln am Tag, und die Tschechen, wenn sie denn auf mich aufmerksam werden wollten, auf der Straße, im Hotelfoyer, in den Bars und Restaurants, in denen ich öfter alleine am Tisch saß, hielten mich für einen nervösen Ganoven, der kurz davor war, geschnappt zu werden. Und die Nächte. Wie sollte ich sie überstehen? Wie konnte ich nur einschlafen? Ich nahm keine Tabletten, ich hatte zu große Angst, von chemischen Substanzen abhängig zu werden, ich riskierte es also, eine Stunde wach zu liegen, meistens eine Stunde, und dann wachte ich auf, morgens, und wunderte mich über meine Langeweile und meine Übelkeit, die aber beim Zähneputzen verging: Nach der ersten Zigarette des Tages vor dem Frühstück und nach der ersten Tasse Kaffee vor dem Brötchen ging es mir gut. Nur nicht an das Ende denken.

Ich hatte mich mit ihr, mit der geliebten Frau, auf ein Ende geeinigt wie ein Händler, dieses nicht häßliche, nicht perfekte Ende hätte sie vorausgesehen, hatte sie gesagt, es wäre das eingetreten, was eintreten mußte, sie hatte es gewußt gespürt gefühlt, so war das, das Ende. Ich schritt durch das Tor und sah die monströsen Fahnenstangen, die bunten Banner flatterten im Wind, ein Postkartenmotiv, und auch der kleine Triumphbogen aus Sandstein sah aus, als hätte man ihn eigens für die Fremden mit ihren Fotoapparaten errichtet, und als ich mich im zweiten Burghof umsah, entdeckte ich Jarmila, sie stand an dem alten Brunnen mit der schwarzen Gitterhaube, ein kleiner Mensch neben einem großen Vogelhäuschen, dachte ich, tatsächlich sah der schmiedeeiserne Aufsatz des Brunnens aus wie eine Voliere. Sie blickte erst auf, als ich sie leicht an der Schulter berührte, sie fuhr nicht herum, sie schrie nicht auf, und doch wußte ich, ich hatte sie erschreckt, sie war in Gedanken versunken. Sie fragte mich, wie es mir ginge, und ich sprach von den Bekannten aus Deutschland, die mich anriefen, um sich von mir nach Prag einladen zu lassen.

Willst du nicht dorthin? sagte sie und zeigte auf die Türme des Doms.

Ich glaube nicht.

Früher wurden die Krönungskleinodien in der Wenzelskapelle ausgestellt, sagte sie, wenn du magst, kann ich dich durch den Dom führen.

Die Könige und die Heiliggesprochenen gehen mich nichts an, sagte ich.

Alle, die ich kenne, waren schon drin. Du wirst es später bereuen.

Kaum, sagte ich, dieser Pomp ist widerlich.

Was willst du dann?

Laß uns irgendwohin gehen und sprechen.

Du hast es eilig, stellte sie fest, du willst es loswerden.

Hast du wieder ... Plasma abgegeben?

Das habe ich, sagte sie.

War es schmerzhaft?

Wie immer.

Tu das nicht mehr, sagte ich, ich bitte dich darum.

Findest du die blauen Flecken unappetitlich?

Nicht deshalb. Führ' mich in ein Restaurant und lass uns etwas essen.

Und dann dort.

Sie saß mit dem Rücken zum vergitterten Fenster, sie konnte deshalb nicht sehen, wie ein Feuerwerk Himmel abbrannte und in bunten Funkenfontänen verglomm, ich sah auf den Flaschenkorken neben dem Sektkühler, eine Seriennummer war eingebrannt, fünf vier sechs zwei drei, ich starrte auf die Zahlen, ich starrte auf den Bierdeckelhalter, ich sah auf und sagte ihr, daß sie schöne Augen hatte, und sie sagte: Ich hoffe es. Sie hatte eine Flasche Weißwein ausgetrunken und war doch nüchtern, und ich hob die Hand, der Kellner reichte mir die Rechnung im Lederetui, ich klappte es auf und legte zwei Tausendkronenscheine hinein, sie stand sofort auf und lehnte es ab, sich in den Mantel helfen zu lassen. Draußen steckte sie ihre Hände in die Taschen, und es gelang mir nicht, ihr eine gute und bessere Stimmung vorzugaukeln, Männer kamen uns entgegen, Männer, die ihre Kragen lockerten, schon wieder und überall.

War es das jetzt? War es das wert? hatte sie am Tisch gesagt, bist du mit dir zufrieden? Hast du endlich keine Langeweile? Hast du es geschafft, herrisch wie du bist, über meine Schönheit zu verfügen und meine Schönheit zu verhüllen? In den letzten Tagen kam eine Freude nach der nächsten, ist es dir zuviel geworden? Stört dich mein Blutvergießen, stören dich meine Blutergüsse? Stört es dich, daß ich meine Blusen in handwarmem Wasser wasche? Bin ich für dich eine gewöhnliche Frau? Habe ich mich dir zu früh hingegeben? Liebst du Frauen, die in ihrer Küche einen Holzklotz haben, in dem die Messer stecken? Bist du ein Schwein und ein Schwärmer in einem? Hast du mich verbraucht, und brauchst du jetzt eine Erfrischung? Spiele ich meine Rolle schlecht, glaubst du, daß ich in eine Rolle geschlüpft bin? Ist dir Prag zu Kopf gestiegen? Bedrohe ich dich mit meinem Verlangen? Sind dir Frauen lieber, die hart wie Nußschalen sind? Haben dir meine Brüste nicht gefallen?

Sie stellte noch weitere Fragen, ich wußte, daß ihr meine Antworten egal waren, ich hatte ihr das Herz gebrochen, ich hatte ihr gesagt, daß ich nach Wien reisen würde, ihr hinterher, das war doch die Wahrheit, die ich ihr nicht vorenthalten durfte, Tyra hinterher, denn sie hatte ihre Studien in Prag abgeschlossen, ich erfuhr es von der Sekretärin im Philosophischen Institut, ihr hinterher nach Wien, denn es war noch nicht zu Ende, dieses nicht perfekte, nicht häßliche Ende ging mich nichts an, in Prag würde ich mir den Wind um den Kopf pfeifen lassen und verzwergen, bliebe ich hier, es war beschlossene Sache, ich fuhr ihr hinterher und brach Jarmila das Herz.

War ich zu nachsichtig? Hätte ich dich zum Stolpern bringen sollen? Hat dich der verrückte Mann erschreckt, er, den ich nur selten unter meine Bettdecke schlüpfen ließ? Liebst du Frauen, die den Zigarettenrauch lange in der Lunge halten? Liebst du Frauen in Nerzmänteln? Liebst du perverse kalte Frauen? Liebst du Frauen, die dich verwüsten? ...

Ihr gebrochenes Herz.

Ich wollte doch nur etwas Zeit gewinnen.

7

Die Kenner und Liebhaber dieser Stadt hatten mir nahegelegt, die Friedhöfe zu besuchen, ich könnte im Anblick der Todestafeln erkennen, daß ich eine Strohpuppe wäre, die zur rechten Stunde der dunkle Engel in Brand steckte, ich könnte Frieden finden, wenn nicht den Frieden, so doch etwas Ruhe, wenn nicht die Ruhe, so doch unberührte Erde. Wenn sie mit dem Engel meinen finsteren Zwillingsbruder meinten, der von Zeit zu Zeit mein Zwerchfell quetschte, der hochstieg, um seinen schlechten Atem durch meine Nase zu blasen, dann brannte ich längst – ich haßte es, die in Stein gemeißelten Geburts- und Todesdaten zu lesen und mich an Geschichten zu ergötzen, in denen von tiefen Nagelkerben in Sargdeckeln die Rede war und von Totengräbern, die ob der Schreie der Verscharrten verrückt wurden.

Ich kam im Hotel K. im siebten Wiener Bezirk unter, direkt vor dem Haus, auf der anderen Straßenseite, standen an der Straßenbahnhaltestelle Siebensterngasse knorzig geratene Männer und Frauen, sie machten den Eindruck, als hätten sie sich für eine dunkle Messe schlampig gekleidet, und unter ihnen war manchmal ein junger Mann auszumachen, der seine hohen weißen Hemdkragen aufrichtete oder einen Blick auf die Aktentasche zwischen seinen Fußknöcheln warf. Ein fescher nervöser Wiener, dachte ich, wahrscheinlich wohnt er noch bei seiner Mutter, und sie mahnt ihn jeden Morgen vor dem Verlassen der Wohnung zu äußerster Vorsicht gegenüber den Menschen auf den Straßen, die es darauf abgesehen haben, ohne Fleiß durchs Leben zu kommen. Er hatte ein Gesicht wie ein Süßwasser-Masu-Lachs, das Fischbilderbuch lag im Hotelfoyer aus, und ich hatte darin geblättert und die Abbildung des Lachses mit den Kneifzangenkiefern lange angestarrt, bis mir eingefallen war, an wen er mich erinnerte, also stand ich frühmorgens am Fenster, jeden Tag, und betrachtete den feschen Wiener, der mir die leichte Langeweile vertrieb.

Ich hatte nach Kiel zurückkehren wollen, und als ich mit Gabriel am Telefon darüber gesprochen hatte, unterstellte er mir Nächstenhaß: Mein unzivilisiertes Gejammer über die verpaßte Chance einer großen Liebe würde ihn derart wütend machen, daß er am liebsten in die Sprechmuschel beißen wollte; ich hätte doch eine Affäre mit einer schönen Tschechin, die zudem Schauspielerin wäre, und seines Wissens könnten Schauspielerinnen in der Liebe von keinem anderen Berufsstand geschlagen werden, er, Gabriel, risse sich ein Bein aus, um, verdammt noch mal, geliebt zu werden, und nicht nur, daß keine Frau ihn endlich erkannte, von einer schönen tschechischen Schauspielerin könnte er nur träumen; ausgerechnet sein bester Freund würde ihn totärgern mit Frauengeschichten, ich hätte Geld und keine Eigenschaften, keinen Charme, kein attraktives Äußeres, keine wirklich überragende Intelligenz, und trotzdem ... und trotzdem würden die Frauen auf eine Null wie mich fliegen. Ich unterbrach ihn ein einziges Mal und verriet ihm, daß ich nach Wien reisen wollte, Tyra hinterher, ich hörte ihn tief ein- und ausatmen, und dann sagte er, ich sollte für ihn auch ein Zimmer reservieren und ruhig die Kosten übernehmen, ich sollte in der Zeit, die er brauchte, um mit dem Auto herunterzufahren, keine Dummheiten anstellen und vielleicht nur die neue Adresse von Tyra herausbekommen ... Gabriel hatte in Wien gelebt, er kannte sich in dieser Stadt aus, und auch wenn er mich, wie er es ausdrückte, zum Leben ertüchtigen wollte, bestimmt konnte er mir helfen.

Ich hatte es satt, allein durch die Straßen zu stromern, wie ich es jetzt tat, ich ging die Neubaugasse entlang und wunderte mich über die Angebote, hier ein Fachgeschäft für Grüntee, dort ein Laden für sozial vertretbare Kleidung, im Schaufenster sah ich sogenannte Ethnobotanik, Hanfmassageöltuben, tibetische Klangschalen, Räucherpokale, ein Schild warb für indische Taschenmode und Nostalgiebroschen, ein Plakat für den ›Welt-Kampfkunst-Konzern‹, es schloß sich ein Geschäft an, das sich anbot, Immobilien für Menschen mit Emotionen zu vermitteln. Hier wohnte wohl der gehobene Bürgerstand mit einem Sinn für den Tand der dritten Welt, und die Menschen, die mir entgegenkamen, waren schlecht angezogen, aber teuer gekleidet. Wem wollten die feinen Bürger etwas vormachen? Sie hatten Geld und ließen sich den alternativen Luxus etwas kosten. Wem wollte der fesche Wiener etwas vormachen? Er war schwul, und jeder Blickkontakt mit einem anderen Mann stellte für ihn eine sexuelle Herausforderung dar. Wem wollte ich etwas vormachen? Ich übersah die Almosenschalen der Bettler, stieg über ihre ausgestreckten wunden Beine und träumte von einem Wunder. Sie ereigneten sich, und nach zehn Jahren schlug man sich auf die Stirn und konnte die eigene Blödheit nicht fassen, weil man es nicht gemerkt hatte. Jarmila kam mir in den Sinn, sie lebte in ihrer Stadt, und vielleicht hatte sie sich mit dem Verdammten versöhnt, ich glaubte es nicht wirklich. Wahrscheinlicher war es, daß er die Schöne im Nerzmantel zu den ausländischen Gästen chauffierte und dafür Provision bekam, Verrat, Verkehr, Versagen, an so viele Worte konnte ich mich erinnern, verkümmert, verkehrt, vertan, so viele Worte wollte ich aus meinem Kopf bannen. Ich sah in manchen Wohnungen Licht brennen, ein dunkler Himmel über den Dächern, aus der Dachluke einer Mansardenwohnung hingen Decke und Kissen zum Lüften heraus, es war wie ein Ausschnitt aus einem anderen Leben, und als ich begann, mich um meine Achse zu drehen, stieß ich mit Gabriel zusammen.

Das wird nix, sagte er, so wird das nie was mit einer neuen Frau.

Er sah furchtbar aus. Er hatte noch nie in seinem Leben eine Krawatte getragen, sein Hals war zu dick, er hatte noch nie einen Zahnstocher benutzt, er hielt es für eine südländische Affensitte, er steckte den Zinken einer Gabel zwischen seine Zähne und schaute seinem darüber verdrossenen Gegenüber in die Augen. Strümpfe, Gürtel, Unterhemden hatte ein Mann im Sonderangebot zu erstehen – nur Frauen kauften Haarpflegemittel. Ich wußte das alles, und trotzdem brauchte ich eine Weile, um mich an sein Aussehen zu gewöhnen. Er erzählte, daß ihn in Kiel keine dringenden Geschäfte aufgehalten hatten, er konnte also das Nötigste in drei große billige Umhängetaschen stopfen, dann fuhr er zu einem Discountgeschäft und kaufte ein paar klobige Wanderschuhe, Tennissocken im Dutzend und Reiseproviant für die ersten zweihundert Kilometer, nicht ein einziges Mal hätte sein Handy geklingelt, nicht ein einziges Mal wäre er bei seinen Kaffeepausen in den Raststätten von einer Frau angesprochen worden. Sein neues Auto, einen gebrauchten Speditionskastenwagen, hätte er in der Nähe parken können, das Einzelzimmer, das ich für ihn gebucht hatte, wäre nicht unbedingt luxuriös und das Bett natürlich zu klein, er würde wie üblich diagonal liegen müssen und im Schlaf mit dem Kopf gegen die Nachtkommode knallen und davon wach werden, der Mann an der Rezeption hätte ihm ungefragt den Rat gegeben, die Matratze vom Bettgestell auf den Boden zu wuchten, die Wiener wären laut seiner Erinnerung böse hilfsbereite Menschen, die ihn, den Zweimetermann, anglotzten, weil sie ihm Worte der Reue entlocken wollten, und der Rezeptionist hätte also mit seinem Angebot, beim Matratzenwuchten mit anzupacken, doch nur ihn, den eben nicht behinderten Zweimetermann, vor den anderen Hotelgästen bloßstellen wollen, denn er hätte im Hinterzimmer der Rezeption eine wirklich süße Auszubildende entdeckt, er, der nicht uncharmante Zweimetermann, würde bei ihr sein Glück versuchen ...

Gabriel! sagte ich, danke, ich freue mich auch, dich wiederzusehen.

Stell' dich nicht so an, sagte er, ich bin hier, weil ich deinem Hilferuf gefolgt bin.

Na ja.

Wo wir dabei sind ... wir müssen uns über meinen Tagessatz unterhalten.

Aha, sagte ich.

Ich dachte an hundert Euro pro Tag.

Soviel hat nicht einmal die Tschechin in Prag genommen.

Der Knüppel liegt beim Hund, sagte Gabriel.

Was heißt das?

Hier geht's ja nicht nur um eine Stadtführung. Du willst diese Frau ...

... Tyra, sagte ich.

Du willst diese Tyra davon überzeugen, daß ... wovon auch immer. Ich werde dir auch dabei helfen müssen. Dein Alleingang in Prag war ja nicht unbedingt erfolgreich.

Es war ein Anfang, sagte ich.

Die ersten Regentropfen klatschten auf das Pflaster,

und wir suchten Schutz vor dem Unwetter in einem Hauseingang. Ich holte mein Portemonnaie aus der Hosentasche, zog einen Hunderteuroschein heraus und gab ihn Gabriel, der ihn sofort in den Tiefen seiner Jakke versteckte.

Gut, sagte er, für meine Unterkunft und Spesen ist gesorgt. Hast du ihre Adresse?

Nein.

Was hast du die ganzen Tage gemacht?

Herumgehangen, sagte ich, durch die Straßen gestreift und auf eine zufällige Begegnung gehofft. Versucht, die Einteilung der Bezirke zu verstehen.

Und?

Um den Wiener Kern verläuft der Ring, sagte ich, das ist die alte Stadtmauer. Die dritten bis neunten Bezirke liegen innerhalb des Gürtels, der zweite Bezirk, die Leopoldstadt, liegt außerhalb, genauso wie die Außenbezirke.

Wir haben also dreiundzwanzig Bezirke, die wir nach deiner Tyra absuchen müssen, stellte Gabriel fest, zerrte mich wieder ins Freie, der Regen war stärker geworden, und nach einigen Minuten mußten wir uns unter eine Markise stellen. Gabriel rief mit meinem Mobiltelefon die Auskunft an und ließ sich mit dem Institut für Geschichte verbinden, dann zückte er einen Spiralblock und schrieb die Adresse auf.

Doktor-Karl-Lueger-Ring eins, sagte er, das ist im ersten Bezirk, also bei uns um die Ecke. Wir werden uns auf die Lauer legen und sie abpassen.

Das geht nicht, sagte ich, genauso habe ich es auch in Prag gemacht. Sie wollte mich davonscheuchen, sie dachte, ich verfolge sie.

Das tust du auch.

Ich folge ihr, aber ich verfolge sie nicht.

Gib mir eine Personenbeschreibung, dann werde ich

mich in der Nähe des Instituts postieren, und wenn ich sie finde, rufe ich an.

Sie hat mit dir gesprochen, sagte ich, sie gehört zu der Sorte von Frauen, die von der Stimme auf den Mann schließen.

Gut, sagte Gabriel, dann machen wir uns ein paar schöne Tage in Wien. Tyra ist Geschichte.

Das ist sie nicht.

Ich könnte mich umhören, ich kenne ein paar Leute hier.

Tu das nicht, sagte ich, sie würde davon erfahren.

Wir haben die Adresse, sagte Gabriel und wedelte mit dem Spiralblock, es kann dir doch egal sein, ob sie dich für einen Gentleman hält oder nicht. Jetzt mußt du mit dem Rammbock ran. Sie hat sich eingebunkert? Ich möcht' mal sehen, was sie macht, wenn ihr die Tür um die Ohren fliegt.

War er im Recht? Ich wußte es nicht. Tyra würde mir wieder sagen, daß sich die große Liebe in meinem Kopf abspielte und daß ein Mann, der eine Frau um Liebesgnade bekniete, ein Bettler war und kein Liebhaber. Ich hörte Gabriel von einem höheren Einsatz reden, von Militanz, die sich in diesem Fall lohnte, und davon, daß er meiner Betäubung überdrüssig wäre, in einer fremden Stadt ist man ein anderer Mensch, sagte er, und hör' endlich auf, im verdammten Abseits zu stehen, und dann packte er mich an den Schultern und schüttelte mich, es lief alles falsch, es konnte nicht gelingen, nicht mit dieser Betäubung und nicht mit diesen Kopfschmerzen. Nicht mit diesem dunklen Zwilling in mir, der mir Nadeln in meine Zunge trieb, daß mir die Worte fehlten, immer dann, wenn es galt, mit einem Hauch von Stimme zu sprechen. Einfach nur zu flüstern. Gabriel wollte wissen, wieso ich eine solche Freude darüber empfand, schlecht unterhalten zu werden, und natürlich blieb ich ihm die Antwort schuldig, und als wir wenig später im ›Schnitzelwirt‹ saßen, wickelte ich lustlos die Spaghettifäden um die Gabel und wunderte mich nicht, daß Gabriel eine Dreiviertelstunde nach seiner Ankunft in Wien mit einem alten Bekannten zusammensaß, er hieß Napp und war als ›kämpfender Maoist in einer Euro-Metropole‹ immer weiter abgerutscht, nicht in die Illegalität, aber in das Elend, er schob seine schwarze Schiebermütze in die Stirn, dann wieder zurück in den Nacken, der Maoismus, erzählte er mit Blick auf Gabriel, ist eine feine Kampfansage, aber dann kriegt man mit dem Knüppel eins auf die Birne und fällt um, bei mir war es ein Schlag auf die blendend weißen Zähne, kein Volltreffer, sonst hätte ich einen Stahlkiefer bekommen und könnte Türklinken durchbeißen, trotzdem, der Schlag saß und ich grollte den ganzen Tag, und am nächsten Morgen habe ich meine Sachen in zwei Plastiktüten gepackt und bin nach Wien heruntergefahren, und dann, am Bahnhof, sah ich dich, und schau einer an, du warst auch ein umherschweifender Maoist, und wir beide haben uns zusammengetan und eine Bank ausgeraubt.

Was habt ihr? rief ich.

Das stimmt nicht, sagte Gabriel seelenruhig, wir haben nur einen Kunden auf dem Weg zur Bank um sein Bargeld erleichtert.

Wir hatten Strumpfmasken auf, sagte Napp, und die Pistole in deiner Hand war keine Spielzeugknarre.

Verjährt, sagte Gabriel.

Da wäre ich mir nicht so sicher, sagte Napp, hier in Österreich gelten andere Gesetze.

Wieviel Geld war es denn? sagte ich.

Umgerechnet ein paar tausend Mark, sagte Napp, der Bürger beging Diebstahl am Kollektiv, wir bestahlen den Dieb.

Keine große Geschichte, stellte Gabriel fest.

Der Maoismus funktioniert nur, wenn man ein bißchen nachhilft, sagte Napp und schob seine Mütze wieder in die Stirn, dein Kumpel Gabriel hat viel von der reinen Lehre geschwätzt. Aber wenn keiner zur Stelle war, um ihm auf die Finger zu klopfen, hat er sich immer gut bedient.

Dialektik, sagte Gabriel.

Eher dialektischer Egoismus, sagte Napp.

Ich schob den Teller Spaghetti von mir, Napp kam Gabriel zuvor und schnappte nach dem Teller, die Soßenspritzer verteilten sich über sein Hemd, doch es machte ihm nichts aus, er fragte, wer denn für das Essen aufkam, ich hob den Finger, daraufhin bestellten die beiden Zwetschgenknödel, und danach Kaffee, und während sie beim Essen und beim Trinken den Blick im Saal schweifen ließen, kommentierten sie zurückliegende Fälle, an denen sie die Schlechtigkeit des jeweils anderen dingfest machen wollten, die Aneignung des Lumpenhaften war für sie der Weg zum Verfall, und sowohl Gabriel als auch Napp waren sich darin einig, daß ein Lump kleinen Geschäften hinterherwieselte, wo doch ein Mann zur wahren Größe fand, wenn er liebte und raubte. An dieser Stelle gab Gabriel ›die Suchmeldung‹ durch und beschrieb in groben Zügen mein ›Herzleiden‹.

Ein Maoist geht nie in den Ruhestand, sagte Napp. Ich war kurz davor, aufzustehen und den Schnitzelwirt zu verlassen, langsam hatte ich die Nase voll von Bekennern.

Diese Frau ist neu in der Stadt, stellte Gabriel fest, hast du Kontakte zum Geschichtsinstitut?

Dort lehren sie die offizielle Staatsdoktrin, sagte Napp, da halte ich mich fern.

Verkaufst du noch alte Bücher?

Das tue ich noch, sagte Napp, kein einträgliches Geschäft.

Gibt es unter deinen Kollegen welche, die sich auf Geschichte spezialisiert haben?

Ich verstehe, sagte Napp, ich soll mich umhören nach einer schönen Kundin.

Vorsicht, sagte ich.

Keine Angst, deine Freundin gehört dir.

Nein, sagte ich, ich meinte, sei vorsichtig. Wenn sie davon Wind bekommt, weiß sie, daß ich dahinterstekke.

Ich bin ein sehr diskreter Strohmann, sagte Napp.

Sie stritten sich wieder, Gabriel warf seinem Freund vor, bei der Vorbereitung eines anderen Überfalls versagt zu haben, er hätte beim Auskundschaften des Privatlebens eines Geldkuriers ausgerechnet dessen Freundin ›offensiv angesprochen‹, er, Gabriel, hätte Napp beim Beschatten beschattet und auf diese Weise das drohende Desaster bemerkt, die Frau wäre nämlich im selben Geldtransportunternehmen wie ihr Freund beschäftigt gewesen. Napp hielt natürlich dagegen, er verwies auf sein großes Talent, sofort zur Quelle vorzustoßen, Gabriel aber wäre das lähmende Dogma in die Glieder gefahren, und er würde sich daher wie ein gigantisches Stalindenkmal bewegen, nämlich überhaupt nicht. Ich blieb still und wartete ab, nach einem halbstündigen Wortgefecht versiegte ihr Interesse an Theorie und Praxis und an der Kunst des langsamen Anpirschens an eine Geldquelle, wir tranken aus, ich bezahlte die Rechnung, draußen tauschten wir Telefonnummern aus, Napp sagte, er werde handeln, statt Parteitagssätze zu mümmeln, und ehe Gabriel etwas erwidern konnte, ging er eiligen Schrittes davon. Natürlich mußte mein bester Freund, da ihm kein Widerspruch drohte, über seinen herrlichen Wahn sprechen; damals in Wien, in seinen Tagen des Aufstands, hatte er nicht gewußt, was Angst wäre, Liebe Religion Revolution, diese Quellen würden Männer seines Schlages anzapfen, auch wenn er die erste Quelle aus Mangel und die zweite aus Desinteresse unberücksichtigt lassen müßte. Ich taumelte neben ihm her, und als wir im Foyer des Hotels ankamen, sah ich an der Wand eine eingerahmte Auszeichnung hängen, ein höherer Angestellter wurde als Barmann des Jahres 2002 ausgewiesen, ich vergaß den sehr österreichisch klingenden Nachnamen des Mannes und starrte auf ein kleines Werbeplakat, auf dem ein sogenannter Flirttrainer dazu aufrief, sich bei ihm zu melden, auch Frauen waren herzlich willkommen. Gabriel redete und redete, er sprach von den guten Dingen, die mir widerfahren würden, allein schon, weil ich ab sofort geschützt war, geschützt vor den schlechten Menschen, die mir böse Blicke zuwarfen, um damit mein Herz zu veröden. Seltsame Worte waren das aus seinem Mund, und weil ich mir vorgenommen hatte, keine Scheu vorzuschützen, noch mir die Ohren zu verstopfen, ergaben auch seine seltsamen Worte einen Sinn. Gabriel ließ sich im dunklen kleinen Frühstücksraum einen Kaffee kommen, wir warteten ab, ich stieß mich am Tischbein, als ich die Beine übereinanderschlagen wollte, ich fegte den Salzstreuer zu Boden bei dem Versuch, meine Arme abzulegen, ich spürte sie nicht mehr, ich wartete ab, denn ich hatte ja Unterstützung bekommen, und es machte mir nichts aus, kein Gefühl zu haben in meinen Armen, Beinen, in meinem Kopf, in meinem Herzen. Ich war ein abgenutzter Mann.

Endlich klingelte mein Mobiltelefon auf dem Tisch, Gabriel griff danach, meldete sich fast militärisch, und natürlich, es war Napp, und natürlich, er hatte in der kurzen Zeit etwas herausbekommen. Gabriel beendete das Gespräch und sagte mir, Tyra wäre nicht in Wien, sie würde sich in Neapel aufhalten. Was, in Gottes Namen, hatte sie in Neapel zu suchen? dachte ich, erst türkische Ägäis, Hitze, dann Neapel, Hitze, und hier, in einem europäischen Hotel, forderte uns der Rezeptionist auf, unsere Wertgegenstände im Zimmersafe zu deponieren, weil die Putzfrauen aus südlichen Ländern stammten, und dort, hatte der Rezeptionist gesagt, lege man keinen großen Wert auf das Privateigentum, dort gibt es so viele Insekten, die summen, daß man vom Gesumme abgelenkt wird, und dann ist es passiert, die Börse ist entwendet, und man hatte gerade nach einer schönen Porzellanfigur auf dem Tapeziertisch gegriffen, das ist mir wirklich passiert, ich erzähle keine Geschichten für Gutgläubige, hatte der Rezeptionist gesagt, Vorsicht ist geboten bei den Glutäugigen.

Napp glaubt, daß sie sich eine Auszeit nimmt, sagte Gabriel.

In Neapel?

Sie kann wohl mehr aushalten, als ich dachte, sagte Gabriel.

Werde ich sie wiedersehen? sagte ich.

Sehr wahrscheinlich.

Was hat Napp noch herausbekommen?

Sie ist kurz hier gewesen, hat sich angemeldet, hat sich abgemeldet. Hat versprochen, nur fünf Tage wegzubleiben. Morgen wird man mit ihrer Rückkehr rechnen können.

Morgen, flüsterte ich.

Napp sagt, sie ist gleich aufgefallen.

Aha, sagte ich.

Die Männer kriegen glasige Augen bei ihrem Anblick.

Das spornt mich erst recht an, sagte ich dumm.

Wirklich? Du hast jede Menge Konkurrenten.

Ich brauche nur ein klein bißchen Glück, sagte ich.

Und dann? sagte Gabriel.

Und dann verliebt sie sich in mich, sagte ich, dann balanciert sie nicht mehr auf der Rasierklinge, und dann wird es wahr.

Das hört sich an, als wolltest du einen Genußschein einlösen.

Ich liebe und will geliebt werden. Mehr nicht.

Mein armer trauriger Freund, sagte Gabriel grinsend, pass' auf, daß es dich nicht zerquetscht.

Napp steckte eine Zaunrübe und Hirsekörner in einen dicken schwarzen Herrenstrumpf, vernähte die Strumpföffnung mit Garn und vergrub den Sack im Garten. Wenige Tage oder wenige Wochen später – das blieb sein Geheimnis – grub er den Strumpf aus, trennte die Rübe von der Wurzel und fing an, dem Wurzelstrunk mit einem stumpfen Zahnstocher ein Wichtelmännchengesicht einzuritzen. Dann bereitete er zwischen zwei Heizungsrippen dem Wurzelmännlein ein Bett, damit es seine Feuchtigkeit ausdünstete, und endlich konnte er sein Alräunchen zum Verkauf anbieten. Nach dem Volksglauben entstand in der Erde unter einem Gehenkten, der noch am Hanf hing, die Wunderwurzel Alraune, man konnte sie für magische Teufeleien benutzen oder aber – nach einem Biß in das Spottgesicht – Unverwundbarkeit erlangen. Napp gab eine Zaunrübe für eine Alraune aus, er betrog, wie er betonte, nur jene, die um jeden Preis betrogen werden wollten. Ein Alraunkrämer wie er nahm den Zauberglauben ernst und machte sich nicht etwa darüber lustig, daher konnte er, ohne eine Miene zu verziehen, zustimmend nicken, wenn eine alte Frau ihm erzählte, daß sie eine Alraune, ein Erbstück ihrer Tante, mit ins Bett genommen hatte, sie hatte sie an sich gedrückt, bis sie von ihrem Schweiß durchtränkt war und der

Herr ihre Krankheit von ihrem Körper geschieden hatte. Beim Ausgraben der Alraune, so ging die Legende, stieß sie einen Schrei aus, und um nicht tot umzufallen, mußte man in die Ohren Wachs stopfen – Napp sprach den alten Frauen gegenüber von seiner Furcht, die bei jedem Schritt zunahm, je näher er dem Alraunmännchen kam, desto fester wurde der Griff der Hand, der Hand des Teufels, die sein Herz umschloß, und er war schon einmal geflohen, denn die Wurzel in der Erde hatte schon angefangen, schrill zu fiepsen, ohne daß er einen Spatenstich getan hatte. Und die alten Frauen tätschelten ihm das Knie, trösteten ihn und wünschten, daß ihm Geldmünzen durch den Schornstein ins Haus prasselten. Es gab so viele verschlossene untröstliche Mädchen, es gab Bestimmungen zum Schutz der Jugend in der Dunkelheit, und Napp lebte in Wien und bot Trost und Schutz an, und auch wenn Gabriel zu Napp nur Mao und Alraune einfiel, insgeheim war er doch verblüfft über die Umtriebe seines früheren Genossen. Beide hatten sich mehr als ein kleines Bäuchlein zugelegt, es war der verdammte bescheidene Wohlstand, und sie versicherten mir ungefragt, daß sie dabei waren, das Übergewicht abzuschaffen, sie lebten in der Zwischenzeit, in der man nicht mehr so dick war und noch nicht das Idealgewicht erreicht hatte – es hörte sich an, als sprächen sie über mich, ich bewegte mich von einem blinden Winkel zu einem dunklen Versteck, und mir schien, als gäbe es keine Stationen auf der Strecke, ich kannte nur einen Zustand, und ich wußte ihn nicht einmal zu beschreiben. Gabriel zeigte auf einen Rottweiler aus Ton, der neben dem Schirmständer stand, man hatte ihm die Pupillen herausgekratzt, der blinde Hund sah unheimlich aus, wahrscheinlich hatte dem Hotelbesitzer der stiere böse Blick nicht gefallen – es war die Rache der Lebenden an den Leblosen.

Was machen wir jetzt? sagte ich.

Wir sitzen hier, bis uns der gescheite Maoist abholt, sagte Gabriel.

Und dann?

Er muß ein Geschäft abwickeln. Du und ich, wir werden für seine Unversehrtheit an Leib und Leben sorgen.

Ich bin doch kein Personenschützer, rief ich aus.

Du wirst nur dabeistehen und finster kucken.

Das ist doch wieder irgendeine illegale Sache, sagte ich.

Es ist nicht unsere Aufgabe, uns an das Recht des Staates zu halten, sagte Gabriel.

Mir reicht das jetzt, sagte ich, kaum bist du da, gibt es schon Verwicklungen. Mann, ich bin nicht bei irgendeinem Halunken eingestellt. Du kassierst bei mir Spesen, vergiß das nicht.

Hast du Angst? sagte Gabriel.

Das alles lenkt mich ab, sagte ich leise, der Herr über die Rezeption, der Hauptdienstleistender Herr Harbach, war aufgestanden und wippte auf den Fußsohlen, im Moment lohnte es für ihn nicht, die ihm untergeordneten Personen aus seinem Geschäftsbereich, einem Holztresen, zu verbannen, und als Napp schwer schnaufend ins Foyer stürmte, baute er sich sofort vor ihm auf, ein Unruhestifter kam ihm nicht ins Haus, und fast, so glaubte ich, würde er Napp gleich vorschnarren, er solle doch bitteschön sein Grundstück verlassen, Herr Harbach war ein Höllenhund und witterte die Halunken, und das hier war kein Hotel, das hier war ein Gelände, das Unbefugte nicht zu betreten hatten. Dann aber wies sich Napp als Potenzmittelhändler aus, und Herr Harbach entspannte sich und unterbrach Napp mit netten Gegenfragen, und ich gab auf der Stelle auf, die Österreicher verstehen zu wollen, sie waren eifrige nette Trolle, sie führten geradezu afrikanische Titel, und wenn sie mich gewähren ließen, weil sie in mir einen Touristen der mittleren Klasse sahen, war alles in Ordnung. Also nehme ich einen zweiten Anlauf, dachte ich, es gibt einen Anfang und eine Mitte, und nun bin ich in Wien, und meine Geschichte nimmt ihren Lauf. Napp drückte den Oberarm von Herrn Harbach und kam in gehüpften Schritten zu uns, Gabriel starrte ihn an, ich starrte ihn an.

Freundschaft ist möglich, sagte Napp, jeder Mann, wenn er denn Kerls genug ist, versteht, daß er meine Dienste in Anspruch nehmen wird, denn das Fleisch wird mürbe.

Ich erkenne dich nicht wieder, sagte Gabriel.

Also, der Mann, mit dem ich mich gleich treffen werde, hat einen gewissen Ruf, sagte Napp, er sammelt bizarre Reliquien. Es steht auf der Kippe. Könnte sein, daß wir handelseinig werden. Könnte aber auch sein, daß das Geschäft platzt.

Du willst ihm eine Rübe unterjubeln, stellte ich fest.

Was Rübe ist und was Alraune, das bestimmt der Kunde, sagte Napp.

Kommt er allein?

Das würde mich sehr wundern.

Folgendes wird geschehen, sagte Gabriel, er mustert die blöde Rübe in seiner Hand, dann läßt er seinen Knochenbrecher von der Leine, und am Ende liegen wir drei in unseren Blutlachen.

Schon damals warst du pessimistisch, sagte Napp, aber gut, wir werden ja sehen. Los jetzt.

Und da klingelte mein Mobiltelefon, ich las die Zeilen auf dem Display, ein unbekannter Teilnehmer rief an, es war teuer, ein Gespräch im Ausland anzunehmen, doch trotzdem drückte ich auf die Annahmetaste und lauschte der Stimme von Jarmila, die wissen wollte, was ich in dieser ihr verhaßten Stadt tat, und sie sagte, daß meist das Wetter oder Störungen im Betriebsablauf planvoll vorgehenden Männern einen Strich durch die Rechnung machten. War mein Plan aufgegangen, oder hatte ich einen Bogen um die kaputten Sachen gemacht, auf die ich immer wieder stieß? Ich gab zu, daß ich mich mitreißen ließ und daß mir noch nicht eingefallen war, hochzusehen zu den Wolken am Himmel, aber es regnet, sagte ich, es ist vergeblich, auf gutes Wetter zu hoffen, der Sommer ist längst vorbei, sie hörte mir eine Weile zu und sagte, daß der Verdammte tot wäre, sie hätte eine Vermißtenanzeige erstattet, doch die Polizei ginge nicht von Mord oder Selbstmord aus, für sie war der Verdammte ein lästiger Gaukler, und solange man nicht auf seine Leiche stieß, würde man nicht mehr tun als Nichtstun. Ich fragte sie, wie es ihr ginge, sie aber sprach nur von Männern, die in der Versenkung verschwinden, die ihr entglitten, als wäre sie keine Frau, sondern ein mit Übeln beladener Körper, da war es wieder, sie benutzte seltsame Worte, ich bin kein Mann, schrie sie plötzlich, man darf mich begehren. Ich lief hinter Gabriel und Napp her und hielt das Handy an mein Ohr, obwohl Jarmila längst aufgehört hatte zu reden, ich hätte auflegen sollen, doch statt dessen lauschte ich ihren Atemzügen, und ich sagte, weil ich diese Stille nicht ertragen konnte, ich sagte: Ich folge zwei Männern, und jetzt biege ich an der Ampel rechts ab, und da sehe ich schon die Kirche, die Mariahilf-Kirche mit den beiden Zwiebeltürmen, auf die Kirche gehe ich jetzt zu ... Hallo? sagte sie, Ja, sagte ich, ich bin bei dir, wenn du an der Pestsäule stehst, wann auch immer, ruf' mich bitte an, und sie legte auf. Nein, sie hatte noch erklärt, daß es mich unvorsichtig machen würde, wenn ich ihr begegnete, und das Gespräch mit einer Warnung beendet – wer bummelt, kommt ins Verlies.

Napp winkte mit heftigen Bewegungen, ich schloß auf und wartete an der Ampel, die Geschäftsstraße war tief hineingeschnitten in den ersten Bezirk, ich hatte keinen Blick für die Prachtläden, vor deren Schaufenstern die Touristen Schlangen bildeten, ich sah auf dem kleinen Kirchenvorplatz eine Statue aufragen, es war bestimmt ein General, ein Bürgermeister, ein Heiliggesprochener, an den zwei Ständen rechts und links neben dem Denkmal wurden frisch gepreßte Fruchtsäfte verkauft. Napp steuerte die kleine abschüssige Gasse links von der Kirche an, und da erblickte ich einen Mann, dem der Nieselregen nichts anzuhaben schien, er keuchte nur in ein weißes Einstecktuch, faltete es vor unseren Augen zusammen und steckte es seelenruhig in seine Brusttasche, natürlich hatte er uns bemerkt, und natürlich trat genau in diesem Augenblick ein zweiter Mann von hinten an ihn heran, ein Buckliger, dachte ich, sein Oberkörper ist fast so gebogen und gekrümmt wie ein Angelhaken, genaugenommen hatte er keinen Buckel, ich erinnerte mich schwach an die Krankheit, die die Wirbelsäule verknöcherte und die Menschen zwang, beim ruckhaften Gehen immerzu auf das Pflaster zu glotzen. Dieser Mann konnte uns nicht schaden, dieser Mann mußte selbst sehen, wie er zurechtkam. Wir gaben einander die Hand und stellten uns vor, Napp, Gabriel und ich gaben bei diesem krummen Handel unsere richtigen Namen an, ich hielt es für unanständig, einem Verkrümmten gegenüber falsche Angaben zu meiner Person zu machen. Herr Zoller nickte Napp zu, Herr Doktor Baumann, der Gebeugte, trat näher heran, um besser hören zu können, sein Blick ruhte auf seinen Schuhspitzen.

Das Alräunchen in meiner Hosentasche, setzte Napp an, ist nicht nur eine besondere Wurzel, es hat auch eine besondere Geschichte, und diese Geschichte will ich Ihnen nicht vorenthalten. Sie kennen den Wildpappelwald am Hochwasserschutzdamm, die Donauinsel mit dem Leuchtturm an der Spitze liegt hinter Ihnen, an beiden Flußufern ist Überschwemmungsgebiet, und früher, ja früher gab es ein Fischerdorf, in dem die Furcht vor dem über alle Kanten schwappenden Wasser Gesetz war, und es war auch Gesetz, sich zu hüten vor dem Herrgott, sich zu hüten vor einem Weib, das die Jünglinge rief und in die Ferne lockte, dort wo man nur mit zugekniffenen Augen den Scheidestrich zwischen Himmel und Wasser erkennen konnte. Die Jünglinge aber waren im Fieber, und besonders ein junger Fischer mit schönem blonden Flaum an den Backen brannte und wußte nicht, wieso seine Hände und Füße brannten, wieso aus der linken hinteren Ecke seiner Brust ein vereister Feuerstrahl emporblühte, ja so fühlte er es, und er sagte es auch den Alten: heiß und kalt, als hätt' sich ein Haken verfangen im Fleisch, was soll ich tun? Sie rieten ihm, Fische zu fangen und das Maul zu halten, es wäre die Sache eines Mannes nicht, großzutun bei magerem Fang, denn tatsächlich fing der Jüngling nichts, was nicht sowieso von allein getrieben wäre ans Land und nach kurzem Jiepsen und Jappen verendet. Das aber wollte ihm, dem Jüngling, nicht in den Kopf, er wurde still, und es wurde laut in ihm, es zog an seinem Fleisch, zog und zog, und alles was er dagegen unternahm, war ein bißchen Kraut rauchen, kurz bevor es rausging aufs Wasser, und einige der Alten starben, und einige der Alten, die noch am Leben waren, sagten: Dem Kerl brennen die Leisten, er will sich einwühlen in eine Jungfer, das ist nicht verkehrt, verkehrt ist nur die Welt, die sich verdreht, wer Kummer zuläßt, verkümmert. Dann aber hörte der Jüngling Fetzen eines Gesangs, und diese schmutzigen Fetzen wehte der Wind heran, und seltsam doch, daß außer ihm alle Männer nur mit dem Fuß aufstampften und böse wurden, sie alle wurden versucht, und sie alle wurden gelockt, und das untote Weib dort draußen sollte sich schämen, die Männer bekamen nämlich unanständige Gedanken, die sie für sich behielten, nur der Jüngling mit seinem Hang, das Maul nicht zuzuklappen, flüsterte die Worte leise vor sich hin, und die anderen riefen nur: Halt's Maul! Sie stoben davon, wenn sie ihn sahen, er hörte die Stimme des böse Strophen säuselnden Weibes dort draußen, und die Fischer wollten ihn weghaben, damit er das Unglück nicht anzog, sie beschlossen es heimlich, es war, so glaubten sie, vorhergesehen, also griffen sie den Jungen und legten ihm die geseifte Hanfschlinge um den Hals, und das lange Seil warfen sie um einen Ast, und als vier Fischer an seinen Beinen zogen, brach es ihm das Genick. Und sofort schoß unter dem Gehenkten die wundersame Wurzel in der Erde, verborgen vor den Mördern, in deren Seelen sich ein schwarzer Bleistiftstrich einzeichnete, vom Scheitel bis zu den Fußballen, der Jüngling war doppelt unschuldig, er hatte seine Unschuld noch nicht verloren, und er war unschuldig, weil das Weibchen tatsächlich sang und alle Fischer, die bei dem Mord dabeiwaren, alsbald in den Ruin und die Verrücktheit sang, das Elend, lieber Herr Zoller, lieber Herr Doktor Baumann, fängt ja damit an, daß die Menschen glauben, einer unter ihnen wäre ein geistig Verschmutzter, den sie verschwinden lassen wollen. Wie auch immer, das Alraunmännchen, das ich Ihnen zum Verkauf anbiete, ist im Zeichen der doppelten Unschuld gewachsen, das müssen Sie bei unseren Verhandlungen bedenken. Lassen Sie sich Zeit, wir werden jetzt zum Fruchtstand gehen und Karottensaft trinken, mein Mund ist trocken.

Wir sahen aus wie Heiden im Licht, in jenem Licht

nach einem Regenfall, das Dunst und Dämmer mischt, vor mir Gabriel, der seine schwarze Hose so lange tragen würde, bis sie ihm vom Leib fiel, neben mir Napp, der eine ernste Miene aufsetzte, und in wenigen Schritten Entfernung die beiden Herren, Herr Zoller beugte sich zu dem Doktor, er hielt ihm sein Ohr hin, und ich löste mich und schüttelte sie ab und ging langsam auf die Kirchentür zu, es drohte mir keine Gefahr, doch nicht hier, wo meine und unsere Schlafplätze verborgen blieben hinter den Mauern, hinter den Türen, und wenn ich durch diese Tür eintrat, war ich unerreichbar für meinen Freund und seinen Bekannten, und ich trat ein und sah das zur Anbetung freigegebene eingefaßte Bild, eine bekrönte Frau hielt ihr bekröntes Kind in den Armen, und ich schnürte am Gestühl entlang, und ich las, daß das gespendete Geld für Meßintentionen mit der Bitte um die Fürsprache Marias verwendet wurde, auf dem Schriftentisch lagen Wallfahrtsbildchen, ich warf eine Münze in den Metallkasten und ging wieder zurück. Kurz vor dem Heraustreten warf ich einen Blick nach rechts, hielt inne und trat in die Kapelle, die Wände waren mit kleinen Marmortafeln bedeckt, auf die Dank und Bitte und die Initialen der Gläubigen eingraviert waren, ich stellte mich neben sie, die Niederkniende, ihr Blick war auf die große Marienstatue in einer Grotte gerichtet, und ich sah sie in diesem Augenblick: Sie hatte ihre Haare dunkelblond gefärbt, doch ihre Augenbrauen waren noch naturhellblond, und sie bewegte ihre Lippen, vielleicht sagte sie ein schönes Kindergebet auf, oder aber sie tat, was die anderen taten – sprachlos zu sein und doch nicht wirklich zu schweigen, aufzuschauen zum hohen Steinbild und gegen das Gefühl ihrer Kleinheit anzugehen mit den Worten eines Zaubers, der sich nur demjenigen erschloß, der auch am hellen Tag Angst empfand, manchmal und nicht allzu oft. Ich erkannte sie als die Frau, von der ich nicht wußte, wieso sie hier niederkniete, und ich stellte ihr die Frage, die entscheidende Frage, sie preßte die Lippen aufeinander und machte einen dünnen Mund, ich wiederholte leise meine Frage, ich fragte sie aber nicht, wieso sie vorzeitig von Neapel aufgebrochen war, sie erzählte, daß sie der Einladung einer Freundin gefolgt war, es hätte ihr nicht ähnlich gesehen, einfach ins Flugzeug zu steigen und dort, an der Ägäis, auszusteigen, nein, sie hatte sich ins Auto gesetzt und war hingefahren.

Die Freundin, sagte Tyra, hatte vor, eine mehrjährige Beziehung zu einem wilden trostlosen Mann zu beenden, sie bezog die Ferienwohnung ihrer Mutter, die ihr aufgetragen hatte, alles in einer Woche zu erledigen, sie würde dann kommen und hoffen, daß die Nachbarn sie nicht bedrängten und nicht beleidigten. Als ich dort ankam, geriet ich in einen Streit, der Mann legte sich der Länge nach auf den Boden und weinte, eine befremdliche Sitte, meine Freundin schrie, und der Kerl schluchzte wie ein Kind, da hielt ich es für unmöglich, mich in diesem gottverdammten Haus aufzuhalten, ich marschierte heraus, sie versuchte mich aufzuhalten, aber ich fuhr los, fast hätte ich sie überfahren ...

Sie trug ihren Ring nicht mehr, sie hatte ihn getauscht gegen eine Wallfahrtsmedaille aus goldenem Filigrandraht, zwei Putten hielten einen Lorbeerkranz über dem Haupt einer bekrönten Frau, die Medaille ruhte in der Mulde zwischen ihren Brüsten, sie hatte sich mir nicht zugewandt, sie kniete und blickte auf die Statue in der Grotte, und ich fragte sie ein drittes Mal.

Kann das Zufall sein, daß wir uns wiedertreffen?

Nichts ist Zufall, sagte sie.

Du hast mich hier nicht erwartet, sagte ich, in dieser Millionenstadt ist es sehr unwahrscheinlich, daß sich ein Mann und eine Frau wiedersehen. Es ist sehr unwahrscheinlich, weil es sehr sehr viele Kirchen gibt. Und hier bin ich, und hier bist du.

Hast du in den Kaffeehäusern nach mir gesucht?

Nein, sagte ich.

Wieso nicht?

Die Menschen verstecken sich dort hinter großen aufgeschlagenen Zeitungen, sagte ich, sie lassen sich Likör oder Schnaps in ihren Kaffee gießen. Sie trinken Schluck um Schluck, lesen unerhebliche Nachrichten und sind deprimiert. Eine alberne Beschäftigung.

Meine Mutter, sagte sie lächelnd, Gott hab' sie selig, gab mir einen Leiblappen, einen Gesichtslappen und einen Polappen, und sie schickte mich ins Bad und rief mir jedesmal zu, ich sollte mich bloß auch hinter den Ohren putzen. Als ich dann wieder herauskam, nach dem Säubern und Putzen, sagte sie: Wieso ist der Polappen trocken? Und ich sagte: Es ist unkeusch. Und sie sagte: Mach' keinen Aufstand! Ich war fünfeinhalb und wußte, was sich gehört und was nicht.

Die Tür ging auf, Gabriel stürmte herein und stockte mitten im Schritt, er sah mich, der ich neben der Niederknienden stand, und wie immer, wenn er überrascht oder überfordert war, fing er an, mit dem Daumen den Nagel seines kleinen Fingers zu polieren. Ich schüttelte abwehrend den Kopf, doch er kam näher, und in diesem Augenblick erhob sich Tyra, bekreuzigte sich und blickte auf jene zwei Männer, die sie bei ihrer Andacht gestört hatten.

Das ist mein bester Freund Gabriel, sagte ich.

Ich komme, um ihn zu holen, sagte Gabriel.

Es hält ihn hier nichts auf, sagte Tyra.

Ich würde dich gerne wiedersehen, sagte ich.

Ich bin morgen zwischen zwölf und eins auf dem Friedhof der Namenlosen, sagte Tyra, sie drückte mir kurz die Hand und rauschte davon, vielleicht raunte ihr ein Unsichtbarer ins Ohr, flüsterte ihr Worte ein, die das Verruchte verdorren ließen, vielleicht hatte sie einen Gnadenerweis erhalten in einer Gegend, die ich nicht kannte und deren Einwohner an die Ausgießung des bösen Geistes glaubten, in der Urzeit, und die deshalb jeden Tag mit Beschwörungen verbrachten.

Du siehst aus wie mit der Brotkruste aus dem Urwald gelockt, sagte Gabriel.

Du hast sie gesehen.

Ja, das habe ich, sagte er, es lohnt sich.

Es ist nicht vergeblich?

Alles ist vergeblich, rief Gabriel lachend, und weil ich halb damit rechnete, daß er sich in diesem Gotteshaus wie ein Berserker aufführen würde, steuerte ich auf den Ausgang zu, draußen blendete mich das Licht, und ich schloß die Augen und stand einfach da. Als ich die Augen wieder öffnete, bemerkte ich Napp, der sich mit einem Handschlag von den alten Männern verabschiedete, die Männer mischten sich unter die Touristen in der Einkaufsstraße, und wenig später führte uns Napp in eine enge Gasse und zu einem Café, das mit einem schattigen Gastgarten warb, wir setzten uns auf Stühle, deren zerplatzter Lack unter unserem Gewicht herunterrieselte, die Kellnerin saß auf einer Treppenstufe und führte ein Mobiltelefongespräch, sie sprach eine fremde Sprache und sagte plötzlich auf deutsch: Sie sind alle im Irrtum, sie schaute die ganze Zeit auf den Boden, sie würde schon an unseren Tisch herantreten, wenn sie es für angebracht hielt. Napp hatte es nicht übers Herz gebracht, die Alten zu betrügen, er wollte nicht zu den geistig Verschmutzten gehören, von denen er in seiner Geschichte gesprochen hatte, er hatte sie über seine unlauteren Absichten aufgeklärt, wer die höhere Gewalt vernachlässigt, ist ein Tropf, sagte er, der Teufel hätte mich mit der glühenden Mistforke vor sich hergetrieben, hätte ich diese lieben Leut um ihr Geld gebracht.

Die lieben Leut, wiederholte Gabriel.

Das waren sie doch, oder nicht?

Wenn man einem Ochsen ins Horn kneift, merkt er mehr als du, sagte Gabriel, da sehen wir doch, wie weit du mit deiner Praxis kommst.

Kann man hier was essen? sagte ich.

Hier servieren sie Essen aus Töpfen, die den ganzen Tag auf der Herdplatte stehen, sagte Napp.

Die Fremde machte keine Anstalten, uns zu bedienen, sie hatte mitten in einem Satz ins Wienerische gewechselt, was war das für ein eigenartiges Deutsch, das sie alle sprachen, sie stauchten und preßten die Worte, sie zerbrockten sie in der Mundhöhle, und als hätte die Frau meine Gedanken gelesen, legte sie die Hand auf das Sprechloch und sagte in unsere ungefähre Richtung, daß der Koch krank wäre, krankgemeldet und nicht richtig im Kopf, er hätte Maiskörner in seiner Achselhöhle vorgewärmt und sie dann aufgegessen, das wäre gestern gewesen, und man hätte die zuständigen Behörden benachrichtigt, die sich nun bestimmt um ihn kümmerten. Uns war auf einen Schlag der Appetit vergangen, wir standen auf und gingen durch den Durchgang zur Windmühlgasse, Gabriel und Napp wollten einem Maoistenfreund aus alten Tagen einen Besuch abstatten, der ein Antiquariat eröffnet hatte, ich trennte mich von ihnen und ließ mich treiben. Alles schwer und viel in dieser geisterhaften Stadt, dachte ich, sie haben die Stadt unter der Erde ausgehöhlt, oberhalb ist alles alt und zugebaut und zusammengeschoben, unten Höhlen, Zahnlöcher, Schächte, Stollen und Schlünde, oben Grabsteine, Monumente, Hausreihen, Zahnreihen, dazwischen eine dünne Kruste, eine Scheidegrenze, doch es gab zu viele Tote auf knappem Raum, und vielleicht stellten sie deshalb die Gerippe aus, sie störten die Totenruhe der Helden und der Heiligen, weil ihnen das Leben unheimlich war, denn die Toten dünsteten es aus, das Gas, und die Irren, die Verzückten, die Mönche und die Nonnen, die Soldaten und die Kriegstrommler rochen und atmeten es ein, und gab es etwa eine Verbindung zu der Zeitungsmeldung, auf die sich der Herr Hauptdienstleistender Harbach bezogen hatte: Alte, jahrelang nicht gewartete Gaswasserheizungen verwandelten sich in Todesfallen, das Gas wurde wegen der Hitze durch die Kamine gedrückt und strömte in die Wohnungen und vergiftete ganze Familien. In unnütze Gedanken vertieft, lief ich durch die Gassen und fand mich im Esterhazy-Park wieder, im Schatten eines Luftschutzbunkers saßen alte albanische Herren, die Hemden aufgeknöpft bis zum Bauch, auf großen Parkstühlen, sie schickten ihre Enkelkinder zum Zapfensammeln, die kleinen Mädchen reihten die Tannenzapfen auf einer niedrigen Mauerkrone nebeneinander auf und verdienten sich das Lob des Großvaters und der fremden Onkel. Die alten Herren spielten Karten, und obwohl es nach dem kurzen Regenfall schwül war und sich kein Blatt wiegte im Wind, schwitzten sie nicht, sie sahen sich nur immer wieder nach einer Frau im indischroten Sommerkleid um, die mit einem Fotoapparat in der Hand herumstrich. Ich sah, wie ein kleines kluges Mädchen ihr Malbuch aufschlug, auf der nächstgelegenen Parkbank, und die Pupillen der Märchenfiguren mit ungelenken Strichen schraffierte, alle anderen Felder ließ sie außer acht, und bald trugen alle Trolle und Riesen und die Wichtelweibchen in Reifröckchen Augenklappen. Ihre Mutter forderte sie auf, auch die Haarkränze und die Mützen und die Beinkleider mit den gelben, grünen und roten Wachsstiften zu bemalen, doch das kleine kluge Mädchen schaute sie kopfschüttelnd an und sagte: Sie sind jetzt blind, sie werden jetzt stolpern. Da war ich also und hatte Tyra gefunden, und sie hatte eine zuckende warme Membran berührt, ich aber sank ein, ich fand keinen Halt im Himmel, ein dumpfer Schmerz in den Männern und Frauen, die Lumpen heulten, ich konnte es nicht mehr hinausschieben, sonst würde ich verfallen, sogar Gabriel, der sensible Materialist, hatte hinter die Sonnenblende seines Wagens einen sogenannten Schutzbrief geschoben, das war ein mehrfach gefaltetes Blatt Papier, auf das er das Vaterunser geschrieben hatte. Ein heulender Lump verbarg den Schmerz, ein heulender Lump klimperte mit dem Kleingeld in seiner Hosentasche und grinste alles an, was nicht verkommen, vertan und klein war.

Was machst du hier?

Ich schaute auf, Gabriel saß auf dem zerschlissenen Sitz seines Fahrrads und stützte sich mit einem Bein ab, er hatte also doch sein beschädigtes Fahrrad aus Kiel mitgenommen und fuhr durch Wiens Straßen, um sich ein System im Kopf zurechtzulegen.

Ich schlage die Zeit tot.

Freu' dich doch.

Ich freu mich, sagte ich.

Es war kein Zufall, stellte er fest.

Nein.

In Nienburg war es vielleicht ein Zufall. Aber zwei Zufälle sind ein Zufall zuviel.

Danke, sagte ich.

Ich will dich nicht trösten ... Ich verzichte auf das Spesengeld.

Nein, sagte ich, ich bestehe darauf.

Der Regen hat mir gefallen, sagte er, die Hitze legt mich lahm. Morgen werde ich in der Apotheke Kalziumtabletten kaufen. Sonst bekomme ich Hitzebläschen.

Ich weiß, sagte ich und schaute an ihm vorbei zu dem

klugen kleinen Mädchen, das den Menschen, den Erwachsenen, lieber beim Stolpern zusah.

Allein sein hat keine Vorteile, sagte Gabriel und schwang sich auf sein Fahrrad und fuhr davon, ich sah den Wind mit seinen langen Haaren spielen, sein Hemd flatterte um seinen Gürtel, und er schaute sich nach der Frau im indischroten Kleid um, und ich konnte aus der Entfernung sein Lächeln erkennen. Ein alter Albaner taumelte ins Gestrüpp, der Großvater und die fremden Onkel lachten ihm hinterher und ließen die Flasche Marillenschnaps herumgehen.

Es stand in den Zeitungen, man sollte nur die Augen leicht zukneifen, und schon könne man den Wüstensand im Wind erkennen, die Zeit der Regenfälle war vorbei, die Notärzte behandelten verstärkt Asthmatiker und Männer und Frauen, die in der Mittagshitze den Rasen gemäht oder intensiven Sport getrieben hatten. Es gab eine starke Nachfrage nach Ventilatoren und Klimageräten, und die Besitzer von dunklen Familienlimousinen schmorten in ihren Wagen, die Gebrauchtwagenhändler konnten sich vor Angeboten von schwarzen Autos nicht retten. In anderen Landesteilen hatte die Hitze schon Todesopfer gefordert, jetzt legte sich der Wüstensand wie ein feiner Abschlußfirnis auf die Dächer der Bürgerhäuser aus den vergangenen zwei Jahrhunderten, und jeder, der dem Traum von Verlorenheit nachhing, konnte wunderbar sich verirren in den Gassen Wiens. An solchen heißen Tagen wurden die Frauen unnachahmlich schön, sie trugen Sonnenbrillen, und ihre Köpfe glichen Sphinxhäuptern, und weil sie es insgeheim wußten, ahnten sie auch, daß ihre Sommerherrschaft nicht vom Begehren der Männer abhing, ihre Schönheit war unanfechtbar. Über Nacht hatte sich alles verändert, Wien glich einer tropischen

Garnisonsstadt. Ich hatte gleich nach dem Aufstehen eiskaltes Wasser aus dem Hahn getrunken und mich an Jarmilas Worte erinnert, sie hatte gesagt, daß Wasser nicht betrog und man mit Wasser gut Freundschaft schließen könnte, ihre seltsamen Weisheiten: Wo kommen die Essensreste hin? In den Schweineeimer. Wo kommen die schlechten Gefühle hin? In den Kopf, und der Kopf schwitzt nicht, es bleibt alles drin. Ich mußte lächeln, und ich wartete vor Gabriels Zimmertür, bis es mir gelang, das Lächeln zu unterdrücken, und nach einmaligem Klopfen bat er herein, er machte vor der geöffneten Balkontür eine Streckübung, er hatte die Füße leicht nach innen verdreht, jetzt beugte er sich tief nach unten und umfaßte mit den Zeigefingern die Großzehen, seine langen Haare lagen wie ein kleiner Bettvorleger auf dem Fußboden.

Was machst du da?

Ich verankere mich in der Position des Reihers, der mit seinem langen spitzen Schnabel die Oberfläche des Wassers zerteilt und für kleine Wellen sorgt.

Willst du dich nicht aufrichten? sagte ich.

Nein, rief er dumpf, ich bekomme dann einen hochroten Kopf.

Wir sollten losfahren, sagte ich.

Man soll diese Übung nicht machen, wenn man unter Zeitdruck steht oder müde ist.

Sie wartet, flüsterte ich.

Es ist noch viel zu früh, stellte Gabriel fest und richtete sich langsam wieder auf, er blickte auf den Hunderteuroschein, den ich auf das Kissen gelegt hatte, holte tief Luft, schlüpfte in seine Strümpfe und seine hellblauen Wildlederschuhe, er bat mich, hinunterzugehen in den Frühstücksraum und zwei Schwarzbrotscheiben mit gekochtem Schinken zu belegen, für ihn, den die Reiherübung doch sehr beansprucht hätte. Ich folgte seiner

Bitte und wartete in der Sonne neben seinem Wagen, und als er endlich erschien, immer noch mit hochrotem Kopf, reichte ich ihm die belegten Brotscheiben, die ich in Zeitungspapier eingeschlagen hatte. Er wickelte sie aus und biß ab, und als wir vom Museumsplatz auf den Ring vorstießen, hatte er die Brote schon aufgegessen, ich las die Straßenschilder, Am Heumarkt, Vordere Zollamtsstraße, wir fuhren am Donaukanal entlang, bis wir über die Südosttangente das Ufer der Neuen Donau erreichten. Wir fahren die Freudenauer Hafenzufahrtsstraße bis zum Alberner Hafen, sagte Gabriel und erzählte von den Grabschändern, die die Bronzebuchstaben der Steininschriften abmeißelten oder die in den Stein eingebetteten bronzenen Grablichter herausbrachen, wir schlängelten uns an alten Speichern und neuen Getreidesilos vorbei, ich nahm immer wieder die Sonnenbrille ab und wischte mir mit dem Hemdärmel den Schweiß vom Gesicht, und endlich parkten wir auf einem freien Platz, ich sprang vom Sitz herunter, ich las das Warnschild, auf dem stand, daß der Aufenthalt unter den Bäumen bei Wind und Sturm gefährlich wäre, ich betrat also ein nicht gesichertes Gelände, ich steckte mir aus Verlegenheit eine Zigarette an, und weil ich aber den Friedhof nicht mit brennender Zigarette betreten wollte, zog ich hastig mehrmals daran und ließ sie fallen.

Ich warte hier, sagte Gabriel.

Du willst nicht mitkommen?

Es wartet dort keiner auf mich, sagte er.

Ist mir recht, sagte ich und kletterte vorsichtig die Treppe an der kleinen Auferstehungskapelle herunter, dann aber blieb ich stehen und sah die einfachen schmiedeeisernen Kruzifixe an den kleinen unbewachsenen Erdhaufen, sie reihten sich hintereinander auf zum Spalier, der helle Gekreuzigte auf dunklem Kreuz, ich ging hinunter und las auf den Grabplatten die Worte: Namenlos, Unbekannt, Unvergeßlich, und auf einer Grabplatte las ich: Ertrunken durch fremde Hand im elften Jahr, und weil ich immer vor Schildern stehenblieb, las ich auch die Zeilen auf dem Gedenkstein, der den namenlosen Opfern der Donau gewidmet war:

Wenn Ruh und Frieden Ihr gesucht
Ihr arggequälten Herzen
Fern von der Welt, die Euch nun sucht
Hier giebt es keine Schmerzen.

An einigen Kreuzen hingen verdorrte Trauergebinde, es traf mich in diesem Augenblick, und wie von selbst bildeten meine Hände zum Himmel offene Kuhlen, und ich sprach für die Seelen der Namenlosen, der Unbekannten, der Unvergeßlichen ein islamisches Gebet, und als ich das Abschlußamen sprach, mit den flachen Händen über das Gesicht strich und Gott um die Erhörung meines Gebets bat, als ich wegen der Hitze verschwitzt und wegen der Toten bekümmert die Augen öffnete, sah ich Tyra mich betrachten, sie stand ganz hinten im Schatten der Mauer an einem Grab, mit wenigen Schritten war ich bei ihr und sah hinab auf die Steinplatte, in die ein toter Vogel mit leicht aufgerissenem Schnabel eingemeißelt war, und wie von selbst fand ihre Hand meine Hand, und ich konnte nichts dagegen tun, daß meine Hand in ihrer Hand schwitzte. Und wie eigenartig, neben einer traurigen Frau zu stehen, die ein Amulett mit Troddeln und falschen Münzen und Kaurischnecken trug, ich fragte sie, ob sie Stimmen hörte, und sie verneinte, ich fragte sie, was sie dann hörte, und sie bat mich, sie zu lassen, sie löste ihre Hand von der meinen, sie wandte sich ab, und die Wallfahrtsmedaille pendelte kurz zur Seite, und sie hielt sie fest. Es tröstete sie eine große Kraft. Sie war kein Zögling einer grausamen Mutter, und doch sprach sie von ihr, von ihrer

Mutter, die schwarze Teller auf den Tisch stellte, immer dann, wenn es Fisch gab, es war für sie lange Zeit ein Rätsel gewesen, bis die Mutter ihr erzählte, daß sich auf schwarzem Grund die Gräten am besten sehen ließen. Ich folgte ihr, stieg die Treppen hoch und las auf einer Gedenkplakette, daß der eigentliche Friedhof der Namenlosen sich im Bereich zwischen Domkapelle und Hafeneinfahrt befunden hatte, der Friedhof wurde im Jahre neunzehnhundert aufgelassen, vierhundertachtundsiebzig Opfer des Stroms lagen heute noch dort bestattet, Tyra trat über ein totes Gleis und wollte zwischen kniehohen Büschen in den Wald schlüpfen.

Hier sind doch bestimmt Zecken, sagte ich.

Komm einfach mit, sagte sie und nahm mich bei der Hand, und bald standen wir vor zugewachsenen Erdbuckeln, sie wollte nicht verweilen, nach ein paar Schritten traten wir aus dem kleinen Waldstück heraus, und auch hier, am Ufer des Hafenbeckens, trieb es sie an, weiterzugehen, in einem großen Bogen kehrten wir zurück zum Wagen, in dem Gabriel hinter dem Steuer saß und eine Karte studierte. Blütenstaub auf ihren Schuhen. Sie ließ mir den Vortritt, dann stieg sie ein, Gabriel nickte ihr wortlos zu und startete den Motor, wir fuhren am Hochwasserschutzdamm entlang, der Weg führte uns an Sonnenblumenfeldern und Kleingartenkolonien vorbei, und ich sah zur Rechten den Wildpappelwald, der keinen Fluch eines Gehenkten auf sich gezogen hatte, wir hielten vor einem Fischrestaurant in der Au, das den Namen ›Zum rostigen Anker‹ führte.

Wir setzten uns an einen Tisch am Fenster, und als der Kellner kam, legte ich den Finger auf die erste Zeile der unter Naschwerk angeführten Süßspeisen in der Speisekarte, dort stand: Maroninockerl mit Weichselsoße, und ich fragte, was denn eine Weichselsoße wäre, doch er wußte es nicht, vielleicht Schokoladensoße, sagte er, vielleicht aber auch Wildfruchtsoße. Sie schwieg, sie schaute hinaus auf die Heuballen auf dem Feld, und etwas später stippte sie mit Brot die Suppe auf, wir aßen schweigend. Dann sagte Gabriel: Der Mann, der über dir wohnt, hat bei dir geklopft, er ist heruntergeschlurft in seinen Plastikgaloschen, und er rieb seine Handknöchel über die Milchglasscheibe in deiner Wohnungstür, ich hielt es nicht mehr aus, er wußte doch, daß du verreist warst, er tat es trotzdem, nachts, und ich lag im Bett und mir grauste es, Tag für Tag dieses grausige Geräusch wie Geisterwispern, da habe ich eines Nachts die Tür aufgerissen, um ihn anzuschreien, Ruhestörung ist ein Verbrechen, als ich ihn aber sah, habe ich wirklich Angst gekriegt, eigentlich sah er mich an, nur kurz, er drehte sich zu mir um und drehte mir wieder den Rücken zu, tote Augen, nein, glasige Augen, er war ein verdammter Schlafwandler, und er ist nicht aufgewacht, weil ich bei seinem Anblick das Schreien vergessen habe. Wenn du zurück bist, mußt du was dagegen unternehmen.

Ja, sagte ich.

Man wickelt rote Stoffetzen um das Vorhängeschloß, zum Schutz vor dem Einbrecher, vor dem Teufel, sagte Tyra.

Wer macht das? sagte Gabriel.

Die Menschen im Süden, sagte Tyra, die Neapolitaner.

Das hält bei uns in Kiel niemanden auf, sagte Gabriel.

Sie legen dem Totenschädel des Ahnen eine Festmaske auf, fuhr Tyra fort, der Schädel wird zu Hause aufbewahrt, und wenn man ihn von der Maske befreit, befragt man ihn.

Eine sonderbare Sitte, sagte Gabriel.

Woher weißt du das? sagte ich.

Ich reise in eine Stadt und lese nicht die Stadtführer, sagte Tyra.

Am besten, man spricht mit den Einheimischen, sagte Gabriel, das habe ich getan. Der rostige Anker auf dem Betonsockel draußen vor dem Eingang, ich dachte erst, verdammt, die Kunst macht nicht einmal vor der Au halt. Da habe ich kurz mit dem Kellner gesprochen. Er kommt aus irgendeinem Slawenland, und man hat Mühe, ihn zu verstehen. Jedenfalls hat er mir erzählt, daß dem Anker eine Hand fehlt ...

Eine Hand? sagte ich.

So nennt man wohl die abgehenden Krallen. Der Anker gehörte zum Boot eines jungen Fischers, den das Donauweibchen auf den Grund gelockt hat. Man hat später nur den Anker gefunden.

Dein Freund Napp hat die Geschichte etwas geändert, sagte ich.

Er fährt manchmal hier raus. Der Slawe kennt ihn, tut aber so, als würde er ihm unbekannt sein.

Willst du keine Nachspeise? sagte ich.

Nein, sagte Tyra, ich möchte lieber gehen.

Ist der Empfang gut?

Ja, sagte ich, und umrundete die Pestsäule am Graben, bis ich vor dem zentralen Sockelfigurenbild stand: Eine ausgemergelte Hexe mit Altweiberzitzen wurde von einer Putte niedergehalten, einer femininen Gestalt in Mönchskutte stak ein Kreuz aus der Brust.

Falsch, rief Jarmila, die Hexe, das ist die Pest, und der Engel hält eine Fackel mit großem Griff in der Hand und ist kurz davor, sie anzuzünden, die Hexe, und daneben hält ein Heiliger Wache, das Kreuz ist seine Waffe, und es steckt nicht in seinem Körper.

Natürlich sah ich es jetzt auch, ich sah auch, weil sie es mir am Telefon erklärte, den König auf Knien beten, er hatte einen fürchterlich vorgeschobenen Unterkiefer und trug eine Perücke, die seinen zwergenhaften Wuchs unterstrich, das war ein König aus dem achtzehnten Jahrhundert, erinnerte mich Jarmila, und immer wenn er vor dem Spiegel stand und sich anschaute, überhäuften die Lakaien und die Hofschranzen ihn und sein Spiegelbild mit Komplimenten, da hat er sich wohl gedacht, er wäre ein richtig schöner Mann. Bei mir in Prag rennen die schönen Menschen dem Geld hinterher wie der Teufel hinter der Seele, wie ist es in Wien?

Ich wußte es nicht, ich verabschiedete mich von ihr und steckte mein Mobiltelefon wieder in die Jackentasche, ich aß am Würstchenstand gegenüber vom Stephansdom scharfe ungarische Debreziner mit scharfem Senf, die Hitze war unerträglich, und mir brannten die Unterlippe und die Zungenspitze, ich lief in die Menge der mit Blitzlicht fotografierenden Touristen, sie hatten in einer Seitenstraße einen günstigen Winkel gefunden, aus dieser Perspektive hatten sie eine gute Aussicht auf das Ziegeldach zwischen dem Singertor und dem Südosteingang. Ein erhitzter Patriot hatte auf die Hausfassade unter einem ausladenden Erker seine Liebesbotschaft gepinselt: Alles Erdreich ist Österreich untertan, ein Gläubiger hatte die Parole mit einem Stern versehen und eine Fußnote angebracht: Was wir haben sind Gottes Gaben. Auch ich wollte in wenigen Kreidestrichen meine Worte und meine Buchstaben aufschreiben, auf die Pflastersteine, auf die Bürgersteigkanten, auf die Tischtücher, und es würden sie die richtigen Männer und Frauen lesen, ich war mir sicher, daß alles einen Sinn ergab, ich war mir sicher, daß die Schöne ihre geborstene Hülle abgestreift hatte und daß nicht nackte rohe Larvenhaut zum Vorschein kam. Sie hatte sich nicht leergeträumt. Ich hatte mich nicht leergeträumt, ich schaute immer noch dem Zigarettenrauch hinterher und versuchte zu verstehen, wieso ich in diesen Augenblicken große Gefühle hatte, vergeudet versäumt vertan, verlesen vergangen verloren, das war früher, denn der Schlafwandler, der seine Handknöchel an meiner Tür rieb, ging mich nichts an, die die Blätter an den Bäumen grünen und welken ließen, gingen mich nichts an, und es war nichts Lächerliches an dem Gedanken, daß ich tat, was Tyra mir aufgab, daß ich das Versprechen hielt, das ich Jarmila gegeben hatte. Lächerlich war ich ohne ihre Schönheit. Lächerlich wäre es gewesen, nicht ins Taxi zu steigen, und doch tat ich es nicht, sondern ging zu Fuß zur Augustinerkirche, der Wurstverkäufer hatte mir den Weg beschrieben, rechtsrum und linksrum und rechtsrum, der Taxichauffeur wird Sie aus dem fahrenden Wagen rauswerfen, mein Herr, hatte er gesagt, suchen Sie die Schattenplätze, Sie brauchen nur von einem Schattenstreifen zum nächsten zu hüpfen, und schon stehen Sie vor dem Haus des Herrn, und tatsächlich kam ich gut voran und war bald da und schlüpfte in die Kirche, die Loretokapelle aber war für Besucher unbetretbar, ich setzte mich auf einen Holzstuhl und las das Schild im Eingang der Herzgruft: König Ferdinand IV. verfügte in seinem Testament, daß sein Herz zu Füßen der Gnadenstatue von Loreto beigesetzt werden soll. So entstand der Brauch, die Herzen der Habsburger in der Loretokapelle beizusetzen. Die Gruft birgt vierundfünfzig Herzen. Das älteste stammt von der Kaiserin Maria Anna (gest. 1618), das letzte Herz vom Vater von Kaiser Franz Joseph, von Erzherzog Franz Karl (gest. 1878).

Viel später, in der schwülen Nacht dieses Tages, lange nach Mitternacht, lag ich im Bett, die dicke Decke hatte ich abgeworfen im leichten Schlaf, ich war aufgewacht, weil ich den alten Kutscher im Traum gesehen hatte, er stand mit geschlossenen Augen vor meiner Tür, reglos untot halb verdorben, und seine Fingerspitzen zitterten und seine Arme schlackerten, und da hörte ich einen Mann und eine Frau mit harten Zischlauten vor meiner Zimmertür tuscheln, es dauerte einen langen angstvollen Augenblick, bis ich begriff, daß sich der Traum verflüchtigt hatte, und da hörte ich, wie Reißverschlüsse auf- und zugezogen wurden, dieser Mann und diese Frau, sie waren bestimmt Hotelbedienstete, die Kissen in die frischgewaschenen Bezüge stopften, der Zimmermädchenwagen stand ja in der Kammer am Ende des Flurs neben meinem Zimmer. Sie verabredeten sich für die Zeit nach der Arbeit, so viel verstand ich. Gott, dachte ich. Und bei diesem Gedanken zog ich meine Hand von meinem Geschlecht, es war mir also doch in Fleisch und Blut übergegangen, die sanften Unterweisungen von früher hatten also doch verfangen, und ich erinnerte mich, daß ich die Beine nicht mehr übereinandergeschlagen lassen konnte, wenn jemand von Gott sprach. Wo war Tyra mit ihren Gedanken? Lag sie allein in ihrem Bett und dachte an den Tag der Berührung, die sie ihr schönes ziviles Leben weiterführen ließ, es hatte sie berührt, eine seltsame Ungläubige war sie geworden, denn sie hatte in Neapel, in dieser plebejischen Stadt, einen Blick auf die andere Seite geworfen, oder vielleicht nur das Wundmal am Hals einer Märtyrerin angeschaut, diese Wachsfiguren, die man mit Taft und Samt und Brokat kleidete und in Glassarkophage legte, zum Frommen des Volkes, diese Figuren waren doch nur grausame Zeugnisse dafür, daß die Männer nicht erwachsen werden, aber nein, ich verstand die Schöne, wenn sie sagte: Die Neapolitaner lieben das Fegefeuer, weil sie unter dem Vulkan leben, ich verstand sie, wenn sie sagte: In Deutschland habe ich einen Mann getroffen, in einer Bar, und ihm eine Geschichte erzählt über Frauen aus gutem Hause, über die höheren Töchter, die von zu Hause ausreißen und eine Nacht in einer Höhle verbringen, ihre Angst, daß ein Wilddieb oder ein herumstreunender Mann ihre Not ausnutzen könnte, ist groß, sie bleiben also wach, und Gott läßt ihnen in ihrer Einsamkeit Gnade zuteil werden, und doch sterben sie viele Tage später eines gewaltsamen Todes und werden vom Volk als Heilige verehrt, und es ist eher unerheblich, daß die Kirche diese höheren Töchter heiligspricht. So geschah es in den vergangenen Jahrhunderten, und es ist gut, daß die Wachsfiguren uns daran erinnern ... Ich verstand sie. Ein Mörder, der Angst vor der Dunkelheit hat, wird berührt und schwört dem Bösen ab.

Es gibt Männer, die ihre ganze Barschaft auf die Heiligkeit einer fremden Frau verwetten, Männer, denen es nie einfiele, gegen die Dienstvorschriften zu verstoßen, geben ihre Häuser auf, begeben sich in Lebensgefahr, weil sie sich immer gefragt haben, ob es eine Kraft gäbe, die sie beschützte. Ich hoffte die ganze Zeit auf Spuren zu stoßen, die die Schöne als Betrügerin entlarvten, doch es war sinnlos.

Kurz vor dem Einschlafen hörte ich ein Kratzen im Nebenzimmer, es ängstigte mich nicht, ich wußte, daß ein kleines Tier in seiner kleinen Höhle herumging, seine Nägel schrappten über den kalten Stein, und dann kam der Traum über mich.

8

Wir waren in Richtung Stadtrand unterwegs, auf Gabriels Ratschlag hin hatten wir Pullover und Jacken mitgenommen, es würde dort draußen und dort oben fünfzehn Grad kälter werden, und Gabriel war in der Laune, Vorbereitungen zu treffen, er hatte in der Zeitung gelesen, daß ein LKW-Anhänger auf der Südosttangente Feuer gefangen hatte, auf seiner Stadterkundungsfahrt mit seinem Fahrrad hatte er gestern meterhohe schwarze Wolken gesehen. Tyra saß neben mir am Fenster. Sie sah hinaus, und ich achtete sehr darauf, daß sich unsere Beine nicht berührten, denn sie hätte sonst angenommen, daß ich Lust provozierte auch dann, wenn es nur darum ging, die Wartezeit zu überstehen. Wir fuhren Richtung Wien-Neustadt wegen einer Baustelle in einen Stau, die Arbeiter standen rauchend am Rande eines frischgeteerten Streckenabschnitts und schauten auf die malmenden und spuckenden Maschinen, und dann ging es weiter, und Gabriel, der ein kurzärmeliges Hemd trug, bat um die Sonnenmilch und cremte sich damit die halbverbrannten Unterarme ein. Wien-Neustadt, sagte er, ist im Weltkrieg, im zweiten, in Schutt und Asche gelegt worden, fünfzigtausend Bomben haben die Alliierten abgeworfen, auf den Trümmern der glorreichen Monarchie hat man aber schnell Österreichs einzige Ausbildungsstätte für Offiziere errichtet, die Theresianische Militärakademie. Er befand einen Besuch unserer unwürdig und bog vor Wien-Neustadt ab, ich sah von der Landstraße abgesetzte alte Kastenhäuser mit verwitterten Fassaden, und als wir in Puchberg, einem heilklimatischen Kurort, ankamen, war der Signalstärkebalken auf dem Display meines Mobiltelefons ganz unten. Tyra stieg aus und ging hinunter zum Teich, ich folgte ihr in einigem Abstand und sah ihre von Mückenstichen übersäten Waden, sie warf ein Zehncentstück in den Fischfutterautomaten und streute eine Handvoll ins Wasser, die Forellen schnappten nach den Bröckchen, an ihren aufjappenden Mäulern brach sich das Licht.

Die Herzgruft war geschlossen, sagte ich.

Dann ein anderes Mal, sagte sie.

Wieso schickst du mich an solche Orte?

Ich weiß nicht, sagte sie, es war doch nur ein Vorschlag.

Die Habsburger Herzen, sagte ich, dort sind sie bestattet. Und die herzlosen Körper – wo liegen sie?

Das geht mich nichts an.

Du hast dich verändert. Du hast Trost gefunden.

Ja, flüsterte sie.

Ich tue alles für dich, meine Liebe, sagte ich.

Nein, sagte sie nur und wandte sich ab, ich sah sie hinaufsteigen zum Zahnradstüberl bei der Talstation mit Ausblick auf den Puchberger Kurpark, Gabriel hatte schon bezahlt und war aufgestanden, und wir schlenderten zum Zug, der in den Farben eines Feuersalamanders gehalten war, die roten Kunststoffsitze hatten eine Filzeinlage, damit man wohl bei der Rückfahrt wegen des starken Gefälles nicht abrutschte, und dann erklang auch schon das Pfeifsignal, und der Zug setzte sich ruckkend in Bewegung, die letzten Häuser Puchbergs zogen an uns vorbei, wir fuhren durch den dichten Wald, und die hohen Tannen versperrten die Sicht auf die Bergkuppen, an der Haltestelle Hauslitzsattel in achthundertdreißig Meter Seehöhe stand ein alter Mann und winkte nicht zurück, ein Bergdorfbewohner, dachte ich dumm, oder vielleicht einfach nur ein Mann, der es satt hat, daß ihn die Touristen immerzu nur anlächeln, als wäre er ein Schrat. An der Haltestelle Hengsthütte stieg der Schaffner aus und stellte die Weichen um, wir ruckten höher und höher, Haltestelle Ternitzerhütte, und an der Haltestelle Baumgartner in tausenddreihundertsiebenundneunzig Meter Seehöhe legte der Schaffner einen Zwischenhalt ein, ich stieg hinter Gabriel aus, Tyra blieb sitzen, ich brachte ihr eine Topfenbuchtel auf dem Pappteller, fast jeder Ausflugsgast biß jetzt in die puderbestreuten Quarkquader, doch sie lehnte es ab, zu essen, und ich stieg aus und starrte, mit dem Pappteller in der Hand, auf eine kahle Stelle am Bergrücken gegenüber, ein heftiger Wind war vor Tagen hineingefahren, erfuhr ich von der Stubenwirtin, und der Wind hatte die Bäume samt ihrer Wurzeln hochgerissen und umgeworfen, und dann war der Wind in die Schlucht hineingefahren. Wir stiegen wieder ein, es ging auf einem Grat steil bergan, ich wurde gegen die Rückenlehne gedrückt, es wurde plötzlich dunkel, und es wurde hell, da passierten wir schon den nächsten Tunnel, und ich nahm geräuschvoll einen Schluck aus der Plastikflasche, und erst als wir an der Endstation Hochschneeberg ankamen, konnte ich die Wasserflasche weglegen.

Gabriel fing sofort an, Fotos zu schießen, ich blieb stehen und schaute Tyra hinterher, die eine kleine Kirche ansteuerte, sollte ich ihr folgen, wie so oft? sollte ich sie lassen, wie sie mich immer wieder gebeten hatte? Wenn ich bei ihr war, trieb ich mich nicht herum, das war die Wahrheit, wenn ich sie sah, strich mein Blick nicht über die Menschen und die Gegenstände, das war die Wahrheit, nicht in meinem Kopf, aber in meinem Herzen. Tyra war nicht im Gebet versunken, sie blickte mich an, und dann begann sie zu reden, die alten Frauen in Neapel, flüsterte sie, adoptieren Totenschädel, sie gehen zur Kirche Anime del Purgatorio, zur Kirche der Seelen im Fegefeuer, und sie stauben die Schädel ab, um die dazugehörigen Seelen in den jenseitigen ewigen Flammen zu erfrischen, es kommt auch vor, daß eine Frau Knochensplitterchen vom Totenschädel schabt und magische Präparate bereitet. Man ißt Zypressenzapfen, sie gelten als das Mahl der Toten im Friedhof, nach dem Glauben dieser Frauen sind die Geköpften, sind die Heiligen, denen man den Kopf abgehackt hat, halb hier, halb dort, halb in dieser, halb in jener Welt, sie haben keine Ruhe, mit ihren Köpfen lauschen sie, mit ihren Körpern liegen sie, und die alten Frauen kennen sich aus, sie hüten das Geheimnis, das ihnen erlaubt, zu den Geköpften zu sprechen, sie stehen dann in der Küche und rühren Mandeln, Zucker, Honig und kandierte Früchte zum Totennougat, den sie auf eine längliche Hostie verstreichen und auf den sie die passende Hostie drücken, man ißt diese Zuckerhonigfrüchtemandelpaste am Feiertag der Toten, am zweiten November, Allerseelen, und am ersten November, Allerheiligen, und eine feine alte Dame hat mir gesagt: Die Heiligen sind bei uns nicht entrückt, wir erreichen sie, wir bitten sie zu Tisch, wir sprechen mit ihnen, wenn wir Nadeln aus dem Nadelkissen ziehen, wir sprechen zu ihnen, weil uns beim Anblick der Nadeln ein Schmerz durchzuckt, die feine alte Dame hat mir Tee und süßes Gebäck angeboten, wir saßen bei ihr in der Küche, und ich habe ihr verraten, daß man bei uns die Fürbitten und Gebete für die Verstorbenen Seelgerät nennt, es ist wie die Gerätschaft im Werkschuppen, es ist wie mit den Geschenken auf dem Gabentisch, daran muß man glauben, denn wenn man nicht glaubt, kommt es einem vor wie eine böse Stimme, wie ein böser Mann, der zu einem spricht.

Tyra, flüsterte ich.

Es liegt nicht alles in meiner Macht, sagte sie leise.
Was ist das alles für dich? sagte ich.
Du willst es nicht wirklich wissen.
Doch, sagte ich, doch.
Lass' mich, sagte sie wieder.

Gabriel hat keine Frau, flüsterte ich, er streicht da draußen herum, er ist halbwegs vergnügt, weil er mit diesen Fahrten zu den Bergen seine Höhenangst bekämpft. Er macht Andenkenfotos, er kauft Postkarten. Er ist nach Wien gekommen, um mir zu helfen, dich zu finden.

Ihr seid für mich fremde Menschen, flüsterte sie, und ich haßte sie augenblicklich für diese Worte, ich stürmte hinaus, und beim Anblick der kleine Pfade emporsteigenden Ausflugstouristen wurde mir schlecht, dort oben würde ich neben einem Gipfelkreuz oder einem Felsbrocken stehen und nichts, rein gar nichts empfinden, es wäre vergeudete Zeit, hinaufzuklettern, ich stolperte über die Steine auf meinem Weg, und dann saß ich auf der Terrasse des Berghauses, die wie eine Aussichtsplattform angelegt war, ein Vater machte es seinem Sohn vor, er warf Münzen in den Phonomaten und ließ sich die Welt, die vor seinen Füßen lag, erklären, und es lief doch alles nur darauf hinaus, daß man Berg und Tal unterscheiden mußte und daß man in der Höhe den Wolken näher war als gedacht. Durch das Panorama-Fernglas konnte man Sankt Pölten, Mariahilfberg, Wien, Baden, das Schneebergdorf und den Neusiedler See sehen, die Einstellwinkel waren angegeben. Die Touristen riefen über das Mobiltelefon Freunde und Bekannte an, und ich hörte, wie sie erklärten, daß der Schneeberg deshalb Schneeberg hieß, weil er zweitausendfünfundsiebzig Meter hoch war und die meiste Zeit im Jahr eine Schneehaube hatte, es wäre der reinste Wahnsinn, mit der Zahnradbahn zum Aussichtsberg zu fahren. Die aktualisierte Ausgabe des Führers mit den schönsten Bergwanderungen und Klettersteigen lag aufgeschlagen auf ihren Oberschenkeln.

Ein langes Donnergrollen ließ uns alle innehalten, und ich richtete meinen Blick auf die blaßgrauen Wolken, die in Schleiern, in Fetzen, in zerrissenen dünnen Streifen zogen, und aus einer Eingebung heraus roch ich an meinem Hemd, ich roch den Schweiß meiner Todesangst, die ich empfunden hatte in der Finsternis und inmitten der Flammen, die Metall und Fleisch versengt verschmort zerfressen hatten. Sie war es gewesen, die mir in der Nacht das Wasser reichte, sie war es, die heute den Märtyrertod der Heiligen bedauerte. Gabriel winkte von der Ferne, ich legte einen Geldschein auf den Tisch, strich unnötigerweise das Tischtuch glatt, stand auf und ging langsam zurück zum Feuersalamanderzug, Tyra würde auch bald aus ihrer Versenkung erwachen, sie hatte sich die Abfahrtszeit bestimmt gemerkt, sie war wach, sie vergeudete sich nicht, die Heiligenverehrung hielt sie nicht davon ab, Stille und Lärm zu unterscheiden. Tatsächlich fand ich sie vor einem Baum, an dessen unteren Zweigen Tonglocken hingen, bevor ich sie kurz an der Schulter berührte, drehte sie sich zu mir um und sagte: Du bist eingeladen, ich lade dich ein heute nacht, du wirst sehen.

Es lag bei ihr keine Schmutzwäsche herum, natürlich nicht, und doch herrschte in dieser Wohnung, die ihr von der Verwaltung zugewiesen war, eine gemäßigte Unordnung, nicht alles war an seinem Platz, die Kissen, die wahrscheinlich sonst auf der Sofalehne lagen und auf denen sie ihren Kopf bettete, waren auf den Boden gefallen, ich sah den Zahnputzbecher und die auf der Kappe stehende Pastatube auf dem runden Beistelltisch neben dem Bett. Sie lebte in einem großen Zimmer mit einer Kochnische und einer Naßzelle, sie hatte das Zimmer mit zwei Paravents in kleine Puppenräume unterteilt, und jetzt, da sie einen nicht sehr fremden, nicht sehr vertrauten Mann mit nach Hause genommen hatte, schob sie die niedrigen Stellwände zum Fenster, die Vorhänge waren zugezogen, Mondlicht schimmerte auf dem Holzfußboden, und sie trat auf die Schimmer, als sie zum Hängeschrank eilte, zwei Weingläser herausnahm und auf den Tisch in der Mitte des Zimmers stellte, bitte keinen Wein, sagte ich, ich bleibe lieber weiter abstinent, ich habe mal sehr viel getrunken, dann war aber Schluß ... Wieso erklärte ich mich ihr? Sie goß mir Leitungswasser in das Glas, und in ihr Glas Rotwein, sie stieß nicht mit mir an.

Was ist also passiert? sagte ich, verzeih' meine Neugier.

Mit mir? sagte sie, in Neapel?

Ja, dort.

Es ist viel früher geschehen, sagte sie.

Und was ist geschehen?

Ich kehre nicht mehr zu meinem Mann zurück, sagte sie leise, ich habe ihm einen langen Brief geschrieben, und er weiß jetzt, daß er das Haus und die Möbel behalten kann. Bedauerst du ihn?

Was?

Du bist ein Mann, sagte sie, du wärst bestimmt nicht gerne an seinem Platz.

Wärst du ein Mann, wärst du mir nicht sympathisch, sagte ich.

Ich bin nicht schlecht, sagte sie, ich habe böse Sachen gemacht, das ja.

Was denn?

Ich bin aus der Ferienwohnung meiner Freundin rausgestürmt und habe sie im Stich gelassen. Deshalb mußte sie es tun. Sie hat ihren Mann erschlagen und sitzt jetzt im Gefängnis.

Oh, verdammt.

Aber ich wußte es. Sie hat es geplant. Sie wollte ihn töten. Deshalb bin ich hinuntergefahren, um ihr dabei zu helfen. Und dann konnte ich es nicht, er hat geweint, und ich wollte nicht Schicksal spielen.

Das glaube ich alles nicht, sagte ich.

Das ist geschehen, sagte sie leise.

Und jetzt büßt du. Das alles ist also die Reue nach dem schlechten Gedanken. Das alles ist also ... furchtbar böse.

Ich habe letztendlich nichts verbrochen, sagte sie.

Sie griff zu der samtenen Schmucktasche auf dem Tisch und öffnete sie für mich, über einen Stoffinger, der mit einem Druckknopf am Innenfutter festgemacht war, waren fünf Ringe gestreift, und sie zog den Reißverschluß auf und zeigte mir die dünnen Armreife, die Wallfahrtsmedaille an der Kette, ich hielt seltsamerweise den Atem an, als würde ich glauben, daß ein einziger Atemzug von mir sie erschrecken würde, ich war doch hergekommen, weil ich noch hoffte und begehrte.

Ich bin nicht böse, sagte sie.

Deine Freundin, ist sie böse?

Am Anfang habe ich gedacht, daß sie manchmal böse wird, weil sie sich langweilt. Man straft sie für das, was sie getan hat.

Sie fand keine Ruhe, hatte sie nicht, zu passenden und unpassenden Gelegenheiten, immer gesagt, daß der Abend zu knapp sei und der Morgen zu kurz, sie fand keine Ruhe, aber sie hatte ihren Frieden gefunden, war das ein Akt der Gnade, herumzustreifen und sich nicht mehr an den Wegmarken zu stoßen, sie fand keine Ruhe, und alle Farbe wich aus ihrem Gesicht, wenn sie auf eine Heftzwecke auf dem Boden trat und darüber in Zorn geriet, da ihr Glaube an die Herrlichkeit der Heiligen sie davor nicht schützte, und sie mußte in der heißen Luftschleuse am Eingang von Einkaufshäusern innehalten, es war keine Himmelsbrise, es war kein Höllenwind, es erinnerte sie nur daran, daß sie beiseite getreten war, sie hatte neue Eigenarten entdeckt, ihre Ticks wegen des neuen Glaubens, sie gähnte unter Feuermeldern, die Worte waren ihr ausgegangen, und sie gähnte, sie fand keine Ruhe, aber das Gähnen half ihr, denn sie wußte in diesen sinnlosen Momenten, daß der Abend verging und der Morgen nahte.

Und nun stellte sie sechs kleine bemalte Tonfiguren auf dem Tisch auf, Maria in einem schwarzen Trauergewand, das ihr bis an die Fußknöchel reichte, das mit Saumborte besetzte Tuch auf ihren Haaren, die linke Hand ruhte auf der Brust, die rechte flache Hand deutete eine einladende Geste an, die Gruppe der Seelen im Fegefeuer bestand aus einem jungen und einem alten Mann, aus einer jungen und einer alten Frau, und einem Hohepriester mit einem Kardinalshut und einer Stola auf den Schultern, sie alle waren nackt, die Flammen reichten ihnen bis zum Nabel, sie sahen aus, als würden sie aus Tulpen herausragen, Männchen und Weibchen, die wegen ihrer neuen Körperhaltung, zu der sie die Himmelsmacht zwang, Zwergenzorn empfanden, obwohl sie doch, im früheren Leben, wie Riesen hassen konnten, der Brand verhieß Läuterung, verhieß Gliederschmerzen und dann Reinigung, reinige mich, riefen sie oder wollten rufen, schreien und die Stille verkreischen, aber die Worte waren ihnen ausgegangen, ich sah die nebeneinandergereihten kleinen Setzkastenfiguren und Tyras Hand, die sanft über ihre Köpfe strich, und ich sah sie auf dem Sofa die Beine unterschlagen, jetzt nahm sie einen Schluck von ihrem Wein und atmete einmal tief ein und aus.

Es wird weitergehen, oder? sagte ich, du wirst es nicht dabei belassen. Du wirst am Ende als Gläubige aus dieser Sache hervorgehen.

Weiß ich nicht, sagte sie.

Man darf den Salzstreuer nicht von Hand zu Hand reichen. Man darf seine Zigarette nicht an einer brennenden Kerze anzünden, weil es Unglück bringt. Eine Frau, die mir als Kind süße Teigmännchen schenkte, zupfte das Weiche aus dem Weißbrot und rollte es zwischen ihren Händen zu Klümpchen und warf es in den Ofen, das war ihre Totengabe, sie warf Brotkrumen ins Jenseits und hoffte, daß ihr verstorbener Mann und ihr verstorbener Bruder danach schnappten wie Vögel. Was Schaden bringt, ist böser Einfluß. Man muß ihn verhindern. Man muß ihn bekämpfen ...

Ich bin kein abergläubisches dummes Weib, sagte sie.

Ja, sagte ich, ich glaube nicht, daß du das Schlüsselloch mit Zeitungspapier verstopfst, damit keiner draußen steht und bösen Zauber hineinflüstert.

Du verstehst es nicht.

Kann sein, sagte ich, ich habe dich gebeten, es mir zu erklären.

Bist du ein Materialist?

Nein, sagte ich.

Für dich bin ich doch nur eine Büßerin, rief sie.

Nein, sagte ich wieder, sonst würde ich dir nicht hinterherreisen. Nein.

Was bin ich für dich?

Meine Frau, sagte ich, und ich sagte es nicht, leer bin ich, leer und verdrossen, und ich höre dein falsches Lachen, da du nackt bist, da du dich ausgezogen hast, und kaum daß ich mir mit dem Handrücken den verspeichelten Mund abwischte, bist du aufgestanden und hast mir das Wasserglas aus der Hand genommen, ich dachte, daß du nach deiner Erweckung unantastbar geworden bist, ich war ausgeglüht, und du warst vergangen, ein Mann und eine Frau, die zueinander passen, überall sind wir uns begegnet, in anderen Städten, in anderen Zimmern, und so wie du mich, deinen Liebhaber, beißt und frißt, so bist du auch in anderen Betten mit mir umgegangen, während du meinen Körper liebst, meine schöne Katholikin, die du die Kirchen betrittst wie ein fremdes Wohnzimmer, während du auf meinem Körper liegst, flüstere ich dir diese beiden Worte ins Ohr: meine Frau, und du preßt deine Hand auf meinen Mund, es ist mir verboten, dich meinen Besitz zu nennen, es ist für dich obszön, wenn ich mich als dein besessener Liebhaber an dich dränge, mehr als diese Stunden, in denen wir uns verknäueln, stehen mir nicht zu, meine Frau meine Frau, die du zu dem Gott deines Herzens betest, wo gehörst du hin, ich, den du nach dieser deiner zulässigen kleinen Sünde der Nacht entlassen wirst in den Tag, ich kann den Blick nicht von dir wenden, ich sehe, wenn die Sommerschatten auf dich fallen, und ich sehe, daß am hohen schwarzen Damenstiefel der Nippel am Reißverschluß abgebrochen ist, ich sehe, daß du in die Öse eine Büroklammer gewickelt hast, was nützt es mir, daß ich die Kleinigkeiten deines Lebens, die Requisiten deines Körpers bemerke, du reibst die flachen Hände aneinander, bis die Innenflächen sich erhitzen, dann legst du die Hände auf deine schmerzende Stelle, bis der Schmerz versiegt, du hast mir davon erzählt, in Prag, froh darüber, daß du dich selbst heilen kannst, doch jetzt, da du dich anglühen läßt von meiner Hitze und da ich an Jarmila denke, die mir verraten hat, was ihr Name bedeutet: die Frühlingsliebende, aber auch die vom Frühling geliebte, doch jetzt bin ich in deiner Nähe, es ist mir erlaubt, nachdem ich dir von meinem Glauben sprach, in dem der Sieg des Messias am Ende der Zeiten besungen wird, und ich erzählte dir von meinem heiligen Buch, in dem es heißt, daß das Feuer ihre Angesichter verbrennen wird, jener, die Gott, den Herrn, zum Verschwinden bringen wollten, und du nanntest mich das erste Mal bei meinem Namen, wie ein Hauch kam es über deine Lippen, der Herr hat mich erweckt, sagtest du, und ich kannte diese Zeile aus dem Gotteslob meines Glaubens, wo ist der Abstand, wo ist die Stille, wo ist das Geschrei, unsere Körper unser Atem unser Gotteslob, mehr würde kein Erzengel wollen, meine Frau meine Frau, sagte ich, mehr ist nur der kranke Wunsch, auf der Stelle zu sterben, um nicht aufräumen zu müssen hinter sich, dieses ungewollte Mehr darf nicht in deiner Seele sein, ich sagte es und ich sagte es nicht, dein falsches Lachen ist vergangen, denn auch ich schäme mich erst, wenn ich mich ausziehe vor einer Frau, leer bin ich und verdrossen, deine Brüste, dein Rükken, dein Haar und deine verschmierte Schminke – wir lagen nebeneinander, und Tyra ließ es zu, daß ich sie auf den Mundwinkel küßte.

Soll ich gehen?

Bleib', sagte sie, aber ich werde dich im Schlaf an die Bettkante wegdrücken.

Es macht mir nichts aus, sagte ich, auch ich schlafe wild.

Träumst du? sagte sie.

Ja. Aber ich vergesse den Traum sofort nach dem Aufwachen.

Das ist gut, sagte sie, ich kann es nicht leiden, daß Männer mir ihre Träume erzählen.

Das habe ich noch nie getan, log ich.

Du hast mir beim ersten Kuß heute auf die Zunge gebissen.

Du hast zurückgebissen, sagte ich.

Du hast mir meine Augen geleckt, sagte sie.
Sie waren geschlossen.
Und dann, als ich dachte, sie sähe die Zeit für gekommen, aufzustehen und sich wenigstens ein langes Herrenunterhemd von ihrem ehemaligen Mann anzuziehen, wurde sie für wenige Augenblicke schamlos, sie nahm meine Hand und drückte sie auf ihr feuchtes Geschlecht, nur kurz und fest, um mich danach Zentimeter für Zentimeter wegzuschieben von sich, ich leistete keine Gegenwehr, ich rutschte bis zum äußeren Ende. Einen weiteren Kuß duldete sie nicht, und doch ließ sie meine reglose Hand zwischen ihren Schenkeln ruhen. Zehn zwanzig dreißig Herzschläge später war sie eingeschlafen, sie lag auf dem Rücken, ich lag auf dem Rücken, ich blickte auf mein halb ausgetrunkenes Glas Wasser, ich war eine kleine Kreatur, die in Gegenwart von Frauen einige Schlucke trank, ich war keine kleine Kreatur, weil ich meinen Blick über die Gegenstände ihres Lebens schweifen ließ, dort der Buchaufsteller aus schwarzem Plastik, auf dem Regalbrett, auf dem ein Dutzend zerlesene Taschenbücher standen, und in einer Ecke des Raumes ein Objekt aus patiniertem Kupfer mit eingelegtem Blattgoldquadrat. Meine Frau meine Frau meine Frau, dein Glaube bleibt dein Geheimnis, aber auch ich kenne es, auch ich weiß, was geschieht, wenn der Grassamen, der auf Stein fällt, aufgeht, sage es nicht weiter, flüstere das Gebet im Schlaf wie in deinen wachen Stunden.

Am nächsten Morgen gab es kein gemeinsames Frühstück, ich war darauf vorbereitet, lass' dir den Kaffee von einem Kellner bringen, rief sie aus dem Bad, sie öffnete die Badezimmertür, sprach diese wenigen Worte und schloß sie wieder, ich hätte sie so gerne bei Tageslicht geliebt, aber ich zog mich hastig an und rieb mir über die Augenwinkel, und da fiel mir der gefaltete Zettel auf der Fußmatte auf, sie bat mich in wenigen Zeilen, sie die nächsten anderthalb Tage in Ruhe ihrer Wege gehen zu lassen, ihre Seele verstünde keinen Spaß. Deine Seele verträgt keine Scherze, dachte ich, ich gerate an ernsthafte Frauen, die mich fortschicken nach der Liebesnacht, die meine Hand auf ihrer Brust oder auf ihrem Geschlecht dulden und mich aber nicht ansehen wollen, weil sie mir den Rücken zudrehen und die Gardinen aufziehen und sich im Bad einsperren.

Vor einer ehemaligen Plissee-Werkstätte fegte ein Mann den Bürgersteig, er führte leise Selbstgespräche, ich wechselte die Straßenseite, bog ab, um seine Flüche nicht hören zu müssen, und fand mich in der Maria-Treu-Gasse. Im Anfang der kleinen Straße, hinter der baumüberdachten Terrasse eines italienischen Eiscafés, sah ich die Piaristenkirche, und als ich auf dem Vorplatz der Basilika stand und zur Pestsäule hinaufschaute, schaltete ich mein Mobiltelefon ein, tippte eine Nummer, und natürlich meldete sich Jarmila nach dem ersten Klingeln.

Ich bin's, sagte ich, ich habe wieder eine Pestsäule gefunden.

Wie sieht sie aus? sagte sie, beschreibe sie mir.

Sie wurde siebzehnhundertdreizehn zum Dank für das Ende der Pest errichtet.

Das interessiert mich nicht.

Gut, sagte ich, ich sehe hoch oben auf der Säule Maria mit gefalteten Händen, sie steht auf einer gehörnten Kugel, und eine Schlange windet sich zu ihren Füßen.

Kommt die Schlange in Berührung mit der Heiligen Jungfrau? sagte sie leise.

Nein, sagte ich.

Sehr schön, rief sie, wieso bist du so früh wach?

Es ist unglaublich heiß in Wien, sagte ich, die Männer sterben an Herzinfarkt, sie fallen um, und bevor sie auf dem Boden aufschlagen, sind sie gestorben.

Du konntest nicht schlafen?

Doch. Aber die Sonne ist sehr hell und scheint durch die dunklen Gardinen.

Soll ich andere Männer für Geld bedienen?

Weshalb fragst du mich?

Meine gewesene Freundin, sagte sie, ich habe mich doch mit ihr getroffen, ich kann ihr ja nicht den Rest meines Lebens aus dem Weg gehen. Es hat sich keine häßliche Szene abgespielt, sie war sehr diskret, und für den Anlaß hat sie sich auch sehr unauffällig angezogen. Man hätte meinen können, daß sie eine Studentin ist, schlichtes dunkelblaues Polohemd, eine verwaschene Jeans, Zopf, keine bis dezente Schminke. Sie hat nicht mit mir gespielt, und plötzlich sah ich sie als so etwas wie eine moderne Kurtisane. Du weißt, es ist noch nicht so lange her, da hat man uns Schauspielfrauen für verdeckte Prostituierte gehalten.

Ja, sagte ich und rieb mir über das Gesicht.

Also, was denkst du?

Es wäre nicht richtig.

Wieso, sagte sie, du bist doch auch der Liebhaber dieser Frau in Wien.

Ich bin kein verkommener Verführer.

Du bringst uns Frauen kein Unglück, sagte sie, das stimmt. Aber Glück finden wir auch nicht bei dir.

Jarmila, sagte ich.

Sprich noch einmal meinen Namen aus.

Jarmila.

Noch einmal.

Hör' bitte zu.

Nur noch einmal, bitte, flüsterte sie.

Jarmila.

Ja, was ist?

Ich habe noch nicht gefrühstückt, sagte ich.

Dazu bist du eben noch nicht gekommen, sagte sie, meine berufstätige Freundin legt mir also nahe, meinen Beruf zu wechseln. Die Männer, ihre Kunden, seien mal so, mal so. Sie vergißt alles sofort, sie erhält das Geld, und kaum hat sie die Geldscheine in ihr Portemonnaie gesteckt, verläßt sie den Mann, den Ort, das Haus, und vergißt. Sie durfte bis jetzt immer wiederkommen.

Ich kann es dir nicht ausreden. Du hast dich schon entschieden.

Nein, sagte sie, ich bin noch nicht bereit dafür.

Ich gehe jetzt frühstücken.

Nur noch eins: Ich weiß, du triffst dich mit dieser Frau. Sie hat für sich eine Entscheidung getroffen. Du kanntest dich früher mit Geld aus. Du kennst dich aber nicht mit Frauen aus. Ich bin ehrlich und spiele auf der Bühne. Meine Freundin ist ehrlich und macht es für Geld. Was sonst die Männer und Frauen ihr Leben nennen, ist nur Straßentheater.

Soll ich dich anrufen, wenn ich wieder auf eine Pestsäule stoße? sagte ich.

Zwang ist falsch, sagte sie und legte auf.

Wenig später saß ich vor einem renovierten Bürgerhaus, auf der Terrasse des Café Provinz, ein österreichischer Meister und seine osteuropäischen Bauarbeiter hatten zwei Tische in Beschlag genommen, und es spornte sie an, daß wir, die ruhigen und verlangsamten Bürger, in Zeitschriften Büchern Tagebüchern blätterten, sie unterhielten sich besonders laut miteinander, ein Arbeiter versuchte, einer Mutter und ihrer halbwüchsigen Tochter zu imponieren. Er sprach zu ihnen, er sprach in gebrochenem Deutsch darüber, daß er gut packen und gut schieben könne, die Vieldeutigkeit seiner Worte schien ihm nicht aufzugehen, denn er lächelte nicht anzüglich, sein Gesicht war von der Sonne halb verbrannt, und er knetete grob seinen dicken linken Unterarm und stand abrupt auf, seine Freunde versuchten, ihn auf seinen Sitz herunterzuzerren, doch er riß sich los, machte ein paar unsichere Schritte, und dann stand er neben der schönen Mutter und fing an, für sich zu werben, immer wieder schielte er auf den entblößten Oberschenkel der Mutter, der Seitenschlitz im Rock war ihr hochgerutscht, sie schaute den fremden Mann lächelnd an, ihre Tochter schaute sich hilfesuchend um, unsere Blicke trafen sich, ihr Blick glitt weiter.

Eine Frau, die solch eine Tochter gebiert und schön bleibt, könnte mir gefallen, sagte der Mann.

Komm wieder her, rief sein Meister.

Ich sehe keinen Ehering, rief der Mann zurück.

Hier, sagte die Frau und zeigte ihm ihre Halskette, an der ein dünner goldener Ring hing, doch der Mann stierte nur darauf und machte keine Anstalten, von der Stelle zu weichen.

Du und ich, sagte er, ich und du, das wäre was.

In einem anderen Leben, sagte die Frau.

Dieses Leben, dann tot, sagte der Mann, Liebe im Grab hat Gott nicht gerne.

Lass' sie in Ruhe, rief sein Meister.

Du wirst die richtige Frau finden, sagte die Frau lächelnd.

Mutter, sagte die Halbwüchsige.

Eine Begegnung wie diese kein zweites Mal, sagte der Mann.

Ich bin aber schon glücklich mit dem, was ich habe, sagte die Frau.

Mutter, es reicht.

Was macht sein Vater? sagte der Mann.

Er schaut herunter auf dich, sagte die Frau, er paßt auf, daß uns nichts passiert.

Der Mann starrte hoch, ich tat es ihm gleich, und tatsächlich hing ein Mann aus dem Fenster im vierten Stock, aus dem Augenwinkel sah ich, daß der Meister und seine Arbeiter auf diesen Mann starrten, der sich für einen Notfall bereit hielt, das könnte ein böses Ende nehmen, dachte ich, doch der Bewerber nickte nur nach oben und nickte der Mutter und ihrer Tochter zu, ging wieder zurück an seinen Tisch, trank sein Bier aus, wischte sich den Mund ab und bat die in diesem Augenblick heraustretende Kellnerin um die Rechnung, er klopfte mit dem Autoschlüssel auf die Tischplatte und verzog sich dann, nach einem knappen Abschiedsgruß in Richtung der Mutter und ihrer Tochter, zu der Baustelle um die Ecke. Sie würden am Augustinbrunnen sitzen, sie würden aus Flaschen trinken, und sie würden vielleicht keinen weiteren Gedanken an diese Begebenheit verschwenden.

Ich ging die Piaristengasse bis zum Ende, betrat den Schönbornpark, die Kinderbetreuungsstätten waren mit Maschendrahtzaun umgeben, an denen sich einige stille Jungen festgekrallt hatten, sie versuchten, hochzuklettern, rutschten aber langsam ab, ich lenkte meine Schritte auf den zerlöcherten Steinfelsen im runden Wasserbecken, der Springbrunnen war abgestellt, auf fast allen Parkbänken lagen Obdachlose, unter den Parkbänken im Schatten schliefen die Tauben. Sie waren noch nicht da, ich hatte nicht wirklich damit gerechnet, also löste ich eine Eintrittskarte im Volkskundemuseum, starrte in Glasvitrinen, auf breitkrempige Filzhüte, auf Kappen mit Litzenband und auf Persianerfellmützen, die als die Kopfbedeckung von Bewohnern der östlichsten Kronländer der Monarchie gekennzeichnet wurden. Der Lärm einer Schulklasse verscheuchte mich wieder ins Freie, und in wenigen Minuten schwitzte ich mein Hemd durch, ich drehte eine Runde in diesem nichtssagenden häßlichen Park, die Hitze setzte mir zu, und alles, worauf mein Blick fiel, schien mir häßlich und nichtssagend, sogar der Anblick von Gabriel und Napp hob nicht meine Stimmung. Sie hatten ihre Hemden ausgezogen und achtlos auf den vertrockneten Rasen geworfen, jetzt beschielten sie heimlich den Bauch des anderen, Gabriel schnitt in diesem Speckfleischvergleich besser ab, und als ich mich ihnen von hinten näherte, rückten sie zusammen, natürlich waren sie als ehemalige kämpfende Maoisten in den Metropolen auf der Hut, sie wirkten entspannt und lauschten doch ihre Umgebung nach verdächtigen Geräuschen ab. Napps linke Gesichtshälfte war zugeschwollen, und immer wieder befühlte er vorsichtig seinen Wangenknochen, der, wie er mir sogleich versicherte, einen kräftigen Schlag abbekommen hatte, aber nicht gesplittert und nicht gebrochen war. Herr Zoller und Herr Doktor Baumann, diese beiden alten Herren, hatten sich als wenig verständnisvoll erwiesen und einen ausländischen Knochenbrecher eingestellt, der Napp abgepaßt und mit Fausthieben niedergestreckt hatte. Napp beschwerte sich über die untätigen Zuschauer, andererseits hätte auch er in einer ähnlichen Situation nicht wirklich eingegriffen, aber zumindest eine halblaute Mahnung vorgebracht, das Gesicht und die Weichteile des Opfers zu schonen.

Woher kennst du überhaupt die beiden alten Geier? sagte Gabriel.

Man sucht sich seine Kunden eben nicht aus, sagte Napp.

Sie wurden dir also vermittelt.

Es gibt da einen Kontaktmann.

Hach, rief Gabriel aus, du bist ein Idiot!

Wieso? sagte Napp ruhig.

Der Vermittler hat den Ausländer auf dich angesetzt.

Wieso sollte er das tun?

Weil du ihm die Geschäfte ruinierst, sagte Gabriel, weil sich sonst jeder als Reliquienhändler ausgeben kann. Und weil du tatsächlich ein Betrüger bist.

Bin ich ein Betrüger? sagte Napp und wandte sich zu mir.

Nach strengen Kriterien ja, sagte ich.

Napp stand auf, schlenderte zum zerlöcherten Steinfelsen, tauchte seine Hand ins Wasser und benetzte vorsichtig sein Gesicht, dann kam er wieder zurück und setzte sich in unsere Mitte, ich sah, wie die Wassertropfen ihm in den Nacken liefen, er hatte die Abreibung bekommen, die er verdient hatte, ich mußte nach einer schönen Nacht die Wohnung der Frau verlassen, die in mir immer mehr eine künftige arme Seele im Fegefeuer entdeckte, und Gabriel ... was war mit Gabriel los? Er hatte die Beine ausgestreckt und überkreuzt, seine verschränkten Hände ruhten auf seinem glänzenden unbehaarten Bauch, und er grinste wie ein Yogaschüler, der die große Anstrengung der Leibestötung lieber den Meistern überläßt.

Dir geht es gut, stellte ich fest.

Es ist zu heiß, sagte er.

Und abgesehen davon?

Auch nach strengen Kriterien bin ich zufrieden.

Er ist der Glücklichste von uns allen, sagte Napp, er hat eine Frau gefunden, der es nichts ausmacht, neben einem Yeti diagonal im Bett zu liegen.

Nein! rief ich aus.

Früher, in unserer Kadergruppe, gab es die Regel: einer plaudert immer, sagte Gabriel, damals hatte ich den Verdacht, daß du beim Staat eingestellt bist.

Nimm das sofort zurück, schrie Napp.

Ich nehme es zurück, sagte Gabriel seelenruhig.

Wer ist es? sagte ich.

Im Hotel bin ich jedenfalls sehr willkommen, sagte

Gabriel, gestern nacht, du hast ja aushäusig übernachtet, und ich nehme mal an, daß du bei deiner Katholikin warst ...

Meint sie es damit ernst? sagte Napp.

Ich weiß nicht, sagte ich, weiter.

Der Herr Hauptdienstleistender Harbach ist eine gute Seele, fuhr Gabriel fort, er muß jedes Zeichen von Verlotterung hart angehen, und doch hat er eine schwache Seite. Alle wissen es, niemand spricht es aber aus ...

Was wissen wir alle?

Mein guter Freund, dir ist doch bestimmt der Mann an der Haltestelle gegenüber aufgefallen.

Der fesche Wiener.

Meinetwegen. Jedenfalls bin ich eines Morgens zu ihm hingegangen, habe ihn beiseitegenommen und ihm ein paar höfliche nette Worte ins Ohr geflüstert. Harbach stand am Fenster und starrte hinaus. Die beiden hatten gestern abend ihr erstes Rendezvous.

Er hat zwei verklemmte Schwule verkuppelt, stellte Napp fest.

Das ist ja widerlich, rief ich aus.

Mein Junge, du hast antiquierte Ansichten, sagte Gabriel, du bist ein Mann von gestern, du und diese Tyra, ihr paßt eigentlich sehr gut zusammen. Also, ein Liebesdienst gegen einen anderen, das ist mein Prinzip, ich hatte Harbach zu seinem Glück verholfen, was sollte er mir im Wege stehen. Er hielt es selber für eine absurde Vorstellung.

Die Auszubildende an der Rezeption, sagte ich.

Sie und keine andere, sagte Gabriel.

Wie heißt sie?

Elisabeth. Sie haßt es, Betty genannt zu werden.

Wie hast du es geschafft?

Ein Mann schafft gar nichts, sagte Gabriel, es sei denn, die Frau läßt es zu.

Sie ist einfach mit nach oben gekommen?

Herr Harbach hat ihr freigegeben, ich lud sie zum Absinthladen um die Ecke ein, und sie willigte unter einer Bedingung ein: Ich sollte mich auf der Mariahilferstraße komplett neu einkleiden. Das habe ich denn auch gemacht.

Stimmt, sagte ich.

Ich trug erst ein buntes, mit Comickästchen bedrucktes Hemd, es sprach sie nicht an, und sie schickte mich erneut los, mit dem rostroten Hemd war sie zufrieden, und besonders angetan haben es ihr meine Stiefel aus alten Armeebeständen.

Du hast die Haare zum Zopf gebunden.

Richtig. Ich mußte also auch einen Haargeltiegel besorgen gehen.

Und dann?

Na gut, sagte Gabriel, ich war ein viertes Mal los, und die weite schwarze Leinenhose fand ihre Zustimmung. Dann saßen wir auf der kleinen Terrasse und tranken Wodka, dann habe ich ihren Nacken massiert, und sie erzählte, daß sie dich und mich erst für Irre auf Wanderschaft gehalten hat. Ich habe sie über dich aufgeklärt.

Einer plaudert immer, murmelte Napp.

Genau. Wir haben stundenlang geplaudert, und nach dem Pläuschchen hat sie gesagt, ich sollte mit dem Quatschen aufhören und sie lieber küssen. Tja.

Es gibt einen großen Altersunterschied, sagte Napp.

Einen unbeträchtlichen Altersunterschied von etwas über zehn Jahren, stellte Gabriel fest, sie ist zufrieden, ich bin zufrieden, Herr Harbach und sein neuer Freund sind zufrieden. Nur bei dir klemmt es ein bißchen.

Ich komme zurecht, sagte ich und wollte es auch glauben, ich holte tief Luft und schaute mich um, ich hörte jetzt die Kinderschreie vom umzäunten Kindergarten, der Obdachlose auf der Parkbank gegenüber rollte sich langsam auf die linke Seite, er hatte ein schönes bärtiges Gesicht, das wegen der Hitze und des Alkohols rot angelaufen war, wir waren noch nicht soweit, wir hielten uns noch an die Hygienemaßnahmen und die Kleidervorschriften, wir setzten uns nicht allzulange der Witterung aus, und ich drückte meinen dunklen Zwillingsbruder unter das Zwerchfell, damit er mir das Leben nicht verfinsterte. Auf der obersten Latte der Rückenlehne entdeckte ich eine mit Kreide geschriebene Formel, die aus drei Großbuchstaben bestand, C + M + B, der Obdachlose hatte die Plastiktüte mit seinem spärlichen Besitz weggeschoben, so daß man die Zeile jetzt sehen konnte.

Ist das ein Zauberspruch? sagte ich und zeigte in die Richtung.

Wenn du so willst, ja, sagte Napp, Christus Mansionem Benedicat, C plus M plus B.

Ich hatte kein Latein in der Schule.

Christus segne dieses Haus.

Die Parkbank ist sein Haus, sagte Gabriel, das gefällt mir.

Zwei maskierte Junkies haben eine Tankstelle überfallen, sagte Napp, die Polizei fahndet im Suchtgiftmilieu.

Steht in der Zeitung, sagte Gabriel, habe ich heute morgen auch gelesen.

Und? sagte ich.

Wir waren es jedenfalls nicht, sagte er, und dann lachten sie beide, sie lachten so laut, daß der Obdachlose die Augen öffnete, und weil Gott den Menschen gibt, damit sie ein Teil weitergeben, stand ich auf, griff in mein Portemonnaie und gab dem bärtigen Mann mit dem schönen Gesicht alle Geldscheine, die ich hatte. Gabriel und Napp streiften sich die Hemden über und knöpften sie nur am unteren Saum zu, wir traten den Rückweg zum Hotel an, ich bewegte mich langsam, weil mir die Glieder schmerzten, ich heftete meinen Blick auf das Stück Bürgersteig vor meinen Füßen.

Gabriel wollte uns alle zum Wienerwald mitnehmen, und natürlich waren Napp und ich bloße Werbeträger seiner neuen Liebe. Elisabeth, die es haßte, Betty genannt zu werden, stand mit einer seltsam unförmigen Schultertasche vor dem Hoteleingang und duldete einen langen Wiedersehenskuß, Gabriel mußte sich dafür fast in der Mitte falten. Aus lauter Verlegenheit sprach er über das Glück, im Sommer in Wien zu sein, denn ein Drittel der Wiener wäre in Urlaub gefahren, und es stünden ihm in dieser fast entvölkerten Stadt genügend Parkplätze zur Verfügung. Er rieb mit dem Daumen den Nagel seines kleinen Fingers blank, Napp hatte er in den hinteren Laderaum verbannt, ich saß am Fenster, und Elisabeth in unserer Mitte legte ihren Kopf auf seine Schulter, so daß Gabriel lange Zeit linkshändig fuhr, er schaltete mit der Rechten in einen höheren oder niedrigeren Gang, aber sehr behutsam, er würde morgen über Nackenverspannung klagen. Elisabeth kam aus reichen Verhältnissen, sie nannte sich eine entlaufene Bürgertochter, ihr Vater wußte um ihre Arbeit an einer Hotelrezeption und hatte nichts dagegen, ihre Mutter steckte ihr manchmal Geld zu, wenn sie sich zu Schlagobers und Strudel im Kaffeehaus trafen. Ich sollte mir um die Widerspenstige keine Sorgen machen, diese meine Liebesgeschichte hörte sich in ihren Ohren zwar recht versponnen an, und sie würde auch keine Erfolgsgarantie geben können, doch auch sie hätte es nicht für möglich gehalten, daß sie sich mal in einen baumlangen Mann mit vorwölbendem Leib verkucken würde. Gabriel ignorierte meinen finsteren Seitenblick und stierte geradeaus, die Windschutzscheibe war mit verklatschten Insekten übersät, mein bester Freund steuerte selten eine Waschanlage an, er vertraute auf den Regen, der kostenlos alles reinwaschen würde. Wir fuhren an dem Straßenbahnendhof vorbei und fanden uns im vierzehnten Bezirk wieder, zu beiden Seiten der Straße reihten sich verfallene Villen und Einfamilienhäuser aneinander, es gab in den Vorgärten auffallend viele Schilder, die auf die baldige Wohnungsauflösung hinwiesen, nach einigen harten Manövern bogen wir hinter Purkersdorf ab nach Mauerbach, Elisabeth, die als Eli angesprochen werden wollte, saß jetzt kerzengerade und mit aufgerissenen Augen auf ihrem Sitz, Napp brüllte von hinten, er würde Gabriel nach dem Aussteigen eine steile Böschung herunterrollen lassen, denn er würde aus tausend Wunden bluten, Herrgottsakrament. Eli zeigte auf ein ehemaliges Karthäuserkloster auf einem kleinen Hügel, und wenig später hielt Gabriel in einer Nothaltebucht, Napp stieg hinten aus, und nach einem kurzen Wortwechsel rauchten sie friedlich eine Zigarette und schauten gedankenverloren hinunter auf das Tal, Eli balancierte auf der Krone der Umfassungsmauer und sang dabei ein schmutziges Lied, ich schoß in Gabriels Auftrag Erinnerungsfotos. Wir legten am Aussichtspunkt in Kahlenberg einen weiteren Halt ein, unten war Klosterneuburg mit der Sankt Martinskirche, ein Waldstreifen trennte das Städtchen von der Donau, und als wir endlich auf dem Leopoldsberg ankamen, waren wir alle unwillig, durch den angrenzenden Wald zu streifen, wir setzten uns in den Gastgarten hinter der Burg, die sich vierhundertfünfundzwanzig Meter über dem Meeresspiegel befand. Ich blickte auf die Obere Alte Donau und die abgeschnittenen Donauarme, die kleine und größere Seen bildeten, die Brücken sahen aus wie Wundgarn und die Ufer wie Wundränder, das war Gottes Land, ich hatte selten so viel Schönheit gesehen. Der Wirt räusperte sich laut, und wir drehten uns alle nach ihm um, er hielt einen Bierkrug in der einen Hand, und mit der anderen hielt er sich an der Tischkante fest, außer uns saßen nur zwei Ausflügler auf der Terrasse, und vielleicht deshalb dachte er, daß er sich nicht mehr verstecken müßte in der Küche, er starrte Eli ungeniert an.

Ist die junge Dame vergeben?

Ich bin nicht in festen Händen, sagte Eli, aber ich habe mich in den Langen verliebt.

Meinen herzlichen Glückwunsch.

Danke, sagte Gabriel unnötigerweise.

Ich bin ja Wirt. Ich kann ja nicht raus. Aber ich lese schon Zeitung.

Ja, sagte Napp.

Habt ihr was zu reklamieren?

Wir sind noch gar nicht dazu gekommen, zu bestellen, sagte ich.

Dann deklamier' ich was, sagte der Wirt, gibt Kraft, was ihr bei mir eßt. Kasnocken würd' ich nicht empfehlen, brauchts lange mit der Verdauung.

Kochen Sie selber? sagte ich.

Ich bin nicht Sie. Ich bin du. Ja, ich bin Wirt und Koch. Die Pakistanis sind billig, und sie kochen auch gut unsere Spezialitäten. Aber ich muß sparen, wo ich kann.

Was können wir essen? sagte Gabriel.

Um diese Zeit gibts Salat. Und es gibt Kuchen. Bin besoffen, großes Menü geht nicht.

Dann nehmen wir alle Salat und Soda, sagte Eli.

Salat und Soda, wiederholte der Wirt, er zählte uns mit dem Zeigefinger in der Luft zusammen, kam auf die Zahl Vier, sprach es aus und torkelte zurück ins Wirtshaus, keine zehn Minuten später trug er ein großes Tablett vor sich her, der Salat roch scharf nach weißem Rettich, er stellte uns auch eine Käseplatte auf den Tisch, wir aßen den geraspelten Rettich und die Schimmelkäsescheiben, und als der Wirt zurückkam und abräumte, sagte er: Gut wars nicht, aber zuwenig, oder? Napp verwickelte ihn in ein Gespräch über Alraunmännchen, doch der Wirt zeigte sich nach kurzer Zeit nicht geneigt, Napps wirren Ausführungen weiter zu folgen. Eine große dunkle Wolkenzunge zog über die Burg, die ersten Regentropfen fielen auf das Blätterdach, unter dem wir saßen. Leises Donnergrollen in der Ferne. Tyra in irgendeinem Gotteshaus, in irgendeiner Gasse dort unten in der Stadt. Und ich vermißte sie. Im leichten Sommerregen gingen wir zurück zum Wagen, fuhren die engen Kurven hoch zum Kahlenberg, ich sah eine Hochzeitsgesellschaft vor einer kleinen Kirche, wegen einer Baustelle mußten wir auf eine Umleitungsstraße ausweichen. Ich vermißte sie. Sie duldete mich in Ausnahmefällen, sie hatte den Schutz des Himmels angenommen, deshalb wunderte es mich nicht, daß mein Mobiltelefon eine Textmitteilung meldete, und als ich die wenigen Zeilen las, bat ich Gabriel, den Ausflug sofort zu unterbrechen und zurückzukehren, er wollte mir schon widersprechen, doch als er mich ansah, forderte er uns auf, uns anzuschnallen, Napp fluchte hinten los, und ich vergaß meine Sehnsucht, ich nahm sie alle nicht mehr wahr, ich starrte auf die alten Mückenleichen auf der Windschutzscheibe, Elisabeth tippte mich leicht an, als ich aber nicht reagierte, legte sie ihren Kopf auf Gabriels Schulter und schlief ein.

Man muß den Stoff mit dem Kirschfleck knüllen und eine Nacht in Milch tauchen. Ein Farbhauch bleibt an der Stelle, nach zweimal waschen ist die Farbe verhaucht.

Das sind Blutflecken, sagte ich.

Ja, sagte Tyra.

Was ist passiert?

Ein Mann ... er hat versucht, mich ... Er hat mein Gesicht auf den Boden gedrückt, und ich fing an, aus der Nase zu bluten.

Mein Gott.

Er hat mir den Slip heruntergezogen. Es wäre passiert, wenn ihn nicht Spaziergänger dabei gestört hätten.

Wo ist das passiert?

In einem Park, sagte sie.

In welchem Park?

Ist doch egal! schrie sie.

Hast du Anzeige erstattet?

Nein, das geht niemanden etwas an. Dich nicht und die Polizei nicht. Der Kerl ist Hals über Kopf geflüchtet. Ich bin froh, daß ich unversehrt und noch am Leben bin.

Es tut mir leid, Tyra, sagte ich, es tut mir wirklich sehr leid.

Sie ließ sich von mir umarmen, nein, sie hielt mich fest, als wäre ich das Opfer eines verkommenen Mannes geworden, dieser Überfall hatte sie nur leicht verstört, und sie würde sich nicht aufhalten lassen. Ich durfte neben ihr sitzen und ihren Duft heimlich tief einatmen, es war ihr Wunsch gewesen, daß wir uns in der Spittelberggasse trafen, gegenüber war das ehemalige ›Stiftungshaus der Kleidermacher Wiens für deren Witwen und Waisen‹, und eine kleine Fontäne sprudelte aus dem Brunnen in der Nähe, hier war sie anderen Blicken ausgesetzt, nicht den Blicken der Madonnenstatuen und Heiligenfiguren auf Marmorsockeln. Sie hatte ihre Zitronenspaghetti mit Minze nicht angerührt, ich bat sie etwas zu essen, doch nach zwei Bissen legte sie die Gabel weg, es war unerträglich heiß, ich wischte mir Stirn, Nacken und Hals mit der Stoffserviette ab und aß nur ein Viertel des Schnitzels, das den Tellerrand überragte, wir brachen auf und schlenderten an den alten Häusern vorbei, sie hießen Zum goldenen Bär, Zur goldenen Birne oder Zum heiligen Christoph und waren Ende des siebzehnten und Anfang des achtzehnten Jahrhunderts erbaut worden, auf dem Fensterbrett der zur Außenterrasse offenen Küchendurchreiche eines Restaurants lag eine Klingel, die Gäste wurden gebeten, nach dem Service zu läuten, eine Biedermeiergastwirtschaft in der Burggasse hieß ›Zu ebener Erde und erster Stock‹, ich hatte Tyra angeboten, für den Verdauungskaffee in einem Restaurant ihrer Wahl einzukehren, sie aber ging an den Restaurants vorbei, ihre blonden Augenbrauen zogen sich zusammen, ich wollte die Falte auf ihrer Stirn sofort küssen.

Ich habe eine Pause von meiner Arbeit genommen, sagte sie.

Vielleicht ist es auch keine Pause, sagte ich, kein Mann und kein Doktorvater.

Und wahrscheinlich auch kein Liebhaber, sagte sie.

Es gibt für alles eine Zeit.

Du redest dumm daher, sagte sie und verschränkte ihre Hand mit der meinen.

Also werde ich nicht sagen, daß ich warten kann.

Das mit uns beiden ist doch eine traurige Angelegenheit. Du wirst daran Schaden nehmen.

Nach dem Unfall, sagte ich, hast du mir Wasser zum Trinken gegeben ... Wo ist der Ring, den du damals getragen hast?

Man hat ihn mir gestohlen. Das, was mir an Schmuck geblieben ist, habe ich dir gezeigt. Es ist egal.

Wieso?

Ich werde weniger.

Und ich? sagte ich.

Du bist das, was ich nicht wirklich will und was mir aber nachläuft.

Die Männer, die du liebst, sind tot und in Stein gehauen, sagte ich, belästige ich dich?

Kaum, sagte sie.

Ich kann warten.

Umsonst, hauchte sie, alles umsonst.

Und ich ließ mich von ihr führen, in der Gewißheit, daß man mich bald nicht brauchen würde, ich unterdrückte den Drang, sie auf der Stelle zu ohrfeigen und ihr den bösen Geist der Totenverehrung auszutreiben, ich war kein Idiot in einem Abschnitt ihres Lebens, in dem sie sich dafür entschieden hatte, allein zu glühen und keinen Bissen mehr als nötig zu sich zu nehmen.

Ich löste mich aus ihrem Handgriff. Ich blieb stehen.

Deine verdammten Kinderspiele, sagte ich, warte nicht auf Gottes Strafe. Es wird schon ein Mann kommen, der dich bestraft.

Die Frauen mit den Fächern auf den Terrassen, sie schauten mir lächelnd nach, als ich vorwärts stürmte, und die Männer in weißen Unterhemden, die an offenen Fenstern standen, sie schauten herunter, und ein Junge, der unter der Anleitung seines Vaters Fleischstücke auf Holzspieße zog, pfiff mir hinterher, zwei Gassen weiter blieb ich vor dem Schaufenster eines Ledergeschäfts stehen und starrte auf eine Geldbörse, die aus der Haut von Straußenbeinen gemacht war, ich mußte mich ablenken, ich wollte mich ablenken, doch die Läden hatten geschlossen, ich stürmte weiter, vorbei an dem Geschäft, das schlechte kleine Ölbilder mit eingebackenen Pinselhaaren verkaufte, und ich lief und blieb doch in der Wolke aus schlechten Träumen und einem schönen Kindertraum, daß es nur Buntstifte bedurfte, um Zwerge, Froschkönige und Erbsenprinzessinnen blind und lahm vor Liebe werden zu lassen, ich trat in einen Hofeingang, und das Sensorlicht ging an und fiel auf einen Haufen verdreckter verknüllter

Papierdecken neben den Müllcontainern, da lag also der Abfall eines Kindergeburtstags, ich entdeckte zerbrochene, mit Erdkrumen beklebte Lutschstangen und eingedrückte Papierhüte, ich schloß vor Zorn die Augen und trat auf der Parallelstraße aus dem Hof heraus, damit hatte es doch angefangen, ich sah auch nach dem Busunglück ein Zeichen darin, daß sie mir Wasser zum Trinken gegeben hatte, ihre Finger, ihr Ring am Finger, die Hand, die sie zurückzog, weil sie nicht bleiben konnte, und plötzlich klang in meinen Ohren das Dröhnen vor dem kommenden Tod, das Dröhnen, das ich gehört hatte kurz vor und kurz nach dem Stoß, und jene, die sich angegurtet hatten, waren vom herabkrachenden geborstenen Metall erschlagen und aufgespießt worden, nichts und niemand in ihrer Nähe, und ihre Körper brannten und ihre Seelen sollten nicht brennen im Fegefeuer, nicht büßen, weil sie gelitten hatten, ich knöpfte mir das Hemd auf, weil mich mein Herzschlag erhitzte, es war doch vorbei, ich war heil davongekommen, und die Frau, für die ich weiterleben wollte, nahm meine Liebe nicht an, ich ging langsam auf die Terrasse einer Bar zu, und die Kellnerin, die gerade einen Tisch abräumte, verzog bei meinem Anblick das Gesicht, Männer mit ungeknöpften Hemden verhießen nichts Gutes, doch ich räusperte mich nur und bestellte ein großes Glas Zitronenwasser, sie sollte nicht glauben, daß ich alkoholisiert war, und kaum daß ich saß, knöpfte ich mich zu. Eine große Wolkenwand, giftgelb erleuchtet von Blitzen, schob sich über die Dächer und zog ostwärts und gab einen glimmend blauen Himmel frei, ich trank in der nächsten halben Stunde Schluck um Schluck und starrte hoch, und weil ich mich an ihr rächen wollte, schaute ich in Ausschnitte und auf nackte Beine, ich war der einzige Mann, der allein an einem Tisch saß, und die Frauen in Sommerkleidern ließen den Blick schweifen, ihre schönen Hälse glänzten im Licht der dicken Kerzenstumpen unter den Glashauben, fremde Frauen in fremden Städten waren eine große Verlockung.

Sie nahm auf dem Stuhl mir gegenüber Platz, ihr Haar war naß, wahrscheinlich hatte sie sich mit Brunnenwasser frisch gemacht, und auch auf ihrem leicht geschminkten Gesicht war ein dünner Wasserfilm, sie bestellte einen Longdrink und ließ die wenigen Minuten vergehen, die die anderen Gäste brauchten, um die Neuhinzugekommenen zu mustern und das Interesse an ihr zu verlieren.

Jetzt bin ich dir hinterhergelaufen, sagte sie.

Nicht das erste Mal, sagte ich, in Prag ist es auch passiert.

Das war davor.

Wovor?

Bevor ich anfing, Kirchen zu besuchen.

Vor Neapel, sagte ich.

Neapel hat es ausgelöst, sagte sie, die alten Frauen im Gebet haben es ausgelöst.

Und jetzt bist du ein anderer Mensch.

Ich bin eine andere Frau. Gleich, aber anders.

Was liegt näher, als Nonne zu werden, sagte ich.

Du verspottest mich.

Das tue ich tatsächlich, sagte ich, ich verstehe es und es widert mich an.

Diese Frau in Prag, die Frau, mit der ich dich gesehen habe ...

Jarmila. Was ist mit ihr?

Sie ist ganz anders als ich.

Die Kellnerin nahm ihr leeres Glas und stellte ihr ein volles Glas hin, und als sie mich fragend ansah, schüttelte ich den Kopf, sie war eine schöne Frau, fast alle Frauen an den Tischen waren schön, und die Männer gaben sich große Mühe, sie erzählten von Abenteuern, die sie nicht erlebt hatten, sie versuchten, nicht in den Augen der Frauen zu versinken, sie tranken und blieben doch nüchtern, weil sie sich nicht gehenlassen durften.

Die Kellnerin hat dich leicht berührt, sagte ich.

Ja, und?

In der gehobenen Gastronomie berühren die Kellner die Schulter des Gastes, denn sie können dann sicher sein, daß sie ein höheres Trinkgeld bekommen.

Ich habe kein Geld mit.

Natürlich lade ich dich ein, sagte ich, und ich denke auch an das Trinkgeld.

Ich bin nach Salzburg gefahren, sagte sie, ich stieg auf den Mönchsberg, da ist ein Turm, von dem die Lebensmüden herunterspringen, wenn sie unten auf der Felsplatte aufschlagen, sind sie sofort tot, ein kurzer Schmerz, und es ist vorbei. Ich bin kein Selbstmörder. Ich darf das nicht tun.

Nein, sagte ich.

Dann bin ich über die Brücke auf das andere Ufer der Salzach gegangen. Ich saß im Café Bazar direkt am Fluß und habe Marillenknödel mit Butterbröseln gegessen. Zwei Portionen.

Das Kondenswasser tropfte von ihrem fast ausgeleertem Longdrinkglas auf ihren Rock, doch es kümmerte sie nicht, und sie bestellte noch ein Glas, und ich bestellte Zitronenwasser, und je mehr sie trank, desto weniger scherte mich die Wertschätzung der Kellnerin, ich knöpfte das Hemd auf und strich mir mit einem Eiswürfel über die Brust und den Bauch, und Tyra ließ einen kleinen Eiswürfel in ihrem Ausschnitt verschwinden, und bald blühte ein Wasserfleck auf dem Stoff zwischen ihren Brüsten auf, die Frauen an den Nebentischen, die sich mit der Getränkekarte Luft zufächelten, warfen verstohlene Blicke auf mich, ein Mann mit einer derartigen Brustbehaarung sollte sich nicht öffentlich entblößen, ich wußte, daß sie es dachten, aber ich war nicht laut und betrunken, ich führte mit einer Neuerweckten ein zivilisiertes Gespräch.

Du solltest dich einmal in der Woche rasieren, sagte Tyra kichernd.

Nein, sagte ich.

Du wohnst doch in der Nähe.

Am Ende der Straße.

Ich bin leicht beschwipst, sagte Tyra, aber auch sonst wäre ich heute nacht zu dir mitgekommen.

Es ist keine Luxussuite, sagte ich.

Ich will nicht darin wohnen, sagte sie, ich will darin mit dir schlafen.

Wir hätten noch lange in Erwartung der Liebesverschmelzung vorglühen können, hier unterm nachtblauen Himmel und in Gesellschaft der maßvollen Männer und der sommerschönen Frauen, selten fuhr ein Auto vorbei, und der Motorenlärm hallte in den Gassen nach, die Ampeln an den kleinen Kreuzungen waren auf Orange geschaltet, auf den Bordsteinkanten saßen die vor Hitze Verglühten und holten aus ihren Kühlboxen Bierflaschen hervor, Tyra legte einen Wattebausch auf den Tisch, und wir zählten bis drei und pusteten los, der Wattebausch verfing sich in meinen Brusthaaren, und als ich bei der verwunderten Kellnerin bezahlte und wir aufbrachen, flog das Bäuschchen bei der ersten leichten Brise davon.

Ein Heiliger hat es zu seinen Lebzeiten nicht auf seine Heiligsprechung abgesehen, er steigt nur selten mit der Almosenschale in der Hand herab von seiner Einsiedelei, herab von einer Grotte, oder heraus aus dem Wald, und Gott scheint die Menschen zu schütteln kurz vor seiner Ankunft, so daß sie ihn empfangen – sie stellen keine Fragen nach dem Ende der Welt, sie verärgern ihn nicht, damit er die Engel niederen Ranges nicht zu ihnen schickt, denn sie sind schreckhaft, wir sind schreckhaft und wollen nachts weder von einem guten noch von einem bösen Geist gerüttelt werden. Ein Heiliger hat es in der Hand, wem er sich ergibt, das Gute hat eine dunkle und eine helle Seite, und wenn ein Gottesmann oder eine Gottesfrau sich für die Dunkelheit der guten Kraft entscheidet, muß er oder sie immer bluten.

Die Pflöcke haben die Handgelenke und die übereinandergelegten Fußgelenke des Herrn durchstoßen, und nicht wenige Gottesfrauen haben die Wundmale erhalten, es gibt Schwarzweißaufnahmen von heiligen Frauen, die aus Löchern bluten, aus Löchern im Handteller, das ist mir unerklärlich, weil Heiland Jesus nicht an den Händen, aber an den Handgelenken ans Kreuz geschlagen wurde. Du würdest diese Frauen für Betrüger halten, ich halte sie für hysterisch, im guten Sinne überdreht. Wenn man etwas Geheimes schaut, kann man nicht mehr daran denken, sich zu beherrschen, ein vernünftiges Gespräch mit einer derart Verrückten ist unmöglich. Ich habe es getan, in Neapel, meine Reise in diese Stadt war eine Wallfahrt, das weiß ich jetzt. Ich habe dir verschwiegen, daß ich mit einer Heiligen dieser Tage sprach, sie war unantastbar, man hat sie nicht in einen Verschlag gesteckt, sie konnte durch die kleinen Gassen gehen und an die Nachbartüren klopfen, man machte ihr auf und merkte sich jedes Wort, das sie sprach. Denn sie sprach. Nicht über die Unschuld. Nicht über das reinigende Fegefeuer. Nicht über Lohn und Strafe. Sie zankte keinen Sünder an. Sie ernährte sich fast nur von stichfestem Joghurt und frisch aufgebrühtem Tee.

Sie erschien an einer Tankstelle und sagte einem

Mann, der seinen Wagen vollgetankt hatte: Du hast die Zapfpistole nicht ordentlich in den Tankstutzen gesteckt. Sie erschien bei einem Vogelliebhaber, zeigte auf die Wellensittiche im Käfig und sagte: Du hast sie bald soweit, sie werden dir auf die Schulter fliegen. Sie durfte alle Grundstücke passieren, sie konnte die Drahtzäune durchschneiden und durch das Loch schlüpfen, man tadelte sie nicht deswegen. Sie erschien bei einer alten Frau, die in einer Katakombe Splitter von einem Totenschädel kratzte, sie tauchte plötzlich an ihrer Seite auf und sagte: Ich bin heute dein Schatten, ich komme überallhin mit. Manchmal ließ sie es zu, daß man ein Stück Keks abbrach und es ihr reichte, sie blieb stehen und sah dem Mann oder der Frau in die Augen, bis sie den Keks aufgegessen hatte. Das meiste kenne ich nur vom Hörensagen. Einmal habe ich erlebt, wie sie zwei halbwüchsige Mädchen ansprach, sie waren gerade aus einer Parfümerie herausgetreten und beschnupperten sich gegenseitig die Handgelenke, die Heilige durfte auch schnuppern, der Ladenbesitzer schenkte ihr ein Parfümflakon. Man sagte mir: Sie hat ein großes Netz ausgeworfen, und wir sind zappelnde Fische darin. Noch einmal, sie prangerte nicht die Unfähigkeit der Menschen an, mit denen sie Tür an Tür lebte oder auf die sie bei ihren täglichen Streifzügen stieß. Du wirst einwenden, daß die heiligen Zeiten vergangen und uns die Heiligen ausgegangen sind und daß wir uns heute unsere Heiligen machen. Früher war es auch nicht anders. Die Jungfrau Maria war nur eine Frau unter vielen, gebenedeit sei sie, Zehntausende von Männern wurden ans Kreuz geschlagen, und zu Füßen des Kreuzes litten die Mütter Höllenqualen, weil sie ihre Söhne überlebt hatten. Gott erhebt, wen er will, Gott hat sie erhoben. Aber wieder zurück zu der Heiligen, ich wurde von ihr angesprochen. Ich starrte gerade auf die Milchhaut, die an der Kännchentülle zum Zapfen trocknete, und sie stand plötzlich am Tisch und sagte: Bemüh' dich nicht, unsere Gefängnisse sind voll, dann strich sie mir unsanft über das Haar und verschwand. Sie hat es nicht darauf abgesehen, mich mit heiligem Atem zu behauchen, aber ich spürte Luft an meinen Händen und Luft an meinem Gesicht.

Und deshalb? fragte ich sie, sie hatte mir die Geschichte am Morgen erzählt, an diesem sehr heißen Morgen war ich gut aufgelegt, sie freute sich über meine Berührungen, ich hatte auf der Eckbank im Frühstücksraum des Hotels gesessen, die Sonne schien durch den Gardinenspalt auf meinen linken Arm, und ich strich Butter und Marmelade auf die längs halbierte Brezel, und da, den Blick auf ihren unberührten Teller gerichtet, fing sie an zu sprechen, und am Ende ihrer Geschichte von der Irren, die ziellos herumstrich und von den Neapolitanern für heilig befunden wurde, am Ende der Geschichte über meine abergläubische gläubige Tyra, fragte ich sie: Und deshalb bist du verwandelt? und sie sagte: Nicht nur deshalb. Gabriel und Elisabeth waren nicht zu sehen, der Herr Hauptdienstleistender Harbach war verschwunden, an der Rezeption tat ein baumlanger Student seinen Dienst, er stand auf, wann immer ein Tourist sich nach einem Ausflugsziel erkundigte, und zeigte auf der Landkarte auf grüne Flächen jenseits der Brücken. Tyra ließ mich meine Geldbörse vom Hotelzimmer holen, ich stürmte die Treppen hinunter, in der vagen Furcht, sie könnte vor mir geflohen sein, doch sie stand vor dem Eingang und blickte mich an, blickte mich nur an.

Wir fuhren mit dem Taxi zur Servitenkirche im Roßauer Lände, und kaum daß wir ausgestiegen waren, eilte sie davon, das schroffe Gotteshaus sah nicht einladend aus, ich trat ein, links befand sich die Lourdesgrotte, rechts vom Eingang hing das Bild des Judas Thaddäus, der als Anverwandter Jesu ausgewiesen wurde, auf dem Schriftentisch darunter lagen schlecht fotokopierte Blätter aus, ich griff nach einem und las ›die Novene in ganz aussichtslosen Fällen‹, sie fing mit der Forderung an, das Heilige Herz anzubeten, und endete mit der Bitte, dem Vater Ehre angedeihen zu lassen. Ich hörte ein Rascheln aus der Tiefe des Kreuzganges, ich folgte dem Wispern, hielt mich rechts und rang meine Übelkeit wegen des Weihrauchgeruchs nieder, und da sah ich sie im Moment, da sie niederkniete vor einer hakennasigen Wachsfigur im schwarzen Mönchshabit, ihr aufgerissener Mund wurde von einem flaumartigen langen Bart umkränzt, das war die Statue des heiligen Peregrinus, ich wußte es, weil Tyra mir davon erzählt hatte, der Heilige hielt einen Rosenkranz in der Hand, die Kutte war am Saum hochgeschoben, und ich konnte aus der Entfernung nicht erkennen, ob auf seinen entblößten rechten Unterschenkel das blutende Jesusherz oder eine offene Wunde gemalt war, sie kniete vor der Statue und wisperte und flüsterte, doch die Augen des Heiligen, die Glasaugen der Wachsfigur, waren nach oben verdreht, dort oben, dort im Himmel, war das Heil, war die Luft, die ihn gestreift hatte, auch er ein Verwandelter, der von einem anderen Heiligen dazu bekehrt wurde, fast dreißig Jahre lang zu stehen, da aber fraß sich der Krebs in sein Schienbein, am Vorabend der Amputation erschien ihm Jesus und neigte sich ihm vom Kreuz herab, und der Knochenkrebs verheilte. Steh' auf, sagte ich ihr leise, tu das nicht, du kannst doch nicht vor einem Götzen aus Wachs niederknien, bitte, sie schüttelte den Kopf, und ich lief vor Scham rot an, weil ich eifersüchtig war auf diesen Patron der Fußlahmen und der Krebskranken, vor ihm auf Knien fiel von Tyra alle Sturheit und aller Unwille ab, sie ergab sich einer Puppe, und sie tat es freiwillig, die Verwandelte und der Bekehrte, und ich im sicheren Abstand von einigen wenigen Schritten, kein Wort mehr, keine Beschwörung mehr, keine einzige Bitte mehr, sollte sie sich doch verstecken vor meiner Liebe, die zu einfach war und kein Feuer und keine Verdammnis vorsah, sie wisperte in der Kapelle mit geschlossenen Augen, und plötzlich riß sie die Augen auf und fiel zur Seite auf den Boden.

Erst töten, dann bewundern, sagte sie.

Wer bewundert, und wer tötet? sagte ich.

Die Auserwählten werden erst angefeindet. Man schlägt sie ans Kreuz, man steinigt sie oder begräbt sie bei lebendigem Leibe. Dann vergeht ein Jahrhundert. Es entstehen Gerüchte, die sich zur Legende verdichten. Und am Ende stehen die Menschen Schlange und flehen die Erschlagenen um eine Fürbitte an.

Bei der seltsamen Heiligen ist es anders, sagte ich.

Das liegt an der Heiligenknappheit, sagte sie.

Hat sie dich beeindruckt oder nicht?

Ich bin mir bei ihr nicht so sicher.

Der Wirt eilte auf ein Handzeichen von mir herbei, ich bat ihn um eine Kopfschmerztablette, und er griff einfach in seine Hosentasche, forderte mich auf, die rechte Hand nach außen zu wenden, er drückte aus der Plastikrippe eine Tablette heraus, sie wäre eigentlich dafür gedacht, Männer mit gelegentlichen manischen Schüben ruhigzustellen, er hätte Gäste, die sie dreimal am Tag einnehmen würden, um ihre Depressionen schockgefrieren zu können, man nannte ihn auch den Wirt mit der Wundermedizin, sein Künstlername hätte ihm aber auch einigen Ärger eingebracht, die Polizei wäre vorbeigekommen, um nach dem Rechten zu sehen. Ich bedankte mich bei ihm, schluckte die Tablette herunter und versuchte, Tyra nicht anzusehen. Sie hatte es mir verboten, sie wollte auch nicht über ihre Ohnmacht reden, kaum daß sie die Augen geöffnet hatte, entriß sie sich meiner halben Umarmung, stieß mich beiseite und rannte aus der Kirche heraus, ich fand sie im Kaffeehaus gegenüber, sie hatte die Beine übereinandergeschlagen und massierte sich das Knie, und als ich näher kam rief sie mir zu, ich sollte sie nicht mit meinen Blicken belästigen, und die vom Bier halbbetrunkenen Männer drehten sich sofort um und starrten mich finster an.

Die Mißverständnisse waren jetzt ausgeräumt, Tyra sprach dann doch von einem kurzen Ausfall ihres Bewußtseins, sie ließ es aber dabei bewenden, und ich, der Idiot an der Peripherie ihres neuen Glaubens, verhielt mich so, wie es sich für einen Mann mit Manieren gehörte, die Tablette fing an zu wirken, und es stellte sich ein Gefühl ein, als wäre ich aus einem traumlosen Zehnstundenschlaf aufgewacht, kleine Lichtpunkte schwebten am Rande meines Sehfelds, ich ließ mein Mobiltelefon in der Tasche lange klingeln, und das war wieder ein Grund für die halbbetrunkenen Männer an den Tischen, mir böse Blicke zuzuwerfen. Wir nahmen ein Taxi und ließen uns am Schwarzenbergplatz absetzen, Tyra wollte ein Stück gehen, also liefen wir die Prinz-Eugen-Straße hoch, sie war still sie blieb stumm sie sprach kein einziges Wort, ich faßte mich an die Stirn, die Hitze und der Lärm der vorbeifahrenden Autos trieben mich fast in den Wahnsinn, und daß Tyra jedesmal, wenn ich aufschloß, schneller schritt, um mich nicht an ihrer Seite zu haben, machte mich wütend, die Seiteneingänge zum Belvedere-Prunkgarten waren verschlossen, also liefen wir weiter und weiter, sie blieb stumm sie sprach kein einziges Wort sie schwieg hartnäckig, und ich verfluchte mich, weil ich es versäumt hatte, Trinkwasser zu besorgen, mein Hemdkragen war schweißnaß, die Lichtpunkte verschmolzen zu einem gleißend hellen Band, ich konnte nur geradeaus sehen, die davoneilende Tyra mit steifem Rocksaum, ihre glänzenden nackten Schultern, ihre schweißfeuchten Kniekehlen, und wir liefen weiter und weiter, bis wir endlich den Eingang zum Oberen Belvedere fanden, vor dem Schloß drängten sich die Touristen, Tyra zog sich in den Schatten zurück, um zu Atem zu kommen, und ich achtete darauf, ihr nicht zu nahe zu treten, trotzdem bedeutete sie mir mit einer deutlichen Geste, den Abstand zu wahren. Mein Blick glitt über die trockenen Stufen der Oberen Kaskade, das Wasser war abgestellt, und weit hinten sah ich die signalroten Absperrgitter, die den unteren Bereich des Parks für Besucher unzugänglich machten, ich folgte Tyra, die auf den Spazierpfad zur Rechten auswich, und als ich auf der Höhe des Heckengartens schweratmend aufschloß, drehte sie sich um und ließ erst eine Gruppe von Touristen an uns vorbeiziehen.

Das war's, sagte sie, hier hört es auf.

Was hört auf? sagte ich.

Deine Liebe, sie endet hier.

Wieso?

Wieso hier in diesem Park?

Der Wirt vorhin war mir zu neugierig, er hatte die Ohren gespitzt.

Das meine ich nicht.

Du mußt es doch verstanden haben. Ich kann nicht mit dir leben.

Ich erwarte nicht viel, sagte ich.

Vorbei, sagte sie.

Was, verdammt noch mal, soll vorbei sein?! Du hast doch noch gar nicht angefangen.

Doch, habe ich.

Es wird dir vielleicht nie wieder passieren, daß ein Mann dich so begehrt wie ich. Das weißt du doch.

Ja, das weiß ich, sagte sie.

Aber es ist dir egal.

Wir haben die eine oder andere Nacht zusammen verbracht. Ich wollte es, und es war schön. Mehr empfinde ich nicht für dich.

Keine Liebe, flüsterte ich.

Keine Liebe, sagte sie, und dann drehte sie sich um und ging davon, und ich ließ das Mobiltelefon wieder lange läuten, ich trat aus dem Heckengarten heraus, stieg die Treppen hoch, deren Steingeländer nackte dikke Engelkinder zierten, und ich stolperte und fiel fast auf die Sphinx-Statue, ein Frauenkopf ohne Pupillen, ein Löwenkörper, dem Adlerflügel entwuchsen, ich verließ den Park durch dasselbe Tor, durch das ich mit ihr eingetreten war, ich lief an der Mauer entlang den Weg zurück, und als ich vor der Karlskirche stand, blickte ich blind auf die unteren Reliefbänder der Triumphsäulen zu beiden Seiten des Eingangs, ich betrat die Kirche, die zu Ehren eines Pestheiligen erbaut wurde, fuhr mit dem Lift fünfunddreißig Meter hoch, um die Fresken in der Kuppel zu sehen, ein vor Verzückung rot angelaufener, fast kahlköpfiger Erzbischof starrte zum Wunder hoch über den Wolken, ihn umschwirrten Heilige und Geschöpfe aller Ränge, man sollte nichts aus der Nähe schauen, man wird nur enttäuscht, hatte Tyra im Anblick des Stephanusdoms gesagt, wann war das gewesen, ich wußte es nicht mehr, ich fuhr mit dem Lift hinunter, ich ließ die Touristen und die Gläubigen staunen und vor Staunen stöhnen, Gold und Prunk und unheilige Höhe, das alles hatte mit mir nichts zu tun, natürlich war Tyra verschwunden, und es würde auch keinen weiteren Zufall mehr geben, der sie und mich zusammenführte.

Nachts im Hotelzimmer träumte mir, ich stünde im hüfthohen Blutbecken, ich tunkte meine Fingerspitzen in das Blut, und etwas schaute mich an, es war hinter meinem Rücken, und ich konnte es nicht entdecken, ich schrak auf und aß die Schokolade, von der Tyra ein Stück abgebissen hatte, sie war dann aber sofort ins Bad gelaufen, um es auszuspucken, vom Geschmack der Zartbitterschokolade wurde ihr übel, und ich kaute und kaute in der Dunkelheit und bekam schlechte Laune, weil mir der alberne Traum nachhing, ich zog mich an, kämmte mir vor dem Zimmerspiegel die Haare und stieg die Treppen hinunter, die Rezeption war unbesetzt, ich trat ins Freie, die Nacht war kalt, und ein leichter Nieselregen ging nieder, ich bog um die Ecke und sah Gabriel und Elisabeth unter der heruntergerollten Markise der Absinthbar sitzen, sie baten mich an ihren Tisch, wie selbstverständlich lösten sie sich voneinander und bestellten für mich ein großes Glas Zitronenwasser, der Barbesitzer stritt sich mit seiner slawischen Freundin.

Nicht gut gelaufen, stellte Gabriel fest.

Nein. Es ist zu Ende.

In welche Stadt verschlägt es sie diesmal?

Hongkong oder Bratislava, rief Elisabeth.

Unwahrscheinlich, sagte ich, wahrscheinlich bleibt sie in Wien.

Und du?

Ich werde sie in Ruhe lassen.

Ich bleibe erst mal hier, sagte Gabriel, sie hat mich noch nicht satt. Was wirst du also tun?

Die Kopfschmerzen wegschlafen, sagte ich, morgen die Zotteln im Haar auskämmen ... und bald hier rauskommen.

Also keine großen Pläne, sagte Elisabeth, das ist gut.

Napp hat die Stadt schon verlassen. Ein nachtragender Gläubiger ist hinter ihm her. Sein Maoismus taugt nix.

Ja, sagte ich.
Willst du nicht rangehen? sagte Elisabeth.
Ich weiß nicht.
Lass' es nicht ewig klingeln, sagte Gabriel.
Ich sah die Luftbläschen im Zitronenwasser aufsteigen und an der Oberfläche zerplatzen, ich folgte mit dem Finger ihrem Weg und hinterließ im Kondenswasser einen Strich vom Boden bis zum Trinkrand, dann stand ich auf, machte ein paar Schritte zur Seite und drückte auf die grüne Taste meines Mobiltelefons.
Ja?
Hallo, sagte sie.
Du bist um diese späte Stunde wach.
Du auch, sagte sie.
Kannst du nicht schlafen?
Nein.
Wie ist das Wetter dort? sagte ich.
Nicht schön und nicht häßlich.
Hier ist Wetterwechsel.
Hier nicht.
Liegst du schon im Bett?
Nein, sagte sie, ich habe einen Stuhl ans Fenster gestellt. Draußen kläfft ein Hund.
Ich hör' ihn.
Das Fenster ist auf. Hast du dort noch zu tun?
Ich habe mit allem abgeschlossen, sagte ich.
Dann wünsche ich dir eine gute Nacht und einen guten Schlaf.
Ich dir auch ... Bis bald.
Bis ganz bald, sagte Jarmila und legte auf.

Dann, im schneidend kalten Wind – ich sollte gehen.

Ende

Feridun Zaimoglu. Zwölf Gramm Glück. KiWi 901

Was bleibt, wenn das große Glück nicht mehr zu haben ist und das Leben zu versanden droht? In ebenso fulminanten wie filigranen Geschichten erzählt Feridun Zaimoglu von der Suche nach dem kleinen beglückenden Rest.

»Die erste Geschichte dieses Bandes – so intensiv wie sonst nur allerbeste Filme. Ein Kanon der deutschsprachigen Literatur des 21. Jahrhunderts wäre ohne Zaimoglu unvollständig.« *Frankfurter Allgemeine Zeitung*

»Berauschend, virtuos, subtil. ›Zwölf Gramm Glück‹ ist ein schwerwiegender Glücksfall.« *Der Tagesspiegel*

Feridun Zaimoglu. Liebesmale, scharlachrot. Roman.
KiWi 675

Eine wortgewaltige und wundervolle Liebesgeschichte um den jungen Deutschtürken Serdar, der von der türkischen Ägäis aus Briefe nach Deutschland schreibt und versucht, sein außer Kontrolle geratenes Leben wieder in den Griff zu bekommen.

»Seit Arno Schmidt hat wohl keiner mehr ein so produktives Schindluder mit der Sprache getrieben, ihren Acker so umgekrempelt und durchlüftet wie dieser manische Kieler Osmane.« *Neue Zürcher Zeitung*

www.kiwi-verlag.de KiWi PAPERBACK